LABYRINTHES

Deryn Lake est le pseudonyme d'une romancière reconnue, auteur de célèbres romans historiques. Elle vit dans le Kent, à côté de Tunbridge Wells. *L'Apothicaire et l'espion français* est le quatrième volet des aventures de John Rawlings, apothicaire.

Ce roman a paru sous le titre original :

DEATH IN THE ROMNEY MARSH

A Lindsey Davis, avec affection
Olé.

Les mots en italique suivis d'une astérisque sont en français dans le texte original.

DERYN LAKE

L'APOTHICAIRE ET L'ESPION FRANÇAIS

Traduit de l'anglais par Jacqueline Lenclud

LIBRAIRIE DES CHAMPS-ÉLYSÉES

Remerciements

Comme toujours, j'ai bénéficié de l'aide bienveillante d'un grand nombre de personnes. Je dois remercier tout d'abord Mark Dunton, du Public Record Office, qui m'a permis de retrouver dans les archives un message codé de 1757 utilisé par les agents secrets de l'époque. Il m'a également aidé à extorquer des renseignements aux personnes qui travaillent au Secret Department et au Secret Office, sans parler de la mise au jour du légendaire docteur Willes, évêque de Bath, et de Wells, déchiffreur du roi.

Je souhaite ensuite remercier le lieutenant colonel Henry Dormer, maire fondateur de Winchelsea, qui a ouvert le musée de la ville spécialement pour moi et qui m'a mis entre les mains un livre précieux sur l'histoire de sa cité.

Je suis également très reconnaissant envers le révérend Lindsay John Hammond, vicaire d'Appledore et de Romney Marsh, qui m'a énormément renseigné sur St Thomas à Becket, Fairfield, St Augustine, Brookland. Merci encore à Keith Gotch de la Metropolitan Police Thames Division pour avoir discuté avec moi de l'état des victimes. Enfin, merci à Maureen Lyle et John Kerr, qui ont stoïquement parcouru la Romney Marsh avec moi, même sous la neige. C'est sur une photo prise par Maureen que Kenny McKendry a basé sa magnifique illustration de couverture. Merci donc à Kenny.

Last but not least, toute ma gratitude à mon ami écrivain Keith Miles, toujours prêt à aider et à conseiller.

1

Dès que le magistrat prit place, la nombreuse assistance s'assit.

— Faites entrer le prisonnier, ordonna Joe Jago, le greffier du tribunal, et tous retinrent leur souffle à l'apparition d'un beau jeune homme aux cheveux couleur de paille, bien fait de sa personne ; rien en lui ne pouvait susciter la méfiance, sinon son visage crasseux. On le conduisit à la barre, face au greffier et au juge qui trônait au-dessus, John Fielding en personne.

— Donnez lecture de l'acte d'accusation, dit le Beak[1].

— Le prisonnier, Nathanial Hicks, est accusé d'avoir abattu un coquelet à la foire, le jour de l'Épiphanie, contrevenant ainsi aux règlements de la Justice de paix en date du 1er mars 1756.

— Que plaidez-vous ? demanda le magistrat d'un ton sec.

Hicks jeta un regard circulaire et John Rawlings, apothicaire de Shug Lane, présent au procès, crut l'entendre émettre un grognement de satisfaction.

— Coupable.

De certains bancs du public monta un murmure d'admiration amusée devant son ton de défi.

1. Magistrat de police.

L'apothicaire frémit. Il vivait à une époque d'atroce cruauté qui l'horrifiait et il ne pouvait que se féliciter de l'attitude de certains, tel l'artiste William Hogarth, qui prenaient fermement position contre le monstrueux traitement infligé à des animaux sans défense par des créatures supposées humaines. À ses yeux, la beauté du visage de l'accusé était gâchée par son rictus cruel.

Mr Fielding rompit le silence qui s'ensuivit.

— Ordre a été donné d'empêcher une coutume barbare et inhumaine – je m'en voudrais de la baptiser « divertissement » – qui consiste à attaquer des coqs, le jour du Mardi Gras et autres jours de fête. Quelle lâcheté pour un peuple courageux que de prendre plaisir à voir un gaillard de six pieds de haut lancer un bâton sur un pauvre animal inoffensif, préalablement attaché pour l'empêcher de fuir ce traitement barbare, infligé par plus fort que lui ! Que dire de l'attitude des garçons à qui appartiennent ces bêtes : on les a vus les mettre dans des chapeaux, après que leurs membres ont été brisés, pour fracasser leur cervelle. Il est évident que ces procédés sont incompatibles avec la charité, la compassion, la bienveillance que les étrangers reconnaissent comme des caractéristiques de notre peuple. Je vous le demande, ces vigoureux et beaux jeunes gens dont je viens de parler ne feraient-ils pas encore meilleure figure avec un mousquet à l'épaule ? N'oublions pas que nous sommes une nation en guerre. Je vous condamne à un emprisonnement de trois mois à Newgate, Nathanial Hicks. Et que les racoleurs [1] vous guettent à la sortie !

— Hurrah ! cria le duc de Richmond, enflammé de patriotisme.

Et il fut accompagné d'un murmure général d'approbation. L'humeur du public avait changé : de quel

---

1. Agents qui enrôlaient de force dans l'armée.

droit laissait-on de jeunes hommes parfaitement constitués s'attaquer à des coqs alors qu'ils feraient mieux de se battre contre les Français ? Le prévenu, si content de lui, fut emmené sous les huées, et les travaux du tribunal se poursuivirent.

L'apothicaire cessa de prêter attention aux débats, tout à la pensée de la guerre que livrait l'Angleterre non seulement à ses voisins d'outre-Manche, mais également à l'Autriche et à la Russie, entraînées dans une redoutable alliance avec la Suède et la Saxe. Tout avait commencé en août 1756 quand la Prusse avait résisté à la tentative autrichienne de reprendre la Silésie perdue onze ans auparavant. Après une première opération défensive, il y avait eu engagement général, chaque nation prenant parti d'un côté ou de l'autre pour des raisons secrètes. Pourtant à Londres, à part des signes d'agitation plus intense des racoleurs autour d'auberges de bas étage, les habitants dans l'ensemble étaient peu affectés par la guerre et la vie continuait à peu près comme avant.

Ce jour-là cependant, par un temps de février brumeux, les rues de la capitale et les places noyées sous d'épaisses couches de brouillard demeuraient silencieuses ; le *beau monde**, ces papillons qui se plaisent à parader vêtus de brillantes couleurs, désireux de voir et de se faire voir, avait pour une fois déserté les lieux. Habituellement, les gens de qualité sortaient de chez eux avant l'heure du dîner ; on les voyait entre deux heures et cinq heures fréquenter les boutiques, les salles de vente, les cafés ou se rendre mutuellement visite. Mais cet après-midi-là, la crainte d'exposer leurs vêtements délicats aux intempéries les gardait au logis ou en quelque endroit où il leur était loisible de perdre leur temps en d'insipides divertissements. Aussi, quand John Rawlings était entré au tribunal, situé sur Bow Street à côté du Public Office, avait-il trouvé la salle pleine à craquer de spectateurs.

Regarder comment un aveugle pouvait rendre la justice était considéré comme un passe-temps agréable par ceux qui n'avaient pas grand-chose à faire dans l'existence. Hochant la tête d'un air ironique, John s'était glissé derrière les trois bancs de bois rangés de chaque côté de la salle du bas et s'était découvert une toute petite place à la galerie supérieure. Au-dessus de sa tête, la galerie était bondée et l'apothicaire reconnut plusieurs personnes, notamment le duc de Richmond qui lui fit un large sourire en agitant son tricorne. John lui fit signe à son tour, mais aucun autre échange n'avait été possible car Mr John Fielding, le magistrat principal, avait fait son entrée à ce moment-là, appuyé sur sa canne. Il était célèbre sous le nom du « Blind Beak[1] ». Tous se levèrent tandis qu'assisté de son greffier, Joe Jago, il se dirigeait vers son siège à haut dossier et s'asseyait.

De son fauteuil inconfortable mais bien situé, John regarda avec affection celui que, depuis trois ans, il avait appris à respecter et à admirer plus que quiconque. Au début de l'été 1754, ce fut une mort dramatique qui les fit se rencontrer, la mort d'une jeune femme dont John avait découvert le corps dans le parc d'agrément de Vaux Hall[2]. Tenu brièvement pour suspect, il était rapidement devenu l'ami, le confident et l'assistant de John Fielding et l'avait aidé à dépister le véritable coupable. À deux reprises ensuite il l'avait secondé, et le Beak le considérait avec affection comme un Beak Runner[3] officieux chargé d'arrêter les criminels. Mais la véritable vocation de John était de soigner les malades par les plantes et sa boutique était sise dans les parages de Piccadilly.

---

1. Magistrat aveugle.
2. Voir *L'Apothicaire de Londres* (Labyrinthes n° 2).
3. Sergent de police.

L'apothicaire tenta de changer de position tant bien que mal et prêta l'oreille car le magistrat prenait de nouveau la parole.

— Compte tenu de la nombreuse assistance réunie ici en ce jour, je vous rappelle les conditions de l'engagement dans l'armée de Sa Majesté et dans la marine. Les volontaires reçoivent trois livres. Les hommes qui se font ramasser par les racoleurs sont tous vigoureux, fainéants... (Le magistrat dirigea le regard mort de ses yeux cachés derrière un bandeau noir vers la galerie et les bancs.) Ce sont des êtres sans foi ni loi qui, dûment examinés, se révèlent incapables d'exercer un métier ou une occupation régulière et ne peuvent subvenir à leurs besoins. Les sergents recruteurs sont à la recherche d'hommes âgés de 17 à 45 ans en bonne santé et qui, en chaussettes, ne mesurent pas moins de cinq pieds quatre pouces. (Le Blind Beak se leva et on put constater qu'il mesurait plus de six pieds de haut.) Je vous remercie de m'avoir écouté avec attention, le tribunal reprendra ses audiences demain.

Il sortit, suivi de la foule qui se pressait aux portes donnant sur Bow Street. John en fit autant avec l'intention de retourner au Public Office et de monter dans les appartements privés de Mr Fielding. Il avait en effet été convié à dîner avec la famille Fielding, un groupe familial restreint composé du magistrat, de son épouse Elizabeth et de leur fille adoptive, Mary Ann, qui était en réalité leur nièce. Il ne connaissait pas les circonstances de l'adoption mais se doutait qu'il s'agissait sans doute d'une fille d'une des sœurs de Mr Fielding, née hors mariage.

Il songeait à cela quand il sentit une tape amicale sur son épaule et vit Charles Lennox, duc de Richmond, qui avait surgi dans le brouillard, prêt à engager la conversation.

— Rawlings, très cher, comment allez-vous ? (Et

sans attendre la réponse, il poursuivit son bavardage :) Cette guerre nous donne bien des tracas, n'est-ce pas ? Cela me bouleverse. On m'a prié de laisser s'engager certains de mes serviteurs, ce qui est fort gênant étant donné mes projets.

— Quels projets ? demanda l'apothicaire dont le cœur se mit à battre plus rapidement.

Le duc cligna de son œil noir, ce qui le fit ressembler étrangement à son ancêtre Charles II.

— Mon mariage, finit-il par dire d'une voix qui se voulait confidentielle, mais qui résonna dans la brume.

John Rawlings ressentit un profond malaise : depuis longtemps, il nourrissait une passion intense pour la belle actrice Coralie Clive, passion qui n'avait jamais abouti, et il était malade à l'idée qu'elle allait convoler avec Richmond, qui comptait parmi ses admirateurs les plus assidus.

— Quelle est l'heureuse élue ? parvint-il à prononcer d'une voix qui lui parut croassante.

Nouveau clin d'œil.

— Je préfère n'en point parler pour le moment. En fait, je n'ai pas encore fait ma demande et il me semble que l'élue en question doit en être la première avertie.

L'apothicaire combattit une furieuse envie de le frapper. Il se força à rire.

— Puis-je tout au moins tenter de deviner ?

— Même si vous tombez juste, je ne vous le dirai pas.

— Est-ce que je la connais ?

— Peut-être bien que oui, peut-être bien que non, répondit le duc qui visiblement s'amusait fort.

— Allons, allons, vous savez bien que vous pouvez me confier un secret !

— Mon cher, je me fie à mes propres principes et, par voie de conséquence, ne fais confiance à personne. Mais pourquoi donc y attachez-vous une telle importance ? ajouta-t-il en plissant les yeux et lui jetant un regard soupçonneux.

John ne savait plus quelle contenance adopter sous l'œil perspicace de son interlocuteur ; aussi fut-il soulagé quand une passante, qui ne l'avait pas vu à cause du brouillard, le heurta.

— Pardonnez-moi, sir, fit une voix féminine.

— Ce n'est rien, dit John à la personne qui disparut.

Le duc saisit l'occasion de mettre un terme à une conversation qui commençait à l'importuner.

— Eh bien, il me faut vous quitter, je suis prié à dîner chez Marlborough.

John avait suivi des yeux la femme qui avait disparu dans le brouillard car sa silhouette lui semblait familière. Il se retourna vers son compagnon et, le regardant droit dans les yeux, lui demanda sans détour :

— Sir, est-ce Coralie Clive à qui vous pensez ?

— Ah ! je comprends ! fit le duc en s'esclaffant, d'ailleurs je m'en doutais. Non, pas du tout. Mais je vous trouve courageux de tenter votre chance avec elle : miss Clive pense plus à sa carrière d'actrice qu'à n'importe quel prétendant.

— Je le sais bien, dit l'apothicaire avec mélancolie.

Le duc lui passa le bras autour des épaules.

— Mais je vous souhaite de parvenir à la fléchir. Un de ces jours elle s'apercevra sûrement de ce qu'elle perd.

— Je l'espère de tout cœur.

— Mais jusque-là, puis-je vous donner un conseil ?

— Je vous écoute.

— Courez le guilledou, cela peut être un passe-temps très excitant.

— Je n'y manquerai pas, répondit John Rawlings

qui le salua courtoisement, puis il se dirigea vers le Public Office.

Comme à son habitude, John Fielding le reçut dans son vaste salon aux rideaux bien clos pour ne pas laisser entrer le froid brouillard de février ; un bon feu alimenté en bois et charbon tiédissait l'atmosphère. L'apothicaire s'installa avec plaisir dans le fauteuil en face de celui de Mr Fielding et prit le verre de punch bouillant que lui offrait Mary Ann, assise par terre aux pieds de son oncle. C'était une jolie petite demoiselle très sérieuse et débrouillarde pour son âge. Elle avait presque 13 ans, commençait à perdre les rondeurs de l'enfance et l'on devinait qu'elle deviendrait fort belle. John Rawlings, qui avait un faible pour elle et la trouvait très bien élevée, la gratifia d'un large sourire.

— Oh ! Mr Rawlings ! j'aime cette façon que vous avez ! s'écria Mary Ann en se levant pour l'embrasser sur la joue.

— Quelle façon ? demanda John, intrigué.

— Votre façon de sourire avec la bouche un peu de travers qui se relève seulement d'un côté ; c'est très amusant !

— Je suis enchanté que cela vous plaise, fit-il en inclinant la tête.

— Vous êtes l'homme le plus charmant de la terre, poursuivit-elle en riant.

— Cela suffit ! lança Fielding, sans qu'il eut pour autant aucune sévérité dans la voix. Vous êtes une impertinente petite bonne femme, filez d'ici avant que ma main ne se mette en branle !

La fillette éclata de rire, elle ne craignait visiblement pas les menaces de son oncle.

— Eh bien, je m'en vais ! bonsoir messieurs ! s'écria-t-elle d'un air mutin, et avant de quitter la pièce, elle lança par-dessus son épaule un dernier regard à John.

— Elle devient une vraie jeune fille, remarqua l'apothicaire.

— Un peu trop vite. (Le magistrat soupira.) Elizabeth me dit qu'elle sera très belle. Est-ce vrai ou bien est-ce un souhait pieux de mon épouse ?

— Oh non, c'est tout à fait vrai, et d'ici peu vous aurez un essaim de prétendants, qui viendront frapper à votre porte.

— Mon Dieu ! Mon Dieu ! Je préfère n'y pas penser. Mais assez parlé de cette demoiselle. Comment allez-vous, Mr Rawlings ? Que devenez-vous ?

— Tout va bien mais je vous avouerai que j'aspire à une occupation plus excitante. Réalisez-vous, sir, que deux années ont passé depuis la triste affaire de la taverne du Diable[1] ?

— Déjà ? Que le temps passe vite !

Rawlings approuva d'un signe de tête comme si son compagnon pouvait le voir. Une fois de plus il constata que tout le monde se comportait avec le Blind Beak comme s'il n'était pas privé de la vue.

— Je me rends compte que bien des choses se sont passées au Public Office ; vous avez fait beaucoup de réformes et les affaires criminelles n'ont pas manqué. Mais moi, pendant ce temps, j'ai vécu tranquillement, composant mes remèdes avec des simples et instruisant mon apprenti...

— Comment se comporte le jeune Nicholas ? demanda Mr Fielding en l'interrompant.

— Mieux que jamais, sir. Il s'est remis des difficultés de ses premières années et il a retrouvé la belle vigueur de son âge. Pourtant, je crois qu'il restera filiforme.

---

1. Taverne du Diable, voir *L'Apothicaire et la taverne du Diable* (Labyrinthes n° 42).

— Et son travail ?

— Excellent. Il a un talent inné d'herboriste. Vous m'avez rendu un fier service le jour où vous me l'avez confié.

— Je suis très heureux de ce que vous me dites là.

Il but en silence quelques gorgées de son punch et son immobilité absolue eût pu faire croire qu'il s'était endormi ; mais c'était son habitude et John, en l'observant, se doutait que, derrière cette apparence trompeuse, travaillait un des cerveaux les plus actifs du royaume.

— Nous devons à tout prix demeurer sur nos gardes, Mr Rawlings.

— Qu'est-ce à dire, sir ?

— Je fais allusion à la situation politique. L'Angleterre est entrée en guerre apparemment parce que nos monarques hanovriens sont unis aux Hohenzollern du Brandebourg – les Prussiens – depuis plus d'une génération. En fait, ce n'est pas la vraie raison.

— Ah ? se contenta de dire John, sachant qu'à ce stade de la discussion, mieux valait ne pas donner son opinion.

— Le vrai motif du gouvernement britannique est de faire la guerre pour mettre un frein à l'impérialisme grandissant de ses vieux ennemis d'outre-Manche. Les flottes française et anglaise depuis longtemps luttent pour obtenir la domination maritime, tandis que de plus grandes puissances cherchent à l'emporter dans les terres découvertes depuis peu à l'est et à l'ouest. Bref, des deux côtés on désirait le combat et l'occasion leur en a été donnée.

— Oui, je comprends, mais pour quelle raison faut-il nous tenir sur nos gardes ?

— Méfions-nous des espions, répondit laconiquement le magistrat. Ils vont traverser en masse la petite étendue de mer qui nous sépare de l'ennemi, croyez-moi. Sans compter ceux qui résidaient déjà chez nous.

— Déjà chez nous ? répéta l'apothicaire, visiblement sceptique.

Le magistrat baissa la voix et se pencha en avant, invitant du geste John à faire de même.

— Je vous le garantis, Mr Rawlings. J'ai eu récemment un entretien avec Mr Todd des Affaires secrètes, qui soutient qu'un important espion est déjà au travail en plein Londres.

L'apothicaire fronça les sourcils.

— Il pense que cet homme était en ville avant même le début des hostilités et que ses activités se cachent derrière un écran de respectabilité : il occuperait une place de choix dans la société.

— Mais pourquoi un espion français ? Il est français, je présume ? (Mr Fielding acquiesça d'un hochement de tête.) Aurait-il des activités en temps de paix ?

— À cause de tout ce qui se passe d'important : mouvements de troupes, décisions gouvernementales, pour ne citer que cela. La tâche d'un agent secret n'est-elle pas d'obtenir le plus de renseignements possible et de les rapporter à ses maîtres ? En revanche, il y a aussi des agents étrangers en séjour ici qui ne font pas grand-chose, sinon soutirer leur argent. Mr Todd les appelle les « dormeurs ».

— Alors d'après vous, il existerait un réseau d'espions dans le pays ? demanda John très étonné.

Le Blind Beak remplit à nouveau les verres de punch aussi habilement que s'il voyait.

— Parler de réseau serait peut-être exagéré. Je dirais plutôt un écheveau de personnes ignorant sans doute l'existence les unes des autres qui, pour une raison ou une autre, peut-être par nécessité financière, ont accepté d'être à l'affût de ce qui se passe au bénéfice de nos ennemis d'outre-Manche.

— Je suis stupéfait, je n'en avais aucune idée, dit John après avoir bu une bonne gorgée de punch.

Mr Fielding laissa éclater son petit rire mélodieux.

— Vous venez de me laisser entendre que vous vous ennuyiez. Voilà le moyen d'y remédier : je vous confie le soin de découvrir un espion et de prévenir les Affaires secrètes. Mais attention ! Ne vous ridiculisez pas en enquêtant.

— Que voulez-vous dire ?

— Au moment de l'insurrection jacobite[1], un cousin de mon père voyait partout des traîtres et il a passé sa vie à dénoncer ses amis pour leurs prétendues activités jacobites. À la fin ils furent si fâchés contre lui – car ils étaient innocents, je m'empresse de le souligner – qu'ils l'ont poussé dans une voiture de louage, lui ont jeté un capuchon sur la tête, enlevé tous ses vêtements et l'ont attaché tout nu à la grille de Hyde Park pour que tous les passants le voient !

L'apothicaire fit grise mine.

— Quel triste sort ! Me voilà prévenu.

— C'est bien, dit le Blind Beak qui se leva pour accompagner son hôte dans la salle à manger et un domestique, venu annoncer que le repas était servi, le guida jusque-là.

Ce ne fut qu'une fois installé dans l'espace réduit d'une chaise à porteurs – une des rares à circuler par cette nuit de brouillard – que John sentit un objet dans la poche de son manteau. Il ne s'y trouvait pas tout à l'heure, lorsqu'il s'était acheminé de sa boutique jusqu'à Bow Street, il en était certain. Il le tira de sa poche et vit dans la pénombre que c'était une lettre. Avec peine, il déchiffra les mots : « Mr John Rawlings, apothicaire de Shug Lane », tracés d'une belle écriture déliée. Il se demanda comment cette lettre avait pu être introduite dans sa cachette et si Mr Fielding était au courant. Puis il ferma les yeux sachant

1. Partisans de Jacques Ier.

que dans cette obscurité, il ne pouvait rien faire et qu'il devrait attendre d'être de retour chez lui.

Il habitait Nassau Street, dans la paroisse de Ste Ann Soho, où il partageait la demeure de son père adoptif sir Gabriel Kent et hébergeait, selon la coutume de l'époque, son apprenti Nicholas Dawkins, un garçon dont les aïeux, curieusement, descendaient d'un membre de la cour de Pierre le Grand et qu'on surnommait le « Moscovite ». À ces trois messieurs s'ajoutait une équipe de serviteurs exclusivement masculins.

— En pareil milieu jamais une servante ne parviendrait à sauvegarder sa vertu, avait déclaré sir Gabriel, sans pour autant spécifier de qui viendrait le danger.

Pourtant, il n'y avait rien d'austère ni de compassé dans l'atmosphère de la maison, ni dans le comportement de ses habitants. Sir Gabriel passait pour un des plus beaux messieurs de la ville et son fils ressemblait à un oiseau de paradis par sa vêture toujours à la dernière mode. Oui, l'apothicaire avait un véritable souci d'élégance, et l'argent qu'il gagnait passait presque entièrement dans la bourse de son tailleur. Mais c'était au demeurant un jeune homme travailleur qui se consacrait à sa profession avec autant de cœur que ses collègues, et jamais les gens qui le connaissaient ne l'auraient traité de cervelle d'oiseau.

Se frayant un chemin à travers le brouillard, le porte-flambeau brandissait sa torche le plus haut possible, précédant la chaise et ses deux vigoureux porteurs. Ils tournèrent dans Gerrard Street puis dans Nassau Street où John fut déposé devant le numéro 2.

Il régla rapidement les trois hommes et se hâta d'entrer, anxieux de prendre connaissance de la lettre et de comprendre enfin comment elle était parvenue jusque dans sa poche. Mais comme il se dirigeait vers le petit salon, la porte de la bibliothèque de sir

Gabriel s'ouvrit et Nicholas Dawkins, dont le mince visage révélait une grande excitation, parut devant lui.

— Il me semblait bien avoir reconnu votre pas, sir. J'ai quelque chose d'intéressant à vous communiquer.

— Hé oui, John ! il semble que vous ayez une dame qui vous admire secrètement, annonça sir Gabriel du fond de la pièce.

Tirant la lettre de la poche de son manteau, qu'il tendit au laquais, il se résigna à ne la lire que plus tard et suivit Nicholas dans la bibliothèque.

Une belle flambée brûlait dans l'âtre et sa clarté illuminait la table de jeu installée devant la cheminée ; un échiquier y était posé. Visiblement son père et le jeune apprenti rivalisaient d'acuité intellectuelle dans une partie que son arrivée avait interrompue.

— Mon cher, vous avez eu un tel impact sur le cœur de cette malheureuse créature qu'elle s'en est venue, *incognito* naturellement, jusqu'à votre boutique pour vous parler.

— Sir Gabriel a raison, sir, fit Nicholas enthousiaste. Elle est venue à cette intention.

John les regarda avec affection, souriant de cette annonce mystérieuse, heureux de se retrouver au logis en présence de l'homme qui l'avait élevé, l'ayant recueilli alors qu'il mendiait dans les rues de Londres, et du garçon que lui-même avait arraché à semblable sort.

Sir Gabriel fit un signe de sa longue main effilée où brillait un sombre saphir, presque noir, qui étincela à la lumière du feu.

— Servez-vous du porto, mon garçon, il me semble avoir déniché un bon cru et j'aimerais que vous me disiez ce que vous en pensez.

— Volontiers, dit l'apothicaire qui versa le liquide d'un beau rouge foncé dans un verre de cristal puis s'assit au coin du feu.

Ce soir-là son père était en *déshabillé** : peignoir de velours noir, turban de satin blanc et une broche, noire, complétait cet ensemble impressionnant. Sir Gabriel avait une réputation d'élégance raffinée et originale ; il portait généralement des vêtements de couleur blanche et noire, ne changeant pour le noir et l'argent que lors de grands événements. Pourtant, on avait vu dernièrement pendue à sa chaîne de gousset... une améthyste violet foncé ; mais c'était la seule teinte différente qu'il se permettait. Ce soir, il ne portait pas sa haute perruque dont les longues boucles tombaient habituellement sur ses épaules. Si l'on avait le malheur de parler de perruques à bourse en sa présence, il pâlissait et marmonnait qu'il s'agissait de monstruosités modernes. Malgré son style original, voire excentrique, on lui trouvait une remarquable élégance et plus d'un jouvenceau se prenait à le regarder d'un œil envieux.

En revanche, Nicholas Dawkins portait le sobre habit des apprentis bien que John, son maître, lui eût permis quelques libertés à cet égard pendant ses moments de détente. Mais le jeune garçon ne voulait pas en entendre parler, car il lui était toujours reconnaissant de l'avoir embauché et ce malgré les larcins qu'il avait commis autrefois pour ne pas mourir de faim. Quand il avait signé son contrat dans lequel il s'engageait à ne pas forniquer, se marier ou s'enfuir, bien se conduire et ne jamais fréquenter les bordels, il avait pris ces promesses très au sérieux. Le Moscovite, malgré ses 19 ans pleins d'allant, avait dû se discipliner et accepter les obligations de sa position. Et pourtant, quand il allait et venait dans Londres au service de son maître, bien des jeunes personnes lorgnaient ce beau garçon aux cheveux noirs et aux yeux mordorés. Parfois il brûlait de leur lancer un regard de connivence et de rompre ses vœux en en assumant les conséquences.

Quoiqu'il en fût, pour l'instant, il attendait respectueusement debout derrière John qu'on lui adressât la parole et ce genre de réflexions était à mille lieues de lui.

— Alors, dit John en se tournant vers lui, qu'en est-il au sujet de cette dame qui est venue dans la boutique ?

— Eh bien, sir, commença Nicholas, tout joyeux de pouvoir enfin raconter sa petite histoire, elle est venue une demi-heure après votre départ pour Bow Street. Elle a demandé à vous voir mais je lui ai dit que vous dîniez chez Mr Fielding et...

— Tu la connais ? interrompit John.

— Elle était masquée, intervint sir Gabriel en croisant les mains, avec un petit sourire averti.

— Ah ! Serafina ! s'écria John. Elle voulait certainement me faire une farce.

— Mais sir, ce n'était *pas* la comtesse de Vignolles, objecta Nicholas, je l'aurais reconnue tout de suite. C'était une étrangère que je n'avais encore jamais vue.

— Je vois, mais qu'a-t-elle fait quand tu lui as dit que j'étais absent ?

— Elle a tourné les talons en hâte en disant qu'elle allait vous rattraper : je l'avais déjà informée que vous alliez d'abord au tribunal et c'est là qu'elle avait l'intention de vous joindre.

— Et alors ?

— Elle est partie.

Sir Gabriel intervint dans la conversation :

— Quel âge avait cette dame, Nicholas ? En as-tu une idée ?

Les yeux mordorés du Moscovite brillèrent.

— Oh oui, je l'ai observée de près, sir Gabriel. Sous le capuchon de sa cape, ses cheveux étaient argentés et sur la partie de son visage au-dessous du masque, j'ai aperçu du fard blanc.

» À moins qu'elle ne portât perruque, j'en conclus qu'elle doit avoir dans les 50 ans, peut-être davantage.

— Une admiratrice plutôt âgée, remarqua John sèchement. (Il demeura silencieux un moment, plongé dans ses pensées, puis s'écria tout à coup :) Morbleu ! Je pense qu'elle a finalement *réussi* à me rattraper.

— Qu'est-ce à dire, mon fils ? demanda sir Gabriel, intrigué.

— Pendant mon trajet de retour, j'ai trouvé cette lettre dans la poche de mon manteau. (Il montra l'enveloppe.) J'ai d'abord cru à une plaisanterie de Mr Fielding puis je me suis rappelé qu'une passante m'avait heurté dans le brouillard ; elle a dû glisser sa lettre à ce moment-là.

— Il n'y a qu'un moyen de s'en assurer, sir, déclara Nicholas tout excité.

John rompit le cachet et lut tout haut :

« Cher Mr Rawlings,

Ne m'en veuillez pas de cette façon peu orthodoxe d'entrer en relation. J'espérais vous voir dans votre boutique mais j'avais préparé ce mot au cas où je ne le pourrais. Je suis venue jusqu'à Londres dans l'espoir que nous pourrions nous entretenir, mais à présent que vous devez lire ma lettre, je ne sais plus que vous dire, mais il me faut pourtant vous révéler ce qu'il en est. Le fait est, mon très cher sir, que je crains pour ma vie. Quelqu'un essaie de m'empoisonner, j'en suis convaincue. Pourtant, quand je jette les yeux sur mon passé, je comprends pourquoi : à cause de la haine que j'ai engendrée. Ô mon cher ami ! je vous en conjure ! si vous attachez de l'importance à une vieille relation, aidez-moi. Je vous supplie de venir ici et de me conseiller sur ce que je dois faire.

Je signe et vous reconnaîtrez le nom de celle pour qui autrefois vous avez montré plus que de la bonté.

Une voix du passé,
Petronilla's Platt, Winchelsea, Sussex (à quelques miles de l'ancienne ville de Rye). »

Le silence qui régnait soudain dans la bibliothèque de sir Gabriel n'était troublé que par le murmure des voix des domestiques au sous-sol.

— Ma foi, voilà une bien surprenante affaire, déclara sir Gabriel d'une voix songeuse. Que décidez-vous ?

L'apothicaire déclara avec un sourire en coin :

— Tout à l'heure je me plaignais à Mr Fielding que je n'avais plus rien connu d'excitant dans mon existence depuis l'affaire de la taverne du Diable. Il faut croire que les dieux m'ont entendu.

— Voulez-vous que je porte dès ce soir un message à maître Gerard ? demanda Nicholas tout émoustillé, car il appréciait fort de mener, en l'absence de son maître, les destinées de la boutique en compagnie d'un vieil apothicaire qui venait lui donner un coup de main.

John sourit, amusé.

— On dirait que tu as hâte de me voir m'envoler !

Le Moscovite, qui ne goûtait guère les taquineries, rougit.

— Oh non, sir, c'est vrai, j'aime prendre mes responsabilités mais quand vous partez, vous me manquez.

— Que voilà un beau compliment ! fit remarquer sir Gabriel en sirotant son porto.

— Je l'apprécie à sa juste valeur, mais ne dérangeons pas notre vieil homme pour le moment. Si je pars après-demain, il sera toujours temps de le prévenir dans la matinée.

— Je suppose, dit son père, qu'il ne vous vient pas à l'idée que vous allez droit dans un piège ?

— Qu'est-ce qui vous fait dire cela ? demanda John en lui lançant un regard pénétrant.

— Si quelqu'un essaie de vous attirer à Winchelsea pour un motif connu de lui seul, c'est tout à fait réussi. Après tout, qui est cette « voix du passé » ? Qu'est-ce qui vous garantit que c'est une femme ? Celle qui vous a glissé la lettre n'est peut-être qu'un appât...

— Et si je vous accompagnais ? proposa Nicholas avec fougue.

— Non, ni toi ni qui que ce soit, répondit John en lançant un regard entendu à son père.

Celui-ci salua en déclarant :

— Je m'incline devant votre audace, mon garçon, je suis sûr que vous n'agissez pas à la légère.

— Soyez assuré que je sais ce que je fais, répondit l'apothicaire avec fermeté et il se versa à nouveau du porto, en souhaitant être aussi convaincu qu'il voulait bien le dire.

2

Après réception d'une réponse immédiate de maître Gerard acceptant volontiers d'aider à la boutique en l'absence de son confrère, John dépêcha un valet de son père en voiture de louage au Borough pour s'enquérir de la meilleure manière de se rendre à Winchelsea, cette ville ancienne fondée en 1288, un des fameux Cinque Ports. C'était du Borough que partaient les diligences et chaises de poste que l'on appelait aussi les « voitures volantes », à cause de leur aptitude à franchir une centaine de kilomètres par jour, desservant ainsi le Kent, le Sussex, le Surrey et le Hampshire et prenant les voyageurs dans les vieilles auberges de Southwark. Pour d'autres destinations, les voyageurs partaient de diverses hôtelleries de la ville ; le fameux service régulier pour York prenait le départ au *Cygne Noir* à Holbourn Hill. Winchelsea en fait n'était pas desservi directement, il fallait descendre à Hastings.

— Bien, et à quelle heure partent les voitures pour Hastings ? demanda John.

— La diligence part à minuit, maître John, et ce ne doit pas être confortable de passer toute la nuit dedans. Il y a un autre service qui part à midi et on arrive à Lamberhurst le lendemain. Mais les « voitures volantes » partent à 6 heures du matin et vous garantissent l'arrivée à Hastings dans la journée avec étape à Sevenoaks pour l'agrément – c'est un relais de poste – puis dîner à Lamberhurst. Elles partent pour la plupart du *Cerf Blanc*.

— Bon, eh bien j'y passerai la nuit au lieu de me lever dès potron-minet et de traverser Londres dans l'obscurité.

Décision prise, l'apothicaire dîna de bonne heure avec sir Gabriel, laissant à son apprenti le soin de fermer la boutique. Il choisit une valise spacieuse pour y emballer une bonne quantité de vêtements car il n'était pas homme à se contenter de légers bagages, sans oublier de mettre des herbes pour traiter les empoisonnements dans sa trousse médicale. Cela fait, il embrassa son père sur la joue et monta dans une voiture de louage qu'on était allé héler sur Gerrard Street. Il était plutôt nerveux à l'idée de rencontrer cette voix du passé.

À l'instar de beaucoup d'autres auberges du XVIIe siècle, le *Cerf Blanc* était un bâtiment à galerie entourant une cour pavée où les diligences déposaient les voyageurs. Sous la galerie se trouvaient les écuries pour les chevaux, des auges et des bottes de paille. Quelques poulets erraient çà et là à la recherche de grains à picorer. Le sol était abondamment couvert de crottin et John s'avança en prenant garde où il posait le pied car la cour n'était que chichement éclairée par des lanternes vacillantes disposées sur le pourtour. À l'intérieur, le *Cerf Blanc* était joyeusement illuminé et il y régnait l'agitation et le vacarme typiques de ces lieux où commencent et finissent les voyages.

John retint une chambre au premier étage dont la fenêtre donnait sur la cour. Il avait l'intention de se retirer de bonne heure mais il ne put résister à l'envie de voir ce qui se passait dans l'arrière-salle d'où provenait un joyeux tapage. Il entrebâilla la porte, y passa la tête et aussitôt la fumée des pipes et celle qui se dégageait de l'âtre lui montèrent aux narines. Il fut ébloui par l'éclat de la flambée, des multiples chandelles et par le vert lumineux de l'habit du gaillard qui provoquait toute cette animation. Brandissant un verre, un large sourire sur sa face rubiconde, l'homme discourait et sa bonne humeur était contagieuse.

— Alors je dis à cette femme : « Ma'am c'est pas moi qui ai roté, c'est mon canasson... »

Il y eut dans l'assistance un immense éclat de rire, d'autant plus intense qu'on passait un grand pichet à la ronde.

— Voilà qu'elle me déclare tout net : « Nenni sir, ce n'est ni vous ni lui, croyez-moi, je sais de quoi je parle. » Voyez-vous ça ? « Je sais de quoi je parle » !

Sur ce, il vida son verre, s'administra une forte tape sur la cuisse et s'essuya les yeux avec un mouchoir à pois, le tout d'un seul mouvement. John fut lui-même saisi d'hilarité, non pas à cause de la plaisanterie plutôt grossière et sans grand sens – à moins qu'il eût manqué un point important –, mais parce qu'il était gagné par l'entrain du bonhomme. Celui-ci le voyant sourire s'approcha, la main tendue.

— Ffloote, sir, avec deux f.

— Rawlings, avec un r.

Ffloote demeura perplexe, l'espace d'une seconde, puis sembla saisi d'apoplexie.

— Un r, oh que ça me plaît ! Vous avez de l'esprit, sir, ah oui vous êtes doué ! et il se plia en deux en s'esclaffant.

L'apothicaire l'imita malgré la stupidité du dialogue et lui serra la main en remarquant que chacun des doigts était aussi gros qu'une belle carotte.

— J'ai grand plaisir à faire votre connaissance, sir.

— Le plaisir est pour moi, venez donc trinquer. Une bonne bouteille de vin, je vous l'offre !

— Oh, un verre suffira, je dois me mettre en route de bonne heure demain matin. Il ne faut pas j'aie la tête grosse comme ça.

— Balivernes ! répliqua le bonhomme. Moi aussi je pars à l'aube mais je ne laisse jamais ce genre de considérations me priver d'un petit plaisir. Après tout on ne vit qu'une fois. « Les femmes et le vin, il n'y a que ça dans la vie », et il fredonna ce passage de l'*Opéra des Gueux*.

John éclata de rire malgré son peu d'enthousiasme.

— Je ne vous garantis pas que je la boirai tout entière.

— Peu importe, mon ami ! Je vous aiderai, ajouta-t-il avec un clin d'œil, petit et noir enfoui dans de multiples replis de graisse.

Le bonhomme était vulgaire à souhait, mais John ne put s'empêcher d'éprouver de la sympathie. C'était l'archétype de ces gens qu'on rencontre dans les relais de poste ou les réunions campagnardes juste quand on voudrait passer une soirée paisible. On eût dit une caricature. Quand une servante parut sur le seuil, John paria en lui-même que Ffloote ne se priverait pas du plaisir de lui administrer une bonne tape sur le postérieur et il n'y manqua pas, en hurlant de rire. La servante – et c'est à son crédit – ne fit qu'esquisser une moue et s'éclipsa, ayant résisté à la tentation de lui vider le pichet de vin sur la tête.

— Mignonne ! lui cria le bonhomme, mais la jeune personne était hors d'atteinte et John fit diversion en posant une question à Ffloote.

— Vous faites un long voyage, sir ?

— Pas vraiment. Je vais sur la côte du Sussex, j'habite Winchelsea. On me considère comme le seigneur de l'endroit. Ah ! Ah !

Et une fois de plus il rugit de rire, envoyant aux narines de son interlocuteur une bouffée de son haleine avinée. Mais l'apothicaire était trop surpris pour le remarquer. Il regarda son compagnon bouche bée.

— Vous avez dit Winchelsea ?

— Oui, qu'est-ce que ça a d'étonnant ?

— C'est parce que, par un de ces hasards étranges de l'existence, je m'y rends aussi, dans un lieu appelé Petronilla's Platt. Vous connaissez ?

— Bien sûr que je connais, c'est situé sur High Street. On l'a restauré récemment, bien que ça faisait des siècles qu'il y avait une chaumière à cet endroit.

— Cela peut vous paraître bizarre, mais je ne connais pas du tout la dame qui y habite. Vous la connaissez ?

Pour la première fois depuis leur rencontre, Ffloote cessa de sourire et poussa un énorme soupir.

— Une drôle de femme en fait. Je ne peux pas dire que je la fréquente beaucoup. Je crois que c'est un cousin qui lui a laissé la maison, il y a un an seulement.

John, dont la curiosité était piquée, demanda :

— Connaîtriez-vous son nom par hasard ?

Ffloote fronça les sourcils et sa face rubiconde se

plissa au point que ses yeux disparurent complètement.

— Voyons voir, Roe, Roach, quelque chose comme ça. Ma femme devrait pouvoir vous renseigner mais elle n'est pas là, n'est-il pas vrai ?

Et disant cela il envoya un vigoureux coup de coude en riant à John qui en conclut qu'il lui en fallait vraiment peu pour s'amuser. Juste à cet instant, le visage du bonhomme prit une expression rusée, signalant qu'il avait une question à poser.

— Pourquoi ces questions ? On ne vous a rien dit de cette dame ? Plutôt bizarre pour quelqu'un qui va lui rendre visite, non ?

John ne fut pas pris au dépourvu, il s'attendait à ce qu'il le lui demandât. Il répondit sans hésiter :

— Elle est une parente éloignée d'un de mes amis qui la surnomme tante Lubie, sans doute à cause de son tempérament. En tout cas, pour résumer, il m'a demandé de m'en occuper dans mon domaine. Je suis apothicaire et la dame a réclamé une potion pour venir à bout d'une méchante colique.

— Un long voyage pour pas grand-chose, rétorqua Ffloote en faisant les yeux ronds.

John qui, au fil des années, s'était trouvé des mimiques adaptées à diverses circonstances, prit l'air du brave garçon un peu penaud.

— Je serai franc avec vous. En fait j'avais envie de m'éloigner un peu de la ville. (Il agita la main.) J'ai mes raisons et c'était une bonne excuse que d'aller rendre visite à tante Lubie, histoire de laisser les choses se tasser.

— Laisser les choses se tasser, elle est bien bonne celle-là, s'écria Ffloote dans un nouvel accès de bruyante hilarité. Vous êtes décidément un homme du monde, mon bon monsieur. Je dirais même un sacré garnement. Enchanté d'avoir fait votre connaissance. Je me nomme sir Ambrose, et vous connaissez le reste de mon nom. Mon épouse serait radieuse de vous rencontrer. En ce moment, elle a un tas d'ennuis de santé. Une martyre de la migraine, ma pauvre petite Faith. Peut-être pourriez-vous la soulager, Mr Rawlings ? Je n'ai pas saisi votre prénom.

— John, pour vous servir, sir. (Il sortit sa carte qu'il déposa dans les énormes doigts de sir Ambrose.) Croyez que je ferai l'impossible pour lui porter secours.

— Bien dit, bien dit. J'espère que j'aurai le plaisir de voyager demain avec vous. La chaise de poste part à 6 heures, les voituriers me connaissent depuis longtemps, ils me réservent toujours une place, et moi je cherche toujours trois compagnons pour partager les frais.

John n'avait pas le choix, il s'obligea à sourire en espérant que sir Ambrose était du genre à s'endormir au premier tour de roues.

— Je serai enchanté, répondit-il d'un ton peu enthousiaste.

— Brave garçon ! Allez, encore un petit verre. J'ai l'intention de rester debout toute la nuit ; ce serait une perte de temps que d'aller au lit, je dormirai tout mon soûl pendant le trajet.

Soulagé, John déclara avec politesse :

— Mille mercis, mais je ne peux accepter, j'ai eu une dure journée ; avec votre permission...

Ffloote dans un large sourire exhiba deux rangées de dents minuscules.

— Décidément, les jeunes gens d'aujourd'hui n'ont aucune résistance, c'est grand dommage. Moi on m'a élevé à boire et à jouer des nuits entières sans que ça me fasse aucun mal.

Il se frappa la poitrine, toussa en postillonnant et conclut qu'il se portait comme un charme.

— Je suis désolé de vous décevoir mais j'ai besoin

de dormir, expliqua John d'un air contrit. Je vous dis à demain, 6 heures.

— Surtout ne soyez pas en retard, la voiture part pile à l'heure dite. Ils ont leur réputation de vitesse à défendre et les postillons n'attendent pas les retardataires.

— Je m'en souviendrai, assura l'apothicaire et, après un salut dans les formes, il sortit de la pièce avec joie.

Il se mit à pleuvoir pendant la nuit : un vrai déluge tomba du ciel qui réveilla l'apothicaire ; il alla à la fenêtre et contempla la cour transformée en lac car les caniveaux étaient tout à fait insuffisants pour une telle quantité d'eau. La lumière des lanternes se réfléchissait à la surface de l'eau comme autant de petites étoiles jaunes tombées du ciel. Toutes les voitures avaient été rassemblées sous la galerie à l'abri. Il distinguait à peine les silhouettes des cochers qui s'apprêtaient à partir, leur chapeau solidement enfoncé, et il s'apitoya sur le sort de ces pauvres hères qui auraient d'ici peu à braver les intempéries aussi bien que les périls de la route.

Le reste de la nuit, il ne jouit que d'un sommeil entrecoupé. À 5 heures, une servante livide et visiblement harassée lui apporta un broc d'eau chaude et lui cria en partant qu'un petit déjeuner l'attendait en bas s'il était prêt à en débourser le prix. Étant de ceux qui pensent que la journée doit commencer par un solide repas, il se hâta de se raser et d'aller engloutir des œufs, du jambon et des harengs marinés, trop heureux en pénétrant à pas de loup dans la salle de n'y pas trouver sir Ambrose Ffloote, qui avait dû s'endormir au beau milieu de ses libations.

Le premier regard qu'il jeta sur le bonhomme confirma son pronostic : les yeux rouges, pas rasé, la perruque de guingois, sir Ambrose s'en fut d'un pas incertain sous le déluge vers la chaise de poste où John s'était déjà installé.

Il passa la tête à la fenêtre, l'eau ruisselant de son chapeau et lui coulant le long du nez.

— Ah vous voilà, jeune homme ! Quels sont nos autres compagnons de route ? Il faut bien partager les frais.

— Pour l'instant personne n'est arrivé, répondit John.

Mais juste à ce moment un petit voyageur tiré à quatre épingles apparut, antithèse absolue de sir Ambrose ; il descendait d'une voiture de louage et se dirigeait vers la chaise de poste. Il jeta un bref coup d'œil à la pancarte : « Pour le transport confortable et sans risques des voyageurs, la voiture rapide d'Hastings, dîner à Lamberhurst, relais de poste à Bromley et Sevenoaks. »

— Y a-t-il une place libre ? demanda le nouveau venu à l'un des deux postillons qui s'abritaient sous la galerie et qui portaient des capes en toile huilée sur leur uniforme vert.

— Encore deux, sir.

Sir Ambrose se hissa dans le véhicule.

— Moi, il me faut une place au fond où je pourrai piquer un petit somme. J'ai intérêt à m'installer avant que ce gars n'y flanque ses maudites fesses.

« Il y a peu de chances », pensa John, qui ne dit mot.

Une seconde plus tard l'étranger mit le pied sur la marche et grimpa en jetant un regard circulaire à l'intérieur de la voiture.

— Bonjour messieurs, fit-il poliment en soulevant son chapeau, je suis heureux de faire ce voyage en votre compagnie.

— Sir Ambrose Ffloote, dit le squire d'un ton rogue.

— John Rawlings, murmura l'apothicaire en tentant d'esquisser un salut bien qu'il fût à l'étroit.

— Florence Hensey, répliqua le nouveau venu en saluant à son tour.

— Comment ? s'exclama Ffloote en soulevant une paupière.

— Florence Hensey, sir.

Le squire s'esclaffa bruyamment.

— Comment vous dites ? Florence ? Jusqu'à présent je croyais que c'était un nom de femme, sacrément bizarre !

John se sentit très mal à l'aise tandis que l'étranger expliquait patiemment :

— Hélas ! c'est une tradition familiale. Le deuxième enfant, garçon ou fille, reçoit ce prénom. Ce me fut un grand sujet d'embarras depuis lors.

— Ça m'a tout l'air d'être un nom étranger, poursuivit Ffloote du même ton agressif.

— Ma grand-mère était italienne.

Un postillon frappa au carreau.

— Je vous demande pardon, messieurs, mais nous devons partir à l'heure dite si nous voulons arriver dans les temps malgré la pluie. Voulez-vous partager le prix de la course à trois ? Si personne d'autre ne se présente, nous devrons nous mettre en route, il n'y a pas le choix.

— Maudite dépense, grogna le squire sans même soulever les paupières.

— Pour moi cela ira, dit Florence Hensey d'un ton conciliant.

— Je tiens à ce que nous partions à l'heure, fit John.

— Alors en route ! cria le postillon, peut-être que nous trouverons un autre voyageur à l'une de nos étapes. On y va, Will ! lança-t-il à son compagnon qui enfourcha l'un des chevaux de la seconde paire de l'attelage.

John gardait les yeux fixés sur la large fenêtre qui permettait d'observer le paysage ; à côté de lui était assis Mr Hensey. Il regrettait que le mauvais temps le privât du plaisir habituel de ces voyages. En général, le départ d'une de ces auberges était à lui seul une bonne distraction : les amis, venus faire leurs adieux à des êtres chers pleuraient, agitaient leurs mouchoirs ; les chevaux piaffaient, renâclaient, essayaient de soulever du sol les valets d'écurie en résistant de toutes leurs forces quand ces derniers voulaient faire tourner l'attelage. Les colporteurs se bousculaient dans leurs tentatives de dernière minute pour vendre leurs marchandises utiles au voyage. Sans parler des vagabonds de la ville, venus se faufiler dans la cour dans l'espoir de profiter de l'agitation pour détrousser l'une ou l'autre des personnes présentes. Mais aujourd'hui l'endroit était désert et l'apothicaire se sentit fort abattu quand la « voiture volante » quitta l'auberge, non sans déraper sur les pavés trempés, en direction de la vieille ville côtière d'Hastings.

— Quel abominable temps, dit Mr Hensey en haussant la voix pour dominer le bruit des ronflements de sir Ambrose qui avait retenti dès le départ.

— C'est exactement ce que j'étais en train de me dire.

— Cela m'étonnerait que nous puissions arriver à l'heure prévue.

— Je ne le pense pas non plus. Sans doute passerai-je la nuit à Hastings si nous avons du retard et je gagnerai Winchelsea demain matin.

— Puis-je me permettre de vous recommander une auberge ?

— Vous connaissez bien Hastings, Mr Hensey ?

— Oui, très bien, je suis docteur en fait. Permettez-moi de me présenter.

Fouillant dans une poche intérieure, il en tira une carte qu'il tendit à son voisin. Celui-ci lut avec intérêt : « Florence Hensey, docteur en médecine, 16, Liquorpond Road, Holbourn. »

— C'est une heureuse coïncidence, dit John en montrant sa propre carte, car je suis apothicaire.

Le docteur Hensey lut attentivement la carte et tendit la main en disant :

— Je suis heureux de faire votre connaissance, cher sir. Le temps va passer en un éclair. Habituellement, je ne dis pas un mot durant le voyage, de peur que mes compagnons de route ne se mettent à me raconter toutes leurs misères !

— Je vous comprends, le nombre de fois où j'ai été requis pour soigner des malaises de voyageurs est incalculable.

— Oh ! moi aussi ! Dites-moi ce que vous prescrivez, demanda-t-il tout heureux de cet échange avec un confrère.

— Quelques gouttes d'essence de menthe poivrée dans un peu d'eau sucrée. Et vous ?

— La même chose. Parfois un peu d'essence d'orme, tout dépend du degré de flatulence...

— Flatulence peu appréciée à l'intérieur d'une « voiture volante », fit remarquer John en souriant.

— Je n'oublierai jamais un voyage à York en compagnie d'une vieille dame affligée de cette infirmité, déclara le docteur en fronçant le nez. Je vous jure, Mr Rawlings, que ses compagnons de voyage ont failli trépasser car on ne pouvait aérer à cause du mauvais temps. Ce fut presque un soulagement quand des bandits de grand chemin ont arrêté la voiture et nous en ont expulsés !

John fut amusé de cette anecdote dont il ne crut pas un mot et grâce à ce dialogue enjoué, le temps passa très vite.

Quand la chaise de poste ralentit et qu'il consulta sa montre, il s'aperçut que deux heures s'étaient écoulées, c'est-à-dire un peu plus longtemps que les postillons ne l'avaient espéré. Ils s'arrêtèrent aux *Armes du Roy* à Bromley pour changer d'attelage. Sir Ambrose se réveilla immédiatement et sortit à la recherche d'un lieu d'aisances. John et le docteur furent heureux de descendre. Plus raffinés, ils préférèrent la nature. Ensuite, ils eurent juste le temps de vider une chope d'ale dans une des pièces, Le Bélier, mise à la disposition des voyageurs : ils s'y étaient réfugiés en entendant des rugissements d'hilarité provenant d'une autre salle dite L'Union. Enchantés d'avoir ainsi évité la compagnie de sir Ambrose, l'apothicaire et le médecin regagnèrent la voiture et s'arrêtèrent sous la pluie, sidérés.

— Ils ont trouvé une voyageuse et elle s'est installée à ma place ! s'exclama John.

— Je suis sûr qu'elle déguerpira quand nous lui aurons expliqué, fit le docteur Hensey. (Puis il ajouta d'un air entendu :) Il vaudrait mieux que j'aille m'asseoir à côté de sir Ambrose pour vous laisser ma place. Je crois que vous êtes célibataire.

— Et elle, elle est peut-être mariée, répondit John en riant de ce que sous-entendait son compagnon.

— En tout cas, c'est une belle créature.

— Oui, très belle.

La nouvelle venue, prenant conscience du regard posé sur elle, se tourna et les fixa droit dans les yeux : l'eau qui ruisselait sur leurs vêtements les rendait plutôt ridicules. Elle leur sourit et inclina la tête à tel point que les plumes de son chapeau vinrent lui balayer les pieds.

— Bon sang ! dit le docteur entre ses dents.

John, quant à lui, garda le silence, désirant voir si elle était aussi jolie de près qu'à travers la vitre. Il ouvrit la porte et s'effaça pour laisser passer le médecin. Celui-ci fit montre d'un grand aplomb dans la maîtrise de la situation.

— Madame, dit-il en la saluant, pardonnez-moi de

passer devant vous pour aller m'asseoir au fond de la voiture. Mon compagnon, Mr Rawlings, aura le plaisir de s'asseoir près de vous.

— J'espère que je ne vous chasse pas de votre place, fit-elle à l'adresse du docteur.

— Non, non, pas du tout, répondit-il en allant prendre place à l'arrière, ce qui était bien moins agréable car on n'avait pour toute vue que le dos des autres voyageurs, qui, eux, jouissaient de la fenêtre leur faisant face, ce qui nuisait à la conversation générale, alors que les deux sièges côte à côte favorisaient le tête à tête.

— Veuillez me pardonner ce dérangement, déclara la dame en regardant John bien en face, la diligence dans laquelle je voyageais a perdu une roue hier soir. J'ai décidé de rester ici et de prendre le moyen de locomotion disponible ce matin pour me rendre à Hastings.

De merveilleux yeux, d'un vert limpide comme un ruisseau, tachetés de marron, se fixaient sur lui et il ne devint que trop conscient du petit visage en forme de cœur, encadré d'une chevelure couleur d'ambre clair ; il remarqua aussi les sourcils joliment arqués et la blancheur diaphane des paupières, semblables à des pierres de lune. Pétrifié dans l'embrasure de la portière, il fit un profond salut, se cognant la tête en se redressant. La jeune personne sourit en lui tendant la main.

— Henrietta Tireman.

— John Rawlings, madame, prononça John avec le plus de dignité possible.

Il déposa un baiser sur les doigts tendus mais fut contraint par le squire, qui le poussa sans cérémonie par derrière, à s'asseoir hâtivement. Celui-ci s'engouffra dans la voiture et s'écria soudain à la vue de la nouvelle venue :

— Ai-je la berlue ou n'est-ce pas Henrietta ? Que faites-vous ici, ma chère ?

— Ah, sir Ambrose, quelle surprise ! répliqua miss Tireman avec une certaine retenue. Je suis venue voir une tante en ville, et je serais déjà rentrée à la maison si la diligence n'avait eu un accident.

John était sur le point de proposer sa place au squire puisqu'il connaissait sa voisine, quand une pression de la jambe de miss Tireman – un peu hardie mais bien plaisante – le mit en garde ; il lui jeta un regard de connivence. Elle lui répondit par un clin d'œil éloquent et il garda le silence.

— Cet accident de voiture nous arrange bien, plaisanta le squire.

— Alors, sir, nous allons être voisins. Je crois que je vais sommeiller comme vous, lança Florence Hensey du fond de la voiture.

— Vous ferez à votre guise, lui fut-il répondu peu gracieusement.

Et sir Ambrose s'installa.

— Merci, glissa miss Tireman à John au moment où les postillons firent claquer leur fouet et où le nouvel attelage s'ébranla pour affronter les profondeurs du Kent.

— Si je comprends bien, chuchota John, ce n'est pas le compagnon de voyage idéal ?

Le bruit des roues sur les pavés noyait celui de sa voix.

— Je trouve que cet homme a le charme d'une meule de foin. Nous sommes voisins, hélas ! Cela fait partie des plaisirs de la vie de société à Winchelsea. Je tombe sur lui à chacune des réceptions et je ne sais plus quels prétextes inventer pour échapper aux avances amoureuses de ce vieux bonhomme.

— Vous habitez également Winchelsea ? demanda John, les yeux ronds.

— Mais oui, pourquoi ?

— Parce que c'est là que je me rends aussi.

— Curieuse coïncidence. Qui allez-vous voir ?

— C'est justement la question : je ne le sais pas exactement.

Elle eut l'air surpris et, tout à coup, John se trouva en train de lui conter l'histoire de la passante qui l'avait heurté dans le brouillard, et comment il avait réagi à cet appel de la « voix du passé ».

Les jolies lèvres de miss Tireman s'entrouvraient alors qu'elle écoutait attentivement son récit. Elle faisait penser à ces enfants fascinés par les contes de fées.

— C'est passionnant, finit-elle par dire. Je n'aurais jamais pensé que Mrs Rose aurait une histoire aussi curieuse, surtout une qui concernerait quelqu'un d'aussi jeune que vous.

— Mrs Rose ? répéta l'apothicaire sans faire attention à l'allusion. Vous la connaissez ?

— Vous m'avez donné l'adresse Petronilla's Platt, n'est-ce pas ? (John fit oui de la tête.) Donc c'est sûrement elle. Elle fréquente l'église chaque dimanche, c'est une des paroissiennes de mon père, le révérend Richard Tireman, recteur de St-Thomas-Martyr.

— J'aurai grand plaisir à faire sa connaissance. Quel genre de personne est cette Mrs Rose ?

— Visiblement le nom ne vous dit rien ?

— Non, absolument rien. La « voix du passé » est un pseudonyme.

— De mieux en mieux !

Henrietta ressemblait de plus en plus à une délicieuse enfant et John était sous le charme, non seulement à cause de sa beauté, mais également à cause de son animation.

— Eh bien, ce n'est évidemment pas une jeune beauté. En fait, je crois qu'elle a passé la cinquantaine et pourtant il y a un je-ne-sais-quoi d'attirant, un charme un peu fané comme un échantillon d'étoffe qui serait resté trop longtemps au soleil.

Une idée fit soudainement jour dans la tête de John.

— Sa chevelure est-elle argentée, use-t-elle d'un fard blanc ? Mon apprenti m'a décrit ainsi une dame qui est venue dans ma boutique.

— Oui, c'est elle. Alors vous savez à qui vous avez affaire.

— Peut-être bien.

— Alors tant mieux !

Le temps empira pendant le trajet car au déluge s'ajouta un vent qui soufflait en rafales et empêchait les chevaux d'avancer à leur train habituel. John voyait par la fenêtre les pauvres postillons le dos voûté et il se sentit plein de commisération pour leur triste sort. Aussi décida-t-il de convaincre ses compagnons de voyage de leur donner un bon pourboire en fin de course. La « voiture volante » arriva à Sevenoaks avec presque une heure de retard. On y attela de nouveaux chevaux et il restait vingt-cinq kilomètres à parcourir avant le village de Lamberhurst où il était prévu de dîner. Sir Ambrose avait voulu s'arrêter pour prendre des rafraîchissements, mais ses compagnons s'y étaient opposés, d'où une mauvaise humeur qui s'exprima pendant le reste du trajet.

— Je serais bigrement étonné de retrouver mon bon lit ce soir. Où va-t-on, je me le demande ! Pourquoi faire de la réclame pour leurs « voitures volantes » si elles ne vont pas plus vite que les diligences habituelles.

— Voyons, sir Ambrose, dit le docteur Hensey d'un ton conciliant, personne n'est responsable du temps. Les pauvres gars font leur possible pour aller vite sans nous verser dans le fossé. Il faut avoir de la patience.

— Au diable la patience ! Quand je paie, j'entends

en avoir pour mon argent. Et puis mon cocher Withers m'attend au *Cygne* à Hastings à 6 heures et demie.

— Eh bien il peut attendre.

— Naturellement qu'il peut attendre, intervint miss Tireman d'une voix ferme, c'est un homme très patient. Il le faut bien, ajouta-t-elle *sotto voce*, quand on est à son service. (Elle reprit son ton normal pour demander :) En ce cas, puis-je vous prier de m'emmener, sir Ambrose ? Je crains que papa n'ait besoin de sa voiture pour sa tournée de visites paroissiales. Il m'a dit de prendre une voiture de louage pour aller jusqu'à Hastings.

Ils entendirent sir Ambrose aspirer une prise de tabac dans le fond de la voiture ; il éternua puis répondit :

— Bien sûr, ma chère, vous pourrez venir avec moi, ce sera un plaisir.

Sa voix était assourdie par le mouchoir qu'il tenait devant le nez.

— Et je suis sûre que vous voudrez bien emmener également Mr Rawlings, qui se rend à Winchelsea.

Il y eut un éternuement tonitruant que l'habile miss Tireman traduisit comme une réponse affirmative.

— Oh merci mille fois ! déclara-t-elle en envoyant une bourrade dans les côtes de l'apothicaire, geste qu'on n'attendait pas de la part d'une lady mais qui remplit d'aise ce dernier.

C'est vraiment un plaisir de roi, se dit-il, que d'être assis à côté d'elle dans la pénombre, humant son parfum, contemplant son profil enchanteur mis en valeur par les petites lanternes déjà allumées en raison du mauvais temps. Cette vision charmante évoqua subitement, sans qu'il l'eût voulu, le souvenir de Coralie Clive, l'éclat de ses yeux vert émeraude, et il soupira : bien que la rencontrant rarement, l'actrice conservait le pouvoir de le hanter.

— Nous approchons, dit Henrietta.

— Nous avons pris beaucoup de retard, fit John.

— Nous aurions dû arriver pour dîner juste après 1 heure et il est déjà près de 3 heures. Mon estomac me tracasse plus que la question de l'heure. Il crie famine, cela fait un bon bout de temps depuis notre petit déjeuner.

— Oh oui, renchérit John.

Une demi-heure plus tard la voiture cahota sur les petits pavés de la cour de *L'Échiquier*, fameuse auberge de 1400 et sise dans le village de Lamberhurst, au fin fond du Kent. Les voyageurs descendirent avec joie de la voiture et se dirigèrent tous vers la salle à manger où ils partagèrent un solide repas, y compris miss Tireman. Juste au moment où le squire vidait son verre de porto comme s'il s'agissait de la dernière boisson de son existence – John ainsi que le docteur en firent autant, mais avec plus de modération –, ils apprirent une fâcheuse nouvelle concernant la suite de leur périple : un des postillons qui avait demandé la permission d'aller les trouver à table leur apprit que des arbres abattus par la tempête bloquaient la route et qu'on serait obligé de passer par Tenterden.

— Comment l'avez-vous appris ? demanda le médecin.

— Les cochers et les postillons prennent leur repas dans la salle qui leur est réservée, sir. Et l'homme qui vient de parcourir le trajet en sens inverse m'a dit qu'il avait dû faire un grand détour.

— C'est très ennuyeux, je devais voir un patient à Hastings demain.

— Vous ne manquerez pas votre rendez-vous, sir. Si nous passons par le marais de Romney pour aller à Winchelsea, nous déposerons les autres voyageurs et nous suivrons la côte jusqu'à Hastings.

— Mais à quelle heure pensez-vous arriver, mon garçon ?

— Ça je ne peux pas vous le préciser, mais pour y être, vous y serez.

— Et mon cocher Withers dans tout ça ? demanda sir Ambrose dont le porto avait restauré la bonne humeur.

— Nous lui donnerons un message sitôt que nous aurons déposé le docteur.

Le squire se frotta les mains.

— À présent je ne désespère plus de retrouver mon lit ce soir.

Henrietta eut un petit frisson.

— Il fera nuit bientôt.

— Cela vous inquiète ? demanda John.

— Pas vraiment. C'est juste que je n'apprécie pas beaucoup l'idée de traverser le marais la nuit. C'est un endroit sinistre et désolé par tous les temps. (S'adressant au postillon, elle demanda :) On ne peut pas passer par un autre chemin ?

— Je suis désolé, miss, il faut traverser le marais ou rester ici. L'autre route est impraticable, je ne peux pas prendre le risque de faire trébucher les chevaux sur les arbres abattus. Vous comprenez ?

— Oui, oui, parfaitement. (Elle se leva.) Messieurs pardonnez-moi, je vais faire un brin de toilette avant de repartir.

— Charmante créature, remarqua sir Ambrose en la voyant s'éloigner. Je la connais depuis qu'elle est toute petite ; elle est moins belle que sa sœur Rosalind, remarquez bien, qui est une beauté sensationnelle et va faire un splendide mariage.

— Vraiment ? s'enquit John qui n'écoutait que d'une oreille, définitivement conquis par la demoiselle.

— Hé oui, ma foi ! La fille d'un pasteur campagnard qui épouse le marquis de Rye, faut le faire.

Vous avez déjà vu ça ? (Sans attendre la réponse, il leva son verre.) Je bois à la fin de notre voyage, mes amis. Que nous puissions traverser le marais sans encombre.

— Je le souhaite aussi, déclara le médecin en levant son verre et s'épongeant le front d'un air soucieux.

— À notre voyage ! s'écria l'apothicaire revenant sur terre, le verre à la main. Au marais de Romney !

— Et à tous ses mystères, ajouta le squire en gloussant.

Puis il vida son verre d'un trait.

3

Ils quittèrent *L'Échiquier* en faisant jaillir des gerbes d'eau, à la lumière incertaine d'un jour déjà déclinant tant la couverture nuageuse était épaisse. John vit par la fenêtre que la pluie tombait moins dru et que le vent se calmait : le long de la route, les arbres ne se ployaient plus et se dressaient immobiles, tels des silhouettes menaçantes. La brume s'élevait des champs et s'enroulait çà et là en créant d'étranges formes. C'était le genre de soirée où les plus hardis hésitent à deux fois avant de s'aventurer dehors, et où les gens superstitieux s'enferment à double tour en leur logis.

— Temps propice aux farfadets, lança Henrietta Tireman.

John la regarda : sous son chapeau aux longues plumes, le petit visage de lutin semblait bien vulnérable dans cette voiture chichement éclairée et il faillit lui prendre la main.

— Vous n'y croyez tout de même pas ?

— Non, bien sûr que non, en tout cas pas pendant

la journée. Mais en plusieurs occasions quand je suis rentrée tard à la maison et que j'ai traversé le marais de Romney après la tombée de la nuit, je n'en menais pas large. J'avais peur des êtres invisibles.

— Et aussi des êtres visibles. À une époque n'était-il pas hanté par des contrebandiers ?

— En effet, ils exportaient des moutons ou des toisons, illégalement bien sûr, et rapportaient du cognac français, du thé, de la soie, toutes sortes de denrées. Ce commerce illicite a duré de nombreuses années.

— Nous parlons tous les deux au passé : je suppose que les procès et les exécutions d'il y a sept ans ont vraiment mis fin à ce trafic une fois pour toutes, ou suis-je bien naïf ? demanda John d'un air pensif.

La jeune fille eut un sourire rapide comme du vif-argent.

— Mon bon Mr Rawlings, on ne met jamais fin à quelque source de profit que ce soit. Pendant un certain temps, oui, il y eut une tranquillité relative mais je me suis laissé dire que maintenant tout recommence comme par le passé. Un certain Dick Jarvis, bâtard de l'infâme Kit, alias Gabriel Tompkins, chef de la bande de Mayfield, impliqué dans Dieu sait quel autre genre de méfaits par-dessus le marché, rivalise avec son chenapan de père et a repris ses activités dans le marais.

— Ah vraiment ? s'esclaffa John, amusé par la péroraison de la jeune fille. Espérons que nous n'allons pas tomber sur lui.

Henrietta rit également mais pas d'aussi bon cœur.

— Je crois que malgré tous ses vices, le père de Dick n'était pas réputé pour sa cruauté. Souhaitons que son fils lui ressemble aussi à ce niveau-là.

— Mais certainement que le début des hostilités mettra un terme à ce genre d'activités. Ce ne doit pas être facile de faire parvenir sa laine quand les navires français et anglais se disputent l'espace maritime.

— Détrompez-vous, cela le favorisera.

— Pourquoi dites-vous cela ? demanda John, surpris.

— Parce que ce sera considéré comme un moyen sûr pour le transport des espions et de leur correspondance secrète. Si les lettres suivent ce chemin direct, elles ne risquent pas d'être interceptées.

— C'est la deuxième fois cette semaine qu'on fait allusion devant moi à des espions, fit John, les sourcils froncés.

— Il est sûr et certain qu'à partir de maintenant, ce mot reviendra souvent sur les lèvres. En temps de guerre, les agents secrets pullulent et sortent de partout, c'est bien connu.

— Oui, vous avez raison.

John et Henrietta se turent d'un commun accord, songeant tous deux aux jours prochains et se demandant quand et comment cette guerre sauvage cesserait. Ils sursautèrent quand le postillon monté sur la seconde paire de chevaux tapa la vitre de son fouet.

— Messieurs, êtes-vous armés ?

— Je le suis, répondit John, mais j'ignore si les autres le sont.

Il se tourna sur son siège, tira le rideau qui les séparait des places du fond et que sir Ambrose avait fermé pour dormir plus tranquillement, isolant de ce fait le médecin.

— Êtes-vous armés ? cria-t-il dans l'obscurité.

Ses compagnons furent réveillés en sursaut. Le docteur émit un léger ronflement qu'il masqua par un toussotement et sir Ambrose rugit :

— Qu'y a-t-il, bon sang !

— C'est John Rawlings, lança rapidement John car le squire se dressait déjà, alarmé. Le postillon demande si nous sommes armés.

— En tout cas, moi non, répondit le médecin, ma vocation est de guérir, non pas de blesser.

— Moi je suis armé jusqu'aux dents, déclara sir Ambrose avec satisfaction. Je ne voyage jamais sans une paire de pistolets, ni mon épée.

— Oui nous le sommes ! cria John à travers la vitre, pourquoi ?

— On va traverser Tenterden, sir, c'est un endroit louche, autrefois un repaire de contrebandiers, et le bruit court chez les voituriers que ça recommence de plus belle. Une diligence a été arrêtée il y a quelques nuits, et pas par des bandits de grand chemin.

— Taïaut, taïaut ! cria sir Ambrose dont la tête se fraya une place entre John et Henrietta. Qu'ils viennent, ces chenapans, qu'ils essaient un peu, c'est tout ce que je demande, je leur tirerai en plein dans la tête, ils verront !

Dans la pénombre John sentit plus qu'il ne vit le sourire de sa voisine et il aurait bien ri s'il n'avait été obligé de se cramponner pour tenir bon sur son siège, tandis que les postillons, à grands coups de fouet, poussaient les chevaux à une allure effrénée pour traverser la petite ville sans se laisser arrêter.

— Ô Seigneur ! Je suis désolée ! s'écria miss Tireman qu'un cahot venait de précipiter contre lui.

Le choc précipita le squire par terre.

— Ne vous excusez pas, répliqua John, tout le plaisir est pour moi.

Et il en profita pour la serrer contre lui tandis que la « voiture volante », méritant bien son nom, s'engageait, tirée par ses chevaux au galop, dans la rue principale du bourg. Pendant quelques minutes infernales les occupants furent bousculés les uns contre les autres sans merci, tels des jouets dans une boîte, puis l'allure se ralentit et les deux postillons lancèrent un cri de triomphe :

— Nous en sommes sortis mais tenez vos armes prêtes, messieurs !

— Dans quelle direction allons-nous maintenant ? cria John.

— Nous allons contourner Shirley Moor[1] puis gagner Appledore, sir, répondit le postillon par-dessus son épaule.

— Pouvez-vous me donner un coup de main ? gémit le squire qui ne parvenait pas à se remettre debout et roulait sur le plancher de la voiture, tel une tortue s'agitant sur le dos.

Pour la première fois depuis leur rencontre, John eut pitié de lui. Le docteur Hensey, qui avait repris son équilibre, lui proposa son aide.

— Mon cher sir, laissez-moi vous aider, j'espère que vous ne vous êtes pas fait mal ?

— Mes jambes ne sont pas fameuses et je crois que je me suis fait mal au genou dans ma chute.

Sa bonne nature prenant le dessus, John relâcha à regret sa voisine et vola au secours du squire, le soulevant pour l'asseoir sur son siège, tandis que la voiture parcourait à bonne allure le terrain cabossé des marais.

— Me permettez-vous d'examiner votre genou ? demanda le médecin.

Sir Ambrose lui accorda la permission avec force lamentations. Henrietta leva les yeux sur son compagnon.

— Mr Rawlings, s'il nous arrive encore de passer dans des ornières, me permettrez-vous de mendier votre aide ? Je suis absolument certaine que c'est grâce à la vigueur de votre bras que je ne suis pas allée rejoindre sir Ffloote sur le plancher ; un sort à éviter, chuchota-t-elle.

— Bien volontiers ! s'écria-t-il avec enthousiasme

---

1. Lande.

et, à cet instant, il fit un effort déterminé pour refouler bien loin le souvenir de Coralie Clive.

En se retournant, il vit que le docteur appliquait un baume sur le genou blessé avant de le bander. Pendant ce temps, le squire gémissait et buvait du brandy au goulot de sa gourde.

— Bien aimable à vous, sir, bien aimable, croassa-t-il.

John se dit que c'était les premières paroles agréables qu'il adressait à l'élégant petit médecin.

— Je vous en prie, sir Ambrose, c'est tout naturel, vous avez pris un méchant coup.

— Il faut venir dîner avec moi et mon épouse, il le faut. Combien de temps resterez-vous à Hastings ?

Le praticien hocha la tête.

— Je ne sais, sir. Je m'en vais au chevet d'une patiente difficile, une vieille dame invalide qui se plaint sans cesse et ne supporte aucun autre médecin que moi. Tout dépend de son état ; je puis aussi bien être libéré en un jour que devoir rester une bonne semaine. Mon sort est entre les mains des dieux ! conclut-il en faisant un grand geste.

— Écrivez-moi quand vous serez fixé, ordonna le squire qui laissa échapper un grognement quand le docteur lui remit adroitement ses culottes en place. Vous serez traité royalement, je vous l'assure.

— Vous êtes trop bon, sir.

John était soulagé de voir que le docteur Hensey était enfin traité comme il le méritait. Se tournant vers sa voisine, il demanda :

— On dirait un marais, pourquoi donne-t-on à ces terres le nom de *moors* ?

— Dieu seul le sait. Vous voyez le nombre de fossés de drainage qu'on a creusés ?

En effet, il aperçut, sous un ciel qui s'éclairait malgré les nuages poussés par le vent, une terre sillonnée de rubans argentés, un réseau de tranchées creusées par les contrebandiers d'autrefois pour dérouter les poursuivants. Ils s'esquivaient ainsi comme Hereward the Wake dans les plaines marécageuses de l'East Anglia, lorsqu'il voulut échapper aux envahisseurs normands.

— On dirait que le temps change, fit remarquer Henrietta.

John, ayant réussi à reléguer la pauvre Coralie au fond de son cerveau comme dans un donjon, la fixa d'un air admiratif.

— Comment le savez-vous ?

— Cela arrive souvent dans le Kent ainsi que dans le Sussex ; quand on approche de la côte, les nuages s'estompent. Bientôt le ciel sera dégagé et nous aurons un clair de lune magnifique. Il suffit d'attendre, vous verrez.

— À quelle heure pensez-vous que nous arriverons à Winchelsea ?

— Vers 7 heures et demie environ, à temps pour dîner.

— Je me demande si j'y aurai droit chez Mrs Rose...

— À votre place j'irais plutôt demain matin. Prenez une chambre à *La Salutation*, Mr Rawlings. Vous y trouverez confort et bonne chère, ils sont réputés pour leur cuisine.

— Est-ce loin du presbytère ? eut la hardiesse de demander John.

— Il n'y a pas de presbytère, répondit miss Tireman avec un sourire.

— Alors où... ?

— J'habite la maison du recteur, Mr Rawlings, et j'ajouterai que ce n'est pas loin de *La Salutation*.

— J'espère avoir le plaisir de vous rendre visite ?

— Si vous ne vous étiez pas invité vous-même, je l'aurais fait, répliqua miss Tireman qui ferma les yeux pour signifier que l'entretien était clos.

Après avoir traversé en sécurité le village d'Appledore, les postillons abordèrent une route que John jugea périlleuse car elle laissait derrière elle les maisons habitées et serpentait à travers les marais. Même une route bloquée par des arbres eût été préférable, pensa-t-il, car à part une ferme isolée ou une auberge éloignée, il n'y avait âme qui vive. Soudain, il se sentit désespérément seul, comme s'il était la seule personne éveillée. Derrière lui, les ronflements de sir Ambrose et du docteur Hensey se fondaient en un étrange duo de voix de fausset et de voix de basse, tandis qu'à ses côtés, Henrietta dormait comme un loir, la tête appuyée sur son épaule, le corps détendu. Même les postillons, las d'avoir dû parcourir tant de kilomètres supplémentaires, semblaient faire partie d'un autre monde.

Les prédictions d'Henrietta quant au temps se réalisaient : au-dessus de leurs têtes brillait une lune presque pleine. Les nuages chassés par le vent laissaient apparaître une masse d'étoiles scintillantes dans un ciel noir comme jais. Il ne pleuvait plus, le vent s'était calmé, le paysage semblait sorti d'un livre de contes. L'apothicaire avait l'impression que l'humanité avait disparu de la terre. C'est alors qu'il aperçut quelque chose de si incroyable qu'il cligna des yeux et qu'un frisson lui parcourut la colonne vertébrale.

Un homme se tenait debout dans les herbages au bord de la route, sans se soucier des moutons qui paissaient à ses pieds, un homme vêtu d'habits si raffinés qu'on aurait eu envie de rire de le voir dans un pareil cadre si son immobilité parfaite n'eût éveillé une certaine crainte. Derrière l'homme, légèrement à sa droite, on voyait une vieille église aux formes bizarres qui se détachait du fond obscur.

Devant lui et autour, les tranchées creusées dans les marais étaient pleines d'une eau qui miroitait comme de l'argent sous le clair de lune. John fixa l'homme avec une telle intensité qu'il en eut mal aux yeux. Que pouvait bien faire un être humain en cette solitude et pourquoi restait-il si immobile ?

Tout à coup, il éclata de rire et Henrietta Tireman à ses côtés tressaillit.

Il avait été effrayé par un simple épouvantail dont il voyait à présent les habits élégants réduits en loques par les intempéries. Même le tricorne, orné de dentelles et enfoncé de manière à cacher l'absence de visage du mannequin, était tout décati. Pourtant, il ressemblait extraordinairement à une créature en chair et en os. John prit conscience que son cœur battait la chamade et qu'il avait la gorge sèche de frayeur. Tandis que la diligence poursuivait sa route, l'épouvantail disparut. L'apothicaire tourna la tête pour regarder par la minuscule vitre de la portière s'il pouvait encore l'apercevoir, mais la nuit l'avait englouti.

À peine une heure plus tard, la voiture, pour parvenir le plus rapidement possible au terme du voyage, traversa la rivière Rother par le bac et s'engagea à vive allure dans la rue principale de Rye, où le bruit des pavés sous les roues réveilla les trois voyageurs assoupis. Peu après, ils arrivèrent à Winchelsea où on les déposa devant l'église. John descendit le premier pour aider miss Tireman et sir Ambrose à sauter du marchepied sans encombre.

Le docteur Hensey mit la tête à la fenêtre.

— Au revoir, j'ai eu grand plaisir à voyager en votre compagnie à tous.

Décidément, se dit John, ce médecin est un saint ou un monsieur qui sait mentir avec tact, car sir Ambrose s'est montré bien impoli avec lui au début. Il le salua respectueusement.

— Ne manquez pas de me faire signe quand vous serez de retour à Londres, sir.

— J'ai l'intention de vous confier la composition de certains remèdes.

— Je serai enchanté de travailler pour vous.

Le squire intervint dans la conversation : il avait recouvré sa jovialité depuis qu'il était revenu sur ses terres.

— Messieurs, oubliez Londres, vous vous rencontrerez quand je vous convierai à dîner. Dr Hensey, écrivez-moi quand vous serez fixé sur les dates.

— Je n'y manquerai pas.

Le chef postillon qui semblait mort de fatigue déclara :

— Il faut nous mettre en route, sir, les chevaux et les hommes n'en peuvent plus.

Son visage s'éclaira quand John Rawlings lui tendit un généreux pourboire de la part des trois voyageurs, somme à laquelle sir Ambrose avait généreusement contribué.

— Bonsoir, madame et messieurs, nous sommes à votre service chaque fois que vous le désirerez.

Et ils disparurent dans la nuit, laissant aux trois voyageurs la charge d'atteindre leur destination finale.

— Si vous voulez bien patienter jusqu'à ce que j'aie pu me retenir une chambre à *La Salutation*, je vous raccompagnerai à pied jusqu'à chez vous, miss Tireman, proposa John.

— Ce n'est point la peine, lança le squire avec gaieté, cela ne me dérange aucunement, c'est sur mon chemin.

Henrietta leur lança un sourire mutin.

— Messieurs, ne vous donnez point la peine de me raccompagner. Mon père est toujours à l'église à cette heure-ci : il conduit l'office pour les fidèles qui désirent prier ensemble. Nous voici pour ainsi dire à sa porte, je n'ai que ce petit sentier à suivre. Je vous fais donc mes adieux.

Elle esquissa une révérence et se serait éclipsée si John n'avait saisi sa main pour y poser un baiser.

— Si vous m'y autorisez, je viendrai vous rendre visite.

Elle inclina la tête à tel point que ses ridicules plumes lui effleurèrent l'épaule.

— Espérons que je serai au logis quand vous viendrez, se contenta-t-elle de répondre et, sans jeter le moindre regard en arrière, elle se hâta vers le portail de St-Thomas-Martyr.

4

Ce fut le soleil lumineux de cette fin de février qui réveilla John le lendemain matin. Bondissant de son lit avec cette agilité de lièvre qui le caractérisait, il alla droit à la fenêtre, ouvrit en grand les volets et contempla Winchelsea, admirant les détails architecturaux des maisons et l'agréable symétrie qui concouraient à la beauté de la ville. Son regard fut attiré par l'imposante église et, tout naturellement, le cours de ses pensées s'orienta vers la délicieuse miss Tireman. Avait-elle retrouvé son père et gagné avec lui sa maison en toute sécurité ? Il fronça les sourcils quand l'image de Coralie Clive surgit devant ses yeux avec son adorable sourire.

— Ah non, plus de nostalgie, vous vous êtes suffisamment jouée de moi, ma chère, il est temps de folâtrer en de nouvelles et fraîches prairies, marmonna-t-il à haute voix.

La vision s'évanouit et l'apothicaire se retourna pour voir une servante sur le pas de la porte qui lui apportait un broc d'eau chaude et resta bouche bée. Elle se hâta de déposer le pot et s'éclipsa, sans même prendre le temps de lui dire bonjour. En souriant,

John se planta devant le miroir et commença à se raser, non sans remarquer que ses cheveux couleur cannelle étaient trop longs, ce qui compliquait le port de la perruque. Il haussa les épaules et décida de s'en passer ; après tout, Winchelsea était un bourg campagnard et les rites d'élégance de la ville n'y avaient sans doute pas cours. Cependant il compléta son ensemble « rural » par une fort belle veste en velours rouge, avant de descendre rapidement prendre son petit déjeuner.

Enchanté de voir que l'aubergiste partageait son point de vue – à savoir qu'un solide repas était l'unique moyen de se mettre en train avant de commencer la journée –, il puisa dans un grand plat de truites de mer et de crevettes marinées, pêchées du matin, du moins à ce qu'on lui dit. Ensuite, on lui servit un bol de bouillon de bœuf qu'il accompagna d'un quartier de lard fumé et de tartines. Il arrosa le tout de plusieurs tasses de thé, songeant que cette denrée avait sûrement été acquise par l'entremise de Dick Jarvis, car, par la voie normale, la taxe à payer était très élevée.

Ainsi, bien lesté, il partit résoudre l'énigme de la « voix du passé ». Il savait à peu près à quoi s'en tenir, ayant comparé la description donnée par miss Tireman aux souvenirs de ses relations d'autrefois. La situation comportait tout de même un élément d'incertitude et de danger, et c'est avec un frémissement d'excitation qu'il sortit de l'auberge par la porte principale pour descendre Castel Street en direction de High Street.

Avant de quitter Londres, il avait consulté un des nombreux guides que possédait son père pour se renseigner sur l'historique de Winchelsea.

« À une date inconnue de notre histoire, cinq villes du sud-est de l'Angleterre se sont liguées pour former les fameux Cinque Ports. Ces villes étaient Hastings,

Romney, Hythe, Douvres et Sandwich et l'auteur a tout lieu de penser que la confédération date déjà du règne d'Edward le Confesseur. Durant le XIIIe *siècle, l'ancienne ville de Winchelsea et celle de Rye s'ajoutèrent aux Cinque Ports »*, avait-il lu.

Suivait une description haute en couleur de la domination maritime des Cinque Ports, comment ils avaient donné au roi John une flotte, comment ils s'étaient livrés à la piraterie et à des guerres privées, récit qui intéressa l'apothicaire au plus haut point. Mais ces hauts-faits datant du XIIIe siècle avaient été rayés du globe par un implacable ennemi. En octobre 1250, la ville de Winchelsea fut victime d'une sorte de raz de marée qui « la submergea sans reflux avec un horrible fracas et comme s'il y avait des étincelles au sommet des vagues ». Trente-sept années plus tard, la ville eut à supporter le même cataclysme et fut pratiquement submergée. Au même moment, le marais de Romney fut inondé et la rivière Rother changea de lit.

Edward Ier vint au secours de Winchelsea et eut l'idée d'une ville neuve sise sur Iham Hill, conçue sur le principe des *bastides** françaises que Sa Majesté avait également fait édifier en son duché d'Aquitaine. On fit venir les pierres de Caen en Normandie, ainsi que des ruines de la cité submergée, accessibles à marée basse. Le marbre pour l'église fut apporté du Sussex, les poutres des maisons et autres bâtiments furent fournies par les grands chênes de la forêt d'Anderida.

En posant le guide, John pensa que les légendes romantiques de cloches résonnant sous la mer avaient peut-être leur origine dans cette ancienne ville de Winchelsea.

Le récit se poursuivait, relatant des raids répétés des Français, des massacres et des viols, des pillages et rapines, et comment les jours fastes de la cité cessèrent à la fin du XVe siècle, au moment du « départ du dernier marchand », à la suite de l'envasement du nouveau port, car le commerce en nécessitait un. Le support des maisons religieuses disparut quand les monastères furent dissous par Henry VIII. Mais il subsistait une lueur d'espoir : depuis l'an dernier, des émigrés huguenots avaient donné naissance à une fabrication de batiste et de crêpe qui, l'espérait-on, redonnerait richesse et prospérité à Winchelsea. Pourtant, songea John en s'engageant dans High Street, en ce temps de guerre, la ville devait être sur ses gardes. S'il devait y avoir une invasion, quel meilleur endroit où débarquer que cette portion de côte basse, située entre Fairlight et Hythe, qui plaçait Winchelsea en première ligne ?

Petronilla's Platt, cette chaumière au nom curieux dans laquelle résidait l'énigmatique Mrs Rose, se révéla être une maison typique du XVIIIe siècle sans aucun signe d'origine médiévale. John frappa vigoureusement à la porte d'entrée et attendit, le cœur battant, en se demandant qui allait lui ouvrir : espoir déçu car il n'y avait personne au logis. Tout en se demandant ce qu'il convenait de décider, il opta pour un tour en ville et partit admirer le Strand Gate, une sarrasine[1] datant du XIIIe siècle qui autrefois donnait accès au port. Il la contempla puis se dirigea vers Back Lane d'où il aurait un bon point de vue sur la partie est de l'église. Et ce fut juste au moment où il regardait avec intérêt la taille et la beauté du bâtiment qu'il vit au loin une silhouette qui s'approchait à pas lents, et il sut instantanément à qui il avait à faire et pourquoi on avait fait appel à lui plutôt qu'à ses collègues. De sombres secrets du passé refirent sur-

1. Herse faite de pieux ferrés qu'on abaissait entre le pont-levis et la porte du château fort.

face en sa mémoire et il se renfonça dans l'ombre de l'église pour mieux observer celle qui venait vers lui.

Comme Henrietta l'avait dit, la femme avait conservé cette sorte de beauté, cette distinction et ce charme que l'âge ne pouvait détruire. Pourtant, il y avait une profonde tristesse dans la façon dont ses épaules tombaient, dans son port de tête. On sentait que cette créature avait beaucoup souffert et on comprenait pourquoi elle s'était retirée dans un endroit paisible pour y passer les dernières années de sa vie.

De son poste d'observation, il apercevait la belle chevelure argentée qu'il avait toujours admirée. Cette femme pouvait être brisée par tout ce qui lui était arrivé et vivre dans la crainte de se faire empoisonner par une main inconnue, mais cela ne l'empêchait pas de se vêtir avec élégance et de se coiffer avec soin. Comme toujours, elle avait le visage fardé de blanc pour tenter d'effacer son âge, ce qui, d'une certaine manière, attirait plutôt l'attention. Mais les yeux au regard grave, bien que pleins de détresse, avaient la clarté du cristal. John fut saisi de pitié pour cette « voix du passé » qui n'avait toujours pas retrouvé la paix. Il sortit de l'ombre et s'inclina profondément.

— N'ayez crainte, madame, dit-il avec douceur, votre appel a été entendu. Je suis John Rawlings et suis venu me mettre à votre service.

Elle fut si surprise qu'elle en eut le souffle coupé. D'une voix tremblante, elle demanda :

— Est-ce bien vous ?

— Oui, Mrs Harcross, c'est moi.

— Oh ! ne m'appelez pas ainsi ! s'écria-t-elle en lui saisissant le bras. De grâce... cette méchante femme n'est plus, son heure a sonné depuis longtemps.

Ce n'était guère le moment de demander à cette pauvre créature pourquoi elle désirait éradiquer toute trace de son passé, bien que John en comprît aisément la raison.

— Vous préférez que je vous appelle Mrs Rose ?

— Comment savez-vous que j'utilise ce nom d'emprunt ?

— Parce que j'ai fait une ou deux enquêtes discrètes sur la propriétaire de Petronilla's Platt. Vous vous doutez qu'il n'est pas fréquent de se voir glisser un billet en plein brouillard. Vous ne pouvez m'en vouloir d'avoir désiré en savoir un peu plus sur la messagère.

Mrs Rose se détendit un peu.

— Non, bien sûr que non, je suis stupide. Après tout, si je ne puis vous faire confiance à vous, Mr Rawlings, à qui d'autre puis-je m'en remettre ?

— Pourquoi ne pas retourner dans votre maison, là vous pourrez me confier ce qui vous alarme ?

— Non, déclara Mrs Rose de nouveau crispée, je ne puis faire confiance à ma servante : elle vient de la ville et je suis certaine qu'on la paie pour découvrir tout ce qu'elle peut sur moi. Entrons dans l'église. Là du moins, l'on y est tranquille.

Mrs Rose le prit par le bras, lui fit franchir la grille et suivre le sentier, pénétrer sous le porche de St-Thomas-Martyr et entrer dans la pénombre silencieuse de l'édifice. Instantanément, il se sentit reporté des siècles en arrière. C'était comme si les artisans médiévaux qui l'avaient construit venaient de sortir et allaient revenir bientôt. Leur œuvre semblait aussi fraîche que si elle venait de sortir de leurs mains, malgré les actes de vandalisme commis par les puritains fanatiques qui tenaient l'Angleterre pendant le Commonwealth[1]. John eut l'œil attiré vers la droite par le visage sculpté de l'Homme vert, cette figure

1. République proclamée par Cromwell et qui dura de 1648 à 1660.

païenne de fertilité, du temps où l'on rendait un culte aux arbres et que certains savants pensaient être à l'origine de la légende de Robin Hood. Sa tête occupait la place centrale dans la voûte, au-dessus des tombeaux.

Mrs Rose prit la main de l'apothicaire dans la sienne, qui était gantée, et après avoir jeté un regard circulaire, l'entraîna vers la gauche au bout du bas-côté nord qui était partagé en deux par un mur percé d'une porte. Elle se dirigea vers une stalle toute proche de la chaire : on ne pouvait rêver d'endroit plus tranquille. Elle le fixa et ses yeux avaient une profondeur insondable.

— Avant tout, Mr Rawlings, je vous demande une chose : jurez-moi, jurez dans ce lieu saint que jamais vous ne mentionnerez la raison pour laquelle nous nous trouvons ici tous les deux.

— Qu'entendez-vous par là ?

— Je ne peux supporter d'entendre les noms que... depuis la mort de Jasper [1], j'en suis venue à redouter. Jurez-moi que vous ne ferez jamais allusion au passé.

— Mais comment sera-ce possible si nous nous entretenons de la situation présente ?

— Non, non, ce n'est pas inévitable, répondit-elle avec véhémence. Voici les faits : comme je l'ai mentionné dans ma lettre, je suis convaincue qu'on m'empoisonne lentement. Serait-ce un ami des tueurs de Jasper ou une femme qui l'a aimé, et il y en a tant, je ne sais.

John garda le silence, il réfléchissait à sa requête : comment pouvait-il en tenir compte ? Il sentait qu'à ses côtés Mrs Rose tremblait d'angoisse et comptait absolument sur son aide. Mais s'il fallait lui poser des questions, comment accepter l'idée de ne jamais faire

---

1. Voir *L'Apothicaire et « L'Opéra des Gueux »* (Labyrinthes n° 15).

référence aux véritables causes de son drame présent ? Finalement, il ne put plus supporter de la savoir si malheureuse.

— Je vous promets de ne jamais faire allusion, du moins devant vous, au passé. Dites-moi ce qui vous angoisse. Comment savez-vous que quelqu'un essaie de vous empoisonner ?

Elle le regarda, profondément affligée, les yeux pleins de larmes.

— Rappelez-vous que j'ai quitté le pays pour aller soigner mon cousin Ralph et que je me suis installée avec lui en Italie. Il s'y était rendu pour une question de santé, quoique à ce stade de la maladie, même la chaleur du climat ne pouvait plus l'aider. Il était miné par la phtisie, on ne lui donnait pas plus d'un an ou deux à vivre et le pauvre malheureux, paix à son âme, est mort dans mes bras. J'étais apparentée à lui par ma mère, mon père étant, si vous vous en souvenez, un tisserand huguenot. En tout cas, sa sœur célibataire lui avait laissé en héritage la maison de Petronilla's Platt et lui, à son tour, pour me rendre la vie plus facile, m'a laissé un petit legs et la maison. C'est ainsi que je suis venue à Winchelsea.

— Et alors ?

— Tout alla bien au début, j'ai eu mes entrées dans la société, bien qu'une veuve y trouve difficilement sa place.

John fronça les sourcils sans rien dire.

— Et puis, au bout d'un mois ou deux, on m'a donné un gâteau qui me rendit affreusement malade.

— Mais qui vous l'avait donné ? Vous pouviez sûrement en parler avec la donatrice, déclara John en la regardant, stupéfait.

Mrs Rose baissa les yeux sur ses genoux, ses mains malmenaient machinalement son mouchoir.

— C'est que justement, j'ignorais qui me l'avait offert.

— Mais enfin ! fit-il sur un ton plus sévère qu'il ne l'eût souhaité.

— En fait, je l'ai découvert sur le pas de ma porte, joliment enveloppé et dans un ravissant panier. Sans avoir le moindre soupçon, je l'ai pris et mangé au dîner.

— Et alors ?

— Je fus prise d'un grand malaise pendant la nuit et il fallut faire venir le médecin. Il a prescrit une purge ; quelques jours après j'étais sur pied et j'ai mis l'incident sur le compte d'une fâcheuse coïncidence, un accès de fièvre dû à un refroidissement, que sais-je ? Puis à nouveau on déposa une offrande sur le pas de ma porte. Cette fois, c'était une corbeille de fruits.

— Et vous y avez goûté ?

Mrs Rose, née Elizabeth Tessier, autrefois une dame d'importance, une célèbre actrice qui créa le rôle de Lucy Lockit dans l'*Opéra des Gueux* et dont le nom restera marqué dans les annales du théâtre, eut soudain une expression de tristesse et de vulnérabilité.

— Hélas, Mr Rawlings, les temps sont durs ! J'économise mes deniers autant que je le puis, mais le moindre présent est le bienvenu, croyez-moi.

— Et vous ne vous êtes jamais demandé qui pouvait être votre bienfaiteur ?

— J'ai cru que c'était une personne de la paroisse – je vais régulièrement aux offices pour prier pour Jasper, entre autres –, quelqu'un qui m'aurait vue et aurait compris ma situation, quelqu'un d'assez délicat pour ne pas me faire la charité ouvertement.

— Je vois, dit John qui songea, avec un certain cynisme, que son défunt époux Jasper, jadis assassiné, avait bien besoin qu'on priât pour son salut. Les fruits vous ont également rendue malade ?

— J'eus une crise au milieu de la nuit, comme la première fois.

— Y a-t-il eu d'autres de ces funestes présents ?

— Un seul, une bouteille de vin fait maison.

— Qu'en avez-vous fait ?

— Je l'ai conservée mais me gardai d'en boire.

— Vous avez bien fait, je serai curieux de l'examiner. À propos, avez-vous fait part au médecin de vos soupçons ?

Elizabeth secoua la tête, faisant jaillir des boucles argentées de dessous son chapeau.

— Non, on me regarde déjà comme un animal bizarre, je ne veux pas attirer davantage l'attention sur moi.

L'apothicaire changea de position, le banc en bois se révélant peu confortable à la longue.

— Votre récit est en effet bien étrange. Mais qui peut être capable de ces vilenies ? Comment a-t-on pu retrouver votre trace en ce coin perdu ?

— Peut-être simplement par hasard. Peut-être qu'une personne habitant Winchelsea a connu Jasper... ou les autres, ajouta-t-elle d'une voix tremblante.

— Cela semble peu vraisemblable.

— Vous me croyez, n'est-ce pas, Mr Rawlings ? Ces choses sont arrivées comme je vous l'ai conté.

Dans cet accès de véhémence, elle avait haussé le ton et le son de sa voix se heurtait contre les murs de la vieille église et revenait tel un écho jaillissant des antiques tombeaux où les morts dormaient de leur sommeil séculaire. John perçut un autre bruit s'ajoutant à ces sonorités caverneuses et il eut la chair de poule en réalisant que sa compagne et lui n'étaient pas seuls dans l'église de St-Thomas-Martyr. Des pas feutrés provenant du bas-côté où ils se trouvaient s'éloignaient.

Il se leva d'un bond et se tourna précipitamment vers la porte qui s'ouvrait dans le mur. Il la vit se fermer, sauta par-dessus le dossier de la stalle, courut ouvrir la porte et jeta un regard à droite et à gauche. Il ne vit rien, mais crut percevoir une ombre près du portail d'entrée. Il galopa pour franchir la courte distance qui l'en séparait, passa par la lourde porte en chêne... encore trop tard. L'individu connaissait les lieux bien mieux que lui et s'était trouvé une cachette. En tout cas, il n'y avait personne en vue.

— Sacrebleu !

— Qui était-ce ? s'enquit Elizabeth qui l'avait rejoint.

— Je ne sais, il s'est évaporé.

— A-t-il pu entendre ce que je vous disais ?

— Cela dépend depuis combien de temps il était là.

Elle maîtrisa ses émotions et se reprit en main.

— Faut-il nous mettre à la recherche de cet homme ?

— Vous savez, ce pourrait très bien être une femme. Et la réponse est non : à peine serions-nous en train d'explorer les environs qu'il, ou elle, serait sur le chemin du logis. J'ai une bien meilleure idée : rentrons chez vous et j'examinerai votre bouteille.

— Suivez-moi, Mr Rawlings, dit-elle d'un ton décidé en empruntant le sentier.

La servante, que sa maîtresse soupçonnait d'espionner, était cependant travailleuse. Un bon feu flambait dans l'âtre et un délicat fumet s'échappait de la cuisine lorsque John et sa compagne regagnèrent Petronilla's Platt. L'apothicaire haussa les sourcils, l'air surpris, et Elizabeth, comprenant la raison de son étonnement, expliqua en riant :

— Ici nous sommes à la campagne, Mr Rawlings, et nous dînons à 2 heures.

L'apothicaire songea qu'en temps de crise, elle faisait front avec courage ; la créature tremblante qui chuchotait à son oreille à l'église avait fait place à une femme à présent déterminée qu'un intrus menaçait. Il retrouvait en elle l'énergie déployée par Mrs Harcross au moment où son mari avait péri sur la scène du théâtre royal de Drury Lane. Son beau visage, ravagé par le passage des ans, semblait plus animé, plus éclatant. John fut enchanté quand elle lui dit :

— J'ose espérer que vous voudrez bien dîner avec moi, cher ami, j'ai encore bien des choses à vous confier. Et puis j'ai honte d'avoir monopolisé la conversation en ne parlant que de moi, sans vous demander de vos nouvelles et de celles de votre cher père.

— Trop heureux d'accepter une si aimable invitation. Ainsi nous aurons tout loisir d'échanger des nouvelles. Mais d'abord, je voudrais jeter un œil à la fameuse bouteille. Si vous alliez la chercher et rameniez deux verres, la servante ne se douterait de rien.

— J'ai une meilleure idée, déclara Elizabeth, lui prenant son manteau et son chapeau tout en lui faisant signe de s'asseoir au coin du feu. Je vais apporter en même temps une bouteille de bordeaux et elle n'y verra que du feu.

Tendant les mains vers la flambée, John regarda autour de lui : bien que disposant de modestes moyens, Mrs Rose avait réussi à rendre son foyer accueillant. Les murs du petit salon étaient blanchis à la chaux, le mobilier étincelant. De petits tapis étaient jetés çà et là et, dans le vaisselier contre un des murs, John aperçut des tasses et des soucoupes en fine porcelaine de Chine. Il n'y avait plus aucun des meubles dont il se souvenait à l'époque où elle habitait à Kensington. La pauvre femme avait vraiment tiré un trait sur son passé quand elle était partie pour l'Italie.

Sur le manteau de la cheminée étaient posés des chandelles et un briquet. Lorsque l'hôtesse réapparut, elle portait un plateau, qu'elle déposa sur une table basse, devant la fenêtre ; elle alluma les chandelles et, malgré le soleil qui brillait encore, elles donnèrent à la pièce une lumière agréable qui repoussait les ombres.

— La voici, dit-elle en lui tendant une bouteille pleine d'un liquide rouge sombre et un tire-bouchon.

John l'examina à la lumière avec attention : une étiquette avait été attachée au col et il lut : « Vin de prune fabriqué par nous-mêmes en l'an 1754. Dans l'espoir que ce petit cadeau vous réconfortera. » Il n'y avait pas la moindre indication sur l'identité du donateur.

— Les étiquettes qui se trouvaient sur les deux autres présents, les auriez-vous, par bonheur, conservées ?

— Oui et non. Je vous ai déjà dit que le gâteau était présenté dans un joli panier. Je l'ai gardé tel quel, mais hélas, celle qui se trouvait sur la corbeille à fruits a été détruite.

— Y avait-il quelque chose d'autre dans la corbeille ?

— Les fruits étaient posés sur une assiette que j'ai évidemment conservée, puisque je ne savais à qui la rendre.

John esquissa un sourire en coin et Elizabeth s'écria :

— Oh ! Vous faites toujours ça !

— Quoi donc ?

— Votre sourire en coin, je m'en souviens parfaitement, c'est une de vos plus charmantes mimiques.

L'apothicaire rougit.

— Disons que c'est une de mes bizarreries. Mais voyons plutôt ce vin. (Il ôta le bouchon et renifla en tenant le goulot sous son nez :) Rien de décelable au premier abord, je vais le goûter.

— Soyez prudent.

— Quelques gouttes ne peuvent me faire de mal.

(Il se versa la valeur d'un dé à coudre. Il le goûta :) Je ne sens toujours rien. Si c'est du poison, il est des plus subtils.

Il vida le verre. Mrs Rose guettait chacun de ses mouvements avec anxiété.

— Cela ne laisse aucun arrière-goût, je me demande ce que c'est. (Il s'en versa encore un peu :) Aucune brûlure et le goût en est très agréable. C'est vraiment étrange !

— Vous ne sentez rien de particulier ?

— En tout cas, il ne s'agit pas de tue-loup[1] : j'aurais déjà les lèvres et la langue enflées. Ce pourrait être du safran des prés, mais j'en doute.

— Quels en sont les effets ?

— Préparé dans les règles, c'est un bon remède contre la goutte mais qui peut vous tuer par suffocation s'il est administré à mauvais escient.

John fit la moue et ses sourcils si mobiles formèrent un accent circonflexe.

— Voilà qui sera bien difficile à cerner. Il me faudra l'emporter dans le local où je fais mes préparations ; je ferai quelques expériences.

Il s'en versa à nouveau quelques gouttes qu'il but avec lenteur.

— De grâce, faites bien attention, supplia Elizabeth soucieuse.

— Ne vous tourmentez pas. Dès que je sentirai le moindre trouble, j'arrêterai. Et puis dans le pire des cas, j'ai ma trousse à remèdes à *La Salutation* : je peux toujours envoyer votre servante la quérir.

— Bon, si vous en êtes sûr... (Elle s'assit et passa la bouteille de bordeaux à John.) Si vous voulez avoir l'obligeance de l'ouvrir, j'en prendrai bien un verre avec vous.

— Bien volontiers.

1. Aconit.

Ils s'assirent de chaque côté de la cheminée, l'apothicaire continuant à goûter le vin de prune, Mrs Rose toujours inquiète et buvant son bordeaux. Petit à petit, l'atmosphère chaude et plaisante les apaisa. Pour un temps du moins, la pensée du poison et les horreurs du passé furent oubliées. Ils bavardèrent et rirent de concert ; les joues fardées de blanc rosirent de plaisir en l'agréable compagnie de l'apothicaire.

— Parlez-moi un peu des gens de votre voisinage, dit John dont la pensée revenait fort souvent à Henrietta Tireman. Décrivez-les-moi.

— Eh bien, il y a le squire, sir Ambrose Ffloote, un baronnet très exubérant qui habite Paradise House[1].

— Quel nom original !

— Oui, n'est-ce pas ? Et qui ne lui convient pas très bien. Et puis il y a le capitaine Nathaniel Pegram qui habite Grey Friars[2].

— Autre dénomination curieuse.

— C'est un manoir mais qui fut autrefois un couvent : après la suppression des monastères, il passa entre les mains d'un particulier. Les ruines du chœur subsistent et sont très intéressantes à visiter.

— Et lui, le capitaine Pegram, quel genre d'homme est-ce ?

— Timide et recherchant la solitude. Il ne sort presque pas dans le monde. Sa femme est morte depuis des années et on dit qu'il ne s'en est jamais remis. Apparemment, il n'a pas de plus grand plaisir que de passer son temps dans sa bibliothèque. (Elle se tut et reprit :) Il est bel homme.

— Une sorte d'ermite en somme, conclut John. Figurez-vous que j'ai rencontré le squire en venant ici. (Presque sans réfléchir, il se reversa du vin de

1. Maison du paradis.
2. Frères mineurs.

prune.) Je ne puis dire qu'il m'ait inspiré une vive sympathie. Il est marié, je crois.

— Oh oui, avec la pauvre petite Faith, affligée depuis longtemps d'horribles migraines. Peut-on s'en étonner ? Inutile de préciser qu'ils n'ont pas d'enfants et qu'ils reportent toute leur affection sur un vieux chien décrépit qu'ils appellent Pup[1].

Elizabeth éclata de rire en renversant la tête en arrière et John en fit autant. Il commençait à croire que le vin, loin d'être un poison, était d'une force qui se faisait sentir de plus en plus.

— Et les autres ? Le recteur Tireman par exemple ?

— Vous en avez entendu parler ? s'écria Mrs Rose, surprise. Il a deux filles très belles. L'une d'elles a remporté le plus grand triomphe de tous les temps ; la seconde, la jolie Rosalind, a réussi à se fiancer au marquis de Rye. Il y aura un grand mariage au printemps. On en parle dans tout le Sussex et presque partout dans le Kent.

— Comment s'y est-elle prise ? demanda John, intrigué.

— Je crois qu'elle fut engagée pour servir de gouvernante à la jeune sœur du marquis. Bien sûr, dès qu'il eut posé les yeux sur elle, il est tombé à ses pieds comme la plupart des créatures de sexe masculin.

— Sa sœur Henrietta était également dans ma diligence et m'a paru fort jolie, fit remarquer l'apothicaire.

— C'est vrai, mais en rien comparable à sa sœur. Ce doit être une grande infortune que d'être sans cesse comparée à sa sœur.

— Le recteur a-t-il une épouse ?

— Oh oui ! une *femme formidable**, une grande

1. Chiot.

gaillarde autoritaire qui ne supporte aucune peccadille. Comment a-t-elle pu donner le jour à ces deux charmantes créatures, c'est une énigme pour moi.

— Pourquoi ? Est-elle laide ?

— Elle est imposante, si vous voyez ce que je veux dire.

— Oui, je vois.

Le silence retomba. Ils fixaient tous les deux les flammes ; ce fut John qui le rompit :

— N'y a-t-il personne d'autre, Mrs Rose, personne d'autre avec qui vous avez des relations ?

Elle le regarda avec une soudaine gravité.

— Vous pensez que ce sont peut-être ces gens-là qui cherchent à me tuer ?

— Je le crains.

— Mais lequel d'entre eux pourrait avoir des liens avec le passé ? demanda-t-elle en frissonnant.

— Comme vous me l'avez dit vous-même, ce peut être fortuitement, une coïncidence... que l'une ou l'autre ait rencontré Jasper ou...

— Inutile d'en dire davantage. Il y a aussi le docteur Hayman qui m'a soignée lorsque j'étais malade. Il vient d'arriver à Winchelsea. Son prédécesseur, le vieux Dr Trumble, est tombé de voiture en état d'ivresse et s'est fracturé les vertèbres cervicales. Je le connais très peu, je sais juste qu'il est très bon médecin. J'ajouterai l'apothicaire Mr Gironde, qui me prépare souvent des potions ; mais je n'ai pas de relations mondaines avec lui.

» Sa femme m'a invitée une fois à aller la voir, mais je l'ai trouvée curieuse, indiscrète, et je n'y suis jamais retournée. Bien sûr, il y a beaucoup d'autres gens très comme il faut, mais nous nous contentons de nous saluer quand nous nous voyons à l'église.

— Par conséquent, si j'ai raison et si la personne qui cherche à vous empoisonner est de vos relations, vous pensez que votre ennemi se trouve parmi les gens que vous m'avez décrits ?

Les beaux yeux d'Elizabeth se remplirent de larmes.

— Cela me fait horreur, mais la réponse est affirmative.

— Tout cela est fort étrange, fit John en hochant la tête et en ajoutant avec son sourire en coin : Tout semble voilé de mystère, à une exception près.

— Laquelle ?

— Quiconque vous a offert cette bouteille n'avait en vue que votre propre plaisir.

— Comment ?

— Je mets ma réputation en jeu en vous certifiant qu'il n'y a aucune goutte de poison dedans. J'en ai bu continuellement depuis tout à l'heure et je ne ressens qu'une grande gaieté. Bref, c'est le meilleur vin fait maison que j'aie jamais goûté et j'aimerais connaître l'inventeur pour lui en demander un autre flacon !

Elizabeth lui jeta un regard horrifié, puis changea d'expression en le voyant sourire. Elle sourit à son tour.

— Mr Rawlings, vous avez pris un terrible risque en en buvant, mais ce que vous me déclarez me rassure, cela me fait du bien de penser qu'un de mes voisins au moins ne me veut pas de mal.

La servante vint annoncer que le dîner était prêt et John se leva en offrant son bras à Mrs Rose.

— Chère madame, je vous donne ma parole que je chercherai le coupable jusqu'à ce que je le tienne entre mes mains.

Cela dit avec conviction, il conduisit Mrs Rose, autrefois Mrs Harcross, à la salle à manger.

5

L'apothicaire quitta Petronilla's Platt dans la soirée pour regagner *La Salutation* en fredonnant et en marchant d'un pas légèrement titubant. L'examen des différentes étiquettes attachées aux colis anonymes s'était révélé décevant. L'écriture était à chaque fois différente. Néanmoins, il les avait glissées dans sa poche pour pouvoir les regarder encore plus attentivement à la lumière du jour. Sa tâche accomplie, il avait passé un bon moment à siroter un porto que son hôtesse prenait plaisir à lui verser en répétant qu'elle serait heureuse s'il passait la soirée entière avec elle. Quelle existence mélancolique et solitaire ! avait-il songé, et quelle tragédie qu'une femme si célèbre en fût réduite à pareil isolement.

— La prochaine fois que vous venez à Londres, avait-il déclaré impulsivement, il faut que vous alliez rendre visite à mon père ; il sera si heureux, j'en suis sûr, de vous revoir.

— Ce cher sir Gabriel, avait-elle répondu avec un doux sourire, ce serait si bon de renouer avec lui ; mais hélas, je ne vais en ville que rarement. Mon dernier voyage avait pour but de tenter de vous retrouver. J'y ai trop de pénibles souvenirs pour m'y sentir à l'aise.

— Il vous faut absolument essayer de ne plus penser au passé, Mrs Rose, ce qui est fait est fait. Rejetez-le comme un serpent se débarrasse de sa vieille peau.

— Plus facile à dire qu'à faire, mon jeune ami !

En la regardant, l'apothicaire se dit que mieux valait changer de sujet : il était clair que l'ancienne actrice n'était pas encore prête – le serait-elle jamais ? – à oublier les événements terribles qui avaient marqué son passé. Inutile de gaspiller sa salive. Aussi se leva-t-il de table, et, après l'avoir remerciée avec effusion, il la quitta.

L'air avait fraîchi et il fut heureux de retrouver, à l'intérieur de l'auberge, la bonne chaleur du feu allumé dans le petit salon. Il se dépêcha d'aller s'asseoir près de l'âtre et s'endormit aussitôt. Il rêva qu'il voyageait une fois de plus en diligence en compagnie d'Henrietta et que le sinistre épouvantail qui ressemblait tant à un être vivant, immobile derrière l'église isolée, effrayait tant les chevaux qu'ils se cabraient. Miss Tireman se mettait à pousser des cris de terreur, ce qui l'éveilla.

Quelque part dans la rue, un enfant pleurait et ses cris déchirants avaient été la cause de son réveil. Pourtant, cette explication évidente de son rêve ne lui vint pas à l'esprit. Il resta assis, tout voûté, les sourcils froncés, essayant de rattraper au vol une pensée qui lui échappait tel un feu follet. Dans cette vision qui l'avait frappé, quelque chose clochait, mais quoi : l'église solitaire, l'épouvantail coiffé de son tricorne dont la dentelle déchirée pendillait, le troupeau paissant paisiblement, le clair de lune blanchissant les prés ? Qu'avait-il vu qui ne cadrait pas avec la réalité ? Soudain, il comprit et cela lui arracha un petit cri qui dérangea son voisin, assis en face de lui, un journal déployé devant le visage.

— Pas de cultures, marmonna John, il n'y avait pas de cultures.

— Qu'y a-t-il ? Que dites-vous ? demanda le lecteur, abaissant son journal.

— J'ai dit, il n'y a pas de cultures, se contenta de répéter John.

Et sans plus d'explication, il se leva pour se rendre à l'estaminet où les gens d'ici pourraient certainement lui dire où se trouvait l'église.

La chance était de son côté : le premier homme à qui il décrivit le curieux bâtiment, à l'architecture bizarre, avec son toit aux longs pans tombants et son clocher planchéié pour résister aux intempéries, reconnut tout de suite ce dont il s'agissait.

— Hé ! mais c'est St-Thomas-Becket à Fairfield, construit il y a cinq cents ans.

— Qu'est-ce que vous pouvez m'en dire ? demanda John qui fit signe au garçon de remplir à nouveau la chope de son interlocuteur. Y officie-t-on ? Le bâtiment a l'air abandonné.

— Oh, il y en a bien quelques-uns qui y vont de temps en temps, mais il y a juste un vicaire en charge qui a déjà plusieurs paroisses à desservir et pas d'endroit où habiter dans le voisinage, tandis que le recteur n'a pas de presbytère et doit se loger où il peut, le pauvre.

— Comment les gens s'y rendent-ils ? s'enquit John.

— À pied ou à cheval. Quand le marais est inondé, en barque.

L'apothicaire sourit à cette évocation.

— Vous pouvez rire, mon bon monsieur, mais croyez-en quelqu'un qui en a l'expérience : quand le marais de Romney est sous l'eau, y a pas d'autre moyen de circuler qu'à la rame. Maintenant, dites-moi pourquoi vous vous intéressez tant à cette vieille bâtisse ?

— Voilà : je suis arrivé à Winchelsea en provenance de Londres hier soir alors que la tempête faisait rage. La chaise de poste a été obligée de prendre par le marais au lieu du chemin habituel. J'ai donc aperçu l'église au clair de lune et cela m'a donné envie d'aller la visiter, surtout à cause de sa forme étrange.

Il n'ajouta pas que la vraie raison était d'examiner cet épouvantail qui ne protégeait aucune récolte.

— C'est vrai, elles sont bizarres ces vieilles églises du marais. Pendant que vous y êtes, vous pourriez aussi aller voir St-Augustine à Brookland, elle date d'à peu près la même époque que St-Thomas-Becket.

— Vous connaissez bien la région, il me semble ?

— Ah oui, c'est parce que dans le temps j'étais berger dans les marais, je connais tous les creux, toutes les bosses, enfin aussi bien qu'un homme peut connaître un coin pendant sa vie.

— Et à présent, vous ne l'êtes plus ?

— Pas exactement, sir. Je garde les moutons à Rye, sur les propriétés du marquis. Ce n'est pas aussi accidenté que les marais.

— Je vois. Je m'appelle John Rawlings, apothicaire à Shug Lane, à Londres, dit-il en lui tendant la main.

— Et moi je m'appelle Roderick. Si je peux vous rendre service pendant votre séjour, n'hésitez pas à me demander. J'habite la troisième chaumière de Back Lane.

John fit son plus beau sourire.

— Eh bien, j'aurais peut-être quelque chose à vous demander. Mais d'abord, voulez-vous une seconde tournée ? Savez-vous où je pourrais louer un cheval ? S'il fait beau demain, j'irai volontiers jusqu'à Fairfield.

En buvant une seconde pinte d'ale, le berger raconta que son frère envisageait de prendre des chevaux en pension et qu'il en avait déjà un ou deux à la disposition des clients. Il renseigna également John sur le meilleur chemin à prendre : aller jusqu'à Rye, ensuite traverser la Rother par le bac, puis suivre la route, en direction du nord-est.

— Vous verrez un écriteau qui indique Appledore ; restez sur ce chemin et vous verrez St-Thomas à votre droite. Vous ne pouvez pas le manquer et de jour ça paraît un peu plus accueillant.

— Je l'espère bien ! s'écria John gaiement, mais

intérieurement il frissonna au souvenir de la sombre silhouette immobile de l'épouvantail.

S'étant retiré très tôt dans sa chambre, il se leva dès l'aurore, juste avant que le soleil ne s'élève à l'horizon. Ensuite, après avoir consommé son légendaire petit déjeuner, il sortit de l'auberge et trouva dans la cour une jument pommelée que le frère de Roderick, Tom, venait tout juste d'amener.

Il se sentait bien, comme débarrassé de tout souci, bien campé sur sa selle et trottant à bonne allure à travers la contrée connue sous le nom de marais de Romney. De fait, il faisait si bon qu'il ôta son chapeau, le fourra dans le sac attaché à la selle et laissa le vent jouer dans ses cheveux qui auraient eu grand besoin d'être rafraîchis. Ce dernier jour de février avait un avant-goût de printemps, et étincelait comme la veille. Il avait l'impression de traverser un paysage tout doré car les fossés de drainage du marais, pleins d'eau, miroitaient sous les rayons du soleil.

Partout où il posait les yeux, il apercevait les frais bourgeons dont les couleurs délicates se détachaient sur le ciel bleu pâle. Cette matinée semblait propice aux plaisantes aventures et son allégresse croissait avec la distance parcourue. Aussi dès qu'il aperçut un écriteau signalant Brookland, il en prit le chemin, bien que cela le détournât quelque peu de sa route. Il était curieux de voir l'église que Roderick lui avait vantée. En approchant, il constata que l'architecture en était non seulement curieuse mais unique en son genre : le campanile lui était juxtaposé et s'élevait du sol. N'ayant jamais vu une chose pareille, John descendit de sa monture, l'attacha à un des anneaux scellés dans le mur et fit le tour de ce bâtiment octogonal en bois dont le toit conique était composé de trois parties posées l'une sur l'autre et ressemblait à des mouchettes à chandelle. Pensant que le clocher était très ancien, il entra et leva les yeux vers l'emplacement réservé aux cloches qui reposaient sur les poutres et il évoqua toutes les générations de sonneurs de cloches suspendus aux cordes pour que leur joyeux carillon résonnât partout sur le marais de Romney.

Il pénétra ensuite dans l'église en ouvrant une barrière aux volets de bois surmontés de pointes en fer, sans doute destinés à empêcher les chevaux de surgir pendant les offices. Il fut instantanément sensible à l'atmosphère empreinte de cinq cents ans de prières, de rites fidèlement observés, de foi profonde. Mais il sentit quelque chose d'autre, bien que l'église fût déserte – un rapide coup d'œil l'en avait convaincu. Il avait l'impression de ne pas être seul. D'un œil prudent, il regarda les bancs protégés par de petites portes pour voir si personne ne s'y cachait et s'avança dans la travée centrale.

Soudain, son attention fut attirée par quelque chose d'un mysticisme merveilleux qui lui tira une exclamation d'admiration et lui fit oublier tout le reste : sur le mur d'une chapelle du bas-côté, à sa droite, il y avait une ancienne peinture aux couleurs discrètes représentant le meurtre de Thomas Becket dans la cathédrale de Canterbury. On y voyait l'archevêque agenouillé devant l'autel, l'épée d'un des assassins déjà enfoncée dans le crâne. Y figuraient aussi deux autres membres du quatuor de tueurs, les épées brandies. À la gauche de Becket se tenait son chapelain, portant la croix épiscopale.

Les yeux toujours fixés sur la fresque, John descendit la marche qui le séparait de la chapelle et il comprit pourquoi il avait perçu une présence : un jeune homme en vêtements ecclésiastiques se trouvait devant lui et versait d'un air affairé un liquide dans une vasque placée dans la niche, où l'on vidait l'eau ayant servi à laver les vases sacrés.

Il est difficile de dire qui fut le plus surpris, de l'homme de Dieu qui sauta en l'air en portant les mains à sa taille comme s'il possédait une arme, ou de John qui laissa échapper un cri aigu en reculant d'un pas, le cœur battant. Il eut juste le temps de remarquer que le vicaire avait une toison bouclée et brune – encore plus en désordre que la sienne –, avant que ce dernier ne tirât d'une poche cachée une perruque sobre dont il se coiffa.

— Dieu vous bénisse, mon fils ! s'écria-t-il d'une voix pleine d'onction.

— Merci, mon père, répondit John qui s'étonna du jeune âge des clercs de notre temps.

— Vous êtes étranger à ces lieux ?

— Oh oui, dit l'apothicaire avec entrain, tout en prenant sa mine d'honnête citoyen. Je fais le tour des églises du marais, ce sont des sites si intéressants !

— En effet, en effet, mais en quoi puis-je vous être utile ? Une visite guidée de notre église vous conviendrait-elle ?

— Je m'en voudrais de vous déranger, fit John en secouant la tête. Je puis la visiter tout seul ; j'ai cependant une petite question à vous poser.

— Je vous écoute.

— On m'a dit que l'église de Fairfield était desservie par un vicaire permanent et n'avait pas de recteur résidant ; j'en déduis que les fidèles sont peu nombreux ?

Le vicaire plissa les yeux qu'il avait – John le remarqua – d'un bleu-violet, couleur de jacinthe.

— Le vicaire fait tout son possible, sir, mais il a une vaste contrée à parcourir. Il essaie de célébrer le divin office tous les dimanches, en dépit de certaines difficultés. Cependant, notre prêtre est Mr Sopwith, qui est également recteur d'Upper Hardres, près de Canterbury.

— Une bonne distance... c'est courageux de sa part !

— Je crois bien qu'on ne l'a vu à la paroisse qu'une ou deux fois, déclara le vicaire en riant.

John rit aussi, il se sentait de la sympathie pour ce jeune homme original.

— Qu'arrive-t-il quand les fidèles se trouvent devant l'église vide ?

— Ils remontent sur leurs chevaux et franchissent ainsi la courte distance qui les sépare de notre communauté. Dites-moi, pourquoi vous intéressez-vous tant à Fairfield ?

— Parce qu'elle me semble une petite église si éloignée, si isolée... Je l'ai aperçue pour la première fois, l'autre soir, et j'ai décidé de me renseigner dès que l'occasion se présenterait.

Le vicaire joignit les mains.

— Vous ne serez pas déçu, mon fils. Elle est aussi ancienne et chargée d'histoire que celle où nous nous trouvons. Cela peut vous sembler étrange, mais St-Thomas-Becket est cernée par les eaux de l'hiver au printemps. En fait, elles viennent juste de se retirer, un peu plus tôt que d'habitude. À présent, je suggère que vous jetiez un coup d'œil à nos fonts baptismaux qui datent, pense-t-on, du XIIe siècle. Les signes du zodiaque ainsi que les travaux de chaque mois y sont gravés. Voulez-vous que je vous accompagne ?

— Je ne voudrais pas vous soustraire à vos occupations.

— Eh bien en ce cas je continue.

Le vicaire s'approcha du grand tombeau qui dominait la chapelle et se mit à en épousseter le dessus en marbre.

John se dirigea vers les fonts baptismaux, et un regard en arrière lui permit de constater que le vicaire était invisible. Il admirait les artisans, normands ou flamands, qui avaient sculpté ces merveilles. Sur la vasque en plomb, les figures étaient en relief. Il regarda avec intérêt les Gémeaux, puisque c'était son propre signe : dans le cercle circonscrit par les figures de Castor et Pollux, la tâche correspondante était représentée sous les traits d'un cavalier et de son faucon. John fronça les sourcils : était-il le faucon, lui qui volait à la recherche des criminels pour les remettre aux mains de la Justice ? Ou bien les jumeaux représentaient-ils sa double personnalité, cette alliance de douceur et de brutalité ? Son œil se posa sur janvier : sous la figure d'un homme portant un pot à eau, on voyait Janus aux deux visages assis à table et festoyant, un sceptre dans une main, une corne à boire dans l'autre. Étant le dieu des barrières et des portes qui s'ouvrent dans les deux sens, ses deux visages regardaient dans deux directions opposées évoquant l'année passée et celle qui vient.

Tout à fait comme moi, songea John ; j'arbore une certaine expression pour capter les informations, tandis que mon moi secret les enregistre. L'espace d'un instant il s'en voulut d'avoir été souvent obligé de recourir à la ruse, puis il se dit que la duplicité du malfaiteur justifiait qu'on cherchât à le tromper.

En sortant de St-Augustine, il poussa un gros soupir. Malgré l'ancienneté et la sainteté des lieux, on y sentait quelque chose d'étrange qui lui donnait froid dans le dos. Cette sensation était si forte qu'il fut soulagé de se laisser réchauffer par le soleil. Il conduisit sa jument près du montoir à la droite du porche et s'apprêtait à sauter en selle quand le vicaire fit son apparition dans son vêtement noir, un chapeau juché à la diable sur sa perruque mal ajustée.

— Alors, mon bon monsieur, vous nous quittez ? déclara-t-il avec jovialité.

— Oui, il est temps de me mettre en route, répondit John.

— Permettez-moi de tenir votre cheval pendant que vous montez.

— Je vous remercie.

Pour un homme de Dieu plus habitué à chanter des hymnes qu'à manier des chevaux, il prit la bride avec grande aisance et des mains fort hâlées, remarqua John. De fait, il avait également le visage bruni, comme s'il passait une grande partie de son temps dehors.

Devinant ce que pensait l'apothicaire, il expliqua :

— J'ai l'habitude des chevaux, c'est mon moyen de locomotion pour aller d'une paroisse à une autre. Hélas ! je n'ai pas de presbytère à ma disposition.

— Serait-ce vous le vicaire permanent ?

— Malheureusement non, bien que j'aille où l'on m'appelle, courant au secours des malades ou encore pour d'autres services. Une sorte de baladin, pourrait-on dire, ajouta-t-il en riant ; ses yeux au regard vif se plissèrent d'amusement.

Une fois encore John rit avec lui, éprouvant de la sympathie pour le jeune homme tout en se disant qu'un garçon si fantaisiste semblait peu fait pour la vocation religieuse.

— Je vous souhaite une bonne journée, sir.

— Moi de même, sir. Peut-être nous rencontrerons-nous à nouveau au cours de nos périples dans le marais.

— Peut-être, répondit John en s'éloignant.

Il quitta le hameau de Brookland et se dirigea vers l'ouest, guidant soigneusement sa monture pour éviter les fossés de drainage qui quadrillaient le marais. Il y avait peu d'habitations, sinon de temps en temps une ferme isolée. Malgré le chaud soleil de février, le paysage était plutôt sinistre ; rien ne bougeait, sauf les troupeaux de brebis bêlantes qui se dispersaient quand John passait parmi elles. C'est ainsi qu'il parvint, solitaire, à l'église de St-Thomas-Becket. Il arriva par-derrière et arrêta sa jument pour se repérer et examiner les lieux à la lumière du jour.

Étrange et abandonné de tous, le petit bâtiment dont la curieuse silhouette évoquait l'arche de Noé se dressait là, coupé du reste du monde par les eaux qui l'entouraient l'hiver et battu par les vents, réchauffé au printemps par le soleil, avec pour seules visiteuses les célèbres brebis du marais de Romney.

St-Thomas-Becket avait été édifié sur une hauteur par l'artisan qui, cinq cents ans auparavant, avait voulu l'élever au-dessus du niveau des eaux. John en fit le tour et constata que de là où il se trouvait, l'épouvantail était invisible, caché par une cabane de berger en ruine bâtie sur une autre butte. C'était une illusion d'optique créée par le clair de lune qui lui avait fait croire qu'il jouxtait l'église. Il attacha sa jument à un anneau scellé dans le mur du fond de l'église et commença son exploration à pied. Le sol était spongieux et ce fut avec difficulté qu'il approcha de la hutte en ruine. Il lui fallut même traverser un fossé plein d'eau. Finalement, il n'était guère présentable avec ses genoux tout boueux lorsqu'il atteignit son objectif et fit le tour de la hutte en pierre pour apercevoir la silhouette qui l'avait si vivement impressionné sous ce clair de lune trompeur.

Exactement comme la première fois, l'immobilité absolue de l'épouvantail, si semblable à un homme vu de dos, le fit frissonner. Même en plein jour, sa ressemblance avec un être vivant faisait peur. Les habits dont il était vêtu étaient faits d'un velours de belle qualité, parfaitement coupés et d'une grande élégance, bien que la couleur en fût passée.

Comme il s'en approchait par-derrière, John put discerner les moindres détails de la veste déchirée, d'un bordeaux délavé, ainsi que du tricorne à la dernière mode bordé de dentelles. Le créateur de ce mannequin avait trouvé non seulement de merveilleux vêtements pour l'en garnir, mais s'était également donné beaucoup de peine. On distinguait même les restes déchirés d'un haut-de-chausses et de culottes sur les courtes jambes de paille. Pas étonnant qu'il en eût conçu une telle frayeur au premier regard ! Il prit une profonde inspiration et le contourna pour le voir de face. Comme il l'avait remarqué au clair de lune, il n'avait pas de visage et le tricorne avait été enfoncé profondément pour éviter d'en fabriquer un. Pourtant il crut apercevoir en le fixant en pleine lumière quelque chose sous le tricorne, quelque chose qui, à cause d'un reflet blanc, ressemblait à de la craie. Il tendit la main vers l'homme de paille mais un gros corbeau venu d'on ne sait où s'abattit soudain sur lui.

— Va-t'en ! cria John en agitant les bras.

L'oiseau battit des ailes au-dessus de sa tête, comme s'il évaluait un ennemi et finit par fuir à tire-d'aile.

Énervé, l'apothicaire renouvela son geste, et en grinçant des dents, il ôta le tricorne.

Des orbites creuses le fixèrent et des os se mirent à luire sous les rayons du soleil. John recula en poussant un cri de terreur et il eut un haut-le-cœur à la vue du spectacle qui se révélait à lui : sous le chapeau et sous la perruque blanche à l'aspect grotesque, il y avait un crâne humain, un crâne qui semblait lui sourire, comme si John était un ami de longue date perdu de vue.

6

L'horrible découverte lui avait coupé le souffle. Il lui fallut se concentrer et respirer profondément pour retrouver ses esprits. Comme bien des fois auparavant, il se rappela un axiome de son ancien maître, à savoir que les morts ne peuvent vous faire de mal ; il dut se le répéter à plusieurs reprises pour maîtriser sa panique. Son cœur battait la chamade et il avait l'impression que son estomac se nouait. Combattant une forte envie de vomir, il s'assit dans l'herbe humide en attendant d'avoir la force nécessaire pour examiner le corps.

L'épouvantail avait été attaché à un crucifix. Une simple croix de bois, sans doute prise dans l'église, avait été plantée dans le sol et on y avait attaché le cadavre en introduisant la barre horizontale dans les manches du justaucorps à grandes basques. La tête était fixée par un ruban passant dans le tricorne que John avait délogé en le décoiffant. Il souleva avec des doigts tremblants la perruque faite de crin blanc qui couronnait grotesquement le crâne. Un magma de vers surgit de ce qui restait de la chevelure brune. Le cœur soulevé, l'apothicaire s'essuya les lèvres sur sa manche.

Le visage du mort avait disparu, ne laissant subsister que le crâne du squelette, épargné par les mouches et les corbeaux. Sa denture était intacte. John eut le temps de le constater avant de vomir dans un fossé. Il resta planté un moment à l'écart, s'épongeant le front et respirant profondément à plusieurs reprises avant de se remettre à sa lugubre tâche.

Avec hésitation, il défit les boutons en argent du justaucorps en velours bordeaux et constata qu'il avait été fendu d'un coup net à hauteur du cœur et qu'il y avait des traces de sang séché autour. Il en conclut que la victime avait été poignardée à l'aide d'une lame effilée : la mort avait dû être immédiate. Sous le justaucorps, il portait un gilet argenté coupé et taché de sang également ; la chemise de batiste qu'il portait était encore plus ensanglantée. Regrettant de n'avoir pas ses gants, John tira la chemise de la culotte.

Sous celle-ci, la poitrine du squelette n'avait plus une once de chair. Soulagé de ne pas avoir affaire à un corps en putréfaction, il observa soigneusement l'entaille au niveau des côtes qui confirmait son diagnostic : le malheureux avait été tué d'un coup de poignard dans le cœur. L'apothicaire prit son courage à deux mains et poursuivit son examen vers la partie inférieure du cadavre. Les jambes avaient disparu à partir du genou, sans doute emportées par les renards. Il dégagea délicatement la culotte et le haut-de-chausses : il ne subsistait plus que les os. Tout avait été dévoré, y compris les parties génitales, ce qui lui parut pour le moins étrange. Il ne portait pas de souliers et John se dit que seul le clair de lune avait pu lui donner l'impression que l'épouvantail se tenait sur ses pieds. Les mains avaient été également dévorées et seule restait la manchette tuyautée sur l'os du poignet. John nota toutes ces observations dans sa mémoire, tout en déplorant l'absence de la petite gourde qu'il portait généralement à la ceinture. On ne voyait pas trace de lutte sur la butte où était planté l'épouvantail, mais cela ne voulait rien dire au bout de plusieurs mois et compte tenu du passage des eaux. Mais si la croix provenait bien de l'église, la maison de Dieu ne recélait-elle pas d'autres indices ? Assuré tout à coup qu'elle avait dû être la scène du crime, l'apothicaire, les jambes encore vacillantes, traversa le fossé qui séparait l'ancienne église de la butte où pendait le cadavre.

Vue de près, elle lui parut encore plus ancienne qu'il ne l'avait cru. L'architecture en était clairement médiévale, les murs extérieurs étaient à moitié en bois, les espaces entre les poutres lattés et plâtrés. Un clocher recouvert de planches dominait le tout et l'on entrait par une porte en chêne, pratiquée dans le porche nouvellement construit dans le mur au nord. John pénétra dans l'église, heureux d'échapper pour un moment à la vision de l'épouvantail. Son œil fut immédiatement attiré par les boiseries et les arcs de bois éclairés par un timide rayon de soleil pénétrant par les fenêtres encadrées de bois. Cette lumière, déjà chiche, était en sus voilée par une cloison qui courait sur toute la longueur du bâtiment afin de supporter le poids du clocher. Au Moyen Âge, on devait couvrir le sol de joncs et les fidèles se tenaient debout ou s'asseyaient par terre. Mais pour s'adapter aux exigences des gens du XVIIIe siècle, on avait récemment installé une chaire et des bancs. La chaire était particulièrement intéressante car constituée de trois parties : le niveau inférieur comportait une étroite stalle probablement réservée au clerc de la paroisse – un homme mince car une personne corpulente eût eu du mal à s'y loger ; au-dessus, un espace dévolu au vicaire permanent chargé de conduire l'office ; enfin un troisième étage, où celui-ci devait monter pour prononcer son sermon habituellement fort long, qui se terminait à peine à temps pour permettre aux fidèles de rentrer dîner à 3 heures. À cause de la durée interminable du culte, certaines familles emportaient leurs pots de chambre dans leurs bancs et en usaient discrètement pendant le service.

Les bancs étaient carrés, on y entrait par une porte que l'on pouvait fermer à clé et les gens y étaient assis les uns en face des autres. Bondissant à l'intérieur de l'un d'eux, John s'assit et, dans le silence paisible des lieux, laissa courir ses pensées.

Le meurtre avait-il pu être perpétré ici même ? Pouvait-on trouver des indices sur place, découvrir une indication quant à l'identité de la victime ? Avec répugnance, John avait fouillé dans les poches du cadavre pour n'y rien trouver. Même celles du gilet étaient vides, la montre de gousset avait également disparu. Le meurtrier avait fait en sorte que le nom de la victime restât un mystère. John quitta son banc à regret et commença à explorer les recoins de la petite église.

Un manteau abandonné gisait dans la stalle du clerc mais il n'y avait ni papier, ni nom de tailleur. On voyait cependant que l'étiquette avait été arrachée car près du col subsistaient quelques bouts de fil. Dans sa quête de la scène du crime, il eut encore moins de succès : seules quelques gouttes de sang séché étaient visibles près des fonts baptismaux ; mais quelle en était l'origine ? Peut-être un simple saignement de nez. Il dut admettre que, logiquement, si la mort datait de plusieurs mois, toute trace de lutte avait pu être effacée. Appréhendant ce qui lui restait à faire, John sortit de l'église et regarda autour de lui, ébloui par la lumière du jour.

Du porche où il se tenait, l'épouvantail était invisible, caché par la hutte de berger. Il était donc peu étonnant que personne ne l'eût remarqué ou n'eût compris ce qu'il masquait. Six mois, c'était long. Peut-être avait-on *vu* l'épouvantail et s'était-on contenté de le laisser à sa place. D'avoir cherché le nom du tailleur sur le manteau lui avait donné une idée qu'il se sentit obligé de suivre. Il se força à s'approcher du squelette une fois de plus.

Là aussi l'étiquette du justaucorps avait été arrachée ainsi que celle de la culotte, horriblement raccourcie. Mais comme il se contraignait à cet examen, il aperçut quelque chose qui faisait une bosse dans la doublure en belle soie. Il la souleva pour mieux la regarder. Un papier était cousu à l'intérieur. Il n'y avait aucun doute, un papier qui n'était devenu visible que parce que les éléments et les bêtes de proie avaient lacéré les vêtements de l'épouvantail. Il prit son couteau de botaniste, coupa les points et retira un document scellé. Il rompit le sceau et étala le document sur l'herbe pour en prendre connaissance.

« 189 1504 598 2211 1905 500 665 2099 » lut-il d'abord. Puis venait cette mystérieuse phrase : « La Grenouille et le Papillon de Nuit ». Suivait une autre série de chiffres accompagnée du nom « Winchelsea ». John, stupéfait, lut et relut le tout, se creusant la cervelle pour en conclure qu'il s'agissait d'un code. Comment un pauvre constable de village avec toute la bonne volonté du monde se débrouillerait-il face à d'aussi exceptionnelles circonstances ? Une nouvelle lecture du document lui fit réaliser qu'il avait affaire à un problème bien plus vaste qu'un simple meurtre commis pour de l'argent ou pour se venger. Ce papier cousu à l'intérieur de la doublure du justaucorps de l'épouvantail contenait des ordres donnés dans un langage codé et dûment scellés.

Il réfléchit un instant à la conduite à tenir puis, avec une grande détermination, il plia le document, le mit dans sa poche intérieure où il serait en sécurité et recoiffa du tricorne la perruque pleine de vers en l'enfonçant bien pour masquer le crâne du squelette. Il enfourcha sa jument à la hâte et reprit au galop la route qu'il avait empruntée à l'aller.

« La Grenouil eh le Papillyon de New », lut Jago avec un accent épouvantable.

— Étrange ! commenta le Blind Beak bien carré dans son fauteuil, le visage, barré du bandeau noir, tourné vers le plafond, les mains croisées sur le ventre et les pieds sur un tabouret. Tout à fait étrange !

— Ce n'est pas tout, sir, il y a une autre série de chiffres.

— Il s'agit sans aucun doute d'un message chiffré. Bravo Mr Rawlings ! vous avez choisi la meilleure solution en me l'apportant aussitôt.

— Grâce à Dieu ! J'ai suivi mon instinct. Pourtant

je ne cessais de me dire qu'il fallait prévenir le constable mais il n'aurait jamais pu s'en tirer, je le crains.

— Oui, cela le dépasserait. Nous sommes une nation en guerre, Mr Rawlings, et à en juger par le langage codé du document et le fait qu'il était caché dans la doublure de son vêtement, je conclus que la victime était un agent de ce qu'on appelle les Affaires secrètes.

— Un espion ?

— Oui, je le crois.

L'apothicaire laissa échapper un petit rire.

— Je me rappelle que dernièrement vous me conseilliez d'en découvrir un...

— Eh bien, déclara Mr Fielding avec un gloussement amusé, vous n'avez pas tardé à m'obéir. Nous reparlerons plus tard d'espionnage. Pour l'instant, racontez-moi, mon ami, comment s'est passée votre visite à la dame mystérieuse.

— Vous êtes au courant ?

— Sir Gabriel est venu dîner l'autre soir.

— Je vois. Figurez-vous qu'elle n'est autre qu'Elizabeth Harcross, la veuve de ce libertin de Jasper. Elle m'a fait venir dans le plus grand secret car elle a l'impression qu'un ennemi, qu'elle aurait connu autrefois, essaie de l'éliminer.

— Est-ce vrai ?

— C'est possible, répondit John en fronçant les sourcils. On dépose sur le pas de sa porte des dons anonymes, nourriture et boisson. Pourtant j'ai goûté du vin qui lui avait été offert de cette façon et cela ne m'a rien fait, sinon me donner envie de chanter.

Joe Jago s'esclaffa et le Blind Beak en fit autant.

— Situation très classique, dit ce dernier, mais soyons sérieux, cela mérite d'être surveillé de près. Qu'avez-vous l'intention de faire ?

— J'y retournerai dès que vous aurez décidé de la marche à suivre en ce qui concerne l'épouvantail.

— Hum... (Et se tournant vers son greffier, Mr Fielding demanda :) Qu'en pensez-vous Joe, devrions-nous confier notre ami espion aux bons soins du constable du village ?

— Non, sir. Envoyez deux runners pour le ramener ici. Il faudra pour le moins inspecter les vêtements. Après tout, nous pouvons l'enterrer aussi aisément que quelqu'un d'autre.

— Sa tête est dans un terrible état, intervint John qui, à cette évocation, se sentit assailli par de nouvelles nausées.

— Les runners le nettoieront, déclara le Blind Beak avec entrain. Mais avant tout il faut montrer le document au Dr Willes.

— Le Dr Willes ? demanda John en haussant les sourcils.

Le Blind Beak éclata de rire à nouveau.

— Faut-il le mettre au courant, Joe ?

Le visage rouge brique du greffier se plissa de partout et il lança avec un sourire moqueur :

— Hé là, sir, n'en dites pas trop !

John se mit au diapason, il demanda avec son sourire en coin :

— Que me cachez-vous ? Qui est ce mystérieux Dr Willes ?

Le Blind Beak s'éclaircit la gorge et, d'un air grave, expliqua :

— Un peu de respect, mon ami. Il s'agit du déchiffreur du roi, un homme de la plus haute importance et dont le nom doit absolument rester confidentiel, comprenez-vous ?

— J'ignorais que ces fonctions existaient, avoua John, décontenancé.

— C'est à cause de votre jeunesse, croyez-moi. Le Département secret, rattaché aux Postes, fut fondé en ce siècle. Il est chargé d'ouvrir le courrier suspect et de déchiffrer le langage codé. Il y a également le

Bureau des Affaires secrètes qui, lui, dépend du secrétaire d'État et des agents secrets ou espions.

— Je suis très surpris. Pourquoi diable a-t-on besoin de toute cette organisation ?

Ce fut au tour de Joe Jago d'intervenir. Il se frotta le bout du nez et déclara :

— Il faut bien recueillir des informations, Mr Rawlings ; tout gouvernement qui se respecte a besoin d'amasser des renseignements et paie des gens pour cela.

Mr Fielding tripota les papiers sur son bureau et ses compagnons levèrent les yeux vers lui.

— Je pense qu'il faut que vous apportiez directement votre document au Dr Willes, Mr Rawlings. Il est temps que vous ayez vent de ce qui se passe en coulisse. Mais d'abord, dites-moi si vous avez eu le temps de prendre votre petit déjeuner ?

— Oui, je vous remercie. Comme je vous l'ai dit, je suis allé à cheval directement de Fairfield à Hastings par un assez bon chemin. Et en galopant à bride abattue, j'ai pu attraper la chaise de poste de 2 heures. Je suis arrivé de bonne heure ce matin et me suis pris une chambre dans une des auberges. Ainsi j'ai pu me reposer quelques heures et prendre mon petit déjeuner avant de venir ici.

— Vous avez bien fait. Vous conviendrait-il d'aller voir le Dr Willes tout de suite ? Jago va vous rédiger une lettre d'introduction et vous expliquerez au déchiffreur du roi les circonstances de votre découverte.

— J'en serai enchanté. En fait, je suis très intrigué par le personnage.

— Parfait. Je vais demander qu'on vous apporte du café pendant que Joe écrit la lettre.

— Sir, je préférerais faire un tour. Douze heures dans une diligence, cela vous donne des crampes.

— Bon, eh bien revenez dans une demi-heure, mon jeune ami, et tout sera prêt pour vous.

Émergeant dans le froid et la vive clarté de ce matin de février londonien qui n'était pas flatteuse pour le teint, portant encore sur lui les vêtements fripés par les vingt-quatre heures de voyage et ayant grand besoin de se raser, il n'était pas en état de rencontrer celle aux yeux de qui il désirait tant briller. Hélas ! le sort lui joua ce vilain tour car il la vit apparaître. Il songea à se cacher à l'ombre d'une porte cochère mais en même temps il brûlait d'envie de lui parler. Il hésitait comme un papillon de nuit qui virevolte au-dessus de la flamme d'une chandelle. Coralie Clive s'avançait dans sa direction mais ne l'avait pas encore remarqué.

En la voyant s'approcher, John sentit les battements accélérés de son cœur et il avait la gorge sèche. Se répétant qu'il ne fallait pas se conduire comme un sot, il s'inclina profondément tout en ayant conscience que la manche de son justaucorps, mise à mal par sa chevauchée de la veille, se décousait.

— Juste ciel ! s'exclama Coralie dont la voix vibrait d'un rire contenu. Ne serait-ce pas Mr Rawlings ?

Il en fut immédiatement irrité.

— Il me semblait que nous nous appelions dorénavant par nos prénoms, miss Clive.

Ses yeux verts, brillants et étincelants tels des émeraudes, lui lancèrent un regard énigmatique.

— Bien sûr ! Pardonnez-moi d'être aussi solennelle.

— Alors pourquoi l'êtes-vous ?

— Parce que vous êtes un jeune homme si étrange...

— Qu'est-ce que cela veut dire ? s'exclama John sur la défensive. J'ai travaillé dur pour réussir dans ma profession, j'ai une boutique qui marche très bien.

Je suis un modèle de rectitude. Pourquoi me trouvez-vous étrange ?

En dépit de sa contrariété, il avait presque envie de rire, comme chaque fois qu'il se trouvait près d'elle. En fait, toutes les émotions qu'elle faisait surgir par sa présence – amour, désir, et même adoration – lui montaient à la tête comme des bulles de champagne et il avait peine à les contrôler.

Elle glissa son bras sous le sien.

— Il y a un siècle que je ne vous ai vu, mon ami, que devenez-vous ?

— Pas grand-chose, du moins jusqu'à maintenant.

— Quoi ? Que vous est-il arrivé ? Non, ne me dites rien. Nous nous rencontrons sur Bow Street, cela veut dire que vous travaillez de nouveau avec Mr Fielding.

— Bien deviné.

— Votre aspect ne trompe pas, dit-elle en riant.

Voilà qu'il retombait amoureux... mais il se reprit avec fermeté car il savait combien elle pouvait le faire souffrir. Si elle ne lui avait pas déclaré qu'elle voulait devenir une actrice aussi célèbre que sa sœur Kitty, il y aurait longtemps qu'il l'aurait demandée en mariage.

— Sans doute faites-vous allusion au fait que je ne me suis pas rasé ?

— Quelque chose comme ça. Mon ami, vous avez tout l'air d'un bandit de grand chemin.

— C'est que je le suis vraiment.

— Vous me surprenez !

— Vraiment ?

Et sans autre commentaire, il l'embrassa longuement sur les lèvres en pleine rue, sans se soucier des passants.

Des idées folles lui traversèrent l'esprit : l'emmener tout de suite dans sa maison et dans son lit ou se hâter de monter avec elle dans une voiture de louage qui les conduirait dans une église, où le pasteur les marierait sur-le-champ, ou simplement lui offrir son cœur et lui demander sa main pour toujours. Mais John – eut-il raison ou tort ? – n'en fit rien, attendant qu'elle fît un geste lui indiquant qu'elle était aussi éprise de lui qu'il l'était d'elle. Sa réaction fut chaleureuse : elle lui rendit avec fougue son baiser, ne le repoussant pas comme elle eût pu le faire.

Il s'entendit lui glisser à l'oreille :

— Êtes-vous un tout petit peu attachée à moi ?

— Bien sûr, je vous considère comme un ami très cher.

— Pour l'amour du Ciel ! Coralie ! répondit-il avec rudesse, parlez-moi franchement ! Maintenant que Richmond n'est plus en lice, je pensais que vos sentiments pour moi seraient différents.

— Le duc et moi étions amis, c'est tout, déclara-t-elle en s'écartant de lui.

— Cela signifie que vous ne couchiez pas ensemble ?

Il venait de commettre une grossière erreur. L'embrasser en public était une chose, mais la questionner sur ses relations passées avec un autre gentleman, cela dépassait les bornes et elle bouillait littéralement d'indignation.

— Comment osez-vous me faire subir un interrogatoire ? Qui vous en donne le droit ?

N'étant pas tout à fait maître de lui à cause du manque de sommeil, il répondit tout de go :

— C'est que je suis absolument fou de vous.

— Fou de moi ? répondit-elle avec dédain. Les vieux messieurs sont fous de petites gamines. Les femmes mariées sont folles des apprentis de leur époux. Vraiment, vous pourriez trouver une autre épithète pour qualifier ce que vous éprouvez pour moi.

— Pour l'amour du Ciel ! cria John perdant patience, je vous adore. Le mot vous convient-il ?

— Pas du tout, fulmina Coralie Clive ; en fait vous me désirez, voilà la vérité, John Rawlings. Il n'y a pas une once d'amour là-dedans. Bonne journée à vous.

Elle pivota sur ses hauts talons, se dirigeant vers Drury Lane sans ajouter un mot. John lui lança un regard furieux, jura copieusement et donna un violent coup de pied dans une pile d'ordures avant de retourner au Public Office en claquant les portes sans vergogne, fou de rage.

Il n'était pas de meilleure humeur à son retour lorsqu'il pénétra dans le vestibule de Nassau Street à grand fracas, tel un vent de tempête.

La tête de sir Gabriel se montra par-dessus la rampe du premier étage.

— Bon sang, mon garçon, j'ai cru que nous étions attaqués ! Que se passe-t-il ?

— Rien, répondit John sèchement.

— Je suppose que tout ne va pas pour le mieux, à en juger par votre retour prématuré de Winchelsea et votre mine lugubre à souhait.

— Ah, il faut que je voie cette mine-là ! s'écria une voix féminine.

John vit apparaître à son grand étonnement Serafina de Vignolles, une femme dont il avait été follement épris autrefois, accompagnée de sa fille Italia, la filleule de John, qui trottinait derrière elle ; elles sortaient toutes deux du salon du premier étage et se tenaient sur le palier.

— Mon cher ami, vous avez l'air catastrophé ! Que vous est-il arrivé ?

Exploitant la situation, il prit une expression encore plus sombre et déclara d'un ton dramatique :

— Demandez-moi plutôt combien de tuiles me sont tombées sur la tête...

— Je sens une histoire de femme là-dessous, fit sir Gabriel avec ironie. Montez nous rejoindre, mon fils, nous buvons une coupe de champagne avant de nous mettre à table de bonne heure à cause d'Italia.

— Comment va ma filleule ? dit John en montant quatre à quatre les marches.

Il prit la petite fille dans ses bras. C'était une belle enfant dont les abondants cheveux noirs, comme ceux de son père, retombaient en boucles, encadrant un visage au teint de lys et de rose. Son sourire découvrait deux rangées de minuscules dents semblables à des perles et son corps, pressé contre l'épaule de John, avait la fermeté souple de celui de sa mère.

— Je vais bien, répondit la fillette avec dignité. (Elle déposa un petit baiser sur la joue de son parrain en déclarant :) Vous piquez.

— Ce n'est pas la première fois qu'on m'en fait le reproche aujourd'hui, rétorqua le jeune homme.

— Je devine que Coralie Clive s'est une fois de plus montrée cruelle à votre égard, lança Serafina, fine mouche.

— Oh oui, répondit John en s'asseyant au coin de l'âtre et en prenant la coupe que lui tendait son père.

Il se sentait tout ragaillardi de se retrouver chez lui en compagnie de personnes qui l'aimaient bien et qui s'apprêtaient toutes, même la petite fille, à écouter attentivement ce qu'il avait à leur conter.

— Eh bien, déclara sir Gabriel à la fin du récit, voilà un voyage riche en aventures. J'ai peine à croire que les craintes de Mrs Harcross soient fondées. Qui en voudrait à une aussi délicieuse créature ?

— Elle soupçonne un ancien ami de Jasper ou Dieu sait qui.

— Je ne suis pas de son avis, dit Serafina en hochant la tête. Toutes les vengeances en jeu dans cette terrible affaire ont été assouvies depuis longtemps. Quant aux nombreuses femmes de Jasper, elles sont parties chacune de leur côté.

— Vous dites que votre espion portait sur lui un message codé ? s'enquit sir Gabriel.

— Oui, je dois aller le porter au déchiffreur du roi tout à l'heure.

— De qui s'agit-il ?

— Je n'ai pas le droit de le divulguer. Mr Fielding m'a donné le nom et l'adresse en me priant de ne pas en parler.

Sir Gabriel se frotta les mains qu'il avait fines et élégantes.

— Mon Dieu, que ce genre d'affaires est passionnant ! Il n'y a rien de plus palpitant à mes yeux qu'une bonne histoire d'espionnage. Je me rappelle que Londres était plein de sympathisants jacobites en 45 et tout le monde soupçonnait tout le monde d'avoir des sympathies pour le Bonny Prince[1], au moment où le jeune prétendant marchait vers le sud. Quelle excitation.

— Certaines personnes prennent très au sérieux ces affaires d'espionnage, objecta John d'un ton sévère.

— Moi aussi, lança sir Gabriel sans un mouvement.

Ils bavardèrent ainsi jusqu'à l'heure du dîner lorsque John, après s'être lavé, rasé, les rejoignit à table, proprement vêtu. Ils prirent plaisir à observer les tentatives d'Italia pour imiter la façon dont se tenaient les adultes, y compris la manière dont sa mère s'essuyait les lèvres du coin de la serviette.

— C'est étonnant ce qu'elle vous ressemble, décréta John. C'est votre double en petit format.

— Dans les manières, oui mais pour le physique elle tient plus de son ascendance française.

— Elle a déjà votre élégance.

— Je vous remercie, dit Serafina en lui lançant un

1. Bonny Prince : Gentil Prince.

regard où l'on sentait toute l'affection qu'elle lui portait depuis longtemps.

— Je voudrais bien que Coralie vous ressemble davantage ! s'écria John impulsivement.

— Elle vous a fait souffrir ce matin, n'est-ce pas ?

— Oui, c'est vrai.

— Mon fils, me permettez-vous de vous donner un petit conseil ?

— Je vous en prie.

— Faites votre possible pour ne plus penser à elle. Si elle a quelque attachement pour vous, elle comprendra un jour que vivre seule ne la satisfait pas et elle viendra vous le dire. Si toutefois elle n'est pas l'épouse que le destin vous a choisie, elle en choisira un autre. Le mieux est donc de laisser tourner la terre, passer le temps et profiter de la vie sans elle aussi pleinement que vous le pourrez.

— Vous êtes assurément dans le vrai, approuva John avec quelque réticence.

— Certes, opina Serafina. (Voyant que la tête de sa fille s'inclinait sur sa poitrine, elle ajouta :) Messieurs, il me faut prendre congé de vous, Italia est lasse d'avoir fait tant d'efforts pour se bien tenir. Mon carrosse est dans la rue. John, mon cocher peut-il vous déposer après nous avoir reconduites ?

— Je pense que cela conviendra à condition qu'il ne sache pas chez qui je me rends.

— N'ayez crainte, le mystère sera respecté, répondit Serafina en souriant.

Sir Gabriel leur fit ses adieux en expliquant qu'il allait faire une partie de whist et ils s'installèrent dans le carrosse où il faisait bon et chaud. L'enfant, à peine sur les genoux de sa mère, s'endormit profondément et, en glissant son bras sous celui de John, la jeune femme murmura :

— Puis-je vous demander un éclaircissement ?

— Bien sûr.

— Croyez-vous que votre père a encore une *tendresse** pour Elizabeth Harcross ?

L'apothicaire réfléchit en silence.

— Si c'est le cas, il ne le manifeste en aucune façon. C'est un être remarquable, vous savez. Quand elle a disparu, après le meurtre de Jasper, il s'est contraint à ne plus penser à elle.

— Ah, si nous pouvions être aussi maîtres de nous...

John se demanda ce qu'elle voulait dire, inquiet car il se souvenait trop bien de l'état de son couple quand il avait fait sa connaissance[1]. Vous n'avez pas de difficulté avec Louis ? demanda-t-il d'une voix hésitante.

— Pas à proprement parler, fit-elle en soupirant.

— Répondez-moi franchement, Serafina, insista John qui avait besoin de se rassurer. Il n'a pas recommencé ses errances d'autrefois ?

Elle tourna vers lui ses beaux yeux brillants.

— Oh non, certainement pas, il est devenu un excellent mari et un excellent père, mais je le sens préoccupé ces temps-ci. Il a des soucis, j'en suis sûre.

— Serait-il bon que je m'entretienne un instant avec lui dans la soirée ? Je puis attraper la diligence du matin pour Hastings, comme la dernière fois.

— Je vous en serai éternellement reconnaissante, déclara Serafina en lui serrant le bras. Louis a grande confiance en vous et il vous aime beaucoup. S'il a un ennui, vous le découvrirez certainement.

— Si je puis vous rendre service...

La comtesse l'embrassa affectueusement.

— Vous êtes si bon... je ne comprends pas pourquoi je ne vous ai pas pris pour amant autrefois.

Si seulement... se dit John en regardant par la

---

1. Voir *L'Apothicaire de Londres* (Labyrinthes n° 2).

fenêtre la nuit tomber sur cette journée si riche en événements.

7

Ayant déposé Serafina et son enfant endormie devant leur maison, au numéro 12, Hanover Square, le cocher du comte de Vignolles fit trotter son attelage autour de la place et s'engagea dans Little Brook Street. Puis il prit à gauche, dans New Bond Street, en direction du quartier très à la mode qui finissait de se construire derrière Berkeley Square. Cette localité fort prisée par les riches et les notables qui délaissaient la cité pour gagner les grands espaces de Hyde Park s'appelait Mayfair, du nom d'une foire plutôt tapageuse qui commençait le 1er mai et se tenait tous les ans sur le côté est du parc. Comme toutes les fêtes de ce genre, la foire de mai attirait les gens bruyants et les ivrognes, et John, qui y était venu l'année passée, y avait rencontré la plus belle collection de rustres peu recommandables et de prostituées ; il s'était même demandé si elle continuerait à ouvrir ses portes alors que de plus en plus de familles de la haute société venaient habiter le quartier, à tel point que le comte de Chesterfield faisait campagne pour déloger les exécutions qui avaient lieu à Tyburn, à un jet de pierre de l'angle de Hyde Park, et changer le nom même de Tyburn Road.

En ralentissant l'allure de son équipage – car Mayfair n'était pas encore familier aux conducteurs –, le cocher de Louis fit le tour de Berkeley Square et suivit les rues élégantes, bordées de maisons neuves.

— Quelle adresse avez-vous indiquée, sir ? demanda le postillon de son siège.

— Hill Street, au numéro 24, répondit John après consultation du papier donné par John Fielding.

— Ce doit être par ici, dit l'homme en pointant son fouet.

Il regarda dans cette direction et ouvrit de grands yeux admiratifs. Une demeure édifiée depuis peu et d'une souveraine élégance – jamais il n'eût pu penser qu'un espion fût si somptueusement logé – se dressait, imposante, au milieu d'autres admirables résidences.

— Oui, c'est bien cela, dit-il après avoir regardé à nouveau son papier.

Un valet de pied vint lui ouvrir et lorsqu'il sut que le visiteur venait de la part de John Fielding, il le conduisit dans une antichambre austère, décorée de tableaux représentant des bâtiments ecclésiastiques, notamment une assez belle peinture de la cathédrale St-David, au Pays de Galles. John était debout en train de la regarder de plus près quand le domestique réapparut.

— Milord va vous recevoir.

Ils traversèrent un élégant vestibule avant d'entrer dans une pièce d'une beauté stupéfiante.

— Mr Rawlings, milord, dit le valet de pied d'un ton uniforme avant de saluer et de s'esquiver.

John regarda autour de lui, muet d'admiration : trois immenses fenêtres, comportant chacune une banquette capitonnée d'or assortie aux doubles rideaux, donnaient sur un joli jardin. Au-dessus de sa tête, la corniche était peinte de la même couleur dorée, tandis que la frise au-dessous, décorée de motifs différents, était d'une couleur complémentaire. Mais la forme de cette pièce était l'élément le plus frappant : le mur où se trouvaient les fenêtres était délicatement incurvé vers l'extérieur et deux colonnes marquaient l'endroit où il rejoignait les murs adjacents. Le tout était d'une parfaite symétrie. Tout contribuait à l'harmonie et à la légèreté de la construction, y compris la disposition des fenêtres. Jamais John n'avait vu pareille réussite architecturale : l'art moderne au mieux de sa forme. Il ne put s'empêcher de s'exclamer :

— Quelle merveilleuse maison ! Puis-je savoir qui l'a conçue ?

L'homme assis derrière le bureau, en face d'une des fenêtres et à contre-jour de sorte que l'on ne voyait que sa silhouette, leva le nez de ses papiers.

— Un nouvel architecte, un jeune Écossais du nom de Robert Adam. Je suis heureux que cela vous plaise. Maintenant mon cher sir, vous venez, paraît-il, de la part de Mr Fielding : en quoi puis-je vous être utile ?

— C'est à propos de ce document, commença John en fouillant dans sa poche, mais il s'arrêta et regarda avec étonnement l'homme qui s'était levé et dont la silhouette se détachait sur le ciel printanier.

Il s'approcha de son visiteur. C'était un homme d'Église en guêtres, au justaucorps à basques et à gilet noirs, sur lesquels tranchait une cravate blanche. Il était très grand et solidement bâti, avec une grosse tête chevaline et de petits yeux scrutateurs.

— Mille excuses, sir ! s'exclama John décontenancé, je viens de commettre une erreur stupide. Je voulais voir le déchiffreur du roi et me suis trompé de maison.

— Vous désiriez voir le Dr Willes ? dit l'homme d'une voix forte.

— Oui, milord.

— Eh bien, vous l'avez devant vous. Je suis celui que vous cherchiez.

— Vous ? balbutia l'apothicaire, mais le Dr Willes est le chef des espions !

— Le Dr Willes décode les messages, rectifia son interlocuteur d'un ton sévère. Il décrypte les messages chiffrés, les réduit à la simplicité d'un abécédaire. Mais si, à vos yeux, cela signifie qu'on est un espion, alors j'en suis un. Je suis aussi, incidemment, archevêque de Bath et Wells. Vous voyez, j'allie les deux fonctions.

— Seigneur ! s'écria John stupéfait.

— Amen, conclut pieusement le Dr Willes. (Il tendit la main.) Et vous sir, qui êtes-vous ? En plus d'être l'associé de Mr Fielding, cela va sans dire...

John, encore sous le coup de l'émotion, fit un salut tremblotant.

— John Rawlings, milord, apothicaire à Shug Lane, Piccadilly. J'ai eu le privilège de travailler dans le passé avec le magistrat principal et à présent il m'envoie vous remettre ce document afin que vous puissiez le déchiffrer.

Et il tendit le papier qu'il avait découvert cousu dans la doublure de l'épouvantail.

— Voyons cela, répondit l'évêque qui chaussa ses lunettes et approcha le document de la lumière. (Il l'étudia en silence un moment puis demanda :) Comment est-ce arrivé entre vos mains ?

John raconta du mieux qu'il pût, sans omettre aucun détail, les circonstances de la découverte.

Le Dr Willes écouta sans rien dire puis expliqua :

— 189 1504 598 2211 1905 500 665 2099, la Grenouille et le Papillon de Nuit, c'est assez clair. C'est le code qu'utilisent les Français depuis deux mois environ. Ils l'ont conçu dès le début de la guerre, mais nous avons réussi à le déchiffrer presque aussi vite qu'ils l'inventaient, si vous voyez ce que je veux dire.

Stupéfait, John demanda :

— Qu'est-ce que cela signifie ?

Le Dr Willes parut légèrement surpris.

— Ah oui, vous voulez en connaître la signification. C'est direct et sans ambage.

— Oui ?

— Voilà : « Vous avez ordre de donner immédiatement les instructions secrètes aux espions britanniques la Grenouille et le Papillon de Nuit. » Et ensuite : « Vous trouverez les deux à Winchelsea. Contactez-les comme fixé. »

— Donc le cadavre était un Français ?

— Oui, ou alors il portait les papiers sur lui. Mais de mon point de vue, la première hypothèse est la bonne. L'épouvantail, comme vous l'appelez, était envoyé pour réveiller deux « dormeurs » !

— Ce mot de « dormeurs » signifie que ce sont des espions qui, en temps de paix, font peu de choses sinon toucher leur argent ?

L'évêque fixa John par-dessus ses lunettes.

— Précisément, sir. Si je comprends bien la situation, deux espions se trouvent à Winchelsea. Peut-être travaillent-ils de concert, peut-être s'ignorent-ils. En tout cas, l'épouvantail est venu sur place pour leur donner des instructions.

— Et peut-être, fit John en hochant la tête d'un air méditatif, l'un d'entre eux s'en est-il pris à lui avec violence.

— Et a éliminé le donneur d'ordres refusant d'obéir ? Vous avez sans doute raison. Je suppose que vous allez retourner au marais de Romney pour tirer cela au clair et les démasquer ?

— Oui milord.

— Faites bien attention, mon ami, les espions sont une espèce fort curieuse. (Il éclata de rire tout à coup en exhibant toutes ses dents.) Ne suis-je pas le premier à le savoir ?

— Assurément, milord, répondit John.

Il se disait que la sagesse populaire affirmant que les voies du seigneur sont impénétrables avait raison en ce qui concernait le Dr Edward Willes, évêque de

Bath et de Wells, déchiffreur du roi, chef du Département secret et maître-espion britannique.

Avant de se séparer, John et Serafina étaient convenus qu'il viendrait à Hanover Square à 7 heures du soir rendre visite à Louis de Vignolles. Ayant une heure ou deux devant lui, il se hâta de se rendre à Shug Lane pour voir si tout s'y passait bien et fut tout étonné de trouver la boutique pleine de clients.

— ... Un parfum de passion, était en train de dire Nicholas Dawkins devant un auditoire de femmes excitées. Mon maître, un des plus fins fabricants de parfums de Londres, tout en étant apothicaire et non parfumeur, l'a créé en suivant une recette de Moscou introduite clandestinement, et moi, son humble apprenti, lui ai donné son nom en me souvenant de mes ancêtres russes. Ladies, voici *Violette des Neiges*, le parfum des tsars.

— J'en prendrai un flacon ! cria John de la porte de la boutique.

Nicholas eut la bonne grâce de rougir, tandis que maître Gerard, sur le seuil du laboratoire, riait gaiement.

Il y eut quelque émoi parmi toutes ces dames lorsque John se fraya un passage entre elles pour gagner la pièce de derrière où il tapota le dos de Nicholas, pour lui indiquer qu'il n'avait pas l'intention de l'admonester pour l'instant.

— Bien, bien, se contenta-t-il de dire.

Maître Gerard, qui avait fermé la porte pour qu'ils ne fussent pas dérangés, rit à nouveau.

— Quel magnifique garçon vous avez là ! De mon temps, Mr Rawlings, nous autres apothicaires étions austères et peu communicatifs. À présent avec des gens comme vous et le jeune Nick, la profession prend un visage plus avenant. Et c'est bien. Car si les dames viennent acheter parfums et cosmétiques, elles achèteront d'autres produits et notre réputation y gagnera.

— Qu'est-ce que c'est que cette histoire de recette secrète ? fit John en montrant d'un geste la boutique. C'est lui qui a préparé ce parfum ?

Le vieux maître eut l'air contrarié.

— Je l'ai aidé, soyez-en sûr, mais ne vous fâchez pas, Mr Rawlings. C'est son enthousiasme qui lui a fait un peu égratigner le règlement.

— Égratigner ? lança John en riant, dites carrément enfreindre ; il faut que je lui parle.

— Vous ne le battrez pas, n'est-ce pas ? Il sera assez puni que vous l'ayez surpris en flagrant délit. Il désirait tant vous montrer le bénéfice que cela lui rapporterait et suggérer que vous poursuiviez sur la lancée.

— Mon ancien maître m'eût corrigé de belle façon.

— Mr Rawlings vous n'êtes pas du genre à manier le bâton, vous ne me faites pas cet effet-là.

— Entre nous, vous avez raison, déclara John en opinant du bonnet. Enfin, heureusement que je repars cette nuit ; en fait, je n'ai la paix que lorsque je cours après les espions et les assassins. (Il rit à nouveau pour bien montrer qu'il plaisantait.) À présent, Mr Gerard, je serais content de boire un peu de thé. Il faut que j'écrive à Mr Fielding pour le mettre au courant des derniers événements. Je vais profiter d'un moment de tranquillité ici.

Il s'assit à la table de bois ciré et, prenant une feuille de papier et une plume, il transcrivit le message tel que le Dr Willes l'avait déchiffré. Puis il attendit que le tapage eût cessé dans la boutique et y entra pour trouver un Nicholas dont le visage exprimait un curieux mélange de triomphe et de crainte.

— Alors ? dit John, la mine indéchiffrable, tel un joueur de cartes.

— Je sais que j'ai eu tort, sir, jamais je n'aurais dû préparer un produit en votre absence.

— Et prétendre que c'était mon œuvre.

— Oui je l'ai dit, mais je voulais tant essayer cette recette ! Ma grand-mère l'utilisait, c'est vraiment russe...

— Assez, Nicholas, fit John passablement irrité. Tu as eu tort et je devrais te châtier, mais cette fois je me contenterai d'un simple avertissement. Surtout ne recommence pas ce genre de choses, je ne serai pas aussi indulgent la prochaine fois. Je suis très content de préparer des produits avec toi quand j'en ai le loisir. Contente-toi de cela. Pour réparer ton erreur, tu vas porter à Bow Street ce papier puis tu rentreras à la maison dire à sir Gabriel que je ne viendrai pas ce soir : j'irai directement à Southwark puis à Hastings de bonne heure.

— Mais qui fermera la boutique ? Vous, sir ?

— Oui, ensuite j'irai à Hanover Square voir le comte de Vignolles.

— Tiens, dit Nicholas en fronçant les sourcils, je croyais qu'il était parti.

— Pourquoi ?

— Parce que je l'ai vu ce matin monter dans la chaise de poste de York devant l'auberge de George et du *Sanglier Bleu* à Holbourn.

— Tu es certain de ce que tu dis ?

— Absolument, sir. J'étais allé livrer des remèdes à une dame qui habite Bloomsbury Square et je revenais par High Holbourn Street quand j'ai vu comme je vous vois le comte de Vignolles partant pour York. Je peux jurer que c'était lui.

— Très curieux, marmonna John l'air songeur. Il peut difficilement y aller et revenir dans la journée ; je serai fixé ce soir.

— J'espère bien qu'il n'y a rien de grave ! s'écria Nicholas avec tant de conviction que John lui eût pardonné sur-le-champ si cela n'avait été déjà chose faite.

John héla un porte-torche et raccompagna maître Gerard, qui marchait difficilement, jusque chez lui à Hay Hill ; il se depêcha ensuite pour gagner Hanover Square, se faisant déjà à l'idée que Louis de Vignolles serait absent. Il y a longtemps de cela, lors de leur première rencontre, le couple que formaient Serafina et son époux français traversait une mauvaise passe. Le comte avait une maîtresse tandis qu'elle, par tristesse et désœuvrement, s'était mise à jouer, devenant la meilleure joueuse de Londres. Mais depuis leur réconciliation, leurs relations semblaient idylliques. La naissance de leur fille avait porté leur bonheur à son comble.

Quand il arriva et que le valet de pied l'avertit que le comte était absent mais que la comtesse l'attendait dans le salon à l'étage, il se sentit terriblement abattu. Craignant le pire, il monta à grandes enjambées l'escalier en forme de fer à cheval et rejoignit la comtesse qui se tenait devant l'âtre, les yeux fixés sur les flammes.

— Mon cher, déclara-t-elle en se retournant au bruit de ses pas, notre projet tombe à l'eau ; Louis n'est pas là.

Décidant de garder pour lui, du moins pour le moment, les informations données par Nicholas, il répondit :

— Quel dommage ! Où a-t-il bien pu aller ?

— Je n'en ai pas la moindre idée ! Il est parti de bonne heure ce matin sans dire quand il reviendrait. Je pensais qu'il rentrerait à l'heure habituelle.

— C'est étrange. Vous m'assurez que tout va bien entre vous ?

— Admirablement ; nous sommes de plus en plus amoureux pour ne rien vous cacher.

— Rien ne peut me faire plus plaisir. Pardonnez-moi ces questions indiscrètes mais vous savez que seul me pousse le désir de vous aider. Louis aurait-il des soucis d'ordre financier ?

— Pas que je sache. Son père lui a laissé une grosse fortune qu'il a investie avec sagesse. Il va au Royal Exchange[1] assez souvent, mais rien n'indique que les choses aillent mal pour lui.

John sourit et lui entoura les épaules de son bras.

— Peut-être est-ce vous qui vous imaginez qu'il a des soucis ?

— Non, répliqua-t-elle en hochant la tête. Je le trouve distrait, préoccupé, je sens que quelque chose lui pèse.

— Lui avez-vous posé la question ?

Serafina but une gorgée de vin.

— Oui, il a nié avoir le moindre ennui et c'est ce qui m'inquiète.

— Mais, ma chère, s'il n'y a pas une autre femme, s'il n'a pas de difficultés financières, qu'est-ce qui pourrait le préoccuper ?

— Je viens d'y penser, articula-t-elle avec lenteur, ce peut être lié à cette maudite guerre. Après tout, mon époux est français.

— Mais ses parents étaient huguenots et par conséquent n'avaient aucun attachement pour leur pays d'origine.

— Louis n'a jamais eu cet état d'esprit. Il se rendait en France régulièrement jusqu'au début des hostilités.

— Je vois. (Il prit le verre que son hôtesse lui tendait et choisissant ses mots avec soin :) Vous devez être dans le vrai, Serafina, il doit souffrir de savoir en guerre les deux pays qu'il considère comme sa patrie.

1. Royal Exchange : Bourse de commerce de Londres.

Les yeux de Serafina brillèrent à la lumière du feu.

— Oui, ce doit être cela.

— Vous avez sûrement raison, approuva l'apothicaire.

Mais son étonnante mémoire visuelle lui renvoyait l'image du Blind Beak et de lui-même, assis au coin d'un autre feu de Bow Street, tandis que Mr Fielding l'informait qu'un espion français avait infiltré le *beau monde** et y jouait un rôle important.

8

Cette fois-ci, John ne céda pas à la tentation d'aller faire un tour dans le salon du *Cerf Blanc* et se coucha pour jouir d'un sommeil réparateur. Le temps étant au beau fixe, le voyage se fut déroulé sans histoire s'il n'avait eu la surprise de rencontrer le Dr Hensey à la table du petit déjeuner.

— Très cher sir, quel bon vent vous amène ?

— Je vous poserai la même question ; revenez-vous de Winchelsea ?

— Non, il m'a fallu rentrer à Londres pour une affaire urgente mais j'y retourne une fois de plus ; et vous ?

— J'ai une ou deux visites à faire en ville puis je repartirai sur la côte. Ma plaintive invalide se fait de plus en plus exigeante, hélas ! À propos, j'ai reçu une lettre de sir Ambrose m'invitant à dîner. Si vous le voyez, pouvez-vous lui dire que vendredi prochain me conviendrait parfaitement. Je lui ai envoyé un mot mais je ne fais guère confiance à la poste.

— Comptez sur moi.

Ils déjeunèrent de bon appétit. Le médecin raconta qu'il était arrivé tardivement à Londres et avait décidé de coucher à l'auberge avant de continuer son voyage. Toujours amical et courtois, il accompagna John dans la cour et lui fit ses adieux en lui disant qu'il le reverrait la semaine suivante. Les autres passagers, très âgés et maussades, regardèrent, mécontents, le nouvel arrivant et se rendormirent, ne s'éveillant que pour les arrêts nécessaires aux besoins naturels et aux repas. Ce fut en fait un voyage fort ennuyeux, durant lequel l'apothicaire, qui en général aimait les déplacements, passa son temps à regarder par la fenêtre ou à lire.

La « voiture volante » parvint sans encombre à Hastings douze heures plus tard, juste au moment où le ciel rougissait en ce jour du début du mois de mars. Il se demanda s'il allait se risquer dans l'obscurité : son goût de l'aventure l'emporta. Il avait gardé Strawberry, la jument pommelée procurée par Tom, le frère de Roderick, et s'était peut-être fait soupçonner d'avoir pris la clé des champs avec elle. Pourtant, il l'avait mise à l'écurie à Hastings et avait écrit un petit mot d'explication. Peut-être n'était-il pas parvenu en main propre et en ce cas le propriétaire devait être dans tous ses états. Espérant qu'il n'allait pas s'égarer dans la nuit, il sella Strawberry et partit.

Il se dirigea vers l'intérieur des terres, gardant la mer à sa droite ; tout à coup, la jument, normalement fort placide, fit un écart sans motif apparent et pointa les oreilles en avant. Son sixième sens l'avertissant d'un danger, John tira sur les rênes et prêta l'oreille. Il n'entendit d'abord que le bruit de sa respiration haletante puis un grondement lointain, semblable à celui du tonnerre, qui se révéla être celui d'une file de charrettes gagnant le bord de mer. Sans l'ombre d'une hésitation, il conduisit sa jument à l'abri d'un bosquet dont le feuillage était agité par le vent. Il crut deviner qu'il se trouvait à proximité du village de Fairfield et de sa petite grève. Et c'était de cette grève, à ce qu'on lui avait dit à *La Salutation*, que les contrebandiers chargeaient les marchandises débarquées de navires français qui s'approchaient de la côte dans l'obscurité. John savait que s'il se faisait prendre, il le payerait de sa vie, aussi resta-t-il près de sa jument pour qu'elle ne fît aucun bruit.

Un curieux phénomène se produisit alors : à une certaine distance, sans doute en haut de la falaise, une lanterne jeta une lumière brève, à plusieurs reprises, qui devait correspondre à une série de chiffres. Maudissant la nuit noire qui l'empêchait de noter les chiffres, il dut se contenter de monter la garde, intrigué que les contrebandiers se manifestent si ouvertement... s'il s'agissait vraiment de contrebandiers, car il n'entendait plus rouler les charrettes. John imagina que, comme lui, elles s'étaient arrêtées pour observer les signaux. Alors, un cavalier passa tout près du bosquet où il s'était caché, si près qu'il eût pu le toucher. Mais le bruit des sabots avait dû alerter l'auteur des signaux car plus aucune lumière ne brilla, et un cheval partit au trot avant que l'autre cavalier ne pût le rattraper. Suivit une longue période de profond silence, interrompue par le roulement des charrettes qui repartaient vers la mer.

Soulagé, John émergea de son bosquet et reprit la route de Winchelsea aussi vite que la jument en était capable.

Jamais l'atmosphère chaude et accueillante d'une auberge ne l'avait autant ravi que lorsqu'il pénétra dans *La Salutation*. Il avala deux cognacs coup sur coup ; mais il lui restait quelque chose à faire. La tête lui tournait un peu suite à sa frayeur et à l'alcool mais il retourna à l'écurie et en sortit Strawberry qu'il avait l'intention de restituer à son propriétaire le soir même.

Trucheons, où se trouvaient la maison de Tom et ses écuries, était tout proche de *La Salutation* et à un jet de pierre de l'église St-Thomas. Après avoir ramené la jument à son propriétaire, à la grande joie du frère de Roderick, John coupa par le cimetière et là, pour la seconde fois de la soirée, il s'arrêta court et se cacha derrière un arbre car un homme et une femme se querellaient, sans hausser le ton mais avec âpreté.

— Comment avez-vous pu me faire une chose pareille ? chuchotait une voix masculine. Après tout ce que je vous ai donné, tout ce que j'ai fait pour vous. J'étais sur le point de tuer...

— Fermez votre clapet, répliqua sa compagne. Vous ne devez jamais parler de ça, jamais, vous m'entendez ?

— Sale putain, vous n'agissez que par avidité et...

Il ne poursuivit pas, il y eut un bruit de coup suivi d'un hoquet de douleur.

— Taisez-vous, plus d'insultes ! reprit la voix de femme d'un ton horriblement menaçant. Vous avez aussi peu envie que moi de trahir notre secret. Mais moi je le révélerai si vous me parlez encore de la sorte.

Elle s'esquiva par le sentier passant tout près de la cachette de John. De taille moyenne, elle était enveloppée d'une cape qui cachait son corps et un immense chapeau rendait son visage quasiment invisible. Le chapeau lui rappela celui d'Henrietta, ce qui lui donna un coup au cœur, mais le parfum était différent, il l'aurait juré. Grâce à son intérêt pour l'élaboration de parfums, il était plus apte que quiconque à discerner les différentes fragrances. Celui d'Henrietta avait un puissant arôme de jacinthe, celui de la femme était un mélange de senteurs épicées et exotiques. Là résidait le seul indice qui lui permettrait de l'identifier, il le savait. Il le huma à fond avant qu'elle ne passât le portillon et n'échappât à ses yeux.

Un regard circulaire lui permit de constater que

l'homme avait également disparu, mais on entendait encore le bruit de ses pas et les sanglots étouffés de celui que l'apothicaire prenait pour un amant bafoué.

Bien qu'ayant pris un nom d'emprunt et adopté une autre personnalité, Elizabeth Rose, jadis Elizabeth Egleton, demeurait actrice jusqu'au bout des ongles. Et en cette particulière occasion, grâce à une succession de mimiques perplexes, elle jouait le rôle d'une amie follement inquiète devant un seul spectateur plutôt réticent.

— Imaginez mon émotion quand je suis venue à *La Salutation* pour apprendre que vous étiez parti sans un mot, laissant votre chambre dans l'état où elle se trouvait le matin même.

John fronça les sourcils sans dire un mot.

— Je ne savais ce que vous étiez devenu, Mr Rawlings, et assurément j'ai tout de suite envisagé le pire... Je me suis dit que l'empoisonneur était sur votre piste et qu'il vous avait éliminé.

— Vous voyez que vous aviez tort de vous tourmenter puisque me voici.

— Je ne pouvais le deviner.

— Non, mais vous devriez me faire davantage confiance.

Il sentit qu'Elizabeth se rebiffait.

— Que voulez-vous dire ?

— Vous ai-je jamais laissé choir par le passé ? déclara-t-il en prenant un air très digne. Je ne le crois pas et je suis peiné que vous ne vous fiiez pas à moi.

Elle baissa les yeux en silence.

— De fait, une découverte que j'ai faite en traversant le marais de Romney m'a obligé à regagner Londres en hâte pour en conférer avec Mr Fielding et d'autres autorités. Il y a de sombres complots qui se trament par ici, croyez-moi madame.

Sous son fard blanc, l'actrice pâlit.

— Vous pensez que je...

— Vous n'êtes pas seule en cause, coupa John avec brusquerie. Il y a de grands intérêts en jeu. Rappelez-vous que nous sommes en guerre.

Elizabeth prit un air penaud et John se radoucit un peu. D'une voix moins sèche, il ajouta :

— Aussi ai-je une faveur à vous demander : afin de pouvoir plus aisément me mêler à la bonne société de Winchelsea, puis-je me faire passer pour votre neveu ?

Son hôtesse sourit, ce qui lui donna pour un instant un air très juvénile.

— Alors il se passe vraiment quelque chose de grave ?

— Oui.

— En matière de sécurité nationale ?

— Presque certainement.

— Alors je jouerai avec plaisir le rôle de votre tante. Mais, ajouta-t-elle en fronçant les sourcils, il faut rendre notre histoire convaincante, Mr Rawlings. Il faudra que vous quittiez *La Salutation* et que vous veniez habiter chez moi. J'ai une petite chambre derrière qui a une jolie vue et qui vous conviendra à merveille. De plus, je ferais mieux de vous appeler John.

— J'ai toujours espéré que vous en viendriez là un jour.

— Bon, alors c'est entendu : j'expliquerai à ma servante que nous avons dû garder notre parenté secrète pendant quelques jours. Mais à présent, elle peut en parler librement. Je la connais, elle sera enchantée de propager la nouvelle.

— Je compte sur elle. Mais il y autre chose.

— Quoi donc ?

— Dans un avenir proche, y aura-t-il une occasion où il me sera possible de rencontrer les gens d'ici ?

Il est d'une importance vitale que je me fasse une idée des habitants de Winchelsea.

La physionomie d'Elizabeth s'anima soudain.

— Les dieux nous sont favorables. Figurez-vous que ce soir même il y a une réception. Toutes les personnes de la bonne société seront présentes parce que l'invité d'honneur n'est autre que le marquis de Rye. Vous pensez bien que tous ceux qui veulent grimper dans l'échelle sociale ne manqueront pas pareille aubaine.

— Y allez-vous ?

— Pas toute seule.

— Mais vous viendriez volontiers en compagnie d'un cher neveu perdu de vue depuis longtemps ?

— Certainement.

— Bon, alors je cours de ce pas prendre deux billets, où les trouve-t-on ?

— Au Town Hall[1]. Il y a là-bas une vaste salle réservée aux bals et réceptions. Nous n'avons pas l'embarras du choix ici à Winchelsea, ajouta-t-elle avec une légère mélancolie.

— J'irai en passant. Il faut que j'aille à l'auberge régler ma note et prendre mes bagages. Je reviens dans une heure, ma tante !

— Bien, mon neveu, je vous attendrai.

John quitta Petronilla's Platt de bonne humeur. Mais à peine avait-il posé le pied sur le trottoir qu'il s'entendit appeler par son nom et des pas légers résonnèrent derrière lui. Il se retourna et fut enchanté de voir que c'était la belle Henrietta Tireman qui venait de le rejoindre ; ses jolis yeux brillaient dans la douce lumière matinale.

— Ah ! vous voilà Mr Rawlings ! Où étiez-vous donc passé ? J'ai déposé à *La Salutation* une lettre

1. Hôtel de ville.

vous invitant à dîner, mais on m'a dit que vous étiez parti en laissant vos affaires derrière vous.

— Je fus convoqué d'urgence à Londres sans avoir le temps de prévenir qui que ce fût. Je suis désolé de cette impolitesse, déclara-t-il en s'inclinant. Suis-je pardonné ?

— Bien sûr. Comment cela se passe-t-il avec Mrs Rose ? demanda-t-elle à voix basse en jetant un regard vers la porte qu'il venait de refermer.

— Fort bien puisqu'il se trouve qu'elle est ma propre tante, affirma-t-il en s'étonnant lui-même de la facilité avec laquelle il mentait.

— Votre tante ? Pourquoi ne me l'aviez-vous pas dit ?

— Je n'en étais pas sûr, je le soupçonnais sans plus, répliqua-t-il en arborant un air mystérieux qui eut sur la jeune personne l'effet attendu.

— Quelles drôles de surprise nous ménage la vie ! s'écria Henrietta en hochant la tête. (Puis, changeant de sujet :) Irez-vous à la soirée d'aujourd'hui ?

— Oui, je dois escorter tante Elizabeth, et vous ?

— Assurément, mon beau-frère nous fait la grâce de sa présence, je ne puis faire autrement que de venir.

On ne pouvait se méprendre sur la soudaine note d'amertume de sa voix et John lui lança un coup d'œil à la dérobée : le beau regard s'était voilé et la bouche se crispait. Il décida de ne pas y faire attention et lui sourit.

— Naturellement, je suis obligé de réserver la première danse à ma tante mais je serais très honoré si vous me gardiez la deuxième.

Miss Tireman retrouva son entrain.

— Hélas ! je l'ai déjà promise au Dr Hayman mais la troisième est libre.

— S'il vous plaît, marquez-moi, je suis demandeur.

— Avec joie, déclara-t-elle en esquissant une petite révérence. Je dois vous quitter, ma mère m'envoie lui acheter des plumes supplémentaires pour sa coiffure et elle sera mécontente si je la fais attendre. À ce soir, Mr Rawlings.

— À ce soir, dit-il en faisant un salut des plus sophistiqués.

Comme il n'aimait pas voyager sans penser aux imprévus, il avait emporté de très élégants habits de soirée, d'une distinction si recherchée qu'il se demanda si elle était appropriée à une réception dans une aussi petite ville que Winchelsea. Puis il se rassura en se disant que la présence du marquis de Rye inciterait toutes les personnes présentes à rivaliser en ce domaine. Il prit plaisir à évoquer de beaux habits surgis des coffres tels des papillons étincelants, et des gilets brodés qui avaient rarement eu l'occasion de voir la lumière du jour, suspendus à une corde à linge afin de les battre pour en chasser le moindre atome de poussière. Puis il songea à se vêtir, à ajuster sa cravate et sa perruque avant de descendre rejoindre Mrs Rose. Elle avait fait un gros effort d'élégance et avait revêtu une robe de lustrine brodée de perles. La couleur pâle de l'ensemble, combinée avec les cheveux argentés et le fard blanc, la faisait ressembler à la Reine des Neiges du vieux conte. Il n'eût pas été étonné de lui voir des glaçons en guise de boucles d'oreilles. Mais elle portait des diamants étincelants qui produisaient le même effet.

— Comme vous êtes belle, ma tante ! s'écria-t-il en l'aidant à enfiler un mantelet de velours qui avait connu de meilleurs jours.

— Et vous, mon neveu, quel style ! Toutes les femmes vont tomber amoureuses de vous.

— Ce sera une nouveauté bien agréable, répondit-il tristement en se rappelant comment Coralie Clive l'avait rejeté.

— Ne dites donc pas de sottises, ordonna Mrs Rose d'un ton sévère en sortant dans la rue.

Il y avait des voitures partout. Le Town Hall était proche de toutes les habitations mais il semblait pourtant que chaque citoyen eût voulu exhiber son équipage après l'avoir fait astiquer et briller par un garçon d'écurie. Les rues étaient embouteillées à tel point que John et Elizabeth eurent plus vite fait de s'y rendre à pied, tandis que les autres se plaignaient de leur allure d'escargot.

Il y avait bousculade devant le Town Hall car les arrivants entendaient gravir le perron tous à la fois. Finalement, après une montée lente et laborieuse, Mrs Rose et son cavalier atteignirent l'entrée où ils furent accueillis par sir Ambrose Ffloote qui semblait s'être lui-même dévolu le rôle de maître de cérémonie.

— Ah ! Ah ! Mrs Rose ! vous avez fait connaissance avec ce jeune homme. Il m'a posé des questions sur vous pendant notre voyage mais je n'arrivais pas à me souvenir de votre nom, ma mémoire est devenue une véritable passoire, déclara-t-il d'une voix tonitruante.

— Bonsoir sir Ambrose, dit-elle en faisant une charmante révérence ; il se trouve que Mr Rawlings est mon neveu.

— Ah corbleu ! fit le squire visiblement perplexe. Je pensais que c'était quelqu'un d'autre.

Et il se tourna pour accueillir de nouveaux arrivants.

Elizabeth prit un petit air de conspirateur pour demander :

— Qui aimeriez-vous rencontrer ?

— Tous ceux que vous connaissez. Pour les autres, je me débrouillerai par mes propres moyens.

— Bien, en ce cas nous allons commencer par les Finch que je vois là-bas. Elle est très riche et, de ce fait, on a de la considération pour elle.

Ils traversèrent la salle dans toute sa longueur pour arriver jusqu'à un petit orchestre qui se mettait en train en jouant une mélodie qui préludait aux danses endiablées. Pour le moment personne ne dansait, on attendait probablement l'arrivée du marquis qui marquerait le début des festivités.

Une grosse matrone blonde et parée comme une châsse de fleurs et de bijoux était sûrement la personne recherchée par Mrs Rose. Mais en approchant, il vit avec effroi qu'elle était entourée de quatre jeunes personnes qui lui ressemblaient. Une coterie de filles entourait donc la redoutable Mrs Finch et John se sentit abattu à l'idée qu'il allait figurer en première place sur la liste des prétendants éligibles.

— Chère madame, dit Mrs Rose qui prenait plaisir à cette tâche, permettez-moi de vous présenter mon neveu, John Rawlings, qui vient d'arriver de Londres.

Mrs Finch se fit de plus en plus blonde, de plus en plus grosse sous les yeux ébahis de John.

— Très honorée, sir, dit-elle d'un air espiègle, une petite tache brillante apparaissant sur chacune de ses joues. Je suis tout à fait charmée. Laissez-moi vous présenter mes filles : l'aînée, Sophie, faites votre révérence, mon petit.

La malheureuse créature, encore plus grande que sa mère, oscilla gauchement sans lever les yeux du plancher. John se sentit si triste pour elle qu'il lui baisa la main, ce qu'il déplora quand il la vit devenir pourpre.

— Et voici ma deuxième, Sarah.

À nouveau une grosse pataude, sans rien qui pût la racheter, esquissa une révérence.

— Et enfin les jumelles, Agatha et Augusta.

Les deux petites péronnelles dodues avaient l'air si

effronté que John en fut choqué et il les jugea bien trop en avance pour leur âge.

— J'espère que vous aurez des danses libres, dit la mère en caressant la main de l'apothicaire.

— Je suis le cavalier de ma tante, se hâta-t-il de répondre.

— Ah ! mais elle ne peut accaparer toute la soirée un aussi joli garçon, déclara-t-elle d'un air rogue. Promettez-moi d'inviter l'une d'entre nous dès que vous serez libre.

— Avec plaisir, répliqua John qui s'inclina en guise d'adieu, sentant, hélas, que la grosse main aux lourdes bagues s'attardait dans la sienne.

— Prenez garde, déclara Elizabeth en riant, Mrs Finch est une riche veuve et elle recherche avec autant d'ardeur un époux pour elle que pour ses filles.

John s'épongea le front.

— Où habitent-elles ?

— Une vaste demeure près du Town Hall, ce qui n'empêche qu'elles sont venues en voiture, je les ai vues.

— Quelle prétention !

— Il en a toujours été de la sorte. À présent, Mr Rawlings, voici trois personnes intéressantes : le docteur en compagnie de Mr et Mrs Gironde, l'apothicaire et son épouse.

John s'inclina tandis que Mrs Rose se chargeait des présentations et il prit le temps d'observer le trio pendant l'échange de politesses. Mr Gironde était le type même du Français, avec des yeux brun foncé mélancoliques, une grande bouche et une redoutable denture. Il semblait chauve sous sa perruque car on ne voyait trace de cheveux. Cela contrastait curieusement avec le médecin qui avait un toupet de boucles couleur marmelade d'oranges qui se rebellait contre une perruque de crin. John, qui avait terriblement besoin d'une visite chez le barbier, se sentit en sympathie avec lui. Comme toutes les personnes rousses, le Dr Hayman avait un visage constellé de taches de rousseur, des sourcils et des cils étonnamment clairs et des yeux dont la teinte rappelait celle des groseilles à maquereau sur le point de mûrir. Le troisième membre du trio, la curieuse Mrs Gironde, était une fort petite personne qui se grandissait par une *coiffure** prodigieusement haute, décorée de faux oiseaux. Cela confirmait sa ressemblance avec un moineau dont elle avait les yeux perçants et brillants, le nez semblable à un bec et la taille menue. Se serait-elle avancée par petits bonds que John n'en eût pas été autrement étonné.

— Au tour maintenant de la pauvre petite Faith, murmura Elizabeth.

— Lady Ffloot ?

— En personne.

Tout autour de la salle, on avait disposé des chaises et des canapés destinés aux dames plus âgées et aux jeunes filles faisant tapisserie. Assise sur un de ces sièges, la tête supportée par une main dans une attitude pleine de lassitude, se trouvait une femme qui avait dû être une beauté autrefois mais qui n'en gardait que des teintes fanées, crème et caramel pour le teint et les cheveux. Les yeux qui devaient être brillants et animés dans le passé n'étaient plus que de petits globes d'un brun éteint.

Dans un froufrou de jupes, Mrs Rose vint s'asseoir à ses côtés.

— Chère lady Ffloote, comment vous sentez-vous ce soir ?

Faith esquissa ce qu'on aurait pu définir comme un sourire courageux.

— Hélas ! ma migraine me reprend !

— Quel dommage ! Peut-être mon neveu que voici pourra-t-il vous être d'un quelconque secours. (Lady Ffloote eut une expression perplexe.) Permettez-moi de vous présenter Mr John Rawlings, apothicaire à Londres.

— Il me semble connaître ce nom, déclara lady Ffloote en fronçant les sourcils. Ne fîtes-vous pas le voyage jusqu'à Winchelsea avec mon époux ?

— En effet, lady Ffloote.

— Il a beaucoup apprécié ses compagnons de voyage et il voudrait vous convier à dîner avec le Dr Hensey.

— Justement j'ai rencontré le docteur lors d'un bref déplacement à Londres et il m'a prié de vous dire qu'il acceptait avec plaisir votre invitation pour vendredi prochain.

— Alors il faut que vous veniez aussi, dit Faith l'air épuisé, même si je n'ai pas la force de me mettre à table avec vous. Je suis certaine que vous ne manquerez pas de sujets de conversation.

— Je suis convaincu que vous irez mieux mais, si vous le permettez, je passerai voir si je puis vous soulager.

Lady Ffloote eut l'air désenchanté.

— Venez, je vous en prie, mais je vous préviens que jusqu'à maintenant aucun médecin n'y a réussi.

— Je peux toujours essayer, répliqua John avec entrain avant de se retirer en s'inclinant au moment où un monsieur s'approchait du sofa sur lequel les deux dames étaient assises.

Mrs Rose se leva d'un bond et fit une révérence théâtrale. En fait, songea John, plus le temps passe, plus elle joue la comédie. Son teint avait rosi sous le fard et son œil se mettait à briller.

— Madame, dit le nouveau venu qui salua en claquant des talons et lui baisa la main.

Elizabeth eut l'air radieux et John en fut amusé.

Lady Ffloote, trop fatiguée pour se lever, tendit une main languissante.

— Capitaine Pegram, quel plaisir de vous voir, je pensais que ce genre de soirée ne vous plaisait guère.

— C'est vrai, je puis même dire que je les déteste, mais la tentation de voir la fiancée et son futur époux fut trop forte. Mettez ma présence au compte de la simple curiosité.

C'était un homme de haute taille, qui se tenait très droit avec la prestance d'un militaire de carrière, mais il avait les yeux bleus rêveurs d'un érudit. Ce contraste laissait à penser qu'il était en proie à des contradictions intérieures. Se rappelant les paroles d'Elizabeth lui déclarant que le capitaine Pegram, dressé pour affronter les champs de bataille, préférait rester seul avec lui-même, John en conclut qu'il devait être en porte à faux dans la vie. Il fut confirmé dans cette opinion en remarquant le regard gêné qu'il posait sur l'assistance comme s'il se sentait déplacé dans ce décor de mauvais goût. Sa chevelure qu'on apercevait sous son antique perruque militaire était brune et plutôt longue. Sans doute la portait-il nouée dans le dos quand il était chez lui, ne se souciant pas des raffinements de la mode. Il y avait quelque chose d'honnête et d'ouvert dans sa physionomie qui la rendait attirante. Quand Mrs Rose lui présenta John, celui-ci ne put s'empêcher de ressentir de la sympathie pour lui.

Ce fut à ce moment précis qu'on entendit une certaine agitation à l'entrée de la salle et que les conversations baissèrent d'un ton. Il y eut un chuchotement : « Les voilà ! » et tous les yeux se tournèrent vers le couple qui faisait son entrée. John fit de même et fut fasciné par le spectacle qui s'offrit à ses yeux : l'homme qui ne pouvait être que le marquis de Rye, à en juger par les inclinations et les révérences qui saluaient son passage, était un gaillard d'au moins six pieds de haut qui se déplaçait avec l'élégante aisance que donnent des années de bonne éducation et d'existence privilégiée. Son visage était caractéristique d'un vrai membre de l'aristocratie : un long nez aquilin, une bouche fine, des yeux noirs et brillants. Les traits dans leur ensemble assez aigus avaient un charme certain. L'apothicaire observa les vêtements du marquis qu'il portait avec une désinvolture enviable et essaya de deviner son âge. Il lui donnait dans les 40 ans, ce qui le surprit puisqu'il s'agissait du futur époux de miss Rosalind Tireman. Puis son regard s'attarda sur la jeune fille qui lui donnait le bras et sur qui se fixaient les yeux de tous les messieurs. Elle était plus que belle, exquise, une fabuleuse créature, d'une perfection quasi inhumaine. Une masse de cheveux d'or ciselé tombait en cascade autour de son visage avec une luxuriance indomptée qui ajoutait à son charme. Des yeux de sirène, ni bleus ni verts, mais d'une nuance intermédiaire, étaient enchâssés un peu à l'écart l'un de l'autre dans un visage au modelé délicat. Cette beauté eût été gâchée par une silhouette disgracieuse mais elle était incomparable, svelte et souple, un corsage plein et bien formé. Une parure d'émeraudes, sans doute offerte par son fiancé, scintillait à son cou et elle la caressait d'un geste sans doute inconscient.

— Quelle belle créature ! murmura John.

— Oui, acquiesça le capitaine tout en serrant les mâchoires, ce que ne manqua pas de noter l'apothicaire.

Toute l'assistance salua le couple avec respect. En s'inclinant à son tour, John jeta un regard à la dérobée sur la mère de Rosalind qui marchait derrière sa fille et il vit qu'elle buvait avec délice toutes les marques d'adulation vis-à-vis des jeunes gens, tandis que le père semblait mal à son aise. Quant à Henrietta, qui fermait la marche, il comprit quel devait être son état d'esprit à l'ombre de sa sœur. Être élevée et vivre à côté d'une pareille beauté, en souffrant journellement de la comparaison, devait être bien pénible.

L'orchestre attaqua la première danse et les groupes se formèrent. Puis on attendit que le marquis et sa fiancée ouvrent le bal. La terrifiante Mrs Finch apparut accompagnée d'un jeune cavalier qui faisait triste figure et ils se joignirent aux couples dont faisaient partie John et Elizabeth.

— Quelle merveille ! s'écria Mrs Finch en suivant des yeux chaque évolution de Rosalind.

— Absolument ravissante, reconnut John.

— C'est triste pour Henrietta, la chère petite.

— Oh oui ! Ce ne doit pas être facile d'avoir une sœur aussi belle, quoique Henrietta soit très jolie également et n'ait rien à lui envier.

— Oh, ce n'est pas à leur physique que je faisais allusion, déclara Mrs Finch en faisant la moue tandis qu'elle esquissait le premier pas de danse.

John s'inclina devant Elizabeth Rose et ils se lancèrent dans Portsmouth, une suite de figures en longueur qui se dansait à huit couples.

— Alors, que vouliez-vous dire ? lança-t-il pardessus son épaule.

— Je faisais allusion au fait que c'était Henrietta qui était fiancée au marquis avant l'apparition de Rosalind, répondit Mrs Finch avec un petit rire affecté.

— Oh mon Dieu ! s'exclama l'apothicaire avant de tourbillonner sur toute la longueur de la salle sans ajouter un mot.

9

La soirée avait été remarquable dans tous les sens du terme. D'abord il avait apprécié cette atmosphère baroque de carnaval. Ensuite il s'était dit que, sous-jacente à la gaieté, la musique, la danse et le bruit, il y avait la présence de la *Grenouille* et du *Papillon de Nuit* cachant leur véritable identité, riant et profitant du climat de fête comme s'ils n'avaient pas passé de contrat pour espionner au service de la France, comme si l'un des deux – ou peut-être les deux – n'avait pas poignardé un homme et pendu son corps à une croix pour qu'il fût dévoré par des bêtes de proie. Plus il y pensait, plus il était convaincu que l'Épouvantail avait été envoyé en Angleterre pour réveiller deux espions « dormeurs » et qu'il avait été tué par l'un des deux. Sinon, pourquoi un Français inconnu eût-il été tué dans un pays étranger où personne n'avait jamais entendu parler de lui ?

Une autre raison faisait qu'il avait trouvé cette soirée exceptionnelle, une raison plus personnelle : lorsqu'il était allé inviter Henrietta pour la troisième danse, il avait eu chaud au cœur et un large sourire avait éclairé son visage. Coralie Clive étant fermement éloignée de sa pensée, et il pensa qu'il était en train de tomber amoureux.

L'admiration qu'elle avait lue dans ses yeux avait immédiatement attiré son attention.

— Pourquoi me regardez-vous ainsi ? avait-elle demandé avec méfiance, sans son humour habituel.

— Parce que vous êtes si jolie.

— Vous parlez sérieusement ? Vous n'avez pas vu Rosalind ?

John avait lancé un coup d'œil au marquis et à sa bien-aimée qui se reposaient en buvant une boisson fraîche.

— Bien sûr que je l'ai vue.

— Et alors ?

— Elle peut être une créature angélique, ma chère, mais vous avez quelque chose de démoniaque qui vous rend irrésistible.

Il ne savait comment cette phrase lui était venue mais, visiblement, il n'eût pu trouver meilleure repartie. Miss Tireman lui serra affectueusement la main et, tandis qu'ils se croisaient dans une longue file, elle murmura simplement « merci » mais en l'accompagnant d'un regard éloquent.

Quand le signal de la dernière danse fut donné, l'apothicaire ne savait où donner de la tête ! Comment se mettre en quête des espions, de l'assassin, tout en faisant la cour à la fille du recteur ? Comment retrouver la piste du meurtrier de l'Épouvantail après plusieurs mois ? Il commençait à se demander avec anxiété s'il ne s'était pas lancé dans une quête qui dépassait ses capacités.

— Je me demande s'ils sont ici, chuchota Mrs Rose tandis qu'ils évoluaient au milieu des danseurs.

— Qui donc ? demanda John, ne sachant de qui elle parlait.

— Les gens qui cherchent à m'empoisonner.

Il se sentit complètement démonté car il avait oublié les tentatives d'empoisonnement qu'elle avait subies, raison pour laquelle il était venu la première fois à Winchelsea. Il laissa échapper un sourd grognement.

— Qu'avez-vous ?

— En fait, il y a tant d'intrigues mêlées en ce moment que je ne sais par quel bout commencer.

— Vous devriez peut-être appeler quelqu'un à la rescousse.

— Peut-être bien, répondit John, qui décida d'écrire à Mr Fielding le jour même.

Finalement, ce ne fut pas la peine. De bonne heure le lendemain matin, alors que l'apothicaire se préparait à se lever, un domestique vint de *La Salutation* jusqu'à Petronilla's Platt lui apporter une lettre.

— Il y a du courrier pour vous, appela Mrs Rose d'en bas.

— Je descends dans un moment ! cria John qui se hâta de faire ses ablutions, de se raser, tout en y mettant un soin inhabituel pour le cas où il rencontrerait Henrietta en ville.

Une fois à la table du petit déjeuner, il lut avec attention la lettre écrite par Jago et signée par Mr Fielding, comme à l'accoutumée.

« Cher Mr Rawlings,

J'expédie cette lettre par la poste de l'après-midi, afin que vous puissiez la recevoir dès samedi 10 mars au matin. Au reçu de cette missive, veuillez aller tout de suite à l'église St-Thomas-Becket à Fairfield, dans le marais de Romney où deux Brave Fellows vous attendront avec une voiture pour emmener le corps de l'Épouvantail. Ils seront accompagnés de Joe Jago qui a beaucoup d'informations à vous donner. Si vous n'étiez pas arrivé à midi, ils procéderont sans vous mais, en ce cas, vous attendrez un nouveau message de mon greffier.

Votre fidèle ami,
J. Fielding. »

L'apothicaire consulta la montre offerte par son père pour ses 21 ans.

— Bon sang, tante Elizabeth, il est déjà 9 heures ; il me faut courir à Truncheons louer un cheval, j'ai rendez-vous à midi sans faute.

La servante se trouvait sur le pas de la porte et l'actrice répondit avec grande assurance :

— J'envoie la jeune fille pendant que vous finissez votre petit déjeuner. Agnes, allez vite à Truncheons retenir un cheval pour mon neveu, dépêchez-vous.

— Tout de suite, madame, répondit la servante qui défit son tablier et s'en alla rapidement.

Vingt minutes plus tard, John était déjà en selle, cette fois sur un fougueux cheval noir dont la prunelle mobile révélait un fâcheux caractère.

— Mon ami, je n'ai pas l'intention de me laisser faire, lui déclara John en mettant le pied à l'étrier.

Le cheval avança pendant que John montait en selle, puis il fila tel un lévrier poussé par un vent de tempête, jusqu'au passage sur le bac, entre Rye et East Guldeford. Celui-ci franchissait le mascaret du grand estuaire de la rivière Rother, chargeant des hommes, des chevaux et des véhicules se rendant sur le marais de Romney.

Une fois sur l'eau, Fairfield n'était qu'à un jet de pierre et cette fois, ne s'arrêtant pas pour visiter l'église de Brookland mais s'attendant toujours à rencontrer le jeune vicaire itinérant, il couvrit les kilomètres en un temps record. Malgré tout, les gens de Londres l'avaient précédé. Au détour d'un virage, il aperçut le véhicule utilisé par les Flying Runners, deux sergents de police avec voiture qui étaient capables d'atteindre n'importe quelle partie du royaume dans les plus brefs délais. Le véhicule s'était approché aussi près que possible de l'Épouvantail. Il vit aussi les cheveux roux de Jago flamber au soleil car le greffier avait horreur des perruques et ne portait la sienne que rarement.

— Joe ! cria l'apothicaire.

Le greffier agita le bras en réponse.

— Mr Rawlings, comment allez-vous, sir ?

— Très heureux de vous voir ; il se passe beaucoup de choses.

— C'est ce que j'ai cru comprendre.

— Alors, Mr Jago, appela un des runners, on peut décrocher le cadavre ?

— Oui, il reste à faire sur sa tête, à ce qu'on m'a dit.

— Ah ça oui ! s'exclama John avec conviction.

— Passe-moi le seau, George, fit le runner.

— Si nous entrions un instant dans l'église, sir, proposa Jago, mieux vaut se mettre à l'abri des regards indiscrets.

— Allons-y, acquiesça John assez content de ne pas avoir sous les yeux le cadavre décroché de sa croix.

Ils pénétrèrent dans la vieille église si paisible et s'assirent sur l'un des bancs cloisonnés et pourvus de portes.

— À présent, Mr Rawlings, échangeons nos informations. Parlez en premier.

— Vous avez reçu ma lettre racontant ce que le Dr Willes avait dit ?

— Oui, voici le message, dit Joe en sortant le papier de sa poche.

Il lut : « Vous avez ordre de donner immédiatement les instructions secrètes aux espions britanniques, la Grenouille et le Papillon de Nuit. Vous trouverez les deux à Winchelsea. Contactez-les comme fixé. »

— Qu'en pense Mr Fielding ?

— Il pense que l'un des deux a tué l'Épouvantail. Qu'ils ont résisté individuellement ou en équipe à ses efforts pour les « réveiller », comme ils disent dans leur jargon, probablement peu avant l'entrée en guerre, ce qui est confirmé par l'horrible état dans lequel on l'a trouvé.

— Par conséquent, inutile de chercher le meurtrier en dehors du clan ?

— À moins que l'Épouvantail n'ait été victime des contrebandiers, mais je ne le pense pas. À mon avis, une fois que nous aurons identifié les espions, nous aurons trouvé le meurtrier.

— À propos, l'autre soir, je ne sais si c'était un espion ou un contrebandier, mais quelqu'un faisait des signaux lumineux.

— Voilà qui est intéressant ! s'exclama Joe. Si l'individu agit autant à la légère, il – ou elle – ne sera pas trop difficile à pincer.

— Ma foi vous êtes bien optimiste, Joe, je vous dis que mes soupçons portent sur un tas de gens. Winchelsea en regorge.

Et il se mit à décrire tous ceux qu'il avait rencontrés à la réception.

— Y en aurait-il d'autres, des gens que vous n'avez pas eu l'occasion de rencontrer ? demanda Joe en se grattant le menton.

— Oui, plusieurs. Franchement, je ne sais pas comment faire le tri. En plus, il y a Mrs Harcross qui se croit la cible d'un empoisonneur.

— Vous n'en êtes pas sûr, n'est-ce pas ?

— Non, à dire vrai. Le vin qu'elle suspectait était fort bon.

— Peut-être le donateur n'était pas la même personne ?

— Oui, c'est possible, les étiquettes n'étaient pas les mêmes.

— Enfin, comme dit Mr Fielding, c'est à surveiller.

— Oui, fit John d'un air morne.

— Ne vous découragez pas, sir, le beak a un plan.

— Quel est-il ?

— Pour simplifier, le voici : je dois venir à Winchelsea jouer le rôle d'un agent des Affaires secrètes et je poserai des questions sur un Français inconnu qui était sur place six mois auparavant. Cela provoquera des réactions et, en tout cas, cela rendra nerveux nos « dormeurs ». Ils peuvent du coup faire une gaffe. Pendant ce temps, vous travaillerez secrètement, continuant à apparaître comme le neveu de

Mrs Rose, un excellent stratagème. Vous susciterez ainsi des confidences et serez peut-être plus avancé que moi. Soit dit entre nous, n'ayez crainte, nous en viendrons à bout, ce sera une grande lessive ou je ne m'y connais pas !

John garda un instant le silence.

— Il faudra faire comme si nous ne nous connaissions pas, je suppose ? conclut John.

— Certainement.

— Mais Mrs Rose, elle, vous connaît ?

— À tout hasard, il faut que nous la mettions dans le secret. Si elle est réellement le Papillon – je ne la vois pas très bien être la Grenouille, et vous ? – cela la rendra plus craintive et elle risque de se trahir.

— Mais comment Elizabeth pourrait-elle être le Papillon de Nuit ? s'exclama John indigné.

Le visage rougeaud de Jago arbora une mine chafouine et il murmura :

— Nous sommes en guerre, Mr Rawlings, souvenez-vous-en, on ne peut même pas faire confiance à son ombre.

— Vous n'avez que trop raison.

Dehors une voix cria :

— Mission accomplie, sir !

— Bien ! cria Joe en réponse. (Il se leva.) Venez Mr Rawlings, nous allons nous dire au revoir. Les runners vont emmener l'Épouvantail à Londres où l'on examinera ses restes et ses vêtements. La cape que vous avez rapportée ne nous a rien indiqué. Je vais m'occuper de louer un cocher et un cabriolet pour venir dès cette nuit à Winchelsea. J'irai directement à *La Salutation* prendre une chambre et demain matin je commencerai mes investigations. Je projette de vous rencontrer de temps à autre ; je vous ferai parvenir un message afin que nous puissions comparer nos informations.

— Comment, d'après vous, devrais-je mener mon enquête ?

— En vous servant comme autrefois de votre profession d'apothicaire qui se met à la disposition des uns et des autres pour les soulager. Maintenant que vous avez fait la connaissance des gens de la bonne société, il est *de rigueur** – Joe prononçait « de rigor » – que vous alliez rendre des visites.

— Mais oui, vous avez raison. (Il se leva.) Je vais sortir le premier.

— Dites aux Brave Fellows que je les rejoins sitôt après votre départ.

— Entendu !

Il sortit au grand jour et s'arrêta court, les yeux attirés par l'équipage sur le point de partir. Par la vitre, il vit que l'Épouvantail était appuyé contre le dossier de la banquette, comme un voyageur ordinaire, le chapeau cachant le crâne du squelette, les os mutilés des jambes recouverts d'une couverture. À côté de lui était assis un runner, tandis que l'autre occupait la place près du cocher. Ce spectacle était un des plus étranges qu'il lui avait été donné de voir et il devait hanter sa mémoire pour longtemps. Ainsi dans cet équipage, l'espion français était sur le point de faire son dernier voyage jusqu'à sa tombe : il n'avait jamais dû envisager pareille aventure quand il avait quitté sa patrie pour le marais de Romney.

— Repose en paix, chuchota John en tournant sa monture en direction de Winchelsea.

Dès qu'il eut mis le pied à Petronilla's Platt, accueilli par une Agnes dans tous ses états, il devina qu'un désastre était arrivé. Une cape et un chapeau d'homme étaient posés sur une chaise dans le petit vestibule et des gémissements provenaient de la chambre du haut. Sans hésitation, il se débarrassa de son manteau de cavalier et monta quatre à quatre les marches de l'étroit escalier. Elizabeth Rose gisait sur son lit, encore plus blanche que lorsqu'elle était fardée. Une cuvette dans laquelle elle avait vomi était au pied de son lit et, penché sur elle, essayant de lui introduire un médicament dans le gosier, se trouvait le jeune Dr Hayman. En entendant quelqu'un approcher, il se tourna vers la porte, avec l'intention de le congédier, mais il reconnut John sur-le-champ.

— Qu'est-il arrivé ?

— Je pense qu'on l'a empoisonnée, dit brièvement le médecin. Si j'en crois la servante, votre tante a mangé du pâté de lapin et, à peine dix minutes après, elle a été saisie de terribles douleurs.

— Je vois, dit John, la mine sombre.

Il ne chercha pas à savoir si le pâté était un cadeau anonyme, décidant de garder pour lui cette question. Il demanda seulement :

— Quand vous dites que tante Elizabeth a été victime d'un empoisonnement, cela ne signifie pas qu'on ait voulu l'empoisonner ?

Le médecin agita ses boucles rousses.

— À vrai dire, je ne sais que penser. Par deux fois déjà, votre tante a souffert de ce genre de malaise.

— Est-ce que cela pourrait être une maladie chronique ?

— C'est possible, mais je m'étonne que les symptômes soient aussi violents.

— Je suis de votre avis, dit l'apothicaire en se frottant le menton, je crois plutôt à une intoxication alimentaire.

Le Dr Hayman se leva et une rougeur subite colora son teint constellé de taches de rousseur.

— Me permettez-vous de vous parler franchement ?

— Je vous en prie.

— Il y a quelque chose qui ne me plaît pas ; voici la troisième fois que je suis appelé dans cette maison et que je trouve Mrs Rose fort malade. J'ai l'impression, Mr Rawlings, que quelqu'un essaie d'attenter à sa vie.

John hésita, ne sachant jusqu'à quel point il pouvait se confier à lui. Finalement il dit :

— Je pense qu'elle le croit aussi.

— Ainsi n'avais-je pas tort dans mon diagnostic, déclara le médecin qui rougissait de plus en plus.

— Hélas, non ! En tout cas, je suis ici pour veiller sur elle.

Un gémissement de Mrs Rose leur fit tourner la tête.

— Quels remèdes lui avez-vous administrés jusqu'à maintenant ? s'enquit John.

— Juste un émétique, je veux que tout le poison soit éliminé.

— Dr Hayman, elle est votre patiente et il serait malvenu de ma part de m'immiscer dans le traitement que vous préconisez, mais verriez-vous un inconvénient à ce que je fasse prendre à ma tante une infusion de thym ? Pour un estomac qui a souffert d'empoisonnement, cela peut être bénéfique.

— Bien sûr, je pense que vous en trouverez dans la cuisine ; sinon venez en chercher dans mon cabinet, j'habite Bear Square près de *La Salutation*.

Quand il descendit au rez-de-chaussée, la servante toute pâle l'interrogea :

— Que se passe-t-il, sir ?

— Mrs Rose souffre d'une intoxication alimentaire, Agnes. Je vais lui préparer une infusion. Auriez-vous par hasard du thym séché de l'an dernier ?

— Oui, sir, il est suspendu là. Est-ce à cause du pâté de lapin ?

— Oh oui, c'est presque certain. Dites-moi comment ma tante l'a reçu. L'a-t-on déposé sur le seuil de la maison ?

— Oui, sir, de bonne heure ce matin, après votre départ.

— Cela n'en est que plus dommage. Pourquoi diable en a-t-elle mangé ?

— Elle a dit comme ça qu'il ne fallait pas se faire des idées et puis elle a regardé l'étiquette et elle a ajouté : « D'ailleurs je reconnais son écriture » et elle a ri et moi j'en savais pas plus, alors je lui ai préparé un légume en conserve et j'ai servi le pâté de lapin pour son dîner.

— Je vois.

— Non, vous voyez pas ! s'exclama Agnes en éclatant en sanglots.

— Juste Ciel, ma fille qu'avez-vous ? demanda John déconcerté.

Elle se jeta dans ses bras ; ses larmes coulaient abondamment, mouillant son justaucorps. L'apothicaire s'empressa de se dégager.

— Qu'est-ce qui se passe ? (À peine avait-il posé la question qu'il devina la réponse.) Vous y avez goûté n'est-ce pas, vous avez mangé ce qui en restait ?

— Est-ce que je vais mourir, sir ?

— Mais non, suivez-moi.

Il la prit par la main et la conduisit, pleurnichante et gémissante, dans la chambre où le médecin tenait la cuvette devant Elizabeth.

— Voici une seconde malade, j'en ai peur.

— Elle en a mangé aussi ?

— Oui.

— Qu'elle prenne un peu de cela, fit le docteur en tendant une bouteille à John.

— Qu'est-ce ?

— Un puissant émétique.

— Est-ce de la racine d'asaret ?

— Oui, donnez-lui-en une bonne dose.

— Venez Agnes dit-il en entraînant la servante toujours en pleurs dans la cuisine.

Une heure après, la situation était rétablie. Mrs Rose avait été déclarée hors de danger, Agnes blanche comme un linge renvoyée chez elle en charrette. Quant aux deux messieurs, ils étaient assis devant une bonne flambée et ils se réchauffaient les pieds, les jambes étendues vers l'âtre, un verre de brandy à la main destiné à les remettre d'aplomb. La maison de Petronilla's Platt avait recouvré sa tranquillité et l'heure était venue de converser paisiblement.

— Ma tante m'a dit que vous n'étiez pas depuis longtemps à Winchelsea, dit John pour engager la conversation.

— Il y a dix mois mais il me semble y être depuis plus. Auparavant, j'ai étudié la médecine à Cambridge.

— Comment jugez-vous l'endroit ?

— Je n'ai pas eu la tâche facile, l'ancien docteur était très apprécié bien que toujours ivre. On me regardait avec la dose de méfiance habituelle pour un nouveau venu mais cela va mieux à présent.

John lui versa à nouveau du brandy.

— Je suppose que, comme dans toutes les petites villes, il y a pas mal de rumeurs qui circulent.

— Ah ça, vous pouvez le dire ! s'exclama le médecin, visiblement ravi de pouvoir s'épancher avec un collègue de son âge. Vous pensez bien que cela a fait sensation quand Rosalind a volé le marquis à sa propre sœur.

— Racontez-moi.

Le Dr Hayman se carra dans son fauteuil, allongeant encore plus confortablement les jambes.

— Voilà ce qui se dit : il y a dix-huit mois environ, Henrietta se rendit au Hall pour donner des leçons de français à la jeune sœur du marquis. Apparemment elle le parle couramment. En tout cas, Rye, un drôle d'oiseau, un libertin de la plus belle eau qui séduit toutes les vierges à la ronde, quand il ne perd pas son argent aux tables de jeu, est tombé amoureux fou de la jeune personne. Quelques mois plus tard, quand la gouvernante est partie, Henrietta, très sottement à la vue de la suite des événements, a suggéré sa sœur pour le poste. Et voilà ! La pauvre Miss Tireman a été abandonnée par le marquis dès qu'il eut jeté les yeux sur Rosalind et décidé qu'elle lui convenait mieux.

— C'est vraiment cruel !

— N'est-ce pas ? Henrietta l'a très mal pris, je puis vous l'assurer.

— Cela ne m'étonne guère. À vrai dire, je suis surpris qu'elles continuent à se parler.

— Beaucoup de gens s'en étonnent aussi. Je pense que le recteur a joué un rôle important, en suppliant son aînée de ne pas faire de scandale.

— Je vois. Quoi d'autre encore ?

Le Dr Hayman cligna de l'œil et ses boucles rousses brillèrent à la clarté de l'âtre.

— On dit que Mrs Finch essaie personnellement tous les prétendants de ses filles.

— Dois-je donner au terme « essaie » un sens très particulier ? demanda John dont les sourcils se haussèrent presque jusqu'à la naissance des cheveux.

— Absolument, fit le médecin en gloussant. Je vous préviens, il faut se tenir sur ses gardes quand on va là-bas.

— Grand merci pour le conseil, un homme averti en vaut deux. Et lady Ffloote, savez-vous quelque chose à son propos ? Je lui ai dit que j'irais la voir pour ses migraines. Est-ce une hypocondriaque ?

— Non, non, elle souffre vraiment mais qui ne serait malade, mariée à un bonhomme tel que lui ? Il est épouvantable et je suis convaincu qu'il doit avoir une maîtresse quelque part.

— Qu'est-ce qui vous fait dire cela ?

— Parce qu'il n'est jamais chez lui ; s'il n'est pas à Londres, il va et vient dans le pays ou bien il promène son affreux chien. (Il prit un air contrit.) Je parle trop, cela ne convient pas à un homme de ma profession.

— J'imagine, déclara John d'un air perspicace, que vous devez souvent vous sentir isolé.

— C'est vrai. C'est Dieu qui vous envoie.

L'apothicaire sentit un réel mouvement de sympathie pour son interlocuteur.

— Je vous en prie, aussi longtemps que je suis ici, vous êtes le bienvenu dans cette maison. Je parle au nom de ma tante quand je vous dis cela.

— Il faudra que vous veniez tous deux chez moi, je ne suis pas marié mais ma servante est très bonne cuisinière.

— Je serai enchanté. À propos d'hommes qui vivent seuls, le capitaine Pegram m'a fait très bonne impression. Que pensez-vous de lui ?

— C'est un original. Apparemment, il a quitté l'armée parce qu'il ne pouvait supporter la vie militaire et qu'il désapprouvait la guerre. Maintenant il passe la plus grande partie de son temps à étudier et c'est, je crois, un grand érudit.

— Quel âge a-t-il ?

— Aux alentours de la cinquantaine, me semble-t-il. Il m'a dit une fois qu'il avait 25 ans à la mort de sa femme et qu'il y avait très longtemps de cela.

— Il ne s'est jamais remarié ?

— Non, et à ma connaissance il n'a pas eu de maîtresse. Il m'a l'air d'un célibataire endurci.

— Un personnage intéressant mais qui doit avoir une vie plutôt triste. Et Mr Gironde, l'apothicaire ? Je crois qu'il est d'origine huguenote ?

— En effet.

— Ma tante pense que sa femme est la reine de l'indiscrétion.

— À en croire l'essentiel de notre conversation, on pourrait nous appliquer la même définition, déclara le médecin dans un grand éclat de rire.

John eut un sourire pincé.

— Vous avez raison mais Dr Hayman...

— Appelez-moi Richard.

— ... Si quelqu'un tente d'assassiner ma tante, j'ai absolument besoin de m'informer sur les gens d'ici.

Le médecin acquiesça d'un signe de tête après avoir repris tout son sérieux.

— Vous avez tout à fait raison. Eh bien disons que Nan Gironde est une semeuse de zizanie. Elle simule une grande amitié pour quelqu'un et en dit ensuite pis que pendre. Je ne lui fais absolument pas confiance. En revanche, j'aime beaucoup Marcel, c'est un bon apothicaire qui travaille dur. Mais il est entiché de son épouse d'une façon que je ne m'explique pas. À ses yeux, cette petite mégère est un véritable agneau.

— Cela arrive fréquemment. Dites-moi, voyez-vous qui pourrait en vouloir à ma tante parmi tous les gens qu'elle connaît ?

Il hocha la tête.

— En fait elle n'a pas une foule d'amis. Je ne lui connais que le recteur et son épouse.

— Quel genre de personnes est-ce ? Je les ai vus à la réception mais je ne leur ai pas été présenté.

— C'est une femme étonnante, une *femme formidable**. Elle a le parler fort et une certaine vulgarité pour une femme d'ecclésiastique et elle est bâtie comme un cheval de trait. Elle a dû être jolie autrefois, sinon comment aurait-elle pu donner naissance à deux filles aussi belles ?

John haussa les épaules et fit un geste d'impuissance.

— Une bizarrerie de la nature ! Ce sont des choses qui arrivent.

— Croyez-vous vraiment qu'il puisse exister parmi les gens dont nous venons de parler un cruel assassin qui prépare son coup en cachette ? demanda le médecin avec gravité.

L'apothicaire remplit les verres à nouveau et hocha la tête avec lenteur.

— Je ne sais que penser mais il y a *une chose* que je sais – et de grâce ne me demandez pas comment je le sais – Winchelsea est une jolie petite ville qui recèle bien des secrets.

— Dans quel domaine ?

— Je ne suis pas habilité à vous le révéler.

Le médecin le regarda en plissant les yeux.

— Êtes-vous un agent de l'*excise*[1], sir ?

— Pas du tout, mais je suis certain que les contrebandiers sont revenus sur le marais de Romney.

— Pas seulement sur le marais, affirma le médecin d'un ton sarcastique.

Mais ils s'en tinrent là.

Le médecin partit tard et John se mit à fermer la maison pour la nuit. Au moment où il s'apprêtait à tirer les verrous, il entendit du bruit. Des chevaux aux sabots entourés de chiffons pour assourdir le bruit de leur trot cheminaient sur les petits pavés. En regardant par une fente de la porte d'entrée, il aperçut des chandelles aux fenêtres de plusieurs maisons. C'était clair, les flibustiers livraient leurs marchandises. Brandy, tabac, thé, soieries et satins s'introduisaient ainsi dans les celliers d'honnêtes bourgeois. Sans doute Dick Jarvis, le maudit bâtard de Kit, était-il

1. Perception des impôts indirects en Angleterre.

au travail tandis que l'apothicaire lorgnait ce qui se passait.

John se doutait bien qu'il était dangereux de sortir dans ces conditions mais il ne put résister à la tentation d'aller voir de plus près. Sans penser à prendre un pistolet et sur une impulsion incontrôlable, il se faufila en silence par la porte entrebâillée et resta blotti dans l'obscurité. Comme il le soupçonnait, des chevaux aux sabots emmitouflés dans du cuir tiraient leur chargement vers diverses maisons. Il vit une charrette se diriger vers *La Salutation*, une autre vers Paradise House, une troisième vers ce qui eût pu être les Grey Friars. La clientèle se répartissait donc dans la ville entière à une ou deux exceptions près. Il allait rentrer quand un son différent attira son attention.

Une voix résonnait dans les ténèbres, une voix trop forte pour la sécurité de son propriétaire mais une voix qui avait du mal, songea John, à modérer son timbre. C'était intéressant car elle parlait couramment le français et traduisait ensuite en anglais au bénéfice d'une autre qui parlait doucement et était de ce fait plus difficilement identifiable. N'en croyant pas ses oreilles, l'apothicaire observa paisiblement ce qui se passait.

Une charrette était en train de franchir un tournant et s'orientait une fois de plus vers la mer. À ce moment précis, la lune se leva et éclaira franchement la scène. Le conducteur du véhicule parut familier à John mais il ne put le reconnaître expressément. L'épouse du recteur, la redoutable Mrs Tireman, essayait d'y monter en renversant presque sur son siège l'homme qui s'évertuait à la tirer. Et il vit, sautant à sa suite, sa trousse médicale à la main et paraissant mal à l'aise, son interlocuteur de tout à l'heure, le Dr Richard Hayman en personne. La charrette s'en fut aussi discrètement que possible et la lune disparut derrière de gros nuages. L'apothicaire demeura seul dans le noir à écouter s'éloigner la charrette des contrebandiers. Et le silence de la nuit retomba.

10

Cette nuit-là, John dormit la porte grande ouverte afin d'entendre si Elizabeth appelait à l'aide. Mais rien ne vint troubler son sommeil et le lendemain matin, quand il alla la voir, elle dormait paisiblement, le visage serein. Quand il descendit peu après, il trouva Agnes qui ne paraissait pas très solide sur ses jambes mais qui était venue travailler tout de même. Elle préparait le petit déjeuner dans la cuisine avec un air brave.

— Bonjour ! cria-t-il avec bonhomie, vous allez mieux ?

— Oui, sir, merci, sir.

— Tant mieux. (Il alla s'asseoir en fermant la porte derrière lui et s'accouda à la table en bois ciré.) Avez-vous pris quelque chose ?

— Non, sir.

— Alors je vous conseille un petit morceau de pain et je peux vous préparer une infusion si vous ne vous sentez pas encore dans votre assiette.

— Oh ! ce serait bien aimable à vous, sir, répondit-elle avec gratitude.

— De toute façon je vais en faire aussi pour ma tante.

Il s'affaira, fit bouillir de l'eau, dosant la quantité de thym tout en surveillant du coin de l'œil la servante. Quand il la jugea suffisamment détendue pour ne plus avoir peur de lui, il dit :

— Agnes, vous m'avez dit que ma tante avait prononcé quelques mots en reconnaissant l'écriture d'un homme sur l'étiquette accompagnant le pâté. Sauriez-vous de qui elle voulait parler ?

— Non, sir, mais l'emballage est encore sur le dressoir, je vais vous le chercher.

Une seconde après, il le tenait en main et put lire l'étiquette avec une certaine stupéfaction. Car il ne s'agissait pas du tout d'un cadeau anonyme déposé en de bizarres circonstances. Le donateur avait écrit : « Préparé dans ma cuisine ce matin même, de grâce veuillez accepter ce pâté avec tous mes meilleurs vœux. N. P. »

À moins qu'une autre personne pût avoir les mêmes initiales, ce devait être le capitaine Nathaniel Pegram, son ami, qui lui avait offert ce présent l'ayant rendue malade.

— Le petit déjeuner est-il bientôt prêt ? demanda-t-il à la servante qui le mangeait des yeux attendant son verdict.

— Je vous l'apporte de suite. Sir...

Elle se tut en plein milieu de sa phrase.

— Oui ?

— *Qui* a envoyé le pâté ?

— Vous devez vous en douter.

— Je ne sais pas lire, sir.

Après une seconde de réflexion, il répliqua :

— C'est le capitaine Pegram, ce qui montre que, même dans les bonnes maisons, on utilise parfois des viandes avariées.

— De la viande avariée, seulement ça, sir ?

— Très certainement.

— Pas de poison ?

— De la viande qui n'est plus fraîche provoque les mêmes malaises que le poison, mais ici ce n'est pas un poison utilisé délibérément pour tuer quelqu'un.

Agnes prit un air profondément abattu et John réprima un sourire.

— Je vois, conclut-elle, visiblement désappointée que la situation ne fût pas aussi dramatique qu'elle l'avait supposé.

— Vous êtes une brave fille, fit l'apothicaire avec un clin d'œil déconcertant. À présent portez son plateau à votre maîtresse, moi je vais prendre mon petit déjeuner ici. N'oubliez pas de lui dire que je viendrai lui faire mes adieux avant de sortir.

— Oui, sir.

— Et veillez toutes deux à manger léger aujourd'hui. Un plat d'œufs suffira amplement.

— Bien, sir.

Elle avait l'air si déçu que John voulut la *remonter*.

— Une intoxication alimentaire peut être mortelle, Agnes. Mrs Rose et vous l'avez échappé belle. Vous pouvez le dire à vos amis.

— Oh oui, je le leur dirai, sir, répondit-elle rassérénée.

John se mit à dévorer ce qu'elle lui avait servi comme s'il n'avait aucun souci en tête.

Pendant sa courte marche jusqu'à *La Salutation*, il se demandait comment il allait faire pour parler à Joe Jago. Il ne pouvait révéler qu'ils se connaissaient, c'eût été ruiner leur plan, et pourtant il était urgent pour lui de l'informer des derniers événements. Il n'avait qu'à se heurter comme par hasard au greffier en manifestant par un petit signal qu'il avait besoin de lui parler. Mais l'occasion se présenta d'elle-même. Joe Jago sortit juste au moment où John arrivait.

— Bonjour sir, fit le greffier avec un clin d'œil, je ne suis pas d'ici, je suis arrivé hier soir de Londres. Si vous pouviez m'indiquer le chemin du presbytère, je vous serais très reconnaissant.

Il inclina profondément la tête ; le soleil fit briller sa toison rousse.

John répondit par un mouvement identique.

— Avec plaisir, sir, je vais justement de ce côté. S'il vous sied de m'accompagner, je vous guiderai jusqu'à la porte.

— Parfait ! s'écria Joe en se frottant les mains.

Ils se mirent à marcher du même pas et John, dès qu'ils eurent quitté *La Salutation*, décrivit tout ce qui s'était passé, depuis l'empoisonnement de Mrs Rose jusqu'au départ de Mrs Tireman et du Dr Hayman avec les contrebandiers.

Joe écouta en silence.

— J'ai réfléchi à vos signaux lumineux, dit-il, est-ce que cela ressemblait à une suite de nombres ?

— Exactement.

— En ce cas, une deuxième visite au Dr Willes me paraît souhaitable, il faut qu'il déchiffre ce message-là. La Grenouille et le Papillon de Nuit sont peut-être des assassins, mais l'un d'entre eux au moins s'est mis au travail.

— Maudit soit-il ! Dites-moi ce qui se passe avec l'Épouvantail.

— Un médecin va examiner le squelette pour déterminer la cause de la mort.

— Il est mort d'un coup de poignard en plein cœur, déclara John qui était toujours agacé quand on cherchait confirmation de son diagnostic.

— Effectivement, acquiesça Joe avec tact. Ensuite on portera ses vêtements chez un tailleur pour voir s'il peut garantir qu'ils sont d'origine française. Pour finir, il sera inhumé dans votre propre paroisse de Ste-Anne, à Soho, où beaucoup de ses compatriotes reposent déjà.

— Pauvre garçon, soupira John. Il laisse peut-être femme et enfants qui ne sauront jamais les raisons de sa disparition. Saviez-vous, Joe, que mon père a disparu lui aussi, mon vrai père, j'entends. Ma mère attendait son retour de Londres, ils s'étaient enfuis pour pouvoir se marier, mais il n'est jamais revenu.

Elle a eu beau chercher, elle n'a jamais su ce qu'il était devenu.

— Un jour vous devriez partir à sa recherche, vous aussi.

— Oh, il est sûrement mort, sinon jamais il ne l'aurait abandonnée.

— Ça c'est sûr et certain si vous lui ressemblez. Mais pour le moment, revenons à nos moutons. Je vais commencer ma tournée de visites en commençant par le recteur et ensuite ce sera le tour de la dame la plus fortunée, Mrs Finch.

— Gare ! Elle vous mangera tout cru, mon ami.

— Comment ça ?

— En remettant son honneur entre vos mains.

Le visage de Joe se plissa de partout et il éclata d'un rire énorme.

— Une sacrée gourgandine, hein ? Elle danse la gigue à la Molly Peatley, je parie.

— Je ne sais pas exactement ce que vous voulez dire par là mais je suis d'accord sur le terme de « gourgandine ».

— Bon, eh bien ! si je ne suis pas de retour à la nuit tombante, envoyez une escouade à ma recherche, Mr Rawlings.

— Je vous enverrai plus probablement les contrebandiers. En tout cas, vous êtes passé devant sa maison, c'est la magnifique demeure qui jouxte le Town Hall.

— Je l'avais remarquée, peste ! Quelle allure ! Dites-moi, il faut que nous nous retrouvions ce soir pour comparer nos découvertes. À votre avis, quel est le meilleur lieu de rendez-vous ?

— Il y a un endroit du nom de Roundle, au nord-ouest de la ville. Les environs immédiats sont peu fréquentés et la Roundle, qui fut autrefois une tour de guet, est rarement visitée. On pourrait se donner rendez-vous là-bas.

— À quelle heure ?

— Dix heures.

— Je serai ponctuel.

Ce disant, il fit un salut plongeant et pénétra dans le presbytère tandis que John se rendait aux Grey Friars.

La maison se trouvait à l'est de la ville, au bas d'une jolie avenue que l'on appelait le Friars Walk[1]. Laissant derrière lui l'église et quelques autres maisons, l'apothicaire marcha d'un bon pas sur un chemin bordé de cerisiers encore en boutons d'un côté et de vertes prairies de l'autre. Au fur et à mesure qu'il avançait, il enviait de plus en plus le capitaine Pegram dont la demeure, quel qu'en fût le style architectural, était certainement la mieux située de la cité.

Les cerisiers défilaient acre après acre quand soudain apparut sur sa gauche un pavillon de garde et une grande allée fermée par une grille. Il la franchit avec désinvolture, se demandant si quelqu'un surgirait pour l'en empêcher. Il poursuivit sa route sans encombre, tout joyeux de se promener si agréablement. Il aperçut enfin le manoir et s'arrêta, muet d'admiration.

On voyait bien qu'il s'agissait d'une ancienne abbaye car il subsistait le chœur de la chapelle avec son arcade élevée au milieu de belles ruines. Derrière, entouré de ses jardins, vergers et communs, se dressait le bâtiment principal, englobant l'ancien chapitre, le cloître et une tour. On y avait ajouté plus récemment des ailes et l'ensemble était d'une souveraine majesté. Les différents styles architecturaux se mariaient avec élégance. Extrêmement impressionné par les dimensions et la beauté de cette demeure, John s'approcha de la porte en chêne pratiquée dans la tour et tira la sonnette.

---

1. Promenade des Moines.

Un valet de pied apparut, l'apothicaire présenta sa carte et attendit le retour du domestique.

— Si vous voulez bien me suivre, sir, le capitaine vous attend dans la bibliothèque.

Il lui fit traverser une grande salle qui, d'après John, ne devait pas avoir plus de cinquante ans, puis le cloître qui faisait à présent partie intégrante de la maison et était orné de plantes de chaque côté. Il regarda autour de lui et vit des colonnes de marbre qui contrastaient avec des sculptures du XVIe siècle et, au-dessus de sa tête, une belle voûte. À sa droite et à sa gauche, les arcades avaient été vitrées : il devait faire bon marcher ici par mauvais temps.

À l'extrémité du cloître, un escalier de pierre en spirale le mena à une porte. Le valet de pied frappa discrètement.

— Entrez, dit la voix du capitaine Pegram.

— Mr Rawlings, sir.

— Faites-le entrer.

John, qui attendait sur le palier, pénétra dans une pièce tout en longueur construite récemment sur le toit même du cloître. Les nombreuses fenêtres offraient une vue magnifique sur la mer d'un côté, sur les vergers et les champs de l'autre.

Sans cacher son admiration, John vit qu'entre les fenêtres – il y en avait douze, six de chaque côté – des étagères pleines de livres recouvraient les murs du sol au plafond. En face de lui, à l'autre extrémité de la pièce, un bon feu brûlait dans une cheminée en marbre, et un bureau et une chaise étaient placés devant.

— Quelle merveille ! s'exclama l'apothicaire. Je vous envie, sir.

— Je suis heureux qu'elle vous plaise. C'est mon père qui a restauré l'abbaye et construit les parties modernes, y compris cette bibliothèque. Je me suis toujours plu ici. Mais lui, bizarrement, préférait habiter son autre propriété, à Rye. Maintenant, hélas, je n'ai pour héritier qu'un neveu et je crains qu'il n'ait pas le même attachement que moi pour cette maison. (Il fit signe à John de s'asseoir sur l'un des nombreux sofas installés entre les fenêtres.) J'étais sur le point de prendre un petit sherry, Mr Rawlings, vous plairait-il de vous joindre à moi ?

— Avec le plus grand plaisir, capitaine.

Le capitaine tira un cordon de sonnette puis s'assit en face de l'apothicaire.

— Comment va votre tante aujourd'hui ? dit-il pour engager la conversation.

La lumière du matin ne permettait pas d'observer son expression, mais il était difficile de l'imaginer en cruel empoisonneur. Néanmoins John s'exprima avec prudence.

— À vrai dire, c'est la raison de ma visite.

— Ah ? fit le capitaine visiblement surpris.

— Je n'irai pas par quatre chemins, sir : elle a été dangereusement malade après avoir mangé de votre pâté de lapin.

— Je vous demande pardon ?

— Elle a souffert hier d'une intoxication alimentaire après avoir goûté au pâté de lapin que vous lui avez offert en le laissant sur le seuil de sa porte. Vous lui avez bien offert ce pâté, sir ?

— Mais oui, j'ai envoyé un domestique lui déposer ce plat qu'on venait de faire, mais je ne peux croire ce que vous me dites, j'en ai mangé pour mon dîner et n'ai souffert d'aucune séquelle. Comment est-ce possible ?

— La viande n'était peut-être plus fraîche.

— Ah çà par exemple ! rugit le capitaine fortement irrité. Mon cuisinier vient de France, sir, et jamais il ne s'abaisserait à utiliser de la viande avariée ; je trouve que vous lancez vos accusations bien à la légère, Mr Rawlings ! Comment pouvez-vous savoir si Mrs Rose n'a pas pris d'autres aliments hier ? Étiez-vous avec elle toute la journée ?

Son argument sonnait juste. À cause des incidents antérieurs, John avait instantanément cru que le pâté avait été à l'origine des troubles. Mais peut-être la cause était-elle autre, un aliment dont il n'avait aucune idée ?

— Vous avez peut-être raison, sir, déclara-t-il d'une voix contrite. Je conviens avoir conclu trop vite que votre pâté était la cause de ce grave malaise, mais j'ai mes raisons.

Et John de lui raconter les deux autres occasions où Mrs Rose avait été malade.

Nathaniel Pegram le fixa, les yeux écarquillés.

— Comment ? Tentez-vous de me dire qu'on a par deux fois essayé d'empoisonner votre tante ?

— Je ne sais, sir, avoua John avec honnêteté. Elle se tracasse beaucoup à ce sujet.

— Je conçois son inquiétude. Mais sérieusement, qui serait capable d'un tel forfait ? Évidemment, je n'y suis pour rien.

Se souvenant de la promesse faite à Elizabeth de ne rien révéler de son passé, John se contenta d'un mensonge.

— Ma foi, je l'ignore.

Le capitaine le fixa d'un regard pénétrant.

— J'ai l'impression que vous me cachez quelque chose, que vous ne me dites pas toute la vérité.

— Oui, il y a *autre chose* mais j'ai promis de ne rien révéler, fit John en hochant la tête.

Nathaniel Pegram se leva à l'arrivée du valet qui apportait une carafe et deux verres sur un plateau.

— Posez cela ici, Ridgway, je verserai le sherry. (Et se retournant vers l'apothicaire, il ajouta :) Cela concerne sans doute le passé d'Elizabeth ?

— En effet.

Le capitaine dit d'un ton rêveur :

— Comme c'est étrange que le passé puisse encore peser sur nous. À mes yeux, les événements d'autrefois sont semblables à une toile d'araignée. Une fois qu'on y a été emprisonné, il n'y a qu'un moyen de se libérer, c'est une coupure nette.

— Je crois qu'elle a essayé.

— N'empêche que cela la tient encore.

— Oui, je le crois.

Le capitaine Pegram, les yeux fixés sur le paysage et l'esprit sans doute distrait par son passé, confia soudain à John :

— Saviez-vous que je fus un soldat qui détestait la guerre ?

— On m'en a parlé.

— Je m'efforcerai par tous les moyens d'empêcher la guerre ou de l'abréger dès son commencement. Je hais ce cruel gaspillage de vies humaines, les destructions, les ravages de la nature, les maladies et les horreurs qu'elle entraîne. (Il tendit le bras en direction de la mer.) Sur ce bras de mer, les courageux marins français et anglais combattent à mort. Et pourtant, combien d'entre nous peuvent se vanter d'avoir dans leurs veines un mélange de sang français et anglais ? Ma grand-mère était française, Mr Rawlings, et il y a beaucoup d'habitants de Winchelsea qui sont issus d'un croisement des deux nationalités. Ce sont des temps difficiles pour des gens comme nous.

L'apothicaire garda le silence, différentes pensées traversant son esprit. Finalement, il dit :

— Et que pensez-vous de la situation actuelle, où la plupart des pays d'Europe sont lancés dans la bataille ? Souhaitez-vous que la guerre s'achève rapidement ?

— Je souhaite que tout conflit s'achève avant même de commencer.

— C'est le vœu de tous ceux qui raisonnent de

manière sensée. (Il se leva et tendit la main à son hôte.) J'espère que vous me pardonnez mes propos de tout à l'heure. Pour rien au monde je n'aurais voulu vous accuser, sir. Seule l'inquiétude que m'inspire ma tante m'a dictée mes paroles.

Le capitaine Pegram sembla s'arracher soudain à un rêve.

— Je vous en prie, Mr Rawlings, je vous comprends. (Tout en serrant la main de John, il ajouta :) Veillez sur elle. Nous avons bien des choses en commun et je ne voudrais surtout pas qu'elle coure le moindre danger.

— Je ferai de mon mieux, comptez sur moi, fit l'apothicaire en s'inclinant pour prendre congé.

Le soleil se faisait encore plus chaud. En quittant Grey Friars, il coupa à travers les vergers de cerisiers pour varier un peu ses plaisirs, mais il prêta peu attention à la beauté de ce premier printemps : trop de pensées se pressaient dans sa tête.

Que le capitaine Pegram ne soit pas un empoisonneur, il n'en était que trop certain. Quiconque aurait eu quelque chose à cacher n'aurait pas réagi avec tant de colère et de façon si convaincante. Mais quel autre message pouvait-on déchiffrer dans ce que Nathaniel lui avait dit ? Y avait-il des habitants de Winchelsea susceptibles de nourrir des sentiments pro-français ? Ou parlait-il de lui-même ? N'avait-il pas essayé de dire d'une façon déguisée qu'il était prêt à contrer les intérêts britanniques pour mettre fin aux combats ?

Puis sa pensée prit un autre cours : que signifiait cette complicité de Mrs Tireman avec les contrebandiers ? Pourquoi parlait-elle à l'un d'entre eux en excellent français ? Que diable Richard Hayman avait-il à voir avec eux ? On ne pouvait tout de même pas les soupçonner tous deux d'être mêlés à ce trafic clandestin. Contrebande ? Espionnage ? L'apothicaire s'arrêta soudain, les yeux fixés sur les arbres, sans les voir. Il y avait deux fils, non trois, dans la trame de cette enquête. Cachés dans cette petite et respectable cité se trouvaient non seulement des flibustiers aux néfastes activités nocturnes, mais aussi un dangereux couple d'espions travaillant pour la France. Troisièmement, l'un de ces personnages, sinon les deux, était un meurtrier sans scrupule.

Il ralentit le pas, décidé enfin à jouir de cette ravissante journée. Et ce fut à ce moment qu'il la vit. Assise, adossée à un cerisier, Henrietta Tireman pleurait amèrement.

John hésita : il voulait lui parler mais craignait de se montrer indiscret. Pourtant, elle avait dû sentir sa présence car elle ôta les mains de ses yeux et le regarda à travers ses larmes.

— Allez-vous-en !

— Pourquoi ? demanda-t-il à juste raison.

— Parce que je n'ai envie de parler à personne.

— Puis-je rester si je promets de garder le silence ?

— Non.

— Ce verger ne vous appartient pas, déclara John qui alla calmement s'asseoir contre l'arbre voisin du sien.

— Laissez-moi tranquille ! gémit Henrietta.

— Je ne vous ai pas touchée.

— Partez ! lança-t-elle et elle se remit à pleurer.

John resta assis tranquillement, mourant d'envie de la prendre dans ses bras mais se forçant à ne pas bouger d'un pouce ; au bout d'un moment, il se mit à siffloter et sentit qu'elle jetait de temps en temps un petit coup d'œil dans sa direction. Il tira nonchalamment une pomme de sa poche et mordit dedans.

— Mr Rawlings, dit-elle d'une voix chevrotante.

— John.

— John, pouvez-vous me prêter votre mouchoir, j'ai oublié d'en prendre un.

— C'est un manque de prévoyance quand on s'en va dans les bois pour pleurer.

Il se leva et franchit la courte distance qui le séparait de la jeune fille ; il s'assit près d'elle et lui essuya les yeux comme si elle était une petite fille.

— Oh ! il ne faut pas être si gentil avec moi !

Elle appuya la tête contre sa poitrine en continuant à pleurer et en se serrant contre lui. Finalement, elle leva vers lui un visage sillonné de larmes et John utilisa le plus vieux remède du monde : il l'embrassa à la fois avec douceur et avec flamme pour lui montrer qu'un homme la trouvait désirable et jolie.

Elle se dégagea.

— Ne vous croyez pas obligé de faire cela juste parce que vous avez pitié de moi.

Il lui prit le menton et en la regardant de ses yeux si bleus il murmura :

— Ma chère petite, sachez que je ne ressens aucune pitié, je suis vivement attiré par vous. Mais, si je peux me hasarder à deviner vos sentiments, vous pleurez encore en pensant avec regret à Sa Seigneurie, le marquis de Rye, souhaitant revenir en arrière et ne jamais avoir laissé votre sœur en sa présence. Ai-je bien deviné ?

Un tout petit sourire vint éclairer timidement son visage.

— Pas tout à fait.

— Vous avez d'autres soucis en tête ?

— Un ou deux.

— Puis-je me vanter d'en être ?

— Peut-être.

— Ne me taquinez pas.

Il l'embrassa avec fougue.

Ils étaient entrés dans la cerisaie séparément, ils en sortirent ensemble, main dans la main, un peu échevelés... et amants. Ce dernier épisode les avait tous deux pris par surprise mais un désir mutuel et une grande dose d'affection spontanée, sinon un amour passionné, les y avaient poussés. Depuis cette brusque intimité qu'aucun des deux n'avait projetée, ils se sentaient encore plus attirés l'un par l'autre.

— Puis-je vous rendre visite demain ? lui glissa-t-il à l'oreille quand ils émergèrent des bosquets.

Elle le regarda de ses yeux limpides.

— Je sais que maman vous a écrit un mot pour vous inviter à dîner. Je crois qu'elle juge qu'il est temps pour moi d'avoir un autre prétendant, aussi se met-elle fiévreusement à la recherche de candidats qui lui agréent.

— Elle a raison, mais ferai-je l'affaire ?

— Oh ! tout à fait ! déclara Henrietta en éclatant de rire.

La tenant à bout de bras, il la regarda avec gravité.

— Vous ne pensez pas que j'ai abusé de vous ?

Henrietta lui lança un clin d'œil, retrouvant son esprit malicieux.

— Figurez-vous que j'allais vous poser la même question.

— Si vous me le demandiez, je répondrais oui, dit John en baissant les yeux comme une vierge timide. Vous êtes une méchante sorcière et j'ai dû succomber.

— Comme moi qui n'ai pu malheureusement résister au marquis.

— « Malheureusement », « marquis », quelle charmante allitération !

Et ils se mirent à rire à gorge déployée ; cet accès d'hilarité dura un bon moment, jusqu'à ce qu'ils partent chacun de leur côté.

John retourna à Petronilla's Platt pour prendre des nouvelles d'Elizabeth Rose et se changer. Il décida d'employer les quelques heures qui lui restaient jusqu'au rendez-vous avec Joe Jago à rendre les visites projetées. La première sur la liste fut Faith Ffloote. En s'observant dans le miroir, il se trouva le regard un peu libertin ; avec l'espoir que le monde entier ne le remarquerait pas, il rangea dans sa trousse médicale différents remèdes contre la migraine et se mit en route vers Paradise House. Comme il l'espérait, Mrs Ffloote était à la maison et il fut introduit auprès d'elle après une courte attente.

Elle posa sur lui un regard morne.

— Oh, Mr Rawlings, que c'est gentil à vous de me rendre visite ! Vous me surprenez juste au paroxysme d'une crise mais comme c'était vous, j'ai accepté de vous recevoir. Sir Ambrose n'est pas là, il avait à régler des affaires à Rye.

L'apothicaire se rappela la théorie du Dr Hayman, à savoir que le squire avait une maîtresse dans la région et comme il était d'humeur légèrement licencieuse, il réprima un sourire.

— Mais c'était vous que je venais voir, madame. Comme promis je vous apporte quelques remèdes contre vos migraines.

— Vous croyez que c'est ce dont je souffre ?

— Je le pense effectivement et comme ces maux de tête reviennent à un rythme récurrent, mon diagnostic me semble valable. Qu'en dit le Dr Hayman ?

— Il estime que ma tension nerveuse pourrait y être pour beaucoup.

— Vous êtes particulièrement tendue ?

— Oh non ! Bien sûr que non ! répliqua Faith avec un rire qui sonnait faux. J'ai tout ce qu'une femme peut désirer : une belle maison, un bon mari, un chien adorable. Le Dr Hayman est très compétent mais il se trompe sur ce point.

— Je comprends.

— Moi je pense que c'est une maladie comme une autre et que ses théories sont trop modernes.

— N'empêche, objecta John, que l'état d'esprit joue un rôle dans la condition physique.

Lady Ffloote, qui était étendue sur une chaise longue, se redressa vivement et montra le premier signe d'énergie que John lui voyait depuis qu'ils avaient fait connaissance.

— Mon état d'esprit est tout à fait bon, je vous l'assure. Comment pourrait-il en être autrement ?

Elle était sur la défensive et d'une certaine agressivité dont s'étonna l'apothicaire. Voulait-elle faire croire que son mariage était paradisiaque ? Ou jouait-elle la comédie pour une raison totalement différente ?

— Puisque vous le dites, madame... répondit John d'un air pincé tout en ouvrant sa trousse.

À ce moment précis, on gratta à la porte. Lady Ffloote se leva d'un bond pour aller ouvrir.

— C'est Pup, déclara-t-elle avec une extrême tendresse.

John vit apparaître un vieux chien tout décrépit qui s'avançait sur des pattes raides d'arthrite et arquées, son ventre et ses parties traînant par terre. Il haletait en marchant et son souffle était malodorant pour ne pas dire plus.

— Puppy, mon petit, viens dire bonjour à maman, fit Mrs Ffloote d'une voix attendrie.

Pup se traîna, jetant à John un regard courroucé de son œil chassieux. Semblant peu disposé à se laisser faire, il se retourna, l'air mauvais, et laissa échapper un sourd grognement.

— Oh ! écoutez-le, c'est sa manière de dire bonjour, n'est-ce pas délicieux ? roucoula la maîtresse des lieux.

— Charmant, répondit en écho l'apothicaire.

— Allons, allons, mon bébé, poursuivit-elle en caressant sa tête plate et reptilienne, je t'ai quitté hier soir. Ta méchante maman t'a délaissé ?

Pensant aux activités nocturnes des contrebandiers, John dressa l'oreille sans rien dire.

— Maintenant Boubou, couché-là aux pieds de maman. Le gentil monsieur a apporté des remèdes pour lui faire du bien.

Pup découvrit les dents et John eut grand-peine à ne pas lui administrer un bon coup de pied.

— Il vous protège jalousement, fit-il remarquer.

— Ah ça oui ! Jamais il ne laisserait faire du mal à sa maman, n'est-ce pas, trésor ?

— En ce cas, il vaudrait peut-être mieux que la consultation ait lieu dans une autre pièce. Je voudrais palper votre tête et votre cou. Il ne faudrait pas qu'il pense que je vous attaque.

Lady Ffloote sembla sur le point de fondre en larmes.

— Mon Bou, il faut que je te quitte. Mr Rawlings, allons dans le salon. Pup est venu ici pour faire son petit somme, je ne peux pas le chasser.

— Assurément, renchérit John qui ramassa sa sacoche et quitta la pièce à la suite de son hôtesse, accompagné par des grondements irrités de l'affreux animal.

L'examen du crâne et des épaules de lady Ffloote, palpations qui lui furent très agréables, démontra à John qu'elle était réellement très tendue. Aussi lui donna-t-il un jus extrait d'une mixture de fleurs, de racines et de feuilles de marguerites qu'elle devrait inhaler et qui soulagerait grandement ses migraines. Il prescrivit également une lotion à base de prunelle écrasée, d'essence de rose et de vinaigre pour se bassiner les tempes. Pour parachever la cure, il lui offrit une potion pour lutter contre la mélancolie : de la poudre de camomille bien connue pour ses effets sur la dépression et les vertiges.

— Vous en prendrez deux petits verres avec du miel ou du vin cuit en vous levant le matin, lady

Ffloote, et je reviendrai d'ici une semaine voir comment vous progressez.

— Ne me quittez pas si vite, Mr Rawlings, j'étais sur le point de prendre un léger souper, uniquement de la soupe et une collation froide. Pourquoi ne pas vous joindre à moi ?

— Il faut vraiment que je retourne voir ma tante.

— Je vous en prie, ne dites pas non, fit-elle en lui posant la main sur le bras.

— Eh bien, je...

— Bravo, je vais de ce pas prévenir le cuisinier.

John se serait bien passé de cette corvée. La table fut dressée dans la salle à manger en son honneur et Pup tourniquait sans cesse sous la table, son museau tout près du genou de l'apothicaire ; ses yeux globuleux avaient une expression suppliante. Chaque fois que John portait la fourchette à sa bouche, il sentait l'animal aux aguets et quand il persistait à ne rien lui donner, Pup émettait un sourd grognement.

À la fin, n'y tenant plus, il lança :

— Il me semble que votre chien est affamé, lady Ffloote.

— Oh mon Dieu, il est là, il mendie ? C'est la faute de sir Ambrose, il le traite comme un enfant et passe son temps à lui passer des morceaux sous la table. Pauvre petit Boubou, j'avoue que cela fait de la peine de lui refuser.

John eut une étrange image mentale : un enfant allongé par terre et attrapant de petits bouts de viande au vol. Il se contenta d'un « Ah ? »

— Ne pouvez-vous attendre le retour de mon époux ? Je sais qu'il serait enchanté de vous voir.

— Non, non, déclara John fermement en posant sa serviette, il faut que je vous quitte, tante Elizabeth risque de s'inquiéter.

— Cela ne me surprend pas. Un beau garçon comme vous. Depuis la réception, on ne parle que de vous en ville. Je suis sûre que Mrs Finch et Mrs Tireman ont déjà jeté leur dévolu sur vous pour leurs filles.

John se rassit.

— C'est extrêmement flatteur pour moi bien qu'évidemment, je n'appartienne pas au même milieu favorisé que le marquis de Rye. Dites-moi, est-il très fortuné ?

— Eh bien il l'est à présent, bien qu'il en ait été autrement dans sa jeunesse.

Faith apparemment adorait les potins et elle se lança avec plaisir dans d'abondantes explications.

» À 18 ans, le marquis était un joueur acharné et un séducteur de la plus belle espèce, l'argent coulait entre ses mains comme de l'eau. Son père qui, je vous l'assure, n'a pas le même tempérament, fut obligé de voler à son secours plus d'une fois pour lui éviter de se ruiner. Je pense qu'il a dû se faire sévèrement admonester. Quoi qu'il en soit, à la suite d'une confrontation finale, il a acheté une conduite ; je pense qu'il a trouvé un emploi car l'argent lui vient de façon régulière. Quand son père est mort, il a dû élever sa jeune demi-sœur et je crois que cela lui a appris à faire face à la réalité. Quand il a fait la connaissance d'Henrietta, la transformation était complète. Il a changé du tout au tout et se montre d'une parfaite rectitude morale depuis lors ; sauf qu'il a abandonné la pauvre petite.

Le nom d'Henrietta rappela à l'apothicaire des souvenirs récents qui le firent rougir.

— Je suis sûre qu'elle a surmonté cette épreuve maintenant, assura-t-il avec conviction.

Lady Ffloote lui jeta un regard pénétrant.

— Je croyais que vous la connaissiez à peine ?

— Je la connais peu c'est exact, c'est une simple impression. (Il se leva, ce qui fit grogner Pup.) Je vous remercie de cette charmante invitation, mais il faut vraiment que je m'en aille.

— Quel dommage ! répondit lady Ffloote.

Jamais John ne lui avait vu des yeux si brillants.

Un quart d'heure plus tard, enfin libéré, il se dirigea d'un pas vif vers Petronilla's Platt pour constater qu'Agnes était rentrée chez elle et que sa tante, qui avait gardé le lit, dormait déjà. Il revêtit un manteau chaud car la soirée était fraîche. Il faisait noir comme dans un four et, heureusement, il avait pensé à emporter une lanterne qui éclairait chichement son chemin. En trébuchant contre des obstacles invisibles, il prit le sentier qui passait derrière Paradise House, souhaitant que la lune et les étoiles apparaissent. Il dépassa la dernière maison, laissant ainsi la civilisation derrière lui, et se dirigea vers les champs ; le sentier devenait de moins en moins praticable. Prenant à droite de Joseph's Tree, un point de repère qu'on lui avait indiqué, il descendit jusqu'au moulin à vent, franchit une barrière, lâchant sa lanterne qui s'éteignit.

À présent il se trouvait dans la contrée sauvage où se dressait la Tour ronde comme on l'appelait, seule en plein champ, et qui ne servait plus à rien. Il se dit que Joe avait dû arriver avant lui car il aperçut une lumière dans la Roundle.

S'apprêtant à lancer un « bonsoir », il courut puis s'arrêta court pressentant un grand péril. Une silhouette se détacha de l'ombre, il entendit un déclic dans le noir, suivi aussitôt par le froid contact d'un pistolet braqué sur sa tempe.

— Un pas de plus, petit bâtard, et tu es mort ! lança une voix rude.

— Qui êtes-vous ? cria John.

Il reçut pour seule réponse un vigoureux coup sur la tête qui lui fit voir trente-six chandelles ; puis il plongea dans les ténèbres.

11

Lorsqu'il revint à lui, il souffrit mille morts. Il fit un effort considérable pour soulever les paupières et dut les refermer presque aussitôt. La tête lui battait sauvagement et sa seule tentative d'ouvrir les yeux lui fit vibrer de douleur le corps tout entier. Il garda une immobilité absolue, tandis que dans son cerveau se pressait un flot d'interrogations : où se trouvait-il ? Quel terrible coup du sort s'était abattu sur lui ?

Il était allongé sur un lit étroit et dur, le crin dont le matelas était rempli pointait par endroits, l'oreiller puait la sueur. L'odeur en était si révoltante que, eût-il eu une once d'énergie, il l'aurait jeté par terre, mais il était trop faible pour faire le moindre geste ; le corps était inerte mais le cerveau se remettait lentement à fonctionner.

La dernière chose dont il se souvenait était le déclic du pistolet dans la nuit, puis le coup suivi d'une chute dans l'inconscience. Cela s'était passé en plein air mais à présent il était dans un endroit clos, sans doute prisonnier de son agresseur. Avec un effort de concentration pour résister à la douleur, il ouvrit à nouveau les yeux.

Il gisait dans une pièce étroite, sous les combles, un rayon de lune pénétrait par une lucarne, c'était la seule lumière dont il disposait. John entrevit une table bancale sur laquelle était posée une chandelle éteinte et, en dessous, un pot de chambre crasseux. Il n'y avait pas d'autres meubles que le lit sur lequel il se trouvait. Tout doucement, avec d'infinies précautions, il mit le pied par terre, non sans chanceler. En se tenant aux murs, il jeta un coup d'œil par la lucarne. Il n'y avait pour tout paysage que les marais sans aucune habitation. Se demandant pour quelle raison on le retenait prisonnier, il s'apprêtait à essayer d'ouvrir la porte quand il entendit des voix et un bruit de pas dans l'escalier de bois. Tant bien que mal, il réussit à se recoucher. Sous la porte, il voyait s'approcher le rai de lumière d'une chandelle et perçut aussi le dialogue de deux hommes parlant à voix basse.

— Je m'en charge à ma façon, disait l'un.

— Au diable vos scrupules, moi je sais fichtrement ce que j'en ferais.

— Boucle-la ! répliqua sèchement le premier.

La porte s'ouvrit. John ferma les yeux, simulant l'inconscience.

— Seigneur Dieu ! poursuivit la première voix sur un tout autre ton, le pauvre diable est blessé, vite, cherche-moi un bandage et de l'eau, il saigne de la tête.

— Oui, mon révérend.

L'homme descendit.

La chandelle fut posée sur la table et John sentit qu'on le soulevait avec douceur et que des doigts effleuraient l'endroit où il avait été frappé. Il gémit d'une façon théâtrale et souleva les paupières.

— Il reprend connaissance, Dieu soit loué ! dit la voix tout près de son oreille.

Clignant des yeux dans la pénombre John entrevit le drap noir d'un vêtement clérical.

— Qui êtes-vous ? murmura-t-il d'une voix évanescente.

— Le révérend Tompkins.

Lorsqu'il bougea et se trouva éclairé par la chandelle, John reconnut avec la plus grande stupéfaction le tout jeune vicaire qu'il avait rencontré dans l'église St Augustin de Brookland.

— J'ai l'impression que nous nous sommes déjà rencontrés. Il y a quelques jours, je visitai votre église.

— Ah vraiment ? (Le vicaire l'examina attentivement.) Oui, oui, je vous reconnais. Vous étiez en route pour Fairfield, n'est-ce pas ?

— Oui, fit John en inclinant péniblement la tête. Mais, mon père, où suis-je donc ? Je me rappelle être allé à Winchelsea. Quelqu'un m'a frappé avec un pistolet, je crois. Et puis je me suis retrouvé gisant sur ce lit.

— Mon cher monsieur, vous n'êtes qu'à un kilomètre environ du lieu de notre première rencontre. Ici c'est l'auberge *Au Ballot de Laine*, à un jet de pierre de l'église de Brookland.

— Mais, au nom du ciel, comment suis-je venu jusqu'ici ?

— Ça, je ne puis vous le dire, répliqua le jeune vicaire. L'aubergiste vous a trouvé étendu par terre dans le marais quand il est sorti avec sa charrette, il y a une heure. Rien n'indique qui vous a déposé là. C'est quelqu'un qui ne vous porte sûrement pas dans son cœur.

— Mais qui diable peut m'en vouloir dans cette partie du monde ? Je séjourne à Winchelsea et n'y connais presque personne.

... À moins, pensa-t-il, que l'éventuel empoisonneur de Mrs Rose me croie plus près de la vérité que je ne le suis.

On frappa à la porte et l'aubergiste entra portant un bol ébréché, un torchon sale et quelques chiffons en loques. L'apothicaire frissonna à cette vue.

— La blessure nécessite-t-elle des points de suture ? s'enquit-il auprès du vicaire qui commençait à éponger le sang.

— Je ne sais pas, je ne suis pas un spécialiste.

— Auriez-vous par hasard un miroir à deux faces ? demanda John à l'aubergiste.

Celui-ci regarda interrogativement le vicaire.

— Peut-être, mais pourquoi ?

— Parce que je verrais moi-même l'aspect de la blessure.

— Et vous vous y connaissez ?

— Bien sûr, je suis apothicaire.

Ils se regardèrent surpris.

— Vous êtes apothicaire ? interrogea le vicaire stupéfait.

— Oui, qu'est-ce que cela a d'étonnant ?

— Vous n'en avez vraiment pas l'air, sir.

— Et vous, vous n'avez pas l'air non plus d'un homme d'Église, répliqua John.

Le vicaire gloussa, amusé, l'œil brillant.

— Bien répondu. Will, va chercher ce qu'il te demande.

Le jeune homme avait apparemment de l'autorité car l'aubergiste obéit sans hésiter.

— Alors vous appartenez à la gent médicale, dit le vicaire en tamponnant la plaie pour la sécher.

— Oui, dit John en tâtant sa poche intérieure, malheureusement je n'ai pas de carte sur moi mais je suis John Rawlings, apothicaire, Shug Lane, Piccadilly, Londres.

— Vous n'avez pas d'autres activités ?

— Mais non, pourquoi ? fit John surpris.

— Parce que celui qui vous a ainsi frappé vous croyait certainement engagé dans un autre genre d'affaires.

— Ce qui signifie ?

Le vicaire s'approcha davantage de lui et le regarda de ses yeux bleus avec gravité.

— Mon ami, ici c'est le pays de la contrebande. C'est un fait que ce genre de « libre-échangistes » s'activent dans le marais comme par le passé et comme ils le feront toujours. Et Winchelsea, avec ses merveilleux vieux celliers parfaits pour garder les marchandises, offre une clientèle providentielle à ceux qui apportent des chargements d'outre-Manche.

Voici comment je comprends ce qui s'est passé : un membre de cette communauté, voyant un étranger arriver en ville, a enquêté et en a conclu que vous étiez un agent de l'*excise* travaillant clandestinement.

Bien que cela lui fît mal, John éclata de rire.

— Rien ne peut être plus éloigné de la vérité.

Le révérend Tompkins plissa les yeux.

— Mais vous n'êtes pas exactement ce que vous prétendez être, n'est-ce pas ? Parce que si vous êtes venu simplement pour visiter les églises et voir votre tante, mon intuition ne vaut pas un pet de lapin.

Ce fut au tour de John de regarder le vicaire d'un air intrigué.

— Je ne me rappelle pas vous avoir parlé de ma tante.

— Quelqu'un d'autre s'en est chargé. Mais revenons-en à notre propos. Pour quelle raison êtes-vous venu dans le marais ?

John fixa son interlocuteur en s'interrogeant sur son compte. Plusieurs réponses se faisaient jour dans son esprit, laquelle l'emporterait ? Finalement, il opta pour l'une d'entre elles et rétorqua en souriant :

— Je suis à la recherche d'un espion, dit-il en baissant la voix.

— Un espion ? s'exclama le vicaire qui en lâcha presque son torchon d'étonnement.

— Deux, à vrai dire. Ne me demandez pas de précisions car je n'ai pas l'intention de vous en dire davantage. Faites-moi confiance quand je vous dis qu'il y a deux agents de la France qui travaillent depuis Winchelsea. Mais si vous aimez votre patrie, vous n'en soufflerez mot à âme qui vive.

L'étonnement fit place à la gravité sur le visage du vicaire.

— Sir, je suis un patriote, cela je puis vous l'assurer. Mais pourrais-je vous poser une seule question ?

— Certes.

— Si ce que vous me dites est vrai, me tromperais-je en pensant que vous travaillez pour le Bureau des Affaires secrètes ?

— Oui, d'une certaine manière, pour l'une de ses branches.

— Et vous n'avez rien à faire avec les Riding Officers [1], les agents de l'*excise* ?

— Absolument rien.

— Le bruit va courir dans le marais qu'on doit vous laisser vaquer en paix à vos affaires.

— Et qui sera à l'origine de ce « bruit », mon révérend ?

— En tant qu'homme d'Église, déclara le vicaire avec l'assurance d'un homme versé dans les intrigues, j'ai des accointances.

— Je n'en doute pas, répliqua l'apothicaire, le sourire aux lèvres.

Une heure plus tard, dans une charrette conduite par un homme, John retourna à Winchelsea, après s'être fait bander le crâne par un médecin qu'on avait obligé à se lever et à venir à l'auberge, ce qui avait suscité ses protestations. Aucun point de suture ne fut nécessaire, mais il appliqua un baume pour prévenir l'infection, ce qui rassura l'apothicaire.

Avant de prendre congé du vicaire, il avait demandé :

— Vous pensez que je pourrai continuer mes recherches sans danger ?

— Oui, les contrebandiers vous laisseront en paix quand ils sauront que vous n'êtes pas un Riding Officer.

— Espérons que la nouvelle se propagera rapidement.

— Soyez-en sûr, avait répondu le révérend Tompkins en souriant.

1. Agents à cheval.

— Quant à votre nom, mon père ? dit John d'un air songeur.

— Oui ?

— Suis-je en droit de penser qu'il est célèbre dans toute la région ?

Le vicaire prit un air vague, son regard se voila.

— Que voulez-vous dire ?

— Je pensais que vous le saviez, c'est un des noms d'emprunt ou peut-être même le vrai nom de Kit Jarvis, un fameux contrebandier, bandit de grand chemin ou quoi que ce soit d'autre, qui avait des activités dans le marais comme un oiseau de nuit en sa jeunesse. Il fut pendu en 1750 pour avoir attaqué la malle-poste de Chester.

— Que le Seigneur daigne lui accorder la paix de l'âme, murmura pieusement le vicaire.

— Amen, amen, mon père, mais avouez que c'est une bizarre coïncidence, non ? Maintenant, il est temps que je m'en aille.

En s'inclinant pour prendre congé, John vacilla, souffrant d'un soudain élancement dans la tête.

— Laissez-moi vous aider.

Et avant qu'il eût eu le temps de protester, le vicaire, avec une vigueur surprenante, l'avait hissé dans la charrette.

— À bientôt ! cria-t-il alors que le véhicule s'éloignait.

— À la prochaine fois, Dick, répondit l'apothicaire qui observa l'expression étonnée qui fit jour sur le visage du vicaire, à laquelle succéda un large sourire.

Puis il disparut du champ de vision de John.

12

John eut la mauvaise surprise de trouver Mrs Tireman encore plus redoutable vue de près. Large d'épaules et de hanches, pieds et mains à l'avenant, elle avait une allure masculine, rendue encore plus étrange par un extraordinaire maquillage. Cet après-midi-là, elle avait opté pour un fard blanc, du rose sur les joues et un rouge éclatant pour les lèvres, tandis que les yeux et les cils avaient été noircis à l'extrême à l'aide d'une substance que l'apothicaire savait être importée de Chine. Sur sa tête, où s'amassaient de faux cheveux bouclés, sans compter une quantité de tuyautés, fanfreluches et autres fleurs, Mrs Tireman avait abondamment versé de la poudre de cyprès pour donner l'impression d'être à la pointe de la mode. Mais, compte tenu de sa haute taille, tous ces frais de toilette contribuaient à lui donner l'allure d'un travesti ou, pour des yeux indulgents, celle d'une épouse de pasteur campagnard qui veut désespérément qu'on la prenne pour une dame du *beau monde**.

Étaient également présentes dans le salon du recteur où John, qui avait dormi toute la matinée, s'était ponctuellement rendu à l'invitation, les deux filles dont la beauté semblait irréelle à côté de l'étrange physique maternel. Il y avait aussi, pour compléter le cercle familial, le marquis de Rye assis dans un fauteuil, les jambes allongées vers le feu, l'air sombre. Le recteur était absent et John songea qu'il cherchait à éviter les rigueurs d'une conversation d'avant dîner. Ayant gratifié Henrietta d'un regard aussi tendre que le permettait la présence maternelle, l'apothicaire laissa errer son regard sur la cadette qui était à l'origine de tant de détresse. L'étonnante arrogance de cette créature n'était que trop apparente. Chacun de ses gestes, chacune de ses mimiques en témoignaient. Elle avait appris depuis longtemps à mouvoir sa tête de manière que ses longs cheveux, d'une glorieuse couleur, relevés au sommet de sa tête, puissent étinceler de mille feux au moindre rayon de lumière ; ses yeux bleu-vert, bordés de cils noirs et touffus, jetaient sur le monde un regard serein, car elle était assurée que tout homme sur terre était asservi à son charme et cette certitude faisait éclore sur ses jolies lèvres un sourire confiant.

Elle sentit le regard de John posé sur elle car elle pouvait deviner les moindres nuances de l'admiration masculine. Elle leva les yeux vers lui. Son sourire s'accentua, son regard s'attarda sur lui et une petite lueur, à lui seul destinée, y brilla. Sachant d'emblée qu'elle lui plaisait, elle en fut enchantée. John se dit que c'était une des plus dangereuses créatures qu'il lui eût été donné de rencontrer.

Un très léger bruit lui fit tourner la tête : il prit conscience qu'Henrietta avait surpris le manège et qu'elle se mordillait la lèvre d'inquiétude. Sachant que Rosalind continuait à lui sourire, il tourna la tête vers sa sœur et lui lança un regard dont on ne pouvait ignorer la signification. Du coin de l'œil, il surprit une moue d'irritation sur le visage de Rosalind mais celle-ci ne s'en tint pas là : elle vint s'asseoir à côté de lui sur le sofa et lui demanda à brûle-pourpoint :

— Où habitez-vous à Londres, Mr Rawlings ?

— J'habite Nassau Street, à Soho, miss Tireman.

Rosalind scruta ses ongles taillés en amande.

— Justin a une demeure à Pall Mall, je compte bien y passer la majeure partie de mon temps quand nous serons mariés, surtout pendant l'hiver. Je trouve la saison froide si lugubre à la campagne...

— Je suis certain que la vie en ville n'en sera que plus brillante si vous êtes là, répliqua-t-il galamment.

Ravie du compliment, elle lui lança une œillade

destinée à le laisser pantois mais qui n'eut pas le succès escompté. Pendant ce temps, le marquis semblait très à son aise, un verre de sherry à la main, en contemplation devant le feu. Avec son physique de beau ténébreux, ses vêtements sombres, et sa silhouette longiligne, il évoquait aux yeux de John un bel insecte élégant, une de ces splendides créatures de la nuit attirées par la clarté d'une flamme.

— Justin, dit-elle en s'adressant à son fiancé d'une voix harmonieuse et douce, quand irons-nous à Londres ? Vous m'aviez promis que ce serait dans très peu de temps.

Le marquis, arraché à sa contemplation, répondit :

— J'ai des affaires qui me réclament ici, ma chère. Cela me prendra une semaine environ, ensuite nous pourrons partir.

— J'avais espéré un peu plus tôt, dit-elle en faisant la moue.

— Allons, allons, Rosie, intervint Mrs Tireman, vous avez beaucoup de chance de pouvoir séjourner dans une si belle maison quand vous êtes à Londres. Vous avez tout lieu d'être satisfaite de votre sort.

Un sourire fugitif passa sur les lèvres du marquis et il changea de sujet de conversation.

— Dites-moi, Mr Rawlings, votre tante a-t-elle reçu la visite d'un certain Mr Jago, prétendant appartenir au Bureau des Affaires secrètes et s'enquérant au sujet d'un Français qui serait venu à Winchelsea il y a six mois ?

— Je n'en ai pas eu connaissance, milord, répondit sans mentir l'apothicaire.

— Eh bien, il est venu me voir et j'ai trouvé cette visite fort impertinente. Je ne comprenais pas bien ce dont il voulait m'entretenir. Je n'ai vu personne répondant à cette description, je vous l'assure. Pourtant il a paru très satisfait que j'aie une mère française.

— Un fait qui nous est commun au marquis et à moi, intervint Mrs Tireman inopinément. Ma mère s'appelait Claude Vallier, native de Normandie.

— Ce qui expliquerait pourquoi vous parlez si bien cette langue ! s'écria John, l'air innocent.

Elle lui jeta un regard noir.

— Comment le savez-vous, je vous prie ?

— Oh ! je vous ai entendue, expliqua John sans plus de précision.

— En tout cas, poursuivit le marquis, il semble que nous devrions tous nous tenir sur nos gardes. Cet individu est là pour fureter, il n'y a aucun doute.

— Mais si on n'a rien à cacher, on n'a rien à craindre, fit Henrietta, une note de défi dans la voix.

— Je n'en suis pas aussi certain, rétorqua son ancien amoureux sans la regarder. Les hommes de ce genre peuvent très bien dénaturer les faits à leur profit.

— Mais y a-t-il vraiment eu un Français ici ? demanda John d'un air naïf.

— Oui, en fait il y en a eu un, répondit Rosalind, il a habité à *La Salutation* durant quelques jours. Puis il est parti et on ne l'a plus revu.

Assassiné dans le marais de Romney, songea John.

— C'est étrange, déclara-t-il à voix haute, puisqu'on était en guerre.

— C'était juste avant le début des hostilités.

Le marquis éclata de rire.

— Ma chère, vous semblez vous rappeler les événements avec grande précision.

— J'ai remarqué ce monsieur parce qu'il était somptueusement vêtu.

Plutôt parce qu'il vous a remarquée et que cela vous a charmée, pensa John avec cynisme.

— Vous devriez chercher ce Jago et lui raconter ce dont vous vous souvenez.

— Ce ne sera pas nécessaire, fit une voix sur le

seuil de la porte, il est venu à l'église ce soir et il passera au presbytère demain.

Toutes les têtes se tournèrent, il y eut un échange de politesses : le révérend Tireman entrait dans son salon.

Quelques mèches folles avaient la couleur sable, du moins le peu de cheveux qui restait sur son crâne chauve, alors que ses sourcils broussailleux étaient roux pâle ; sous ces touffes protubérantes et hirsutes, les yeux du recteur avaient la teinte d'un sirop et son teint était plutôt mat. Cette fois encore, l'extraordinaire beauté de ses filles semblait inexplicable... à moins, se dit John, qu'il faille croire qu'elles tenaient de leur grand-mère française.

— Je ne crois pas avoir eu le plaisir..., dit le maître de maison en s'avançant vers John avec un sourire radieux.

Celui-ci se leva et s'inclina avec courtoisie.

— Je me présente, sir : John Rawlings, apothicaire à Londres.

— Vous êtes apothicaire ? Comme c'est intéressant... Avez-vous fait la connaissance de notre apothicaire local, Gironde ?

— Très brièvement oui, sir.

— Il faudra que vous vous entreteniez avec lui, il sait beaucoup de choses.

Mrs Tireman se leva.

— Si nous passions à table ? Mr Rawlings, je vous confie Henrietta.

— Bien volontiers, répondit John en offrant son bras à la jeune fille.

Il eut peine à se concentrer durant le repas en se sentant si proche de l'aînée des filles Tireman ; chaque fois qu'il la regardait, sa passion prenait le dessus. Et pourtant, il savait qu'il devait faire particulièrement attention à la conversation. La déclaration de Rosalind, à propos du séjour de l'Épouvantail à Winchelsea à la veille de la guerre, rendait encore plus certain le contact qu'il avait pris avec la Grenouille et le Papillon de Nuit ou avec l'un d'entre eux, rencontre qui avait eu pour lui de si irrémédiables conséquences. John avait conscience que l'un des agents secrets, ou peut-être les deux, pouvait fort bien être assis à cette table. Il jeta discrètement un regard circulaire. Mrs Tireman, avec son maquillage outrageux et ses manières exubérantes, semblait trop stupide pour être une espionne, mais elle parlait couramment le français et sa mère était originaire de France. Sa complicité avec les contrebandiers pouvait-elle signifier qu'elle était également acoquinée avec ces sinistres personnages d'outre-Manche ? Le recteur, si effacé, semblait impossible à suspecter ; pourtant l'apothicaire avait appris à se méfier des apparences. Les dames Tireman semblaient remarquablement habillées pour appartenir à la famille d'un simple ecclésiastique de campagne. Avait-il vendu son âme pour pouvoir habiller femme et enfants à la dernière mode ? Était-il victime d'un chantage destiné à cacher la complicité de son épouse et de Dick Jarvis ?

Presque involontairement, il regarda sa voisine et frissonna à l'idée qu'elle aussi pût être compromise. N'était-elle pas allée chez le marquis pour enseigner le français à la jeune sœur de ce dernier ? Sa connaissance de la langue tenait-elle au fait qu'elle avait une grand-mère française ? Ou bien avait-elle eu par le passé une liaison avec un Français, une liaison qui l'aurait conduite à devenir espionne ?

Lentement il tourna la tête dans la direction de Rosalind, qui rayonnait à la lueur des chandelles, telle la déesse de l'aurore. Elle était si parfaite et si consciente de l'être qu'il ne devait pas rester de place dans sa cervelle pour une autre pensée. À son avis, sa vie entière devait tourner autour de ses superbes cheveux, ses yeux admirables, son corps de nymphe et son art de conquérir les hommes. À ce moment précis, sentant le regard de John se poser sur elle, elle y répondit par une expression de parfaite assurance, ses pupilles vertes couleur des profondeurs de l'océan. Mais souvent la beauté masque une vilaine âme, il en était conscient. Avec pareil physique, sans aucun doute avait-elle fait des conquêtes depuis sa puberté. Avait-elle accepté de devenir espionne afin qu'un secret de sa vie passée ne fût dévoilé ? Ou aurait-elle été poussée par la cupidité ?

À ses côtés, le marquis tournait sa tête brune pour entretenir ses voisines, mais son visage aux traits aquilins gardait une expression renfermée. Bien qu'il fût pair du royaume, avait-il trahi sa patrie pour quelque raison ? Il se rappela que lady Ffloote lui avait parlé de ses dettes de jeunesse... Peut-être Justin, à un stade antérieur de sa vie, avait-il espionné pour de l'argent et était-il maintenant contraint de continuer, étant trop compromis.

Il était certain que l'Épouvantail avait été tué dans l'église et traîné ensuite au-dehors pour finalement être pendu à la croix de bois, une tâche qui exigeait de la force. Tournant son attention vers les femmes, John jugea que Mrs Tireman en serait fort capable ; Henrietta et Rosalind, tout en étant très belles, étaient de solides jeunes femmes avec le joli teint de celles qui montent à cheval et aiment la marche. L'Épouvantail, quant à lui, n'était pas de grande stature : ses vêtements en loques en témoignaient. En se donnant de la peine, l'une d'entre elles eût très bien pu mener à bien ce sinistre stratagème pour déguiser son crime.

Faisant semblant d'avoir fait tomber quelque chose, Henrietta se pencha vers lui.

— Quand pouvons-nous nous retrouver ?

— Demain, proposa-t-il en feignant de chercher par terre.

— Au même endroit ?

— Oui, à midi.

— Henrietta, que faites-vous ? demanda Mrs Tireman à l'autre bout de la table.

— J'avais perdu une boucle d'oreille, maman, mais Mr Rawlings l'a retrouvée.

— Je suis sûr que Mr Rawlings est doué pour les découvertes, lança Rosalind.

En réponse à un regard interrogateur de John, elle répliqua par son habituelle œillade langoureuse qu'il ne put déchiffrer.

Comme auparavant, il redoutait de révéler sa complicité avec Joe Jago mais il craignait encore plus de ne pas le rencontrer. Le dîner achevé, ainsi que les moments musicaux qui le suivaient invariablement, il sortit dans le crépuscule et se hâta de gagner *La Salutation* par les sentiers de derrière. Il passa la tête dans l'entrebâillement des portes de diverses salles pour s'assurer de sa présence. Encore une fois la chance lui sourit car il trouva Joe dans l'estaminet, la perruque de guingois, son visage buriné hilare, buvant de l'ale en compagnie des gens du coin, à l'écoute de tous les potins. Ne sachant comment s'y prendre, John alla s'accouder au comptoir et Joe vint l'y rejoindre au bout d'un moment.

— Bonsoir, sir. Je m'en voudrais de vous importuner mais il me semble que c'est vous, hier, qui avez eu la bonté de me guider dans la ville. Enfin, il me semble bien vous reconnaître... Ne venez-vous pas de Londres ?

John se retourna vers lui et vit qu'il clignait de l'œil.

— Mais oui, c'est exact.

— C'est bien ce qu'il me semblait, voyez-vous je

n'oublie jamais un visage. Rectifiez si je me trompe, mais n'avez-vous pas une boutique sur Shug Lane, à Piccadilly ?

— Quelle mémoire extraordinaire ! clama bien fort l'apothicaire. Mon cher sir je vous en félicite, et il serra vigoureusement la main de Joe Jago.

— Pas aussi bonne que ça, rétorqua le greffier dont le large sourire découvrit toutes ses dents ; il se trouve que ma vieille mère habite tout près de votre boutique, chaque fois que je vais la voir je passe devant chez vous. Vous voyez, il n'y a rien d'étonnant à ce que votre visage me soit familier.

Il avait un ton si convaincant que John le regarda par deux fois se demandant si c'était vrai. Il ne lui était jamais venu à l'esprit que Joe pût avoir des parents ou de la famille ; il avait tellement l'air du garçon arrivé à un certain âge et qui ne semble plus vieillir. Pourtant cette extraordinaire personnalité, cet homme qui parlait l'argot aussi couramment que l'anglais, devait bien venir de quelque part.

— Vraiment ? demanda John. Sa question était sincère.

— Mes relations sont éparpillées dans tout Londres, repartit Joe en éclatant de rire. Et maintenant, jeune homme, poursuivit-il l'œil plein de malice, me permettrez-vous de vous offrir une ale ? C'est si agréable de retrouver un compagnon originaire de Londres.

— Bien volontiers ! s'écria John qui trouva place à une table un peu distante des autres et il s'assit sur une banquette à haut dossier.

— À nous deux, fit Joe en posant deux chopes pleines d'ale moussante devant eux. (Il continua à voix basse :) Qu'est-ce qui vous est arrivé ? J'ai attendu à la Roundle très tard, j'ai vu ce drôle de gars qui fait ses signaux lumineux aux Français pour leur dire Dieu sait quoi mais vous n'avez pas paru.

— Évidemment car j'ai été fait prisonnier par des contrebandiers qui m'ont assommé pensant que j'étais un agent de l'*excise*, répondit paisiblement John. Après ils m'ont emmené à Brookland dans le marais de Romney pour être interrogé par leur chef, Dick Jarvis, digne fils de son gredin de père. Il est à peine plus âgé que moi mais a un aplomb incroyable. Il va et vient dans le marais habillé en ecclésiastique. Quel diable de coquin !

Ce disant, il enleva sa perruque et tâta délicatement sa plaie.

— Il vous est sympathique, dit Joe – ce n'était pas une question mais une constatation.

— C'est vrai, il attire la sympathie.

— Même quand il vous tape sur le crâne.

— C'était un de ses subordonnés.

— Sur son ordre.

— Joe, je crois qu'il m'a à la bonne, chuchota John. Je pense qu'il me laissera tranquille désormais. Et maintenant racontez-moi ce que vous avez appris de votre côté.

— Je me suis arrangé pour rencontrer tous les notables de Winchelsea, sauf le recteur et sa famille qui étaient partis pour la journée. La plupart d'entre eux nient avoir rencontré un Français ou ils disent qu'ils ne s'en souviennent plus, à deux exceptions près.

— C'est-à-dire ?

— Mrs Finch et le capitaine Pegram.

— Alors il vous a fallu affronter la redoutable dame ? fit John avec un gloussement amusé.

Joe Jago, homme du peuple, devint rubicond, ses joues prirent la riche teinte du porto rouge. Il se contenta de dire « oui », sans autre commentaire.

John se mit à rire sans pouvoir s'arrêter. Son hilarité un peu calmée, il demanda :

— Corbleu ! Elle vous a joué un tour de sa façon ?

Le greffier de Mr Fielding prit un air très digne, expression qui ne convenait guère à ses traits grossiers.

— J'ai mené mon affaire comme il le fallait, sir.

— Ah ! Ah ! Mais elle, comment s'est-elle comportée ?

— Je l'ai trouvée très aimable.

— Ah ça, je l'aurais parié, répliqua John en s'essuyant les yeux.

Joe déclara d'un air sévère :

— Mrs Finch m'a dit que lors d'une promenade avec ses filles, elle avait été abordée par un monsieur élégant qui parlait anglais avec un fort accent français. Il lui a demandé son chemin et a expliqué qu'il séjournait dans l'auberge où nous sommes ; ensuite, il a voulu savoir où résidait le marquis de Rye.

John reprit son sérieux et se pencha vers son interlocuteur.

— Dites-moi, voilà qui est fort intéressant.

— C'est ce que je me suis dit aussi. Pourtant le marquis a affirmé qu'il n'avait pas reçu cet homme, il l'a dit et répété sur un ton définitif. Il est à demi français, vous savez.

— Oui, je le sais, il en est de même de Mrs Tireman, et le capitaine a une grand-mère française.

— C'est un drôle d'oiseau.

— Le capitaine ?

— Oui. Saviez-vous que son père commandait le bateau de la douane basé à Rye et qu'il fut blessé par cette canaille qui a engendré votre ami Dick Jarvis ?

— Je l'ignorais complètement.

— Il semble qu'à cette époque le nom de famille était Pigram[1], mais plus tard ils ont préféré le changer en Pegram, ça faisait mieux. En tout cas, le capitaine Pigram père n'osait pas sortir du port de Rye sans la

1. Cochon-bélier.

protection d'un navire de guerre. Trois sloops[1] de Calais étaient toujours aux aguets et lui auraient tiré dessus s'il n'avait bénéficié de cette protection. Mais cet ignoble Kit et sa bande ont eu l'incroyable audace de se lancer à l'assaut du bateau. Naturellement, il y eut combat et plusieurs membres de l'équipage furent blessés ; ils ont déculotté l'un d'eux, lui ont ôté sa perruque et l'ont forcé à danser sur le pont. Vous imaginez, ses couilles sautant à chacun de ses trémoussements et sa verge s'agitant au vent de l'océan...

— Le capitaine vous a raconté ça ? demanda John abasourdi.

Ce fut au tour de Joe de s'esclaffer.

— Non, c'est ma grossière imagination. L'actuel capitaine Pegram m'a seulement dit qu'il détestait au plus haut point cette engeance de contrebandiers et pour rien au monde, il ne voudrait frayer avec eux. Mais beaucoup d'habitants de Winchelsea ne partagent pas son point de vue, et ce quel que soit leur milieu.

— Et au sujet de l'Épouvantail ?

— Il a reconnu qu'un Français était venu le voir, un monsieur très élégant. Il a présenté d'abondantes excuses en disant qu'il s'était trompé d'adresse, qu'il était à la recherche de quelqu'un d'autre et qu'il allait reprendre sa route.

— Il n'a pas indiqué de qui il s'agissait ?

— Hélas non !

— Malédiction ! Rien d'autre à signaler ?

— Je pense que le galant capitaine est un admirateur des femmes nues, dit Joe d'un ton réticent.

— N'est-ce pas notre tendance à tous ?

— Vous me semblez d'humeur facétieuse, mon

1. Petit navire à mât vertical gréé en cotre.

jeune ami. Je ne sais pas ce que Mr Fielding en penserait.

L'apothicaire adopta une expression de gravité.

— Pardonnez-moi mais, même si le capitaine Pegram a un penchant libertin, en quoi cela a-t-il un quelconque rapport avec le meurtre de l'Épouvantail ?

Le regard bleu de Joe prit des reflets d'acier.

— Vous me surprenez, Mr Rawlings. Je pensais que vous aviez appris que chaque élément est à prendre au sérieux dans une affaire de meurtre. Peut-être le capitaine a-t-il un secret et est-il prêt à éliminer quiconque le dévoilerait.

L'apothicaire baissa les yeux, penaud.

— Vous avez raison. Dites-moi ce que vous savez de plus.

— Eh bien, je suis resté seul un moment dans son bureau et j'ai remarqué, à peine caché dans le tiroir de son écritoire, un portrait au crayon d'une très belle fille, complètement nue et l'air très polisson. Je me suis dit que c'était bizarre pour un homme de sa position de posséder pareille chose.

— Pourquoi donc ? C'est un être humain comme nous qui peut avoir ses faiblesses.

— Oui, oui, bien sûr, mais il y avait quelque chose de provocant dans la pose de cette créature. Je me suis dit, comme ça, que ce devait être le portrait de sa maîtresse.

— Je ne vois toujours pas...

Joe Jago sortit son atout.

— Je pense, Mr Rawlings, qu'il s'agit de l'une ou l'autre des filles Tireman.

John en reçut un coup au cœur, imaginant ensemble Henrietta et le capitaine.

— Qu'est-ce qui vous fait dire ça ? Vous avez déjà vu les filles du recteur ?

— Juste un simple coup d'œil, à leur retour d'excursion.

— Seigneur ! balbutia l'apothicaire effondré.

— De toute façon, j'en saurai plus quand je passerai les voir demain. En attendant, Mr Rawlings, rien n'est prouvé.

— Non, rien, déclara John, essayant de reprendre courage.

— Quant aux autres personnes, poursuivit Joe avec entrain, sir Ambrose m'a regardé comme si j'étais fou et a affirmé qu'il ne connaissait absolument pas ce maudit étranger ; son épouse a fait la malade pour ne pas avoir à me parler. L'apothicaire Gironde et son épouse se sont énervés et ont juré aux grands dieux qu'ils haïssaient tous les Français, lui étant huguenot. Le docteur a expliqué qu'il avait tant de patients qu'il était bien incapable de se rappeler ce qu'il avait fait d'une semaine sur l'autre, *a fortiori* quand il s'agissait de faits remontant à six mois.

— À votre avis, ils disaient la vérité ?

— Certains d'entre eux, oui.

— Pensez-vous que nos espions appartiennent à la bonne société de Winchelsea ?

— À coup sûr. Il n'y a que ces gens-là qui aient le temps et également une connaissance suffisante de la France et des Français. Je suis sûr que des gens du peuple peuvent servir d'agents secrets, mais sans doute pas dans une communauté rurale. De toute façon, comme je vous l'ai dit tout à l'heure, quelqu'un continue à envoyer des signaux. Ce soir nous devons tous les deux veiller et noter les suites de chiffres.

— Dois-je vous retrouver quelque part ?

— Non, les gens d'ici nous ont vus ensemble et ils ne sont pas aussi sots qu'on pourrait le croire. Ignorons-nous aussi longtemps que possible.

— Alors quand pourrons-nous nous revoir ?

— Venez chaque soir à *La Salutation* dans l'estaminet et s'il y a du grabuge, j'enverrai un mot chez Mrs Harcross ; ou plutôt devrais-je dire Mrs Rose.

— Bon, dit John en se levant. (Il ajouta à haute voix :) J'ai été enchanté de faire votre connaissance. On a raison de dire que le monde est petit. Je séjourne chez ma tante Mrs Rose de Petronilla's Platt. Si le cœur vous en dit, passez donc chez elle.

Joe se leva à son tour.

— Je suis très occupé, sir, mais si j'ai un moment libre, j'irai vous voir. Je vais prendre congé maintenant.

Ils se saluèrent selon les règles de la civilité.

L'apothicaire quitta la chaude atmosphère de *La Salutation* pour affronter le froid mordant de cette nuit du mois de mars.

Le froid était encore plus vif au bord de la mer : un vent furieux fouettait les vagues qui auraient gelé vif l'imprudent qui s'y serait aventuré. John se tenait debout à côté de la jument pommelée qu'il était allé rechercher sitôt sorti de l'auberge. Il frissonnait et espérait qu'il ne perdait pas son temps et que les signaux lumineux allaient reprendre ; pourvu, pensait-il, que je puisse les noter sans en être empêché par la présence des contrebandiers. Cette nuit-là présentait les conditions requises pour leur genre d'activités : des nuages noirs comme de l'encre obscurcissaient la clarté de la lune, ce qui leur permettrait d'échapper aux yeux des Riding Officers.

Lorsqu'au XVe siècle la mer s'était retirée de l'ancien Cinque Port de Winchelsea et que le port s'était trouvé à sec, la ville était devenue cet extraordinaire objet de curiosité : un port éloigné de la mer.

À cet instant, transi de la tête aux pieds, il décida de ne pas attendre longtemps par une nuit pareille, le regard perdu au loin dans le noir, sur ce terrain désert, connu sous le nom de Pett Level.

Pendant cette longue veille, son cerveau demeurait actif et il sourit en pensant à l'audace étonnante de Dick Jarvis et à la façon pas très convaincante dont il tentait de se faire passer pour un jeune vicaire. Puis il fronça les sourcils à la pensée que le capitaine Pegram pût posséder un dessin d'Henrietta dans le costume d'Ève. Qu'est-ce que cela pouvait bien signifier ? Car la vérité oblige à dire qu'en dépit de ses sentiments éventuels pour Coralie Clive, il était épris de cette jeune personne à qui il avait fait l'amour dans la cerisaie, et la pensée qu'elle appartînt à un autre lui était odieuse.

Le cours de sa songerie se fixa sur la sombre personne, assez sinistre, du marquis de Rye. Pourquoi donc l'Épouvantail avait-il demandé à Mrs Finch où habitait ce personnage ? Était-ce le marquis que le Français voulait voir quand il était arrivé par erreur aux Grey Friars ? Plongé dans ces interrogations, il ne remarqua pas tout de suite que, tout près de lui, à une centaine de mètres, une source de lumière commençait à braquer son rayon en direction de la mer.

Il se hâta de prendre dans sa poche papier et crayon et se concentra. Il nota : 2918 386 841, lança par deux fois le signal lumineux puis, après une pause, neuf autres fois. Cela ne lui disait rien mais il inscrivit laborieusement les nombres. Finalement, comme il n'y avait pas de réponse de l'autre côté, la série de chiffres fut répétée. Soudain, d'un vaisseau proche du rivage vint un signal : 2245 1615 2697. Puis l'obscurité retomba brusquement.

Dans les ténèbres glacées, l'apothicaire frémit en entendant le trot d'un cheval qui approchait. Ce bruit masquait quelque chose d'autre qu'il ne pouvait identifier, une sorte de grattement sinistre, comme si quelque créature se traînait péniblement sur le sable. Inexplicablement nerveux, John continua de dresser l'oreille dans l'obscurité jusqu'à ce qu'il ne perçût plus aucun bruit. Alors, soulagé, il reprit le chemin de l'auberge.

13

Ce fut avec une grande curiosité teintée de jalousie que John Rawlings s'arrêta devant la boutique de l'apothicaire Gironde, en admiration devant tout ce que la vitrine offrait au regard. D'ailleurs il n'y avait pas une vitrine mais *deux*, en saillie, dont l'une présentait une étonnante diversité de flacons exotiques et de bocaux tous remplis d'un liquide bleu vif. La seconde contenait des parfums dans des fioles de porcelaine, dont certaines étaient peintes à la main. Près des parfums, il y avait des cosmétiques dans des pots dont l'étiquette portait l'indication du pays d'origine ; par exemple on lisait « Carmin des Indes » sur un pot contenant un baume rouge pour les lèvres. Mais la place d'honneur avait été donnée à un dentifrice ainsi décrit : « Fabriqué ici même, à base d'un mélange de corail, de bol d'Arménie, de poudre à priser du Portugal et de La Havane, de cendres de bon tabac et de gomme de myrrhe. Tous ces ingrédients pulvérisés, combinés et tamisés par deux fois. En frotter les dents du bout des doigts. »

Très impressionné, John franchit la porte, située entre les vitrines, accompagné d'un tintement de clochette. À ce son, Nan Gironde bondit de derrière le comptoir.

— Ah bonjour, vous êtes bien Mr Rawlings ?

— Oui madame, fit-il avec un profond salut, nous avons été présentés lors de la soirée l'autre jour. Je séjourne chez ma tante, Mrs Rose.

De ses yeux au regard vif comme celui d'un aigle, elle le regarda avec intérêt.

— N'a-t-elle pas dit que vous étiez apothicaire, sir ?

— En effet. Permettez-moi de vous donner ma carte.

Mrs Gironde l'examina et déclara :

— Oh ! Shug Lane, c'est un beau quartier !

— J'en déduis que vous connaissez bien Londres, madame ?

— Oh oui, très bien. J'y ai vécu avant mon mariage. En fait je suis née et ai été élevée en ville.

Elle ajouta, non sans mélancolie, que l'animation et la bousculade citadines lui manquaient. Son visage s'éclaira à nouveau.

— Mais nous avons une affaire prospère à Winchelsea, certains clients viennent même de Hastings et d'encore bien plus loin. Il faut dire que nous avons la réputation de fabriquer les meilleurs cosmétiques et les plus subtils parfums à des lieues à la ronde.

— Ah, vraiment ? demanda John, réellement intéressé par ces propos. Je me plais à combiner des senteurs bien que cela fasse froncer les sourcils aux autres apothicaires qui jugent que j'outrepasse mes compétences.

— C'est sûr que les *attitudes** divergent, expliqua Mrs Gironde qui gagna l'estime de John. C'est en partie pour cette raison que Marcel me laisse le soin de préparer parfums et cosmétiques, sous sa supervision bien entendu.

Pensant à Nicholas Dawkins et à sa *Violette des Neiges*, John sourit.

— Votre époux fait preuve d'un grande sagesse.

— Il me semble qu'on parle de moi, dit une voix.

Marcel Gironde parut sur le pas d'une étroite porte qui donnait dans son laboratoire.

— Mon cher sir, déclara John en s'inclinant profondément, permettez-moi de vous dire que j'admire sincèrement votre boutique et tous les trésors qu'elle recèle.

— Vous êtes trop indulgent, je vais vous en faire faire le tour si vous avez un moment devant vous.

John consulta sa montre et vit qu'il était 10 heures.

— Avec joie, sir, je n'ai rendez-vous qu'à midi.

— Alors faites-moi le plaisir de me suivre.

Ils longèrent les étagères en regardant les flacons et en discutant des ingrédients et gagnèrent ensuite l'arrière-salle où John passa des moments délicieux à contempler les simples, à vanter leurs mérites ou à noter leurs défauts. Il était si profondément absorbé dans cette conversation passionnante avec un collègue aussi enthousiaste que lui, qu'il en oublia son objectif principal qui était de rassembler des informations. Il ne se souvint de sa tâche qu'au moment où Nan annonça que c'était à son tour de montrer les parfums à leur visiteur.

Il se tourna vers Marcel.

— On m'a dit que vous descendiez de Huguenots, sir.

— En effet, mes quatre grands-parents s'enfuirent à Londres en 1687 après la révocation de l'Édit de Nantes. Mes parents étaient enfants à l'époque, mais appartenant au même milieu, ils furent présentés, se marièrent et fondèrent une famille. On me mit en apprentissage chez un apothicaire en ville, également d'origine huguenote et c'est ainsi que je fis la connaissance de ma future femme, qui était sa nièce.

— Et comment en êtes-vous venu à vivre à Winchelsea ?

Nan intervint :

— Ma mère était partie pour Hastings pensant que l'air de la mer serait meilleur pour ses poumons. Nous suivîmes peu après. Comme je vous l'ai dit, ce fut difficile de s'arracher à la vie londonienne mais il me semble que nous en avons tiré le meilleur parti.

— Très certainement.

Le visage au profil aigu de Nan s'anima.

— Comme c'est agréable de parler avec quelqu'un qui partage vos goûts ! Venez donc voir mon coin personnel, Mr Rawlings.

L'aménagement de cette partie de la boutique était très habile. Un comptoir occupait toute la longueur, partagé en son centre par une cloison en bois. D'un côté c'était le domaine de Marcel, où les étagères ne supportaient que des potions et des pilules ; de l'autre, étagères et tiroirs regorgeaient de parfums variés, de crèmes colorantes pour le teint, rouges pour les lèvres et les joues, noires pour les paupières et les sourcils. On y voyait aussi des éponges et des savons, sans parler d'extraordinaires mixtures pour nettoyer les dents. Fasciné, John lorgnait tous ces produits quand son regard fut attiré par un flacon dont l'étiquette portait les mots : « Élixir de Jouvence, potion pour dames plus mûres ».

— Bonté divine ! De quoi est-ce composé ?

Nan parut embarrassée mais Marcel expliqua en riant :

— Du nombril de Vénus tout à fait inoffensif et de quelques placebos agréables au goût.

— Je vois... En vendez-vous beaucoup ?

— Nous avons une ou deux clientes en dehors de Winchelsea. Je ne pense pas que les dames d'ici se préoccupent du vieillissement.

— Ne croyez pas cela, fit Nan avec un sourire qui en disait long.

— Très peu...

— Mais est-ce efficace ?

— Allons, Mr Rawlings ! s'écria Marcel en riant, vous le savez aussi bien que moi : pour que cela agisse, il suffit d'y croire.

— En tout cas, intervint Nan, voulant mettre son grain de sel et dont les yeux vifs ressemblaient de plus en plus à ceux d'un oiseau, je leur vends un baume en plus qui a mission de gommer les rides, du moins pour un temps...

John sourit ; quoique n'appréciant pas en tout les procédés des Gironde, il était forcé de constater qu'il y avait beaucoup de vrai dans leurs dires.

— Du moment que ces dames sont heureuses...

— C'est exactement notre point de vue, déclara Mrs Gironde en s'efforçant de prendre un air naïf. À propos de ces dames, je jurerais que votre tante me rappelle un vieux souvenir. Avant de quitter Londres, j'allais souvent au théâtre. Ma famille également. Mon grand-père notamment ne manquait pas une première chaque fois que l'on donnait une nouvelle pièce.

— Ah oui ? fit l'apothicaire qui sentit son cœur se serrer.

— Et il était très admiratif de la fameuse Mrs Egleton, celle qui créa le rôle de Lucy Lockit, au point que même dans sa vieillesse, il garda un portrait d'elle dans sa chambre à coucher. Depuis mon enfance j'ai vu ce portrait, Mr Rawlings, et quand j'ai fait la connaissance de Mrs Rose, j'ai cru revoir en chair et en os la dame du portrait.

Il valait mieux dire la vérité, John en était convaincu.

— Vous deviez être une enfant étonnante, douée d'un remarquable esprit d'observation, déclara-t-il avec un sourire sans gaieté ; tante Elizabeth est en effet l'actrice dont vous me parlez.

— Que c'est étrange ! s'écria-t-elle en se tournant vers son époux. Imaginez-vous que nous vivons dans la même ville que la plus fameuse actrice de tous les temps ? (Son regard se fit plus perçant.) N'avait-elle pas épousé ce Jasper Harcross qui fut tué sur scène pendant la représentation de *L'Opéra des Gueux* ?

— Oui, la pauvre créature, la perte de son époux lui fut très dure à supporter. C'est la raison pour laquelle elle est venue se réfugier ici dans la solitude. Elle sent qu'ici, à Winchelsea, dans cette calme retraite, elle peut échapper à ses tristes souvenirs. Aussi, madame, vous serais-je infiniment reconnaissant si vous gardiez pour vous ce que je viens de vous dire. Ma tante ne pourrait supporter l'idée qu'on puisse être au courant de son chagrin.

Ce disant il lui lança un regard pénétrant et crut voir dans ses yeux l'expression fugitive d'un sentiment de culpabilité lui fit supposer qu'elle en avait déjà propagé le bruit. Elle se répandit en platitudes.

— Ne craignez rien, son secret sera bien gardé, je suis muette comme une tombe.

— J'en suis certain, dit John alors que diverses pensées se pressaient dans sa tête.

Elizabeth ne se trompait pas quand elle croyait que son passé l'avait rattrapée. Quelque dame dans ce Winchelsea endormi avait-elle été éprise autrefois du beau Jasper ou associée à la cause de sa mort ? Cela semblait pourtant si improbable que l'apothicaire en abandonna l'idée puis il se rappela que Nan avait vécu à Londres et que ce pouvait bien être le cas pour une autre personne.

Marcel Gironde l'arracha à ses réflexions.

— Puis-je vous préparer du thé, Mr Rawlings ?

John regarda sa montre et constata qu'il avait encore quarante-cinq minutes devant lui avant son rendez-vous avec Henrietta, dans la cerisaie.

— J'en prendrais une tasse avec plaisir.

Ils se rendirent dans le laboratoire où Nan s'affairait autour d'une bouilloire et d'une théière en porcelaine de Worcester.

— Dites-moi, demanda John en s'asseyant, auriez-vous dernièrement reçu la visite d'un individu du nom de Joe Jago qui se dit appartenir au Bureau des Affaires secrètes ? Il semble interroger les gens sur un certain Français venu à Winchelsea juste avant le début de la guerre. Ma tante a été déconcertée par ses questions.

Marcel Gironde roula des yeux avec une mimique typiquement française.

— Ne m'en parlez pas, c'était effrayant. Cet homme semblait obsédé par cette idée qu'en raison de mon ascendance je ne pouvais que faire cause commune avec nos ennemis. Je tentai de lui dire que j'étais né ici mais cela n'a pas eu l'air de le convaincre.

— Il m'a rendue si furieuse, dit Mrs Gironde en apportant les tasses, que je me suis abstenue de lui révéler qu'il y avait ici un homme qui répondait parfaitement à la description qu'il nous en a faite.

— *Ici* ? s'exclama John stupéfait.

— Oh oui, répondit Marcel, il est venu à la boutique et m'a parlé en français, langue que je parle couramment parce qu'à la maison mes parents le parlaient.

— Que vous a-t-il dit ?

— Rien d'intéressant. En fait il m'a surtout entretenu de parfums.

— De parfums ? répéta John.

— Oui, il voulait acheter un flacon pour une amie et il désirait un conseil.

— Et que lui avez-vous vendu ?

— Un parfum que je prépare moi-même et que j'ai appelé *Soir d'Arabie*.

— Et alors ?

— Il m'a remerciée, a réglé la facture et est parti. Nous ne l'avons jamais revu, n'est-ce pas Nan ?

Il y eut une fraction de seconde avant qu'elle ne réponde :

— Jamais.

— Puis-je sentir le parfum qu'il vous a acheté ?

Marcel le fixa d'un œil intrigué.

— Cela semble vous intéresser beaucoup ?

— Eh bien oui pour vous parler franchement. Ma tante m'a mis en tête que c'était un espion français, ce que je trouve tout à fait fascinant. Jago vous a-t-il parlé en ce sens ?

— Oui, c'est pourquoi je reste coi. Je n'ai aucune envie de me trouver impliqué dans les histoires des Affaires secrètes. Enfin, voilà le parfum en question.

Il déboucha un flacon décoré et le tendit à John qui le huma. Comme il s'y attendait, c'était l'odeur qu'il avait sentie dans le cimetière, la nuit où le couple invisible s'était si âprement querellé. La femme qui avait administré le cuisant soufflet était-elle connue de l'Épouvantail ou était-ce une simple coïncidence ? Comme il se creusait la tête, en quête d'une réponse, il fut interrompu par une voix caressante venant du seuil de la boutique :

— Mon Dieu, ne serait-ce pas Mr Rawlings ? Mon cher monsieur, j'étais à votre recherche pour vous inviter à dîner avec moi et mes filles. J'ai tant à vous conter ! (Elle agita l'index d'un air badin.) Il se passe de curieuses choses à Winchelsea par les temps qui courent.

— Ah ? Que se passe-t-il ?

— Il y a un homme, d'ailleurs tout à fait charmant, qui est envoyé par le Bureau des Affaires secrètes. Il a pris du sherry avec moi hier et j'ai pu le seconder dans ses recherches.

— Vraiment ?

— Oui. (Mrs Finch haussa la voix pour que les Gironde puissent l'entendre.) Il cherche un Français mystérieux qui est venu à Winchelsea voici huit mois et savez-vous que lorsque je me promenais avec mes filles, un homme dont l'aspect correspond m'a demandé son chemin. Avouez que c'est étonnant !

Entre toutes les personnes qu'il aurait pu interroger, il est tombé sur moi !

Et elle rit d'un air espiègle.

— C'est amusant, dit Nan.

Se tournant vers John, Mrs Finch ajouta :

— Alors, Mr Rawlings, quand me ferez-vous l'honneur de venir en mon humble demeure ? Demain vous conviendrait-il ?

— Hélas non ! Je suis invité par sir Ambrose et lady Ffloote.

— Alors après-demain ? Je vous en prie, dites oui !

Elle glissa sans façon son bras sous le sien. John se dégagea poliment mais fermement.

— Il me faudra d'abord consulter ma tante, elle a mis sur pied toutes sortes de divertissements pour moi.

— C'est *vrai* ? J'ai toujours pensé que Mrs Rose aimait tant le calme...

Nan Gironde laissa échapper un petit ricanement qui lui attira un regard réprobateur de la part de son époux.

— Comme je le disais, poursuivit Mrs Finch, vous serez accueilli à bras ouverts le jour de votre choix.

— Quelle charmante hospitalité, déclara John en s'inclinant, je vous enverrai un mot dès que j'en aurai parlé avec tante Elizabeth.

On entendit la voix suave de Mrs Gironde demander :

— Molly, vous venez pour votre achat habituel ?

Mrs Finch, prise au dépourvu, toussota.

— Oui, oui.

Nan disparut derrière le comptoir et réapparut tenant un flacon enveloppé dans de l'étoffe.

— Voilà.

Molly Finch, toute rose, le lui arracha presque des

mains et John devina qu'il devait s'agir du fameux élixir de Jouvence.

— Mettez-le sur mon compte, dit Mrs Finch avec hauteur.

— Entendu.

— Eh bien, je vous dis au revoir à tous.

Elle sortit visiblement irritée que l'apothicaire eût assisté à l'achat. Il la laissa partir devant, attendant quelques instants avant de faire ses adieux avec force courbettes et remerciements. Puis il se hâta à grands pas vers Friars Walk pour ne pas arriver en retard à son rendez-vous avec Henrietta.

Ils se jetèrent dans les bras l'un de l'autre et s'embrassèrent avec transport. Pourtant, pendant qu'il lui faisait l'amour – ou du moins juste après – l'image d'Henrietta posant nue pour le capitaine Pegram se mit à le hanter. Il était profondément amoureux d'elle et prêt à souffrir d'une manière aiguë si elle le trompait.

Décidé à faire preuve de maturité et à ne pas dire un mot de ses tourments, il tomba dans le piège quand Henrietta déclara :

— J'espère bien que le capitaine ne va pas avoir l'idée de se promener dans son verger aujourd'hui.

— Pourquoi donc ? demanda-t-il, immédiatement sur la défensive.

— Je pensais n'avoir pas besoin de vous l'expliquer, nous sommes à demi dévêtus.

John insista stupidement :

— Mais pourquoi lui, pourquoi le capitaine Pegram ?

— Parce que ce verger est sur ses terres et qu'il a plus de chance qu'un autre de s'y promener, fit-elle avec une certaine acrimonie.

— Et cela vous perturberait ?

Miss Tireman s'écarta de lui.

— Assurément, si j'étais surprise *in flagrante delicto*[1] ma réputation serait définitivement compromise.

— Pour cette raison seulement ?

Henrietta se leva et réajusta son corset.

— Mais enfin John, vous ne comprenez pas ? Ce ne serait pas une raison suffisante ?

L'apothicaire remonta sa culotte.

— Voici ce que j'essaie de vous dire : serait-ce particulièrement gênant si c'était le capitaine Pegram qui nous surprenait ?

Elle lui lança un regard glacé.

— Non, pourquoi me posez-vous cette question ? Que sous-entendez-vous ?

Comprenant qu'il était allé trop loin, John tenta de rétablir la situation.

— Ne faites pas attention, je suis en train de devenir un amant jaloux. Mettez cela sur le compte de la jeunesse, oubliez ma sottise.

— Quel *âge* avez-vous ?

— Je vais sur mes 26 ans.

— Alors vous devriez être plus raisonnable, vous avez trois ans de plus que moi et vous vous conduisez comme un écolier.

Elle serra si fort les lacets de son corset qu'elle en hoqueta de douleur. L'apothicaire, lui, fit son sourire en coin.

— Je vous présente mes excuses, je vous ai en haute estime, croyez-le bien.

— Est-ce bien vrai ? s'enquit Henrietta en desserrant quelque peu les lacets.

— Mais oui, je ne sais comment je me suis figuré que, dans le passé, vous ne fûtes pas indifférente au capitaine.

---

1. Formule latine qui signifie « en flagrant délit ».

— Quelle idée ! s'écria miss Tireman d'un air dédaigneux, il est si *vieux** !

Sans réfléchir John s'écria :

— Mais le marquis aussi !

Elle tira si vigoureusement sur les lacets que John en eut le souffle coupé pour elle ; le jupon à panier et la robe furent passés à une vitesse défiant toute concurrence. Henrietta, sans prendre le temps d'enfiler ses chaussures, les ramassa et, la tête haute, sans jeter un regard en arrière, traversa le verger en courant, laissant John à moitié déshabillé, bouche bée, l'œil morne, une fois de plus déconcerté par les brusques changements d'humeur de la gent féminine.

Il revint à Winchelsea, tête basse, à pas lents, tout triste d'avoir mécontenté une jeune fille qui commençait à beaucoup compter pour lui. Il ne pensait plus à Coralie Clive tant son cœur était plein des délicieux émois suscités par les épisodes passionnés dans le verger. Pourtant il savait que le temps passé à penser à Henrietta l'empêchait de chercher à découvrir l'identité du Papillon de Nuit et de la Grenouille. Il en fut accablé de remords et ce fut la mine longue et le cœur lourd qu'il fit son entrée à Petronilla's Platt, pour trouver une Elizabeth Rose bien remise de sa récente épreuve et qui faisait cuire un plat dans la cuisine.

— Je ne vous avais jamais imaginée une casserole à la main, déclara-t-il impulsivement.

Il craignit d'avoir à nouveau blessé une créature du sexe opposé.

— J'avoue que cela ne m'arrive pas souvent mais aujourd'hui, j'avais envie de préparer des aliments sains que l'on pourrait déguster sans crainte d'être empoisonné. (D'un air grave, elle ajouta :) Avez-vous progressé dans vos recherches de la personne qui m'en veut ?

— Non, pas vraiment, bien que je sois sûr qu'il ne s'agit pas du capitaine Pegram.

Elizabeth se rebiffa.

— Voyons, c'est impensable, quelle idée ! Nathaniel est un gentleman tout à fait honorable !

— Je sais, je sais, dit-il d'un ton conciliant, mais j'ai fait une découverte : il existe au moins une personne à Winchelsea qui est au courant de votre véritable identité.

— Mon Dieu, qui est-ce ?

— Nan Gironde.

— J'aurais dû m'en douter, fit-elle avec amertume en s'asseyant à la table de la cuisine.

— Pourquoi dites-vous cela ?

— Parce que, comme je vous l'ai déjà dit, c'est une insupportable commère.

— En tout cas, dit John en hochant la tête, c'est fortuitement qu'elle a fait cette découverte. Son grand-père était un de vos admirateurs passionnés et il gardait un portrait de vous dans sa chambre à coucher. Quand elle vous a vue, elle a fait le rapprochement.

— Quoi qu'il en soit, déclara Elizabeth avec résignation, maintenant qu'elle le sait, toute la ville le saura.

— Ce n'est pas encore chose faite et je puis peut-être empêcher que le bruit ne s'en répande.

Il la mit au courant des événements récents. Elle n'eut pas l'air convaincu mais eut la bonne grâce de changer de conversation.

— Et Joe Jago, comment va-t-il ? Vous m'avez dit qu'il est en ville mais je ne l'ai pas encore aperçu. Et l'espion ? En existe-t-il un à Winchelsea ?

— Non, pas un mais deux gredins.

— *Deux* ? Comment le savez-vous ?

— Je ne peux pas vous le révéler mais faites-moi confiance.

— Qui sont-ils ?

— Je n'en ai pas la moindre idée.

— Mais s'agit-il d'un homme et d'une femme ? De deux hommes ?

La fidèle mémoire visuelle de John lui renvoya l'image du couple invisible qui se querellait âprement, tandis qu'il était caché dans le cimetière.

— Je crois intuitivement qu'il s'agit d'un homme et d'une femme mais je n'ai aucune preuve.

— Suis-je suspecte ?

— Ainsi que tous les autres, oui.

— Je me hâte de vous assurer que je suis innocente. Bien que j'aie vécu plusieurs années à l'étranger, je suis très attachée à ma patrie.

— Je vous crois, mais je ne suis pas l'autorité souveraine.

— Qui est-elle ? Mr Fielding ?

— Non, il faut remonter plus haut encore... jusqu'au duc de Holddernesse, le secrétaire d'État chargé du Bureau des Affaires secrètes, tandis que Mr Anthony Todd est le chef du Département secret qui fait partie du Post Office. Entre ces deux services sont coordonnées et organisées les activités des espions.

— Cela donne le frisson.

— En effet. Il ne faut pas oublier qu'espionner au compte de l'ennemi est un acte de haute trahison sanctionné par la peine de mort.

— Si vous les attrapez, ce terrible sort échoira à deux habitants de Winchelsea, je suppose ?

John répondit, avec un sourire sans gaieté :

— Ne vous affligez pas sur leur sort, Elizabeth, l'un des deux, ou peut-être les deux, a assassiné un homme.

Le silence retomba, troublé seulement par le bruit de l'eau en ébullition dans la bouilloire et le crépitement du charbon dans le fourneau. Ils sursautèrent tous deux quand on frappa à la porte. Ils entendirent dans l'escalier le pas d'Agnes qui allait ouvrir, puis la voix forte de Jago.

— Votre maîtresse est-elle là ?

— Je vais voir.

Un moment après le visage ingrat de la servante apparut à la porte de la cuisine.

— Il est là, le monsieur qui va partout poser des questions.

— Fais-le entrer dans le petit salon.

— Oui mam, répondit-elle les yeux écarquillés.

Mrs Rose glissa à l'oreille de John :

— C'est Joe ?

— Oui.

— Quel bonheur, ce sera si agréable de renouer avec lui !

Ils se rendirent dans le petit salon où ils trouvèrent le greffier de Mr Fielding debout, le dos au feu, ses yeux bleu clair pleins de malice, sa chevelure rousse brillant sous le soleil de l'après-midi, sa silhouette longiligne bien prise dans un habit noir. John lui fit signe de garder le silence et se précipita dans la cuisine pour s'assurer qu'Agnes ne rôdait pas dans le couloir ; il lui ordonna de veiller sur la cuisson du repas et revint en ayant fermé toutes les portes. À son retour, il fit un clin d'œil à Joe qui s'inclina sur la main de Mrs Rose.

— Madame, quel plaisir de vous revoir !

— Le plaisir est réciproque, bien que notre rencontre eût eu lieu en de bien étranges circonstances.

— Vous voudrez bien me pardonner si je vous pose une ou deux questions avant de converser ?

— Bien sûr. John me dit qu'il se fomente de vilaines choses dans cette ville ?

— Oh oui ! Mrs Harcross, pouvez-vous vous reporter huit mois en arrière, disons à l'été, avant que la guerre ne soit déclarée ?

— Mais oui, je me souviens bien, j'ai aidé le capitaine Pegram à récolter ses cerises. Ce fut très distrayant, beaucoup de gens furent conviés et il y eut des pique-niques très gais.

— Je me demandais si vous vous rappeliez avoir vu un étranger très élégamment vêtu, un Français qui arriva à Winchelsea à peu près à ce moment-là et qui passa un ou deux jours à *La Salutation ?*

— Il vint aussi dans la boutique de l'apothicaire, ajouta John.

— Ah oui ? fit Joe surpris.

— Oui, je pense que les Gironde ne vous ont pas tout raconté. Il est entré chez eux pour acheter du parfum.

— Bon sang !

— Alors il doit avoir une amie femme dans la ville, commenta Elizabeth ; ou bien l'un des espions est une femme.

Ils se turent tous les trois, songeurs, et John finit par dire :

— J'ai pour ma part toujours envisagé cette éventualité.

— Mais qui est-elle ? s'enquit Joe.

— En tout cas, ce n'est pas moi, déclara Mrs Rose avec détermination. Je sais que John me fait confiance mais je voudrais que vous aussi vous me croyiez.

— Je ferai de mon mieux, madame, répondit solennellement le greffier.

— Ceci étant réglé, en quoi puis-je vous aider dans votre enquête ?

John et Joe Jago prirent la parole en même temps. Tandis que le greffier refusait son aide poliment, l'apothicaire dit :

— Je vois une façon...

— Alors, qui dois-je écouter ? demanda Elizabeth jouant l'innocence du mieux qu'elle pouvait. (Sans attendre de réponse de l'un ou de l'autre, elle poursuivit :) Je pourrais me charger de rendre visite aux dames que je connais et essayer de savoir quel est leur parfum. Je suis sûre que Mr Rawlings a connaissance du parfum que le Français acheta avant d'en avoir fini avec la vie.

— En effet, c'était *Soir d'Arabie.*

— Un parfum exotique pour une traîtresse ! fit Joe en gloussant. Alors, Mrs Harcross, heu... Rose, faites ce que vous venez de dire : étant donné votre talent d'actrice ce ne devrait pas vous être très difficile.

À ce moment précis, on entendit le pas lourd d'Agnes et elle ouvrit la porte en grand.

— Madame est servie.

Elizabeth se tourna vers Jago.

— Sir, voulez-vous vous joindre à nous ?

— Bien volontiers, ma'am, répliqua-t-il en lui offrant le bras.

Finalement l'homme de confiance de Mr Fielding s'attarda chez Mrs Rose, réchauffé par la bonne compagnie et le porto. Mais quand elle se fut retirée dans le salon, laissant les gentlemen boire leur alcool et fumer leur pipe, il se pencha vers John, le regard subitement en éveil.

— Comme je vous l'ai déjà dit, elle peut fort bien être le Papillon de Nuit. On a pu la recruter quand elle était à l'étranger.

— C'est possible mais il faut bien prendre des risques parfois... et puis je lui fais confiance. Elle me semble tout à fait sincère.

Un sourire apparut sur le visage buriné.

— N'oubliez pas que c'est une ancienne actrice.

— Alors vous ne lui faites pas confiance ?

L'expression du greffier se fit plus chaleureuse.

— Mais si, mais si !

Il alluma sa pipe et regarda John à travers les volutes de fumée bleuâtre ; ses pupilles étaient de la même teinte.

— À propos, continua-t-il, la femme nue du capitaine Pegram, c'est bien Miss Tireman.

L'apothicaire se sentit mal en point.

— Oh ! s'écria-t-il d'une voix enrouée.

— Miss Rosalind Tireman. Je suis allé ce matin interroger le recteur et sa famille. Miss Henrietta, hélas, n'était pas visible. Elle était allée se promener, paraît-il, dans la cerisaie. Cela importe peu. Un regard à la belle sœur cadette m'a suffi. À une époque ou à une autre, le galant capitaine a fait faire son portrait ou l'a fait lui-même.

— Corbleu, quel scandale ! balbutia John qui suffoqua de soulagement.

— En effet ! Mr Rawlings, vous avez beaucoup de pain sur la planche. Il faut que vous retourniez à Londres aussi vite que possible montrer au Dr Willes le message codé envoyé hier soir par signaux lumineux. Vous avez pu noter les chiffres ?

— Oui, je les ai, dit John en prenant le papier dans sa poche, 2918 386 841.

Joe tira lui aussi un papier de sa poche.

— Parfait, j'ai noté les mêmes. Il est urgent de les faire déchiffrer.

— Je ne peux y aller demain, répliqua fermement l'apothicaire, je suis invité à dîner par sir Ambrose Ffloote et je crois pouvoir tirer beaucoup de choses intéressantes de cette rencontre.

— Vous avez sans doute raison, dit le greffier en se frottant le menton, mais alors allez-y sans faute après-demain. Nous n'avons pas fait un pas de plus vers la découverte de notre énigme. Le Papillon de Nuit et la Grenouille nous échappent.

— Il y a bien quelqu'un qui pourrait nous aider, déclara John après un instant de réflexion, quelqu'un qui traverse le marais en long et en large et qui est probablement au courant de tout ce qui s'y passe.

— De qui s'agit-il ?

— De Dick Jarvis en personne. Je pense que demain matin de bonne heure j'irai à cheval jusqu'à Brookland pour lui laisser un message.

— C'est une bonne idée, fit Joe avec un hochement de tête approbateur, à condition que vous soyez prudent et ne tombiez pas entre les mains de ses acolytes. Mais ne remettez pas votre voyage à Londres, Mr Rawlings, quels que soient les divertissements de Winchelsea. Ceci fut dit avec un clin d'œil complice.

Conscient de l'étonnante perspicacité du greffier, John lui lança un regard plein d'innocence. Et en remplissant à nouveau les verres de porto et en souriant à Agnes venue allumer les chandelles, il murmura : « Je ne vois pas à quoi vous faites allusion. »

14

Renonçant pour une fois au plaisir de prendre un bon et copieux petit déjeuner, John Rawlings se leva aux aurores, traversa d'un pas vif le cimetière en direction de Truncheons, où il loua à nouveau les services de la douce jument avant de s'élancer sous un ciel rose vers Brookland.

Quand il traversa sur le bac la rivière de Rother, une brise fraîche formait courants et vaguelettes et lui emplissait les narines de cette bonne odeur de mer. Ses trop longs cheveux dansaient aussi au vent. Il se sentait tout à coup alerte et bien éveillé, tout prêt à affronter Dick Jarvis d'homme à homme. Debout à côté de la jument dont il tenait les rênes, il lui caressa le flanc et elle y répondit par un hennissement, comme si elle aussi saluait ce début de matinée excitante.

Une fois descendu du bac, il trotta à vive allure et parvint à cette étrange église avec, à côté, son clocher. Il était encore très tôt ; il attacha Strawberry à un anneau et pénétra dans la nef, mais elle était déserte. Sans rien perdre de sa sérénité, il s'avança jusqu'à la chapelle où il avait rencontré le vicaire pour la première fois et y laissa une lettre qu'il avait eu la bonne idée de préparer la veille. Puis il repartit pour St-Thomas-Becket à Fairfield, s'assit près du montoir dans l'attente des événements. À peine une heure plus tard, il entendit un bruit de sabots et, s'abritant les yeux de la main à cause du soleil éblouissant, il aperçut un cavalier qui s'avançait vers lui. Il se leva et salua.

— Bonjour Mr Jarvis !

— Bonjour ! lui cria-t-on en réponse et une seconde plus tard, le fils indiscipliné d'un père encore plus sauvage sauta de sa selle et se tint souriant devant lui.

Ce matin-là, Dick Jarvis avait abandonné son habit clérical et s'était vêtu avec culotte, bottes et gilet ceinturé. Un foulard noué sur la nuque tentait tant bien que mal de contenir ses boucles brunes rebelles. John songea que le qualificatif de « beau diable » conviendrait à merveille à cette créature souriante au beau visage hâlé, qui le regardait d'un air innocent comme s'il n'avait de sa vie dérogé à la loi.

— Vous me semblez tout à fait remis de votre aventure entre les mains des contrebandiers, déclara-t-il en s'inclinant profondément.

— Presque, répliqua John en tâtant sa plaie à la tête.

— Ah, dit Dick, à notre époque on n'est jamais assez prudent, il y a tant de chenapans en liberté ! (En lançant un coup d'œil vers l'église il ajouta :) Si nous allions nous y asseoir tranquillement ? Même dans un endroit isolé comme celui-ci, on n'est jamais à l'abri d'une longue-vue.

— Vous parlez sérieusement ? demanda John en scrutant ces acres et ces acres de terres solitaires.

— Tout à fait, répondit son compagnon avec gravité et, le prenant par le coude, il l'entraîna à l'intérieur de l'église.

Ils s'assirent l'un au-dessous de l'autre dans la chaire à trois niveaux ; John était juché tout en haut.

— Je suppose que vous vouliez me parler ?

— Assurément. Je suis persuadé que grâce à votre réseau de relations, vous avez entendu parler d'un squelette découvert récemment sous le costume d'un épouvantail et dont les restes ont été emportés à Londres.

— Oui, j'en ai entendu parler.

— Dick, dit John en le regardant par-dessus le rebord de la chaire avec gravité, ces os sont ceux d'un espion français qui se trouvait à Winchelsea à la fin de l'été dernier, avant le début de la guerre. Je vous ai confié que j'étais à la recherche de deux espions...

— Oui.

— Il y a consensus sur le fait que l'un ou les deux espions ont assassiné cet homme, par conséquent ce sont à la fois des traîtres et des assassins.

— Je suppose, dit Dick d'un air songeur, qu'il n'a pas été tué sur l'ordre du Bureau des Affaires secrètes ?

— Que voulez-vous dire ?

— Qu'un agent britannique a très bien pu venir le supprimer dans le marais.

— Je n'y avais pas pensé...

— Cela mérite d'être vérifié.

— Vous avez parfaitement raison, mais quoi qu'il en soit, j'ai la charge de découvrir les deux espions dont les noms de code sont le Papillon de Nuit et la

Grenouille, et de mettre fin à leurs néfastes activités. C'est ce que je faisais quand un de vos hommes m'a assommé. Je montais la garde pour capter les signaux lumineux que l'on lance du rivage à un vaisseau français, vous avez dû le remarquer ?

— Oui, je les ai vus, ils sont lancés à l'aide d'une lanterne. Nous nous servons de ce moyen nous-mêmes pour avertir les lougres [1] français que nous sommes prêts.

— Savez-vous qui lance ces messages ?

— Hélas non ! Deux fois j'ai couru après ce coquin, et deux fois il m'a échappé.

— C'est un homme ?

— Je ne peux pas en jurer, la silhouette est drapée dans une cape noire aussi vaste qu'une tente. Impossible de deviner s'il s'agit d'un homme ou d'une femme. Tout ce que je sais, c'est qu'il ou elle possède un cheval puissant, qui galope aussi vite que le vent quand il le faut.

— Je vois, mais alors Dick, expliqua John avec une gravité croissante, je suis obligé de retourner à Londres demain, pouvez-vous en mon absence observer les signaux ?

— Oui, je le peux. Comme je vous l'ai dit, Mr Rawlings, je suis un patriote comme l'était mon défunt père. La première fois qu'il se rendit à Mayfield, un petit village qui a son importance dans le Sussex – c'était en 1715 –, Kit Jarvis but ouvertement dans les auberges à la santé de Jamie le Corsaire, le vieux prétendant, qui avait débarqué en Écosse pour tenter de reprendre la couronne. Il faisait de la contrebande pour protester contre les impôts apportés par les rois hanovriens.

L'apothicaire ne cilla pas mais sourit intérieurement.

— Mon père est devenu un des hommes les plus

1. Petit bâtiment de pêche ou de cabotage à trois mâts.

célèbres de son temps, contrebandier, Riding Officer, agent de poursuites... ses talents étaient sans fin. Et moi maintenant, je veux rivaliser avec lui : je vous aiderai volontiers à mettre la main sur ces criminels qui trahissent nos secrets nationaux.

— Je suis enchanté d'entendre pareils propos, mais dites-moi ce que vous savez de l'Épouvantail ainsi que nous appelons entre nous le cadavre français.

Dick voulut en savoir plus.

— Comment avez-vous découvert qu'il était français ?

— Il avait, cousus à l'intérieur de la doublure de sa veste, des ordres en langage codé. Ils signifiaient à l'homme d'entrer en contact immédiatement avec les deux espions de Winchelsea, la Grenouille et le Papillon de Nuit.

— Je vois... La première fois que j'ai vu l'Épouvantail, c'était en août, je ne me rappelle plus exactement la date. J'ai pensé que c'était des fidèles de la paroisse qui l'avaient installé. Jamais il ne m'est venu à l'idée que cela puisse être un cadavre.

— Vous n'avez pas trouvé bizarre qu'il n'y ait aux alentours aucune récolte à protéger ?

— Je n'y ai d'abord pas pensé et ensuite je suis venu le voir de près.

— Vous l'avez examiné ? s'écria John.

— Oui, enfin ce qu'il restait de lui, le pauvre gars. Les bêtes de proie en avaient arraché la plus grande partie. Ils ont tout de même laissé les souliers. Superbes, un cuir des plus souples et des boucles d'un beau brillant. Ils me vont comme un gant !

L'apothicaire lui jeta un regard horrifié, se souvenant du vieux dicton mettant en garde contre le danger de chausser les souliers d'un défunt.

— Et vous n'avez pas fait votre rapport au constable ?

Dick s'esclaffa bruyamment.

— Allons donc, Mr Rawlings, je vous aurais cru plus averti !

John fit un sourire résigné et résuma ainsi la situation :

— Donc vous êtes resté bouche cousue et avez pris les souliers du Français. Et puis ?

— J'ai veillé au grain, je le regardais du coin de l'œil chaque fois que je passais par là, je voulais voir s'il avait reçu des visiteurs.

— Et alors ?

— Une fois, un soir, une femme est venue.

— Une femme ?

— Oui, j'ai admiré son courage parce qu'au clair de lune, c'est un spectacle qui donne la chair de poule.

— Je sais, fit John avec la conviction de celui qui en a fait l'expérience.

— En tout cas, elle a attaché son cheval à l'anneau scellé dans le mur de l'église, a enjambé le fossé et est venue droit sur le pauvre diable. Elle a pris quelque chose dans sa poche puis a tourné les talons et est partie aussi vite qu'elle était venue.

— Vous l'aviez déjà vue ? Vous avez reconnu qui c'était ?

Pour la première fois depuis le début de la conversation, Dick sembla mal à l'aise et fronça les sourcils.

— Je dirai oui et non.

— Que voulez-vous dire ?

— Eh bien, il y avait en elle quelque chose qui m'a semblé familier, mais je n'ai pas pu faire le lien avec une personne de connaissance. Je crois que c'est l'endroit où je l'ai vue qui m'a troublé, vous voyez ce que je veux dire ?

— Oui.

— Mon seul espoir est de la revoir un jour et de savoir à qui j'ai affaire.

— Dick, dit John se rappelant que le squelette avait été dépouillé de toutes ses possessions, répondez-moi franchement s'il vous plaît. Aviez-vous, l'un de vos hommes ou vous-même, déjà fouillé dans ses poches ? La femme aurait-elle pris quelque chose que vous auriez laissé ?

— Oui, avoua le contrebandier avec un sourire penaud, le petit Harry, qui n'a pas beaucoup de scrupules, avait vidé ses poches.

— Qu'avait-il laissé qui n'avait pas d'intérêt pour lui ?

— Une simple carte de visite dont il ne pouvait pas se servir.

— Et quel nom y était inscrit ?

— Le petit Harry ne sait pas très bien lire, il a très peu d'éducation mais il m'a juré que c'était le nom du grand homme.

— Vous voulez dire le marquis de Rye ?

— Non, dit Dick en riant, je veux parler du galant soldat qui déteste les contrebandiers, le capitaine Pegram.

Faith Ffloote avait dû faire un gros effort pour s'entourer d'un bataillon de conseillers médicaux car elle avait invité non seulement le Dr Hensey et John, mais également le Dr Richard Hayman. L'élément féminin complémentaire devait consister en Mrs Finch, flanquée de ses deux filles aînées, Sophie et Sarah ; ces deux dernières pesaient de leur énorme poids sur l'un des fragiles sofas de Lady Ffloote. Mais la plus âgée s'était répandue en excuses pour l'absence de sa mère, clouée au logis par une crise gastrique.

— Peut-être devrais-je aller l'examiner ? dit le Dr Hayman en faisant mine de se lever.

— Non, non, protesta Sophie, ne vous donnez pas cette peine, maman a donné des instructions très strictes, personne ne doit aller la voir. Tout ce qu'elle désire, c'est un peu de repos et de solitude.

— Il y a des dames, expliqua le Dr Hensey à la cantonade, qui trouvent impudique de se faire examiner quand elles ont des ennuis gastriques.

— Maman en fait partie ! s'écria Sophie en lui adressant un timide sourire. (Elle donna un coup de coude à sa sœur qui gardait un silence maussade ; elle ressemblait comme deux gouttes d'eau à une île flottante – ce dessert très sucré composé de crème, de pain et de gelée de cassis arrosés de vin des Canaries – dans son jupon à paniers jaune pâle et sa robe de satin rouge.) N'est-ce pas Sarah ?

Sarah opina du chef sans dire un mot, les yeux fixés sur le parquet.

John, plein de compassion, tenta d'engager la conversation avec elle.

— Votre mère m'a raconté qu'elle avait reçu récemment la visite de cet homme extraordinaire qui appartient aux Affaires secrètes ; elle a pu l'aider, je crois.

— Je ne sais pas, marmonna la jeune fille toute rougissante.

Il demanda en se tournant vers Sophie :

— Vous avez rencontré Mr Jago, Miss Finch ?

— Oui, je l'ai trouvé extrêmement indiscret. Il posait sans cesse les mêmes questions à propos de l'été dernier et d'un certain Français.

Lady Ffloote se mit à susurrer :

— Je n'ai pas voulu m'entretenir avec cet homme. J'en ai laissé le soin à sir Ambrose. Il l'a vite expédié, je vous l'assure.

John, qui était au courant, insista :

— Votre mère m'a informé qu'elle avait été arrêtée dans la rue par ce même Français qui lui a demandé où demeurait le marquis de Rye.

Le teint de Sarah vira du rose à l'écarlate et elle se déplaça gauchement sur le sofa.

— Oui, affirma Sophie.

— C'est très intéressant. À quoi ressemblait-il ?

— Je ne m'en souviens pas, assura l'aînée des demoiselles à Finch avec l'air de quelqu'un qui s'en souvient très bien.

Pour la première fois, Sarah prit la parole et son regard quitta le parquet pour se poser au niveau des genoux de John.

— Oh Sophie ! Vous vous en souvenez très bien, il ne faut pas raconter de mensonges ! Vous avez remarqué combien il était beau et élégant, et moi aussi je m'en souviens.

Sophie sembla sur le point d'éclater en sanglots et le Dr Hayman, qui s'en aperçut, se hâta d'essayer de l'apaiser.

— C'est étrange comme nous avons tous une mémoire différente, moi je ne me rappelle plus ce que j'ai fait d'une semaine sur l'autre, je l'ai d'ailleurs expliqué à Jago.

Miss Finch lui lança un regard reconnaissant mais la situation changea avec l'arrivée de sir Ambrose qui apporta avec lui un parfum de grand air ; Pup trottinait sur ses talons.

Lady Ffloote prit sa voix de mère attendrie.

— Alors mon toutou a été faire sa petite promenade ?

Pour toute réponse le chien rota et s'effondra dans un coin.

— Ambrose, vous le faites trop marcher, ce pauvre petit, il est épuisé !

— Pas d'enfantillage, ma chère, répondit le squire avec sa jovialité coutumière. Cela n'a jamais fait de mal à un chien de prendre de l'exercice, au contraire, cela lui fait du bien, cela le maintient en forme. (Il jeta un regard circulaire sur ses hôtes.) Bonjour à tous et toutes, navré de vous avoir fait attendre, je n'ai pu éviter un maudit contretemps. (Il s'approcha du Dr Hensey.) Hensey, quel plaisir de vous revoir ! Je bénis le Ciel que vous ayez pu vous libérer. Vous êtes donc de retour à Hastings ?

— Mais oui, dit le médecin en se levant et en saluant, ma patiente est de plus en plus exigeante. J'envisage de rester un certain temps ici en attendant que le problème soit réglé.

Il était tiré à quatre épingles comme toujours : un petit homme soigné et soigneux en tout domaine. Il offrit courtoisement son aide à Lady Ffloote qui se levait difficilement de son siège.

— Maintenant qu'Ambrose est là, dit-elle, mettons-nous à table. Dr Hayman, si vous voulez bien conduire miss Sophie ; Mr Rawlings, je vous confie miss Sarah.

L'île flottante se leva en vacillant et s'accrocha au bras de John comme une moule à son rocher.

— Les joies de la jeunesse ! s'exclama sir Ambrose sans qu'on pût bien comprendre à quoi il faisait allusion.

Les couples ainsi formés s'acheminèrent vers la salle à manger.

À la grande joie de John, la table était abondamment ornée de feuillage. Il y avait devant sa place une touffe de lierre si drue qu'elle lui cachait les Drs Hayman et Hensey, ainsi que Sophie qui se trouvait assise du côté opposé. Il ne pouvait donc communiquer avec eux ; de ce fait, miss Sarah demeurait sa seule interlocutrice car il y avait à sa gauche une place vide qui aurait dû être occupée par Mrs Finch. L'apothicaire avait donc tout loisir de poser à la jeune fille autant de questions qu'il le souhaitait.

Arborant son plus charmant sourire, il déclara avec une naïveté voulue :

— Je suis intrigué à l'idée qu'il puisse y avoir un

espion français à Winchelsea. Donnez-moi tous les détails qui vous viennent à l'esprit sur ce monsieur, miss Finch, j'ai toujours été passionné par ce genre d'aventures.

Elle se tortilla sur sa chaise, l'air mal à l'aise, en regardant fixement son assiette, mais finit par dire :

— Que voudriez-vous savoir ?

— Tout ! Était-il vraiment très beau ?

— Oui.

— Comment ?

— Il portait de beaux habits et avait de grands yeux noirs très brillants. (Avec un air de défi, elle lança :) C'est Sophie qui l'a trouvé beau mais c'est à moi qu'il a passé le papier.

L'apothicaire eut grand mal à ne pas laisser tomber couteau et fourchette tant il était surpris.

— Il vous a passé un mot ? Mais que disait-il ?

— De le retrouver le soir même près des ruines.

— Quelles ruines ?

— Celles de la vieille abbaye, près des Grey Friars.

— Vous y êtes allée ?

— Oui. J'ai dit à maman que j'allais à l'église et je me suis faufilée dehors.

— Et le Français y était ?

— Oui.

— Que voulait-il ?

Sarah rougit et balbutia :

— Il voulait me voir. Il m'a demandé si nous pouvions devenir des amoureux. Quand j'ai dit oui, il a dit que c'était essentiel que je le présente à ma mère pour que, grâce à elle, il puisse rencontrer la fine fleur de la société de Winchelsea et faire bonne impression.

L'apothicaire la regarda sans comprendre.

— Cela faisait partie de notre pacte de faire des choses l'un pour l'autre.

— Et alors ?

Le visage lunaire de la jeune fille se fit lugubre.

— Je ne l'ai jamais revu. Je me suis rendue à notre lieu de rendez-vous mais il n'est pas venu. J'étais bouleversée.

Sa lèvre inférieure se mit à trembler.

— Je comprends. Peut-être a-t-il dû rentrer en France brusquement ?

— Je pense qu'il lui est arrivé malheur, dit Sarah en hochant la tête. C'est pour cette raison que l'homme au visage taillé à la serpe pose toutes ces questions.

— Vous avez peut-être raison, déclara John d'un air compatissant. Vous lui avez raconté ce que vous venez de me dire ?

— Non.

— Pourquoi me le dire à moi ?

— Parce que je veux que vous sachiez que des hommes peuvent m'aimer. Sophie n'est pas de cet avis mais moi, je sais.

Tout en prononçant ces paroles elle lança à John un regard qu'il interpréta comme une invitation. Terrifié, il détourna les yeux.

— Je suis sûr que c'est vous qui avez raison, affirma-t-il avec un sourire figé.

Cherchant du secours à tout prix, il aplatit le feuillage à la dérobée et aperçut l'œil vif de rongeur du Dr Hensey.

— Je dois retourner à Londres demain, fit-il désespérément, il n'y a sans doute aucune chance de vous retrouver pour le voyage ?

À sa vive surprise, le médecin répondit :

— Mais si, mon cher sir, il y a toutes les chances du monde. Je dois aller voir mes patients de Londres, sinon ils croiraient que je les abandonne complètement. Et le fait que vous me tiendrez compagnie est une raison suffisante. Je vous retiendrai une place dans la chaise de poste de 10 heures.

— Splendide !

Lady Ffloote, qui certainement avait l'oreille fine d'une chauve-souris, déclara du bout de la table :

— Vous n'allez tout de même pas nous quitter, gentlemen ?

— Nous reviendrons, soyez-en sûre.

— Dieu merci ! vous faites partie de notre société de Winchelsea, Mr Rawlings. Quel bonheur que notre petite cité attire des visiteurs aussi intéressants en ce moment !

— À commencer par ce mystérieux Français, dit John dans l'espoir d'attirer des commentaires.

— Maudit parvenu ! s'exclama sir Ambrose en vidant un grand verre de vin.

— Je n'avais pas saisi que vous l'aviez rencontré, dit le Dr Hayman, épargnant ainsi à John la peine de poser la question.

— Oh oui ! Il est venu ici sans rendez-vous. Il cherchait à rencontrer le marquis de Rye.

John comprit que c'était le stratagème conçu par l'Épouvantail pour avoir accès aux demeures des notables de Winchelsea. Mais pourquoi avoir choisi entre tous le nom du marquis ? Qu'avait donc fait ce dernier pour attirer l'attention d'un maître espion ? Ou bien était-ce uniquement parce que c'était un propriétaire terrien connu outre-Manche ? Il sentit qu'une fois cette énigme résolue, les choses se remettraient en place. Sous l'œil globuleux de miss Sarah Finch qui le scrutait, il posa cette question à sir Ambrose :

— Que vous a-t-il dit, sir Ambrose ?

À travers les fougères, il entrevit le visage rougeaud aux veinules apparentes du squire.

— Pas grand-chose, des questions sur les gens du coin... Il m'a dit qu'il songeait à s'installer à Winchelsea et voulait savoir quels étaient les gens à connaître, ce genre d'informations... Je ne pouvais pas deviner qu'il y avait quelque chose de suspect dans ce monsieur !

— Vous l'avez orienté vers le marquis ?

— Eh bien oui, j'ai cru que c'était de mon devoir puisqu'il me le demandait.

— Et lord Rye nie avoir reçu sa visite ?

Sir Ambrose devint tendu.

— Comment savez-vous cela ?

John tenta désespérément de corriger sa bévue.

— Il le mentionna au dîner, l'autre jour.

— Je vois, répondit le squire comme s'il n'y prêtait pas d'importance.

Ce fut au tour de Sophie de prendre la parole :

— Pour un homme qui n'est venu ici qu'une ou deux fois, ce Français a fait beaucoup de remue-ménage.

— Je pense que nous l'aurions oublié depuis longtemps s'il n'y avait eu l'arrivée de l'homme des Affaires secrètes.

— Moi, je ne l'aurais pas oublié, affirma Sarah d'un ton pénétré.

Florence Hensey posa une question sensée :

— Que lui est-il arrivé ? Le sait-on ?

Seul le silence lui répondit, rompu finalement par sir Ambrose.

— Mr Jago n'en a rien dit.

— Mais doit-on en conclure, étant donné le bruit qu'on a fait autour de sa personne, qu'il est mort ?

Sarah laissa échapper un gros sanglot, ce qui mit les autres convives dans l'embarras.

— Oh ! je ne crois pas, assura le squire avec entrain, il a dû repartir en France et il reviendra rôder ici un de ces jours.

Un silence gêné retomba.

— En êtes-vous sûr ? demanda une voix féminine que John ne put identifier.

— Oui, affirma sir Ambrose avec conviction. Les mauvais sujets comme lui, on a de la peine à s'en débarrasser, croyez-moi.

L'image du misérable squelette veillant, solitaire, sur le marais de Romney se présenta dans la mémoire de John d'une façon si réaliste qu'il déclara :

— À votre place je n'y compterais pas.

Puis craignant d'en dire trop et de révéler ainsi les raisons de sa présence, il se tut.

15

Il ne s'était pas rendu compte à quel point Londres lui avait manqué : la poussière, les odeurs, la licence, la misère, toutes ces terribles choses qui contribuaient à donner à la capitale cette sauvage beauté qui lui était propre et qui suscitait inexorablement le retour de ses enfants dans ses murs. John sentit les battements de son cœur s'accélérer tandis que la chaise de poste approchait de Southwark et pénétrait dans la cour de l'auberge où les passagers devaient descendre.

— Eh bien, nous voici arrivés à bon port ! déclara-t-il à Florence Hensey qui dormait à côté de lui.

— Bonté divine ! s'exclama le médecin tiré brutalement de son sommeil. Le temps a passé si vite depuis notre dîner d'étape !

Dans la pénombre du véhicule John consulta sa montre.

— Il est près de 11 heures, nous avons pris un peu de retard.

— Je vais tout de même rentrer à la maison, j'ai beaucoup à faire demain matin.

— Moi aussi, voulez-vous que nous partagions une voiture de louage ?

— Très bonne idée !

Ils hélèrent une voiture qui attendait encore. Ils franchirent le London Bridge, traversèrent la City jusqu'à Holbourn où le médecin fut déposé devant sa maison sur Liquorpond Road, une maison qui devait être agréable à habiter, à en juger par la façade. Il serra chaleureusement la main de John avant de descendre.

— Quand projetez-vous de retourner à Winchelsea, mon cher ami ?

— Dans quelques jours. Et vous, quand repartez-vous pour Hastings ?

— Je compte passer une semaine environ en ville, à moins d'être rappelé d'urgence par ma malade. Mais nous nous rencontrerons certainement quand nous aurons regagné tous deux le Sussex.

— Écrivez-moi quand vous serez de retour et passez nous voir, ma tante Elizabeth vous plaira sûrement !

— Oui, je serai heureux de faire sa connaissance, mais venez donc dîner pendant que vous êtes à Londres. Après-demain vous conviendrait-il ?

— Ce sera avec grand plaisir.

— Entendu. 16, Liquorpond Road, disons 4 heures ?

— J'y serai sans faute, répondit l'apothicaire qui fit adieu de la main tandis que le médecin tournait la clé dans sa serrure et disparaissait dans sa maison.

Il était près de minuit quand il entra avec mille précautions au 2, Nassau Street et glissa dans l'oreille du valet de pied de lui apporter du thé dans la bibliothèque, avant de se retirer pour la nuit.

— Mais sir Gabriel n'est pas encore couché, sir.

— Il a des invités ?

— Dans un certain sens, maître John, répondit l'homme avec un grand sourire.

Intrigué, l'apothicaire traversa le grand vestibule et s'arrêta net, la main sur la poignée de la porte de la bibliothèque d'où parvenaient musique et chants.

Il reconnut la voix de sir Gabriel qui chantait : « D'aucuns parlent d'Alexandre et d'autres d'Hercule... d'Hector et de Lysandre et... »

À l'entrée de John, sir Gabriel cessa de chanter et, les yeux écarquillés de surprise, il s'écria :

— Mon cher garçon, quelle joie ! Mais chut, écoutez...

La musique continuait : un grand carillon de douze cloches joua une mélodie ravissante.

— Mon nouveau jouet, dit sir Gabriel avec fierté, cela vous plaît-il ?

Le regard de John fit le tour de la pièce et se posa sur une imposante horloge installée contre le mur, à côté du bureau de son père. Le corps était fait de beau bois de noyer brillant, le cadran d'un goût exquis montrait un soleil et une lune tournant sur eux-mêmes. Le tout était signé Windmills de Londres.

— Elle joue un air tous les quarts d'heure, expliqua sir Gabriel, qui en ouvrant un battant, découvrit une inscription qui disait *La Marche des Grenadiers*.

— C'est une splendeur, quand en avez-vous fait l'acquisition ?

— La semaine dernière. Je n'ai pu résister et puis j'avais fait un ou deux gains au whist.

— Mon très cher père, vous êtes incorrigible ! Mais suis-je resté absent si longtemps ?

— Si longtemps que je ne puis me rappeler exactement vos traits. (Il lui fit signe de s'asseoir près du feu.) À présent racontez-moi où vous en êtes. Avez-vous découvert l'être malfaisant qui cherche à empoisonner Elizabeth Harcross ? Et l'espion ? A-t-il été démasqué ?

— Hélas ! Il faut parler d'espions au pluriel : je pense que nous avons affaire à deux personnes.

Et il fit à son père le récit complet de ce qui s'était passé, ne lui épargnant aucun détail, si fait que *La Marche des Grenadiers* résonna deux fois, saluant le quart puis la demie de l'heure.

Sir Gabriel écoutait attentivement en joignant les bouts des doigts et en se tapotant la joue d'un air pensif.

— Vous n'avez aucune idée de leur identité ?

— Pas vraiment. Le fait que l'Épouvantail ait acheté du parfum et ait profité des bonnes grâces de la plantureuse Sarah pour se faire présenter à Mrs Finch met celle-ci en première ligne ; d'un autre côté, Mrs Tireman, la nuit où je l'ai aperçue en voiture avec le docteur et les contrebandiers, n'avait rien d'une innocente.

— Hum... Et les deux demoiselles ?

— Rosalind est si imbue d'elle-même, si soucieuse avant tout de séduire que je la crois incapable de penser à quelque chose d'autre. Quant à Henrietta, elle est bien trop charmante pour être une espionne.

Voyant le clin d'œil malicieux de son père, John dit hâtivement :

— Je sais que j'ai l'air de dire une sottise mais si vous la voyiez, vous comprendriez tout de suite.

— Je comprends que vous êtes sous le charme, non ?

Et sir Gabriel ne réussit pas à masquer un sourire.

— Oui, c'est vrai...

— Faites bien attention, mon fils, vous avez tendance à perdre de votre lucidité quand votre cœur s'en mêle.

— Je sais, j'essaierai de garder la tête froide.

— Pas trop, je l'espère, murmura sir Gabriel. (Puis, haussant la voix, il demanda :) Et les autres femmes ?

— Je ne fais pas grande confiance à Mrs Gironde, j'ai senti qu'elle me cachait quelque chose et qu'elle en savait plus au sujet de l'Épouvantail qu'elle ne voulait bien le dire. Faith Ffloote reste une énigme, elle est une de ces tristes et moroses petites bonnes femmes dont il est quasiment impossible de déchiffrer la vraie personnalité car elles se dissimulent derrière des migraines incessantes.

— Voyez-vous l'une d'entre elles en espionne ou empoisonneuse ?

— Fort bien.

— Alors qui est la Grenouille ?

— Ou le Papillon de Nuit ? Je n'en sais rien. Le capitaine Pegram lui aussi m'intrigue, il possède entre autres un portrait de miss Rosalind Tireman toute nue.

— Ce n'est pas un crime en soi.

— Non, mais cela indique une certaine faiblesse qui peut le rendre vulnérable au chantage. Quant au marquis, je ne sais que penser. Il a quelque chose de pas très net et un passé plutôt douteux à ce qu'on m'a laissé entendre. Et puis, bien sûr, il y a le squire et le recteur, deux personnages dignes des romans d'Henry Fielding.

— Dans quel sens ?

— Plus grands que nature, caricaturaux, surtout sir Ambrose.

— Et cette bonhomie cacherait quelque chose de plus sinistre ?

— C'est fort possible. Le révérend Tireman est le type même du pasteur de campagne, enfin c'est ce qu'il veut faire croire.

— Bon, reste le docteur et l'apothicaire Gironde.

John fronça les sourcils, cherchant à donner la réponse la plus claire possible.

— Disons que je les aime bien tous les deux, surtout le Dr Hayman. Mais je l'ai vu en conversation plutôt amicale avec les contrebandiers. Mr Gironde, lui, a une affaire très prospère et il ne le cache pas.

Pourtant, il est celui qui, mieux que tous les autres, connaît les produits nocifs.

— Vous n'avez aucun indice ?

— Non, mon seul espoir est qu'un jour ou l'autre, l'un d'eux se trahisse.

— Pensez-vous qu'empoisonnement et espionnage puissent être liés de quelque façon ? demanda sir Gabriel après un moment de réflexion.

— Je suppose que oui, fit John d'un air songeur, si quelqu'un pense qu'Elizabeth en sait plus qu'elle n'en a l'air.

— C'est peut-être une idée à suivre...

— Oui, en effet.

Il y eut un silence avant que l'horloge ne lançât sa mélodie une fois de plus.

John se leva en bâillant.

— Je vais aller me coucher, j'ai voyagé toute la journée.

— Nous reparlerons de tout cela demain matin, conclut sir Gabriel en embrassant affectueusement son fils.

Comme tous les bons apprentis, Nicholas Dawkins se levait tôt et avait habituellement pris son petit déjeuner et quitté la maison avant que John n'eût ouvert les yeux. Mais ce matin-là, attablé devant une copieuse assiettée – une coutume qui lui venait de son maître – il fut stupéfait de voir apparaître ce dernier.

John se mit à table et lui serra la main.

— Alors Nicholas, mon ami, comment vas-tu ? Et comment va la boutique ?

Le Moscovite se leva d'un bond, rouge de confusion.

— Nous allons bien, sir. C'est-à-dire maître Gerard et moi. La boutique se porte bien, elle aussi, les affaires marchent convenablement.

— Parfait. Assieds-toi et finis ton repas. Je vais en faire autant, puis nous irons ensemble à Shug Lane et tu me tiendras au courant de toutes les nouvelles et des potins.

Une demi-heure plus tard, ayant écrit un petit mot à sir Gabriel pour l'avertir qu'il serait de retour le soir, John sortit en compagnie de son apprenti, en route pour Piccadilly, respirant à pleins poumons l'air revigorant du petit matin.

— As-tu vu la comtesse de Vignolles ?

— Oui, sir, elle est venue à la boutique et aussi à Nassau Street pour demander de vos nouvelles.

L'apothicaire lança à son apprenti un regard pénétrant.

— Je suppose qu'elle n'était pas accompagnée du comte ?

— Vous avez raison.

— As-tu eu de ses nouvelles ?

— À la mine de la comtesse, je crois deviner qu'il est fréquemment absent, répondit Nicholas en plissant ses yeux noisette.

— Je vois. Il faut que je passe la voir.

— Elle en sera très heureuse, j'en suis sûr.

Comme il arrive souvent, cette tâche que John avait inscrite en tête de son programme se révéla inutile car, une demi-heure après l'ouverture de la boutique, la porte s'ouvrit en grand, faisant retentir la clochette ; Serafina de Vignolles, dans une robe couleur d'orchidée sauvage, fit son apparition. John sortit en trombe de son laboratoire où il s'entretenait avec maître Gerard.

— Chère comtesse, que je suis heureux de vous voir. Je voulais justement vous rendre visite.

— Il faut que je vous parle, fit-elle à voix basse. (Puis sur le ton de la conversation :) Comment allez-vous John ? Vous m'avez semblé absent bien longtemps.

— Très longtemps en effet, et mes amis m'ont manqué. Venez dans l'arrière-salle, j'étais en train de préparer du thé, j'espère que vous voudrez bien en prendre une tasse avec moi.

Maître Gerard vint au devant de la visiteuse avec un large sourire.

— Madame, fit-il en s'inclinant, avez-vous la liste des produits que vous désirez ?

— Mais oui, sir.

Serafina tendit au vieux bonhomme une liste assez longue pour lui donner du travail pendant au moins une demi-heure.

— Parfait, chuchota John en la faisant entrer dans son laboratoire.

Dès qu'ils furent seuls, l'apothicaire la tint à bout de bras pour examiner son expression et ce qu'il vit l'inquiéta. D'autres femmes auraient eu des cernes et les yeux larmoyants mais Serafina, elle, était impeccablement fardée et lui qui la connaissait si bien savait qu'une femme de sa race et de son énergie veillait aux pires moments de sa vie à soigner sa beauté pour que personne ne pût deviner sa détresse.

Il alla droit au but.

— C'est à propos de Louis ?

— Oui.

— Il s'absente souvent ?

— Parfois des journées entières. Je commence à me dire qu'il doit y avoir une autre femme à moins que...

— À moins que ?

— Il soit impliqué dans une activité si secrète et si terrible qu'il ne peut en parler. John...

— Oui ?

— Jurez-moi que vous allez tenter d'une façon ou d'une autre de découvrir ce qui se passe et que vous me direz la vérité.

— Je vous le jure, assura-t-il en portant la main à ses lèvres.

Il quitta la boutique une demi-heure après la comtesse en se munissant d'un parapluie passablement abîmé mais qui lui était cher, pour affronter les éléments. Il descendit en hâte Piccadilly Street, passa devant la magnifique Burlington House et tourna à droite dans Berkeley Street, longeant les belles demeures qui entourent Berkeley Square. Ensuite il prit à gauche et traversa le nouveau quartier jusqu'à Hill Street, où il arriva avant la pluie.

Ce jour-là, le déchiffreur le reçut dans la bibliothèque espagnole – autre exemple réussi du talent architectural du jeune Mr Adam – qui tenait son nom du cuir de Cordoue qui revêtait les murs entre les rayons de livres et le plafond délicatement orné. Ces explications lui furent données tandis qu'il contemplait, muet d'admiration, la splendide pièce. Une fois encore, il goûtait à l'harmonie des lieux, due surtout à la délicatesse de la décoration. Une belle flambée brûlait dans l'âtre devant lequel le Dr Willes se tenait, assis dans un fauteuil confortable, les jambes chaussées de guêtres reposant sur un tabouret. Il fit signe à John de s'asseoir dans un fauteuil à l'opposé.

— Alors, Mr Rawlings, qu'avez-vous à me montrer aujourd'hui ?

— Un message lumineux envoyé en direction d'un vaisseau français en mer. Je pense qu'il s'agit des activités de la Grenouille et du Papillon de Nuit.

L'évêque tendit la main.

— Voyons : 2918 386 841. (Il regarda fixement la feuille un instant, s'approcha de son bureau en marmonnant, ouvrit un tiroir à l'aide d'une clé pendue à son cou à côté de sa croix épiscopale, en tira un livre relié de cuir aux pages manuscrites, en lut attentivement des passages. Finalement il déclara :) Cela n'a aucun sens !

— Qu'est-ce que cela signifie ?

Le Dr Willes regarda John par-dessus ses lunettes.

— Le sens littéral est : « le roi de France à pied amiral Watson ».

— Quoi ?

— Justement, c'est un nouveau code ou un message chiffré à l'intérieur d'un autre message chiffré. Très irritant et très subtil.

L'apothicaire essaya de prendre un air intelligent.

— Je crains, milord, que cela ne dépasse mon entendement. Que voulez-vous dire par là ?

— Que les Français ont changé les séquences chiffrées, ou bien ils utilisent un double code, par exemple « le Roi de France » voudrait signifier quelque chose d'autre, etc. Il faut hélas que vous me laissiez ce papier, jeune homme. Un nouveau code entraîne des heures de travail.

— Je suis désolé, milord, fit John en se levant d'un air contrit.

Le docteur Willes émit un grognement, ses petits yeux rapprochés brillaient de défi.

— Une satanée énigme, hein ? Ces diables de Français nous en font voir... Si on a le malheur de leur céder un peu de terrain, ils vous laissent carrément sur place.

Ce n'était pas un genre de discours tout à fait clérical mais John ne s'en formalisa pas.

— Je vais prendre congé.

L'évêque se contenta d'un vague geste de la main comme adieu, déjà très absorbé par sa nouvelle tâche et absent de la réalité présente.

16

— Un nouveau code ? fit Mr Fielding d'un air sceptique.

— Oui, sir.

Le magistrat avait un air très solennel. Son visage se durcit quand il déclara :

— En ce cas nous avons affaire à deux personnes extrêmement rusées qui sont à la fois capables d'assassiner, mais aussi d'espionner de façon très subtile. Vous n'avez toujours aucune idée de leur identité, Mr Rawlings ?

— Je pense pouvoir dire que l'un des deux est une femme. Le fait qu'une femme ait été vue dérobant une carte de visite du capitaine Pegram dans la poche de l'Épouvantail est significatif.

— Et ce capitaine ?

— Je vous en ai parlé, c'est un être bizarre.

— Ce qui n'en fait pas nécessairement un espion. Mais pourrait-il être l'empoisonneur ?

— Je ne le crois pas. Il a manifesté une grande indignation à l'idée qu'on pût incriminer son pâté, et à mon avis, il a raison. Mrs Rose a fort bien pu manger quelque autre aliment ce jour-là. Lui en a pris sans ressentir aucun malaise.

— Elle pense le contraire ?

— Quand je lui en ai parlé, oui ; elle ne l'a pas cru.

— Donc, vous n'avez pas avancé non plus de ce côté-là ?

— Je suis désolé, dit John avec un gros soupir, je ne m'en tire pas très bien, n'est-ce pas ?

— Comme je vous l'ai dit par le passé, mon ami, tout le temps que vous passez à Winchelsea à vous mêler aux habitants, à écouter ce qui s'y dit, est loin d'être du temps perdu ; cela vous permet d'engranger des informations qui vous serviront ensuite. Car des fragments s'assembleront et votre jeu de patience commencera à prendre sens.

— J'espère n'avoir pas trop à attendre.

Mr Fielding gloussa et réajusta le bandeau noir qui lui couvrait les yeux.

— À ce propos, je pense que vous aurez à vous débrouiller tout seul. J'ai reçu un mot de Jago ce matin, déclarant qu'il a fait tout son possible. Il a interrogé tout le monde et pris note de leurs réponses, il pense donc que sa tâche est achevée. Il me dit qu'il a mis toutes ces notes dans un paquet scellé qu'il a déposé à votre demeure. Il vous recommande de vous pencher particulièrement sur celles concernant la famille Tireman.

John à ces mots se sentit encore plus abattu.

— Je me plierai à ses instructions.

— Eh bien, Mr Rawlings, à vous de jouer !

— Je vois, murmura John profondément découragé.

Le Blind Beak ne pouvait voir le visage de son interlocuteur mais il devina au son de sa voix son état d'âme.

— Ne perdez pas espoir, mon ami, dit-il d'une voix encourageante. En ce moment même je sens qu'il y a dans votre tête, tapi à l'arrière-plan, un élément de connaissance qui vous mènera à la solution.

— Je vais faire mon possible, assura John avec un sourire désenchanté, pour débusquer ce qui attend au fond de ma cervelle ; mais une question demeure, sir.

— Laquelle ?

— Elle me fut suggérée par une des personnes avec qui je me suis entretenu. (Il ne jugeait pas approprié d'informer le magistrat principal, défenseur de la loi, qu'il était au mieux avec le chef d'une bande de contrebandiers.) À savoir que l'Épouvantail a pu être tué par un agent secret britannique. Est-ce possible, moi je ne le crois pas.

— Je pense que si tel avait été le cas, on m'en aurait averti. Cependant la question peut être posée au secrétaire d'État et nous serons fixés.

— Alors Mr Fielding, il ne me reste qu'à repartir pour Winchelsea.

Le Blind Beak se figea dans une immobilité absolue, une vieille habitude qui signifiait, John le savait, qu'il réfléchissait profondément. Il finit par dire :

— Le couple qui se querellait dans le cimetière...

— Oui ?

— Trouvez-le, Mr Rawlings.

— Ce pourrait être, à votre avis, la Grenouille et le Papillon de Nuit ?

— Si ce n'est pas le cas, ils vous mèneront à eux, croyez-moi. (Changeant tout à fait de ton il demanda :) Puis-je vous convier à dîner ?

L'apothicaire se leva.

— Un grand merci, sir, mais il me faut repasser par ma boutique dire un mot à maître Gerard avant de retourner à la maison.

— Et quand repartirez-vous pour Winchelsea ?

— Dans un jour ou deux. J'ai le sentiment de devoir passer un peu de temps avec mon père.

— Vous avez tout à fait raison.

John s'inclina bien que le Blind Beak ne pût voir ce geste de respect.

— Je vais vous dire adieu.

Mr Fielding se leva à son tour et administra une tape amicale sur l'épaule de John en lançant :

— Bonne chasse !

Les rues de Londres avaient retrouvé leur calme car l'heure du dîner approchait et John, qui avait hélé une chaise à porteurs pour gagner du temps, se retrouva à Shug Lane en moins de vingt minutes. Il rejoignit maître Gerard juste au moment où celui-ci partait au chevet d'une patiente. Il le pria de lui consacrer un quart d'heure, afin de discuter des affaires de la boutique et d'échanger de cordiales salutations, ce qui n'avait pas été possible auparavant. John était seul quand s'arrêta devant lui une autre chaise à porteurs, dont descendit son vieil ami et compagnon d'enfance, Samuel Swann. Quand il entra dans la boutique, ce gaillard parut démesurément grand par rapport aux lieux.

— Mon cher ami, je suis allé à Nassau Street et sir Gabriel m'a dit que tu étais probablement ici. Quelle chance de t'y trouver ! Il paraît que tu es très pris par une affaire à Winchelsea. Tu me pardonnes, je l'espère, de ne t'avoir pas proposé mon aide mais j'ai été accablé de commandes.

L'apothicaire eut envie de rire car les tentatives de son ami pour lui porter secours s'étaient révélées plutôt gênantes en bien des circonstances... Pourtant, nul ne pouvait rivaliser avec Samuel dans le domaine de l'enthousiasme.

— Bien sûr que je te pardonne ! Cela me fait plaisir que tu aies tant à faire. Deviens-tu riche ?

Le sourire de Samuel lui fendit littéralement le visage quand il déclara :

— Ma situation s'améliore lentement.

— Tu te sous-estimes. Je suis convaincu que bientôt tu rivaliseras avec Midas !

Mr Swann s'esclaffa, fort enchanté de cette perspective.

— Assez plaisanté, je suis venu voir si tu étais libre ce soir.

— Pour aller où ?

— À l'amphithéâtre de Stoke Islington Road, il y aura un match de boxe, regarde.

Il mit dans la main de John un numéro du *London Journal*. Ce dernier lut avec intérêt ce qui suit :

« Ce jeudi 23 mars aura lieu un match de boxe entre deux championnes : Attendu que moi, Ann Field de Stoke Newington, conductrice d'ânes, renommée pour mes talents à la boxe pour ma propre défense ai été insultée par Mrs Stoke, qui se prétend championne d'Europe, je l'invite loyalement à démontrer sa supériorité dans un combat selon les règles et pour un enjeu de dix livres. »

La riposte à ce défi était la suivante : « Moi, Elizabeth Stoke, de la Cité de Londres, m'étant mesurée avec la fameuse championne de boxe de Billingsgate et l'ayant emporté en neuf minutes, assure la conductrice d'ânes de Stoke Newington que je ne manquerai pas cette rencontre et ne doute pas que les directs que je lui décocherai seront plus difficiles à encaisser que ceux qu'elle donne à ses ânes. »

— Tu veux vraiment assister à cela ?

— Mais oui ! Les femmes sont de rudes petites créatures, toujours prêtes à flanquer une tournée.

Se souvenant du coup qui avait clos la querelle dans le cimetière ainsi que du départ furieux d'Henrietta de la cerisaie, l'apothicaire dit d'un air morne :

— Tu as raison quant à ton opinion des femmes... À quelle heure commence le combat ?

— À 8 heures ; nous prendrons une voiture de louage.

— Eh bien, viens dîner à la maison, mon père en sera enchanté.

— Moi aussi j'aurai grand plaisir à le voir.

D'ailleurs sir Gabriel fit plus que de dîner simplement en leur compagnie ; jugeant qu'il apprécierait cet excitant divertissement, il décida de les accompagner. Ainsi le carrosse de sir Gabriel emmena la compagnie vers les faubourgs de Londres, passant la barrière à péage située juste après Skin Market et l'asile de fous, c'est-à-dire à l'extrémité de St John's Road et au début d'Islington Road. Après le péage, le cocher s'arrêta au *Relais de l'Ange* afin de se joindre aux autres voitures pour traverser la campagne en convoi, de manière à éviter les peu agréables rencontres avec les bandits de grand chemin qui hantaient les espaces découverts.

À droite des sources, du parc d'agrément et du théâtre de Mr Sadler, séparé de ce délicieux site par un unique bosquet, se trouvait l'amphithéâtre de Mr Stoke. Après avoir payé un shilling, sir Gabriel, appuyé sur sa haute canne, y pénétra et immédiatement la foule se partagea pour lui céder le passage comme la mer Rouge le fit pour Moïse. John et Samuel, qui le suivaient, se lancèrent un regard amusé en voyant que l'on conduisait le père de l'apothicaire vers un siège élevé et qu'on lui offrait un coussin pour qu'il fût encore mieux installé. Ils durent se faufiler avec peine pour s'asseoir derrière lui et ils se demandaient pourquoi, partout où il allait, on lui donnait la meilleure place. Était-ce à cause de son allure majestueuse ? Une fois assis, ils furent saisis par l'atmosphère d'excitation et cessèrent de s'interroger sur le peu d'égards qu'on leur avait témoigné.

Au centre de l'amphithéâtre, construit sur le modèle des théâtres romains avec les gradins tout autour, était installée une plate-forme en bois entourée de cordes et cachée pour le moment derrière des rideaux rouge vif, ce qui ajoutait au plaisir qu'on se promettait. L'assistance devenait plus bruyante de minute en minute, on entendait des cris aigus, et les odeurs de sueur, de tabac à priser, de parfum empuantissaient l'atmosphère. Il y avait quelque chose de sauvage dans l'air et John se sentit tout à coup pris d'affection pour ces humains, même si beaucoup d'entre eux étaient effrayants.

Un homme, sans doute Mr Stoke, monta sur la plate-forme et s'éclaircit la gorge avant d'annoncer :

— Messeigneurs, ladies et gentlemen, avant ce combat de boxe féminine auquel vous êtes tous venus assister, permettez-moi de vous annoncer une lutte entre deux champions bien connus : le Fighting Quaker[1] et le Welsh Boy[2].

Ce début fut accueilli par des applaudissements clairsemés.

— Auparavant, il y aura une représentation du *Cirque chinois**.

Cela fut salué par des sifflets et des huées venant des spectateurs qui attendaient le match de boxe. Mais quand les rideaux s'ouvrirent, révélant six petits hommes jaunes à natte noire, pantalons rouges et torse nu, il y eut un tonnerre d'applaudissements. Des boules multicolores volèrent dans les airs, des cordes raides furent installées, des poteaux apparurent comme par enchantement et les petits hommes grimpèrent en gardant tout au long de leurs évolutions la même mine sérieuse. Finalement, une bande d'enfants envahit la plate-forme en faisant la roue. On eût dit des étoiles minuscules dans leur costume argenté. Puis ils coururent et formèrent une pyramide couronnée par un marmot aux yeux noirs n'ayant pas plus de 3 ans, qui joua des pieds et des mains pour atteindre le sommet où il se tint immobile telle une statue, les bras en croix. Pour le final, tous firent un saut périlleux, de plus en plus vite, tandis que fusaient les applaudissements et les acclamations.

— Excellent ! murmura sir Gabriel en battant de ses longues mains osseuses.

— Bravo ! rugit Samuel qui, dans son enthousiasme, lança son chapeau en l'air.

John, lui, se répétait combien il se plaisait à Londres et, malgré son amour de la campagne, il ne se résignerait jamais à quitter la capitale. Son ambition d'acquérir une maison près du fleuve, à portée de

1. Quaker combattant.
2. Garçon gallois.

main de la ville, peut-être quelque part à Chelsea, se fit plus présente à son esprit.

La troupe du *Cirque chinois* salua ; lui succédèrent deux énormes gaillards en pagne qui montèrent sur la plate-forme en se regardant avec férocité. John, avec son vif sens de l'humour, apprécia particulièrement que le Fighting Quaker, malgré sa nudité, arborât le haut chapeau des puritains. Le Welsh Boy, semblant juger que son pagne était de trop, ne cessait de tirer dessus comme si cela le gênait, en même temps qu'il pointait l'index en direction du chapeau de son adversaire avec un sourire moqueur. Mal lui en prit car le Fighting Quaker, ne pouvant supporter cet air ironique, bondit sur lui et le plaqua à terre avant de le piétiner, ce qui ne mit pas en péril son chapeau qui resta en place. Avec force grognements, le Welsh Boy recouvra son équilibre et fit voir trente-six chandelles au Fighting Quaker qui, malgré ce rude traitement, garda miraculeusement son couvre-chef. Cependant le combat touchait à sa fin quand le Quaker saisit son adversaire par la taille et le précipita sur le sol, où chapeau et cheveux, visiblement collés ensemble, volèrent loin de sa tête, révélant sa calvitie. Les deux lutteurs quittèrent la scène sous les quolibets et les éclats de rire.

Le moment de l'entracte était venu et tandis que Samuel et John devaient se contenter d'une orange, sir Gabriel commanda un verre de bon vin des Canaries à un marchand ambulant et se mit à le déguster avec délice.

— Crois-tu que nous devrions nous habiller en noir et blanc ? chuchota Samuel à son ami.

— Cela ne ferait aucune différence, c'est sa manière de se comporter qui lui vaut ces faveurs.

— Je voudrais tant connaître son secret, répliqua Samuel avec une nuance de morosité. J'aimerais briser les cœurs !

— Qui ne le souhaiterait ? fit John.

— Ah ! Tu as des difficultés avec miss Clive, je suppose ?

— Avec elle et avec une autre.

— Qui ça ? Une vierge blonde de Winchelsea ?

— Blonde en tout cas, répondit John.

Cela les fit rire aux éclats, comme au temps où ils étaient de jeunes apprentis. Sir Gabriel haussa les sourcils mais garda le silence.

Nouvelle apparition de Mr Stoke.

— Messeigneurs, ladies et gentlemen, voici le feu d'artifice de la soirée, le combat entre Mrs Stoke, championne d'Europe et aussi mon épouse, et Mrs Field, la conductrice d'ânes. Et la première sur le ring est celle qui lance le défi. Soyez la bienvenue, Mrs Field.

— Bonté divine, je plains ses pauvres ânes, murmura sir Gabriel.

Une véritable amazone descendait une des allées et montait sur la plate-forme : six pieds pour le moins, une masse de cheveux noirs hérissés donnant l'impression d'un halo démoniaque, plus une formidable moustache et des yeux noirs perçants. Pour effrayer quiconque aurait le malheur de la contrarier, elle portait des collants noirs et un étrange vêtement d'un rouge brillant comme ceux dont s'habillent les acrobates.

L'assistance la hua, Mrs Field brandit le poing et l'agita dans leur direction, arpentant de long en large la plate-forme d'un air menaçant.

— Et maintenant celle qui défend son titre, Elizabeth Stoke, championne d'Europe de boxe.

Il y eut un grand rugissement approbateur quand avança dans l'allée un délicat petit bout de femme qui ressemblait à une poupée de porcelaine, avec ses longues boucles blondes et ses grands yeux angéliques d'un bleu de faïence.

— Corbleu ! cria Samuel assez fort pour que tout le monde l'entendît, elle ne va pas résister cinq minutes, ah non, c'est certain !

— N'en soyez pas si sûr, conseilla sir Gabriel avec bon sens.

— Qu'est-ce qui vous fait dire cela ? demanda son fils.

— Rappelez-vous David et Goliath, mon enfant. Même les plus jolies créatures sont capables d'asséner de rudes coups.

— Hum... fit John d'un air sceptique.

Mrs Stoke, vêtue de collants roses et d'un costume bleu anglais qui la faisaient paraître encore plus frêle, monta à pas comptés sur le ring et fit une révérence à l'assistance qui répondit par une ovation unanime. Mrs Field s'approcha et ricana ostensiblement. Elle dominait de beaucoup son adversaire par la taille, ce qui eût pu effrayer cette dernière qui opta pour une superbe indifférence, tandis qu'elle ôtait sa cape et la passait à l'assistant.

— Vous commencerez le combat quand la cloche retentira, ordonna Mr Stoke. Ladies, l'enjeu est de dix livres, que tout se passe selon les règles.

Il s'écarta et frappa une cloche de cuivre avec un marteau. Instantanément, Mrs Field se précipita sur son adversaire telle une tornade, ses gros poings nus ressemblant à des côtes de bœuf. Avec une agilité de fée, Mrs Stoke fit un pas de côté si fait que Mrs Field, incapable de ralentir son élan, vint se heurter aux cordes et en perdit le souffle. Pendant qu'elle tentait de retrouver sa respiration, Mrs Stoke s'avança et lui décocha une série de coups violents dans la région lombaire. Furieuse, la conductrice d'ânes pivota et, par un swing, envoya la championne européenne à terre où elle demeura un instant étourdie avant de se remettre vivement sur pied, agile comme un singe.

Le combat se poursuivit ainsi, force brutale contre

rapidité et dextérité ; pendant ce temps, les spectateurs qui avaient la chance de posséder une montre regardaient les deux femmes avec anxiété, la plupart sachant qu'un assaut entre femmes n'avait jamais duré plus d'un quart d'heure.

Le vent de la fortune tourna et il devint évident que la taille de Mrs Field et sa force vitale allaient l'emporter. Quelle que fût la vitesse avec laquelle Mrs Stoke esquivait les coups, son habileté à rester hors d'atteinte, elle ne pouvait administrer le coup qui mettrait son adversaire à genoux, et l'on commençait à croire que par simple fatigue elle céderait la victoire.

Très déçu John se tourna vers sir Gabriel.

— Vous persistez à penser que Mrs Stoke va gagner ?

— On ne sait jamais, tant que la bataille continue elle n'a pas perdu.

Comme pour lui donner raison, la championne d'Europe, qui venait de rebondir sur ses pieds à la suite d'un coup, s'élança sur Ann Field, passa sous son aisselle et frappa la femme aux ânes extrêmement fort au niveau des reins, ce qui lui fit monter les larmes aux yeux ; elle baissa la garde pour les essuyer. Alors Mrs Stoke sauta et, comme un boulet de canon, vint lui frapper le menton de ses deux poings nus. Mrs Field vacilla. Elizabeth, dévoilant une brutalité que démentait son aspect angélique, la cogna au plexus solaire. Ann se plia de douleur. La championne la frappa sur le crâne et la fit tomber comme un chêne qu'on abat. Les spectateurs se levèrent comme un seul homme, applaudirent, lancèrent sur le ring de l'argent que Mrs Stoke, en envoyant des baisers avec moult gestes gracieux, ramassa prestement et glissa à l'intérieur de son corsage. La femme aux ânes, prostrée, fut traînée hors du ring par deux assistants vigoureux, tandis que Mr Stoke levait la main de son épouse aux cris de : « La gagnante ! » Sous un tonnerre d'applaudissements, la championne triomphante quitta le ring en agitant la main et en souriant.

Sir Gabriel se leva.

— Tout à fait passionnant ! s'écria-t-il, et il y a une morale à en tirer, n'est-ce pas ?

— Que David parvient toujours à vaincre Goliath ? demanda John qui n'en était pas sûr.

— Selon toute probabilité, intervint Samuel, il ne faut jamais se fier à une petite femelle déterminée.

Ils rirent tous les trois de cette remarque.

Ces retrouvailles avec son enthousiaste ami d'enfance furent une fois de plus très réussies. John bavarda et prit grand plaisir à sa compagnie jusqu'à l'heure de son départ pour Winchelsea. Ils partagèrent une voiture de louage jusqu'à Liquorpond Road. Après son dîner chez le Dr Hensey, l'apothicaire avait l'intention de se rendre directement à l'auberge du *Cerf Blanc* pour prendre la chaise de poste qui l'emmènerait à Hastings. Samuel devait tout de suite regagner son logis de Little Carter Lane. Mais le hasard voulut que le médecin vînt ouvrir lui-même la porte et, voyant Samuel, il l'invita à dîner. Ainsi les trois hommes s'attablèrent dans une atmosphère de convivialité sans apprêt.

John fut très surpris de découvrir que le docteur vivait seul : il avait dans l'idée, sans raison spéciale, qu'il était marié. Mais une question posée avec tact lui permit d'apprendre que l'épouse du docteur, une très belle femme à en juger par son portrait, qui se nommait Veronique, un joli prénom, était morte d'une fièvre contractée quand elle avait tout juste 20 ans.

— Et vous n'avez jamais songé à vous remarier ? demanda Samuel qui aimait savoir le fond des choses et n'était pas réputé pour son tact.

— Oh non, répondit le médecin tristement. À cette époque, j'ai décidé de me consacrer à mes malades et à mes autres intérêts. Et la vie étant ce qu'elle est, j'ai à présent trop de travail.

— Que pensez-vous de ce Jago et de toutes les questions qu'il pose à propos de ce mystérieux Français ? demanda John pour changer de sujet tout en appuyant fort son pied sur celui de son ami sous la table.

— Je vous ai entendu en parler l'autre soir chez sir Ambrose, répondit le docteur avec prudence, mais franchement, c'était la première fois que j'en avais vent. Qu'est-ce que cela veut dire ? En quoi cela vous intéresse-t-il ? Cet individu n'a sûrement rien à voir avec vous ?

Réalisant qu'il avait fait une monstrueuse gaffe et qu'il risquait de faire naître des soupçons sur son propre rôle, il essaya désespérément de trouver une diversion mais, pendant qu'il avait peine à avaler sa salive, Samuel prit la parole pour le sauver de ce mauvais pas :

— Oh ! Vous ne connaissez pas mon ami John, c'est typique, depuis son plus jeune âge, il raffole de ce qui est mystérieux. Il se creuse la cervelle de plus en plus jusqu'à ce que quelqu'un découvre une bonne théorie qui l'aide à percer l'énigme. Il faut le prendre comme il est, Dr Hensey, c'est comme ça.

Les yeux du Dr Hensey se mirent à briller et il sourit.

— Oh, je comprends ! Eh bien, Mr Rawlings, je pense que parmi ceux qui étaient présents au dîner, certains en savaient plus qu'ils ne voulaient bien le dire.

— Ah vraiment, qui par exemple ? demanda John fort soulagé.

— Pour n'en nommer que deux, je dirais miss Sophie et miss Sarah.

— Et le squire ?

Le médecin hocha la tête en signe de dénégation.

— Trop stupide, pardonnez ma franchise. S'il avait été en contact secret avec le Français, il l'aurait dit carrément. En l'occurrence, je crois ce qu'il a dit, à savoir que l'homme est venu le voir sans avoir pris rendez-vous.

— Quel stupide trou-du-cul ! lança Samuel en gloussant.

— Je ne vous le fais pas dire, répliqua le médecin en riant.

— D'après vous, qui pourrait être ce Français ? dit John prenant son courage à deux mains pour réorienter la conversation sur ce sujet brûlant.

— Puisque les Affaires secrètes s'y intéressent, je suppose que c'est un espion, répondit Florence sèchement.

— Mais pourquoi avoir choisi Winchelsea ?

— Parce que, j'imagine, c'est là que se trouvaient ses contacts.

— Je me demande qui cela peut bien être, demanda John avec juste une note de ferveur naïve dans la voix.

— Nous ne le saurons sans doute jamais, fit le docteur avec pessimisme.

Les deux amis quittèrent la maison de Liquorpond bien plus tard qu'ils n'en avaient eu l'intention, ayant goûté un excellent cognac français dont ils burent plus que de raison. Ils s'inclinèrent à plusieurs reprises et remercièrent avec effusion le Dr Hensey pour son hospitalité. Une fois dehors, avec l'espoir de trouver une voiture de louage, ils virent que le temps avait changé et qu'il tombait une bonne averse. Il n'y avait âme qui vive, pas une voiture. L'apothicaire frissonna, tout déconfit de se trouver dehors par un temps si hostile.

— Courons jusqu'au coin de la rue, suggéra Samuel, il y aura peut-être une voiture.

Ils se mirent en route, se hâtant sur les pavés glissants, pataugeant dans les flaques qui les éclaboussaient jusqu'aux genoux. Soudain ils entendirent les pas de quelqu'un derrière eux et furent rattrapés par un jeune homme brun qui filait tel un cheval de course en criant : « Hé là-bas, une voiture ! Une voiture ! » À la grande contrariété de John, une voiture apparut presque aussitôt, s'arrêta devant le jeune homme qui bondit lestement dedans en touchant à peine le marchepied.

— Hé ! hurla Samuel.

— Arrêtez ! cria l'apothicaire.

La tête de l'étranger parut à la fenêtre et il dit avec l'accent le plus irlandais qui fût :

— Bien sûr, n'étais-je pas en train de l'arrêter pour que vous en profitiez aussi ? Gentlemen, voulez-vous monter avec moi ?

— Naturellement que nous le voulons, répliqua Samuel peu civilement.

— Je vous remercie, répondit John d'un ton plus conciliant.

— Montez vite !

Et une petite main, très soignée, leur ouvrit la portière, leur permettant ainsi de monter à leur tour.

La voix se fit entendre dans l'obscurité :

— Permettez-moi de me présenter, Lucius Delahunty de Dublin, à votre service, gentlemen.

— John Rawlings.

— Samuel Swann.

— Dans quelle direction allez-vous, bonnes gens ?

— À l'auberge du *Cerf Blanc* à Southwark, répondit John. Je veux prendre la chaise de poste du matin pour Hastings.

— Gloire à Dieu au plus haut des cieux ! s'exclama Mr Delahunty. Pour une coïncidence, c'est une coïncidence, c'est justement là que je vais. Alors trêve de salamalecs puisque nous sommes destinés à voyager ensemble plusieurs heures durant, appelez-moi Lucius, tout Dublin en fait autant.

Tout surpris que tant de gens se rendent dans le Sussex ces temps-ci, l'apothicaire répliqua :

— En ce cas, appelez-moi également par mon prénom.

— Oh, soyez-en sûr, John, vous pouvez en mettre votre main au feu !

Sur cette curieuse tournure de phrase, Mr Delahunty se mit à chanter tandis qu'ils faisaient route vers London Bridge.

17

Même la vieille dame au visage aussi ridé qu'une figue riait quand les voyageurs descendirent tous les quatre de la chaise de poste à la fin du voyage, tant l'entrain de Lucius Delahunty était communicatif. Les relations de John et de l'Irlandais avaient débuté sous de fâcheux auspices mais au fur et à mesure que les heures passaient, John succombait au charme de l'habitant de l'île d'Émeraude et quand ils arrivèrent à Hastings, il l'invita à venir le voir à Winchelsea.

L'Irlandais fut abasourdi.

— La coïncidence devient de plus en plus stupéfiante, Winchelsea est l'endroit où je vais. Bénis soient tous les saints !

Ce fut au tour de l'apothicaire de rester interdit.

— Mais pour quelle raison y allez-vous ? C'est une petite ville sans aucun charme. Rien n'y arrive jamais...

Ce serait vrai s'il n'y avait espions, contrebandiers et empoisonneur, pensa John.

— Vous me posez la question à juste titre, répliqua Lucius en souriant, mais je suis un artiste. C'est vrai, je ne plaisante pas. J'ai même vendu une ou deux toiles en mon temps. Donc je m'en vais planter mon chevalet et faire mes barbouillages avec l'espoir de vendre quelques produits finis aux gens du coin.

— Curieux choix ! Rye est bien plus pittoresque.

— Ah, c'est que j'ai fait la connaissance un jour d'une fille de Winchelsea, une certaine Molly Malone, une Irlandaise mais qui est venue vivre en Angleterre avec un vieux parent. Peut-être la connaissez-vous ?

John fit non de la tête.

— Quel dommage ! Elle a peut-être déménagé. Après tout, cela fait quatre ans que je fis sa connaissance.

— Vous allez tenter de la retrouver ?

— C'est-à-dire que je fais d'une pierre deux coups, je combine plaisir et travail.

Lucius s'étira, visiblement content d'être descendu de voiture.

John en le regardant se disait que c'était l'Irlandais typiquement celtique avec ses longs cheveux noirs et ses yeux d'un bleu foncé. On pensait généralement que ce physique particulier provenait de leurs ancêtres, marins espagnols naufragés de « l'Invincible Armada » qui avaient échoué sur la côte ouest de l'Irlande, thèse contestée par d'autres, qui la traitaient de légende en affirmant qu'aucun Espagnol n'avait survécu au désastre. L'apothicaire avait sa petite idée sur le sujet, ayant peine à croire qu'aucun n'eût pu continuer à vivre introduit dans la communauté par une fille du pays suffisamment énergique, échappant ainsi à des yeux indiscrets. Lucius, notamment, avait des traits exotiques qui révélaient une ascendance peu commune.

L'Irlandais consulta sa montre.

— Grand Dieu ! Déjà 10 heures du soir, c'est incroyable ! La pluie nous aura retardé. Bon, je vais prendre une chambre ici et vous, John ? Prendrons-nous un verre avant d'aller nous coucher ?

L'offre était tentante par cette soirée humide et peu engageante ; la pluie qui avait arrosé tout le sud de l'Angleterre venait de s'arrêter.

— J'accepte bien volontiers, nous pourrons repartir tôt demain matin pour Winchelsea.

Ils tendirent leurs bagages à un petit domestique puis entrèrent dans l'auberge, accueillis par un bon feu flambant dans l'âtre qui occupait un angle du vaste vestibule de l'antique hôtellerie. Ils gagnèrent le salon des clients, bondé à cet instant car deux chaises de poste étaient arrivées en même temps, créant une certaine confusion. Aucun siège n'étant libre, John et Lucius s'accoudèrent au comptoir et lampèrent leur ale non sans jeter un coup d'œil alentour sur la compagnie bruyante et joyeuse. L'attention de John fut attirée par une figure familière, un individu tranquillement assis dans un coin obscur, légèrement voûté sous son ample manteau, le chapeau bien enfoncé et l'allure de quelqu'un qui ne veut pas être reconnu.

— Impossible, murmura John entre ses dents.

— Que dites-vous ? demanda l'Irlandais.

— Rien, je pensais avoir reconnu quelqu'un, c'est tout.

— Cela vous étonne ?

Mais l'apothicaire ne répondit pas, haussant le cou pour voir si c'était bien la personne qu'il avait cru reconnaître. L'homme fit un mouvement pour se verser un autre verre de vin de la bouteille qui se trouvait devant lui. Plus aucun doute, Louis de Vignolles, la dernière personne que John s'attendait à trouver ici, passait également la nuit au *Cygne* à Hastings.

John réfléchit en silence sur ce qu'il convenait de

faire. Si ses soupçons se révélaient justifiés et que le comte fût bien ce mystérieux espion français qui avait réussi à se cacher habilement au sein de la meilleure société londonienne, fallait-il l'affronter ouvertement ou valait-il mieux attendre la suite des événements ? Il songea à Serafina, à la douleur qu'il lui infligerait s'il accusait faussement son époux. À l'idée qu'à toutes ses tâches présentes il lui faudrait ajouter une attentive observation des faits et gestes de Louis, il fit la grimace. Il avait dû soupirer car Lucius le lui fit remarquer.

— Oui, je suppose que cela vous étonne, qui regardez-vous ainsi ?

— L'homme là-bas, celui qui a son chapeau enfoncé jusqu'aux yeux. Sa femme a des soupçons et maintenant je le découvre en un lieu où il ne devrait pas se trouver.

— Il a pu se rendre à Hastings pour affaires, non ?

— Peut-être mais cela ne me paraît pas très vraisemblable.

— Elle le soupçonne d'infidélité ?

— Oui, ou de quelque chose de plus sinistre.

— Que voulez-vous dire ? s'enquit Lucius, les yeux écarquillés.

— Nous sommes en guerre, ne l'oubliez pas.

Lucius réagit comme un chien de chasse lancé sur une piste.

— Jésus, Marie, Joseph ! Feriez-vous allusion à de l'espionnage ?

Se mordant les lèvres d'avoir trop parlé, John lança :

— Je ne sais, c'est possible mais je crois plutôt qu'il s'agit de résoudre le problème : « *Cherchez la femme** ».

— Voulez-vous que j'engage la conversation avec lui et que je découvre le fin mot de l'affaire ? J'ai la langue bien pendue, vous savez.

— Je n'en doute pas, répliqua John en souriant.

Il n'en dit pas plus car derrière lui résonna un bruit de pieds de chaise raclant le plancher et de pas précipités vers la porte. L'apothicaire pivota assez vite pour voir Louis s'engouffrer dans le vestibule.

— Il a dû remarquer ma présence, attendez-moi ici ! ordonna John qui s'élança à sa poursuite.

Il découvrit que le comte avait piqué un galop et franchi le seuil de la porte donnant sur la rue. Prenant ses jambes à son cou John courut après lui.

Une fois loin des lanternes de l'auberge, c'était le noir absolu. La lune se cachait derrière un amas de nuages et les habitants de Hastings semblaient assez peu se soucier d'éclairer leurs rues.

Seule une torche tremblotante fixée sur un support au-dessus d'une rangée de boutiques jetait une faible lueur sur les pavés. Se demandant de quel côté aller, John s'arrêta un court instant, prêtant l'oreille. Il perçut en plus du son de sa respiration haletante celui de pas gravissant une venelle. Sans hésiter, l'apothicaire reprit sa course. Le sentier montait raide, l'ascension était peu aisée et tout à coup il se séparait en deux mauvaises sentes. Essoufflé, il s'arrêta à la bifurcation puis s'engagea à vive allure dans celle de droite où il ne rencontra âme qui vive, si ce n'est un gros matou qui braqua sur lui ses yeux verts et brillants. En reprenant le sentier en sens inverse, il savait que c'était trop tard et que Louis de Vignolles en aurait profité pour prendre la clé des champs. Il regagnait le *Cygne* en pestant quand une ombre se détacha de l'obscurité, le faisant sursauter de terreur.

— Louis ? balbutia-t-il.

— Non, non, c'est Lucius, déclara une voix rassurante. J'ai pensé que, s'il y avait empoignade, vous risquiez d'avoir le dessous ; je me sers très bien de mes poings à l'occasion.

L'apothicaire rit de soulagement.

— Je n'en doute pas. Mais il n'y aura pas de lutte, je l'ai perdu dans le noir.

— Alors il ne vous reste qu'une chose à faire.

— Laquelle ?

— Retourner à l'auberge vider quelques chopes.

Ce disant il entoura de son bras les épaules de John et ils revinrent à l'auberge tous les deux.

En dépit de l'abondante quantité de vin et d'alcool consommée la veille, les deux jeunes gens se levèrent tôt le lendemain et louèrent un cabriolet et un cocher pour effectuer la dernière partie du voyage. John avait comme à son habitude dévoré un plantureux petit déjeuner et eut la surprise de trouver en Lucius un plus gros mangeur.

Remarquant son regard admiratif, l'Irlandais expliqua :

— En général je ne prends plus rien jusqu'au dîner, sauf de petits casse-croûte quand je vais peindre.

— Vous êtes un homme selon mon cœur, j'estime qu'il faut toujours commencer sa journée par un copieux repas.

À présent, le ventre plein, ils s'assirent à l'arrière du cabriolet avec leurs bagages incluant pour Lucius son équipement de peintre et partirent au petit trot sur la route menant à Winchelsea. Une heure plus tard, ils étaient arrivés et Lucius avait obtenu – heureusement il ne le savait pas – la chambre antérieurement occupée par Joe Jago à *La Salutation*. John donna rendez-vous à son nouvel ami pour le soir même et s'achemina vers Petronilla's Platt pour y déposer son sac et s'enquérir de l'état de santé d'Elizabeth Rose. Celle-ci fut enchantée du flacon de *Violette des Neiges* qu'il lui offrit.

— Y a-t-il eu quelque chose d'intéressant depuis mon départ ?

— Oui, deux choses. J'ai découvert que Mrs Finch et Miss Rosalind Tireman possèdent un flacon de *Soir d'Arabie* mais pas Henrietta...

— C'est vrai, je n'ai jamais remarqué ce parfum sur elle, dit John d'un air pensif.

Mrs Rose lui lança un regard étonné mais ne fit aucun commentaire.

— Lady Ffloote en a aussi.

John garda le silence en se rappelant la conversation chuchotée dans le cimetière et la bouffée de parfum qui lui était venue aux narines.

Mrs Rose se méprenant sur la signification de son silence insista :

— Le Français, l'Épouvantail, acheta un flacon pour une femme inconnue. Donc le Papillon de Nuit doit se trouver parmi ces trois femmes que je viens de mentionner.

— Pas nécessairement, il se peut qu'il y ait quelqu'un qui cache un flacon.

— Alors comment parviendrez-vous à le découvrir ? demanda Elizabeth fortement intriguée.

— En les reniflant toutes sans exception, déclara John en riant. Donnez-moi les autres nouvelles.

— Le marquis et Rosalind ont annoncé la date de leur mariage, qui aura lieu le mois prochain au milieu d'avril.

— N'est-ce pas un peu rapide ?

— Ils ont toujours dit que cela aurait lieu au printemps mais il semble que Rosalind soit pressée d'aller à Londres. Elle déclare à qui veut l'entendre qu'elle s'ennuie à périr dans cette morne petite ville.

— Cette fille mériterait un bon sermon. Est-elle *enceinte** d'après vous ?

— Je me le suis demandé mais je ne le crois pas. Je ne la vois pas se permettant d'avoir une silhouette déformée le jour de ses noces.

— Et les préparatifs ?

— Mon cher, n'oubliez pas que le marquis a une horde de domestiques sous ses ordres. Quelques semaines de plus ou de moins, cela ne compte pas.

John se frotta le menton d'un air méditatif.

— Bon, tout cela est fort intéressant, merci pour les informations. Et maintenant, Elizabeth, si vous n'avez aucune objection, je m'en vais vous quitter, j'ai plusieurs visites à faire.

— Je le sais.

— Et votre santé, a-t-elle tenu bon en mon absence ?

— Parfaitement bien, ne vous tourmentez pas à ce sujet, j'ai pris la résolution de jeter tous les présents qu'on m'offrira.

— Sage précaution, dit John avec le plus grand sérieux, cela vaut vraiment mieux.

Le capitaine Pegram reçut ce jour-là son visiteur dans les superbes jardins qui s'étendaient derrière les Grey Friars et se terminaient par la cerisaie. Assis sur un banc de pierre pour profiter de ce soleil de fin mars tout en s'étant protégé du vent en s'habillant chaudement, il lisait son journal, le nez chaussé d'une paire de lunettes. Il les portait sur le bout du nez, ce qui lui donnait un air attendrissant que John n'arrivait pas à associer avec l'homme qui possédait dans un tiroir un portrait de Rosalind nue. Sachant qu'il ne fallait jamais se fier aux apparences, il se livra aux plaisanteries habituelles pour ne pas aborder directement les questions qui l'intéressaient.

— J'ai entendu dire que le marquis et sa fiancée allaient se marier le mois prochain ? dit-il avec un sourire radieux.

— Oui, paraît-il, répondit le capitaine avec un visage marmoréen.

— Je dois avouer que j'envie le futur marié, Rosalind est une des plus belles femmes de la création, ne pensez-vous pas comme moi, sir ?

— Si, je le suppose.

John ne fut pas avancé pour autant.

— Je croyais que vous comptiez parmi les admirateurs de miss Tireman, d'un point de vue purement esthétique, cela va de soi.

— Qu'est-ce qui vous a donné cette impression ? demanda Nathaniel en rougissant.

L'apothicaire décida de prendre le taureau par les cornes.

— J'ai aperçu un dessin d'elle quand j'étais dans votre bureau l'autre jour.

— Dois-je comprendre que vous venez voir les gens pour fureter dans tous les coins ? fit le capitaine devenu livide.

— Je ne furetais absolument pas, répliqua John de l'air le plus innocent qui fût – une des mimiques qu'il gardait en réserve –, le tiroir de votre bureau était resté ouvert, je ne pouvais faire autrement.

Le capitaine Pegram était tiraillé entre deux possibilités : le déni ou l'excuse. Il opta pour la dernière :

— Je l'ai dessinée en me laissant guider par mon imagination, balbutia-t-il, je me suis toujours targué d'avoir un côté artiste.

— Et quel plus joli sujet d'inspiration, la nudité féminine est si belle...

Le capitaine desserra sa cravate.

— Oh oui, c'est certain. (Il jeta un regard éperdu autour de lui comme s'il s'attendait à un secours céleste puis il déclara :) Pardonnez-moi, Mr Rawlings, si j'écourte notre entretien mais je viens de me rappeler une affaire urgente. Ne m'en veuillez pas, je vous prie.

Et le pauvre homme s'éclipsa.

John le regarda s'éloigner. Il était affligé car il n'avait jamais aimé commettre une indiscrétion, fût-ce pour découvrir la vérité ; pourtant c'était un mal nécessaire. Il y avait quelque chose de pathétique dans la façon dont le capitaine était obsédé par son amour envers Rosalind Tireman, il en était littéralement fou. Songeant à toutes ces amours non payées en retour, John se coiffa de son chapeau et se dirigea à pas lents vers le verger et, pendant ce temps, une idée qui avait germé dans son esprit prenait corps petit à petit.

Bizarrement, Lucius Delahunty n'était pas au rendez-vous dans le salon de *La Salutation* et John ne le trouva pas non plus quand il se mit à sa recherche en ville. Pensant que son absence était due à la découverte de l'endroit où logeait Molly Malone, l'apothicaire reprit le chemin de Petronilla' Platt, se vêtit de noir, dit au revoir à Elizabeth et, à la faveur de la nuit, se dirigea discrètement vers les Grey Friars.

Ce soir-là, la lune éclairait la vieille abbaye par derrière, si fait que les bâtiments se détachaient sur un ciel bleu foncé. La demeure en paraissait encore plus vaste et majestueuse et John se sentait tout petit face à la splendeur des lieux. Il avait conscience d'être un intrus et une certaine nervosité le gagna quand il se cacha derrière un des arbres qui, en été, donnaient de l'ombre sur la pelouse. Il savait bien que de sa cachette il ne pouvait observer la porte d'entrée, mais il comptait que s'il sortait, le capitaine emprunterait une de celles donnant sur le jardin. Il pressentait qu'il allait quitter sa maison clandestinement.

Tandis qu'il attendait dans un silence que seuls troublaient les mouvements furtifs des bêtes nocturnes et le hululement d'une chouette au loin, il ruminait son idée. La passion de Nathaniel Pegram pour la fille du recteur aurait-elle pu l'entraîner sur un périlleux chemin, le contraignant à espionner pour le compte de l'ennemi afin de pouvoir lui prodiguer les présents dont elle semblait avide ? Désirait-il rivaliser avec le marquis, paraître aussi riche et puissant que lui et misait-il... sur les activités d'espionnage au service de la France pour augmenter une fortune déjà rondelette ?

Ou bien la Grenouille se cachait-elle sous un plus humble déguisement ? Le recteur, Mr Gironde, sir Ambrose ou même le docteur, l'un ou l'autre d'entre eux était-il coupable du meurtre de l'Épouvantail ? Et le Papillon de Nuit ? Était-ce cette femme mystérieuse qui avait dérobé la carte de visite du capitaine Pegram dans la poche du cadavre ? Ou n'était-ce qu'une feinte ? Et si après tout le Papillon de Nuit n'était pas une femme ? Ce serait alors un homme, une créature de la nuit, comme son nom l'indique, agissant dans l'obscurité pour atteindre ses vils objectifs ?

Perdu dans ses pensées, il ne réalisa qu'au bout de quelques secondes qu'une porte venait de s'ouvrir derrière la maison, furtivement, très lentement, et qu'une silhouette noire, celle du capitaine, traversait le jardin en brandissant sa lanterne. John se blottit tout contre son arbre quand Nathaniel tourna après avoir lancé un regard circulaire et se dirigea vers les écuries. Priant le Ciel que sa proie ne montât pas à cheval pour gagner le lieu de son rendez-vous, l'apothicaire se précipita à sa suite tout en restant soigneusement à couvert. La chance lui sourit car le capitaine passa à gauche des écuries et disparut entre les rangées de cerisiers du verger. La poursuite devenait ardue car des brindilles sèches craquaient sous ses pas et sa vue était gênée par le feuillage bourgeonnant. À plusieurs reprises, Nathaniel s'arrêta et prêta l'oreille comme s'il savait qu'on le suivait et chaque fois, John se pétrifiait, le cœur battant la chamade. Il parvint à échapper à la vigilance du capitaine et à le suivre à travers le bosquet où l'apothicaire et Henrietta avaient fait l'amour. Il continua, toujours à l'abri des arbres, jusqu'à ce qu'il parvînt tout près de St-Thomas sans jamais avoir pris un sentier. Le capitaine, après une accélération finale, se dirigea vers le campanile qui jouxtait l'église et y pénétra à la hâte. John s'approcha autant qu'il pût de l'entrée qui avait été laissée entrebâillée et écouta.

La personne avec laquelle il avait rendez-vous l'avait devancé car John l'entendit dire d'une voix sifflante qu'il ne reconnut pas :

— Je vous avais dit que je ne voulais jamais plus vous revoir.

— Mais mon cœur...

— Ne m'appelez pas ainsi !

— Très bien. D'ailleurs c'est au sujet du dessin de...

Le capitaine se mit à parler si bas que John ne put entendre le reste de la phrase qui lui était aisé de deviner.

— Détruisez-le, déclara la femme.

— Je ne puis m'y résoudre.

— Vous le devez dans notre intérêt à tous les deux.

Le capitaine baissa la voix à nouveau et John s'avança d'un pas pour essayer d'entendre ce qui se disait. Malheureusement il avait dû se frotter contre le mur et déloger une vieille brique qui tomba sur le sol pour se briser en mille morceaux. Un épais silence s'abattit à l'intérieur du campanile.

— Qu'est-ce que c'est ? demanda la voix sifflante de la femme.

— Chut, lui intima Nathaniel.

John l'entendit s'approcher en catimini de la porte, ses pas résonnant légèrement sur le dallage en pierre. Il s'aplatit contre le mur dans l'ombre et entendit le capitaine sortir du campanile. Celui-ci regarda tout autour et cria :

— Qui est là ?

John ne fit aucun mouvement ; une seconde après, il perçut la respiration de Nathaniel qui contournait la tour carrée. Il ne lui restait plus qu'à courir, ce qu'il fit le plus vite possible en direction de *La Salutation* où il pourrait se perdre dans la foule.

Il entendit derrière lui la femme crier quand elle se rendit compte qu'il se passait quelque chose de fâcheux. Il l'entendit traverser le cimetière en courant ; il résista à la tentation de se retourner pour la regarder car il n'osait pas perdre une seconde, craignant que le capitaine fut près de le rattraper. Nouveau coup de chance pour John : il y eut un cri puis le bruit d'une lourde chute ; Nathaniel s'était effondré sur une stèle basse, ce qui lui coupa le souffle.

Bien qu'habitué par sa profession à accourir au secours des blessés, John continua à fuir et ne s'arrêta qu'au bout de la rue où se trouvait l'auberge. À la vue d'une ou deux personnes qui se promenaient, il ralentit le pas et se joignit à eux en adoptant une démarche lente en direction de *La Salutation*.

— Dieu du Ciel ! Ne seriez-vous pas tout essoufflé, ma parole ? s'écria une voix familière.

— Lucius, pour l'amour du ciel, accompagnez-moi comme si de rien n'était, chuchota John.

L'Irlandais scruta l'autre extrémité de la rue.

— À qui vouliez-vous fausser compagnie, à ce gaillard rougeaud qui souffle, la bouche ouverte, comme un misérable poisson rouge ?

— Oui.

— Il a un pistolet dans une main et une épée dans l'autre ?

— Si vous le dites...

— Il regarde dans notre direction.

— Ne le regardez pas !

— Mais pour l'amour du Ciel qui est-ce ?

— Un certain capitaine Nathaniel Pegram.

Lucius se mit à siffloter entre ses dents.

— Oui, oui, je vois.

— Pourquoi en parlez-vous comme cela ? Vous connaissez ce nom ?

— Je l'ai entendu mentionner quelque part, répondit l'Irlandais d'un air pensif. Mais du diable si je m'en souviens. (Son visage s'éclaira :) Allons mon ami il faut boire un verre ; buvons tout notre soûl.

— Bonne idée ! répliqua l'apothicaire, soulagé de réintégrer l'auberge. Buvons un verre !

18

Les papiers laissés par Joe Jago étaient passionnants. Bien avant qu'Elizabeth Rose eût bougé de sa chambre, l'apothicaire s'était levé, habillé, avait emporté les documents dans la cuisine où il en prenait à présent connaissance, le dos au fourneau, tout en buvant son thé. Une lettre de Joe, écrite avec une aisance qui ne correspondait pas au caractère un peu rude du personnage, accompagnait la liasse de papiers.

« Mon cher Mr Rawlings, votre serviteur, sir.

Permettez-moi d'attirer votre attention sur le fait que les autres membres de la bonne société de Winchelsea avec qui je me suis entretenu ne peuvent être soupçonnés d'avoir provoqué la mort de l'Épouvantail. Deux d'entre eux étaient à l'étranger à l'époque, les autres, d'une trop mauvaise santé ou dans un cas souffrant d'obésité, étaient dans l'incapacité de commettre ce crime. En revanche, je vous prie de porter votre attention sur les déclarations de la famille Tireman en particulier.

Je demeure, sir, votre très humble et obéissant serviteur.

J. Jago. »

John lut toutes les déclarations en notant les différentes versions de chacun. Là où Mrs Finch narrait d'un ton triomphant comment le Français s'était adressé à elle pour demander sa route, sa fille mentait effrontément en disant l'avoir à peine remarqué. Le contraste était frappant avec la façon dont le marquis s'exprimait, avec un laconisme qui frisait l'impolitesse. Quant à sir Ambrose, il déblatérait contre ces « maudits étrangers » sans dire grand-chose d'autre. Le compte rendu des Gironde n'était que mensonges d'un bout à l'autre. Lady Ffloote brillait par son silence et le récit du docteur Hayman était très imprécis, voire évasif. Le capitaine Pegram admettait volontiers que le Français était venu le voir et il avait répété leur conversation presque mot pour mot. Mais c'était les déclarations des Tireman qui retenaient l'attention par leurs dénégations qui les rendirent aussitôt suspectes aux yeux de John. À en croire le recteur et sa famille, ils n'avaient rien vu, rencontré personne et ne comprenaient absolument pas pourquoi on les interrogeait. Ce qui contredisait les paroles de Rosalind, qui disait avoir remarqué le Français à cause de son élégance. La description des événements faite par Henrietta semblait avoir pour auteur une étourdie avec un pois chiche à la place de la cervelle. Tout cela était trop innocent pour être vrai.

Avec un gros soupir, John remit en place les papiers ; il aurait souhaité s'être séparé de l'aînée des Tireman en meilleurs termes ; il regrettait que les jours où il ne l'avait pas vue eussent pesé si lourd sur son cœur et qu'elle eût laissé sans réponse la lettre qu'il lui avait écrite avant de repartir pour Londres. Sous le coup d'une profonde tristesse, il picora au petit déjeuner, laissant, contrairement à son habitude, de nombreux mets sans y toucher ; puis il sortit sans réveiller Elizabeth.

Il était de bonne heure et peu de gens circulaient. Décidé à tirer tout de même quelque chose du fiasco de la veille, il reprit le chemin du campanile et y entra en espérant que la mystérieuse compagne du capitaine aurait laissé quelque indice de son identité. Mais il n'y avait rien. Le dallage ne révélait aucune trace, sinon des fientes d'oiseaux. Les sourcils froncés, John suivit le chemin où, la veille, il avait entendu la femme prendre la fuite. Si son ouïe ne le trompait pas, elle avait suivi le sentier qui menait près de Paradise House. Il en fit autant et marcha d'un pas rapide. C'est là qu'il l'aperçut, gisant sur le sol tel un oiseau mort. Il se baissa pour ramasser l'objet et le reconnut, le cœur battant. Avec ses plumes recourbées et ses mignonnes petites fanfreluches, c'était le chapeau qu'Henrietta portait lors de leur première rencontre.

— Oh non ! gémit-il tout haut.

Malgré son envie de refuser la vérité, il dut se rendre à l'évidence : le chapeau était tout mouillé, ce qui confirmait qu'il avait passé la nuit dehors. Il l'enfouit dans sa poche et rebroussa chemin vers Petronilla's Platt, plus par désir de s'asseoir pour réfléchir tranquillement que par besoin de rentrer au logis.

Finalement il eut raison car lorsqu'il entra Elizabeth l'appela :

— John, est-ce vous ?

— Oui.

— Il y a une lettre pour vous sur la table de la salle à manger, elle vient d'arriver.

— Merci. Le garçon de la poste est bien en avance aujourd'hui !

— C'est un individu à l'allure un peu rustre qui l'a apportée, il conduisait une charrette.

Ce doit être un des acolytes de Dick, se dit John et il rompit le sceau avec curiosité.

L'écriture était claire et nette, ce qui étonnait de la part du bâtard d'un contrebandier fameux. Et John pensa que cette racaille de Kit Jarvis avait dû veiller à ce que son rejeton reçût une bonne éducation. Plus il y pensait, plus cela lui semblait vraisemblable, ce qui expliquait la facilité avec laquelle Dick se faisait passer pour un vicaire quand cela l'arrangeait.

« Mon cher ami,

J'ai découvert une longue-vue près de l'église de Fairfield sur laquelle est gravé un nom de fabricant français. Je pense qu'elle appartenait à l'Épouvantail. Si vous désirez en prendre possession, rendez-vous à St-Augustine de Brookland aujourd'hui à 2 heures.

Signé : un patriote, D. Jarvis qui a l'honneur d'être votre loyal serviteur. »

Heureux d'avoir quelque chose d'autre à faire que se poser sans cesse des questions, John s'apprêtait à quitter la maison pour aller louer un cheval aux écuries de Truncheons quand le garçon des postes arriva au trot rapide de sa monture et lui mit dans la main une autre lettre. L'apothicaire s'empressa de la lire et constata avec une bouffée de plaisir que c'était Henrietta qui lui écrivait.

« Cher Mr Rawlings,

J'ai reçu votre récente missive et ai décidé en conséquence d'agréer vos excuses. J'ai beaucoup de choses à vous conter. Rendez-vous dans la cerisaie après dîner, à 5 heures. »

Une immense joie l'envahit puis il se souvint du petit couvre-chef tout trempé enfoui dans sa poche et se sentit démonté. Sans compter qu'il lui fallait calculer soigneusement pour honorer ces deux rendez-vous. Se rendre de chez Dick à chez Henrietta en deux heures ne serait pas aisé. Il déposa le courrier d'Elizabeth sur la table, lui cria qu'il s'en allait et courut aux écuries louer le rapide cheval noir dont le regard ne lui inspirait pas confiance.

Une heure plus tard, il arriva essoufflé à Brookland avec le besoin de se reposer et de se rafraîchir. Sa malfaisante monture lui avait une fois de plus joué des tours : elle s'était arrêtée court au bord de la rivière, et avait failli précipiter son cavalier dans l'eau, s'était agitée pendant le trajet en bac puis était partie comme une flèche. Seule la vue d'un abreuvoir avait réussi à interrompre sa course effrénée : elle y avait plongé la tête si profond pour boire qu'il avait eu de la peine à ne pas glisser sur son cou. Craignant le pire, il avait préféré mettre pied à terre et le mener par la bride le reste du chemin jusqu'au *Ballot de Laine*. Ce n'était pas uniquement la soif qui l'avait poussé à y faire étape mais également l'idée qu'il pourrait y trouver Dick et ainsi gagner du temps. En effet s'il voulait être de retour à temps pour voir Henrietta – entrevue qu'il ne voulait manquer pour quantité de raisons –, il lui fallait s'avancer pour le reste. Mais l'auberge était vide. Il venait de boire une chope d'ale et allait partir quand résonna une voix familière.

— Grands dieux ! Ne serait-ce pas John ? s'écria Lucius Delahunty qui entrait, un sac empli de godets et de pinceaux sur l'épaule et son chevalet sous le bras.

— Lucius, je n'avais pas pensé que vous voyagiez si loin pour peindre !

— Oh ! je vais partout, partout où je puis dénicher des clients. Bonjour patron !

— Oui, répondit d'une voix maussade l'individu qui avait fait John prisonnier.

— Ça vous dirait d'avoir une nouvelle enseigne pour votre auberge moyennant une guinée, le couvert et le vivre ?

— Décampez, espèce de barbouilleur ambulant d'Irlandais !

— Que voilà une réponse bien peu chrétienne, Will ! lança une voix sur un ton réprobateur.

Dick apparut dans son déguisement ecclésiastique, en chapeau et habit noirs du révérend Tompkins. Il sourit à John et le salua d'une manière saccadée.

— Quelle surprise, Mr Rawlings !

Les yeux bleus du rebelle effleurèrent Lucius et revinrent se poser sur John. Ils recélaient dans leur profondeur une interrogation à laquelle John répondit par un hochement de tête presque imperceptible.

Dick sourit au nouveau venu.

— Permettez-moi de me présenter, sir : je suis le révérend Tompkins, vicaire de cette paroisse et d'autres. Je bouge tout le temps, voyez-vous.

— Lucius Delahunty, fit l'Irlandais en s'inclinant très bas, ses longs cheveux lui tombant sur les joues. Moi aussi je voyage, je suis venu par ici pour faire un peu de peinture et voir du pays.

— En fait, dit John avec un clin d'œil, il est en quête d'une certaine Molly Malone, c'est un romantique dans l'âme, ce garçon.

— Splendide ! s'écria Dick, vous offrirai-je quelque chose à boire ?

— Je ne refuse jamais une proposition pareille, révérend.

— Deux cruchons d'ale et un simple sherry pour moi, Will, commanda Dick mimant parfaitement l'affable jeune vicaire. Si j'étais toi, je reconsidérerais sérieusement l'offre d'une nouvelle enseigne pour ton auberge. Celle que tu as est à peine lisible.

— Si c'est vous qui le dites, mon révérend, grogna l'aubergiste lançant à Lucius un regard féroce.

— Je te donne mon opinion.

Ils burent, assis à une longue table en bois où au moins une douzaine de clients pouvaient s'attabler. John imaginait les contrebandiers ainsi installés, discutant de leur dernière course et organisant la prochaine dans une atmosphère fleurant la fumée de pipe, la sueur et la mer.

— J'ai envie d'aller peindre l'église St-Thomas-Becket qui se trouve dans un endroit appelé Fairfield, annonça Lucius. On m'a dit que c'était une église très ancienne et très pittoresque et que, tout l'hiver jusqu'au printemps, elle est cernée par les eaux. Je pourrais, me semble-t-il, faire usage de l'imagination que m'a donnée le Seigneur et la représenter se dressant hors des eaux telle une main tenant Excalibur[1].

— Quelle idée poétique ! s'exclama Dick enthousiaste. Il faut faire ce tableau, sir, je me vois très bien achetant une telle peinture.

— Vraiment, révérend ?

— Oui, absolument.

— Considérez que c'est chose faite, conclut Lucius en finissant son ale. J'y vais de ce pas. (Il s'arrêta comme s'il se rappelait soudain quelque chose.) Il m'est venu aux oreilles la rumeur la plus étrange dans un cabaret à Winchelsea et je me demande s'il pourrait y avoir quelque chose de vrai.

— De quoi s'agit-il ? demanda Dick d'une voix toujours affable mais la mine soudain méfiante.

— On a trouvé, paraît-il, un squelette habillé comme un épouvantail près de St-Thomas. Mais il

1. Épée du roi Arthur.

s'est volatilisé bien que personne ne sache où il est passé.

Le contrebandier se taisait, visiblement embarrassé et se demandant que répondre.

— Hum, commença-t-il.

John crut bon d'intervenir.

— C'est *vrai**. Un homme est mort non loin de là, sans doute surpris par les flots.

— Mais que faisait-il déguisé en épouvantail ?

— Cette partie-là de l'histoire est sans doute inventée. Je n'ai jamais rien vu et pourtant j'entre et je sors de St-Thomas très régulièrement, déclara Dick sur le ton définitif qu'emploie le clergé pour couper court à toute contestation.

— Cela m'a toujours étonné la façon dont les rumeurs se répandent et s'amplifient, commenta Lucius en hissant son sac sur l'épaule et reprenant son chevalet.

— Hélas ! Il en est ainsi de notre monde pécheur, soupira Dick d'un air affligé. Où vous retrouverai-je, mon fils, pour quérir mon tableau ?

— Je demeure à *La Salutation* à Winchelsea, révérend, mais je vous écrirai à St-Augustine quand ce sera prêt.

— Non, non, se hâta de dire Dick, je me déplace tout le temps. Mieux vaut adresser votre lettre au *Ballot de Laine*. Le patron me le gardera au cas où je serais en tournée paroissiale.

Et il sourit d'un air engageant.

— Je suis enchanté d'avoir fait votre connaissance, déclara Lucius en s'inclinant tant bien que mal, gêné par son harnachement.

— Moi de même.

— Au revoir mon ami, lança John, je vous reverrai peut-être dans la soirée ?

— Bien sûr et j'enverrai une équipe de secours si je ne vous vois pas.

— Adieu, que Dieu vous bénisse ! dit Dick. (Sitôt l'Irlandais parti, il se tourna vivement vers John.) Vous êtes sûr qu'il est vraiment ce qu'il dit ?

— Mais oui, je le crois. Pourquoi ?

— C'est que je me demandais ce qu'il pouvait bien faire à Brookland.

— Il peint comme vous avez pu le constater.

— Oui mais pourquoi *ici* ?

— Parce que le paysage est magnifique et sauvage.

— Comment le savait-il ?

— Pour l'amour du Ciel, Dick ! s'écria John avec impatience, ne soyez pas si méfiant. D'abord à mon égard, maintenant envers Lucius. Nous ne sommes pas tous les deux des agents déguisés des douanes. Laissez ce pauvre diable peindre en paix. (Puis il ajouta d'un ton ironique :) Montrez-moi plutôt cette longue-vue.

Dick fourragea dans la poche de sa soutane et en extirpa une petite longue-vue pliante qu'il déploya et qu'il porta à son œil.

— Quel beau modèle ! Où l'avez-vous trouvée ?

— Enfouie dans l'herbe près de l'endroit où était planté l'Épouvantail. Regardez, il y a le nom du fabricant. (Il le montra du doigt.) Henri Varonne, rue St-Louis, île de la Cité, Paris.

— Et elle n'appartient à aucun de vos acolytes ?

— Ils la lorgnent tous mais la réponse est non. Il y a autre chose, John.

— Quoi donc ?

— Des initiales gravées par ici. (Il les désigna.) Vous les voyez ?

— Oui, fit John en opinant du bonnet, G. D. L. T. Ce sont sans doute celles de l'Épouvantail ?

— Plus que certain à mon avis, répondit Dick le sourire aux lèvres, à moins que ce diable de Français ne l'ait volée.

— Rappelez-vous qu'il était très élégant et qu'il pouvait se permettre d'acheter du parfum pour une dame. Je pense qu'il devait être fortuné et que voler lui aurait paru méprisable.

— Vous devez avoir raison, je mentionnerai les initiales aux contrebandiers français, ils sauront peut-être qui c'est.

— Dick, vous vous dites patriote et pourtant vous continuez à faire de la contrebande avec les Français alors que nous sommes en guerre contre la France ?

— Ça, ce sont les affaires, répondit Dick avec dignité, c'est tout à fait différent.

— Je ne vois pas de logique dans ce que vous dites.

— C'est ma logique à moi, répliqua Dick d'un ton si péremptoire que John s'inclina.

La discussion était close.

19

À la vue d'une Henrietta toute pâle et à l'air si vulnérable, John sentit son cœur se briser. Elle se tenait sous les cerisiers dans le clair-obscur du crépuscule, comme une pauvre créature délaissée et, à nouveau, il se dit qu'à la place du marquis de Rye, jamais il n'eût pu abandonner une si adorable personne en lui préférant sa brillante sœur.

— Me voici, annonça-t-il d'une voix douce pour ne pas lui faire peur.

Elle se retourna et son sourire réchauffa instantanément le cœur de l'apothicaire. Elle n'était peut-être pas amoureuse de lui mais il était évident qu'elle le tenait en haute estime et que, de plus, elle était vraiment charmée de le voir. Sans dire un mot, il lui tendit les bras et, à sa grande joie, elle vint se blottir contre lui.

— Je regrette de vous avoir quitté de cette façon, lui chuchota-t-elle.

— Je n'aurais pas dû parler du marquis comme je l'ai fait, j'ai été cruel uniquement parce que je suis jaloux de lui.

— Vous n'avez pas lieu d'être jaloux, s'écria-t-elle en riant, il épouse ma sœur le mois prochain.

— Mais j'ai le sentiment que vous l'aimez encore.

— Chassez cette idée de votre tête, John. Ce qui est fait est fait.

Il la tint à bout de bras et scruta son visage.

— Vous savez, ce serait très facile pour moi de tomber amoureux de vous.

— Je pourrais dire la même chose.

— Voulez-vous que nous essayions, juste pour voir... ?

— Peut-être un peu plus de prudence serait-il de mise, dit-elle avec un petit sourire triste.

— Pourquoi ? Je hais la prudence, au diable la prudence !

Et il l'embrassa.

La vieille magie s'empara d'eux à nouveau et ils se sentaient bien dans les bras l'un de l'autre, oubliant tout le reste dans les délices des ébats amoureux. Pourtant ce fut quand il la tenait serrée contre lui qu'il remarqua que son parfum était différent. Et la finesse de son odorat lui permit tout de suite de discerner qu'il s'agissait de *Soir d'Arabie*, le parfum que l'Épouvantail avait acheté à l'intention d'une dame de sa connaissance. John chassa de son esprit tout soupçon tant il était absorbé dans cette fusion amoureuse. Mais plus tard, tandis qu'ils reposaient paisiblement côte à côte dans le verger à la tombée de la nuit, il se souvint du chapeau et se dit qu'il lui fallait interroger Henrietta, quelles qu'en fussent les conséquences. Comment l'avait-elle laissé tomber sur le sentier menant à Paradise House ?

Au moment où ils quittaient leur abri sous les arbres et se dirigeaient vers Friars Walk et les habitations de Winchelsea, il sortit de sa poche le chapeau tout abîmé et le tendit à la jeune femme dont il était en train de tomber amoureux.

— C'est à vous, n'est-ce pas ? demanda-t-il tout de go en déplorant la brusquerie avec laquelle les mots lui étaient venus.

— Oui, dit Henrietta en le regardant avec surprise, où l'avez-vous trouvé ?

— Sur le sentier du cimetière.

Elle lui lança un regard éberlué.

— *Comment* ?* Je me demande comment il a pu échouer là !

— Je pensais que vous pourriez me le dire.

— M'accuseriez-vous de quelque méfait ? demanda-t-elle en plissant les yeux.

— Pas du tout. Mais il se trouve que j'ai surpris le capitaine Pegram en conversation avec une femme dans le campanile de St-Thomas et j'avais l'impression que ce chapeau appartenait à cette dernière.

Miss Tireman s'écarta de lui.

— Je vois, vous pensez que je rencontre clandestinement le capitaine.

John resta sur place, obligeant Henrietta à en faire autant.

— Non, vous ne voyez rien du tout, absolument rien. J'ai un penchant pour vous, petite sotte, je ne vous accuse en rien. Tout ce que je voudrais, c'est que vous m'expliquiez comment votre chapeau a pu tomber dans le cimetière, la moindre bribe d'explication me suffirait !

Henrietta eut un sourire énigmatique.

— Hélas, cela m'est impossible.

— Et peut-on savoir pourquoi ? demanda l'apothicaire étonné.

— Parce que je n'en sais rien. Ce chapeau a disparu depuis un certain temps. J'ai dû sortir avec et le laisser quelque part. Je l'ai cherché partout où je vais d'habitude et personne ne l'a vu. C'est la première fois que je l'ai sous les yeux depuis une quinzaine de jours.

— C'est bien vrai ?

— Évidemment ! répondit-elle sèchement. Vous ne m'accusez tout de même pas de mentir, maintenant ?

— Mais non, ce n'est pas la peine de me lancer des regards furibonds.

— Figurez-vous que je suis vraiment *furieuse**, vous commencez par me croire la maîtresse de Pegram et ensuite vous êtes convaincu que je ne cesse de vous mentir !

— Ce n'est pas du tout ce que je pense, fit John l'air misérable, seulement il y a quelque chose d'étrange dans la façon dont ce chapeau a été jeté par terre et je ne puis m'empêcher de penser qu'on cherche peut-être à faire peser des soupçons sur vous.

— Mais qui penserait à cela et pourquoi ?

— Je n'en ai aucune idée mais écoutez-moi, faites attention, c'est tout. Il y a un tas de choses étranges qui se passent par ici, des choses qui ne présagent rien de bon. Soyez sur vos gardes.

— Mais vis-à-vis de qui ?

— Je n'en sais rien mais il faut que vous soyez prudente et si vous vous croyez en danger, venez tout de suite me trouver.

— Je ne comprends rien à ce que vous dites, John, à qui faites-vous allusion ?

— Nous sommes une nation en guerre, ma chère, ne l'oubliez pas.

Henrietta lui lança un regard perçant.

— Vous ne seriez pas un espion par hasard ?

La seule réponse vraiment valable qui lui vint à l'esprit fut :

— Après tout, croyez ce que vous voulez.

Ensuite il demanda à ce qu'on changeât de sujet de conversation afin de rentrer au logis en bonne intelligence.

Tout sentiment de bien-être intérieur se volatilisa dès que l'apothicaire eût mis la clé dans la serrure de la maison de Petronilla's Platt. D'où il se tenait il pouvait entendre les hurlements d'Agnes et, couvrant ce tapage, les terribles gémissements et les haut-le-cœur d'Elizabeth. Sans même prendre le temps d'ôter son manteau, John courut dans la cuisine d'où provenaient ces bruits effrayants.

L'ancienne actrice gisait étendue sur le dos à même la table de la cuisine, son visage fardé de blanc semblait celui d'une morte. Bien qu'elle eût des nausées, elle ne vomissait pas et elle glissait rapidement dans l'inconscience au fur et à mesure que le poison envahissait tous ses organes. Pendant ce temps, Agnes avait les yeux qui lui sortaient de la tête tant elle était effrayée. Elle courait partout en se tordant les mains, incapable d'entreprendre quoi que ce soit.

— Allez chercher un seau ! ordonna John qui se hâta de monter chercher sa trousse à médicaments.

Il prépara à toute vitesse un composé de racines d'asaret d'Europe avec du thym pilé qu'il fit infuser dans de l'eau où il avait fait bouillir des roses de Damas et du sucre ; il transportait toujours avec lui de cette eau dans un flacon.

Sur ces entrefaites, la servante apporta un seau ; elle semblait un petit peu moins terrifiée maintenant que John avait pris la situation en main. Elle chuchota :

— C'est bien ce qu'il vous faut, sir ?

— Oui, oui. Tenez la tête de Mrs Rose, je vais essayer de la faire vomir.

— On l'a de nouveau empoisonnée, sir ?

— Oui, de nouveaux plats anonymes, je suppose.

— Pas à ma connaissance, sir.

Pendant qu'il introduisait des cuillers d'émétique dans son gosier, il leva la tête.

— Qu'est-ce que cela peut être ?

— On n'a déposé aucun présent de nourriture ou de boisson, en tout cas, pas quand j'étais là.

— Qu'a mangé votre maîtresse aujourd'hui ?

— Rien, justement ! Elle s'est plainte de n'être pas tout à fait bien ce matin et n'a bu qu'un peu de thé. Et il n'y avait rien de mauvais dedans car j'en ai bu moi aussi. Mais Mrs Rose a été malade au moment du dîner et elle m'a demandé de manger ce qui était préparé. C'est comme ça que je suis sûre qu'il n'y avait rien de mauvais dedans non plus.

— À moins qu'elle n'ait pris quelque chose sans que vous soyez au courant.

— Oh non ! dit Agnes en faisant un vigoureux hochement de tête de dénégation. Quand elle ne se sent pas bien, elle jeûne.

John eut soudain une idée.

— Votre maîtresse est-elle souvent malade ? Je veux dire autrement que par empoisonnement ?

— Assez souvent.

— Quel genre de malaises ?

— Maux de tête et crampes d'estomac.

L'apothicaire opina du chef mais ne put continuer son interrogatoire car Elizabeth eut une forte nausée sous l'action de l'émétique. Une demi-heure plus tard, à peine consciente, livide, elle fut suffisamment remise pour qu'on la mît au lit où John la laissa avec Agnes à son chevet ; la servante tenait solidement son seau pour le cas où...

L'apothicaire commença une recherche méthodique, débutant par la coiffeuse où lotions et potions voisinaient. Il ôta les bouchons, les couvercles, renifla tous les contenus et goûta délicatement les pilules avant de passer à la commode où étaient rangés les médicaments. Il usa des mêmes procédés et vint à sourire quand il tomba sur une bouteille dont il goûta le contenu avant de la placer dans sa poche.

— Agnes, pouvez-vous rester encore une heure ?

— Oui sir, mais j'ai peur que ma mère ne se fasse du souci.

— Je vais lui écrire un petit mot pour expliquer votre retard.

— Ce n'est pas la peine, elle ne sait pas lire.

— Bon, alors je vous promets d'être aussi rapide que possible. Mais il faut que je sorte et Mrs Rose n'est pas assez bien pour rester seule.

— Ne lambinez pas, sir, je n'ai pas envie de tâter de la ceinture de mon père.

— Je vous promets de faire vite.

Avec cette promesse, l'apothicaire quitta la maison au galop et se rua dans les ténèbres.

20

Les deux vitrines en saillie sur la façade de la boutique de Mr Gironde, l'apothicaire, étaient presque aussi attirantes de nuit que de jour. Grâce à des lanternes habilement disposées dont la lumière se réfléchissait dans des miroirs placés çà et là, les pots et flacons de produits exotiques étaient mis en valeur et les passants pouvaient les admirer dans tout leur éclat. John, bien qu'il fût très pressé, s'attarda un instant à contempler les gracieux empaquetages avant de tirer la sonnette.

Les Gironde habitaient au-dessus de leur boutique

dans une maison à trois étages ; le rez-de-chaussée était entièrement consacré à leur commerce. Aussi fallut-il un certain temps pour que quelqu'un descendît, traversât la boutique et, finalement, la porte s'ouvrit dans un grand bruit de chaînes. Une petite servante au visage tout rond apparut, beaucoup plus cérémonieuse qu'Agnes en raison du tablier blanc qui lui ceignait la taille et de sa petite coiffe dont les rubans se nouaïent sous le menton.

— Bonsoir, sir.

— Bonsoir. Vos maîtres sont-ils à la maison ?

— Madame est là mais monsieur est sorti. Qui dois-je annoncer ?

John tendit sa carte d'un large geste. La servante y jeta les yeux, visiblement elle peinait à déchiffrer ce qui y était gravé.

— Mr Rolling ?

— Rawlings.

— Veuillez patienter, sir, je vais voir si madame peut vous recevoir.

Mais elle n'eut pas à s'en occuper car on entendit des pas légers sur les marches et Mrs Gironde fut là en quelques secondes, accueillant John comme s'il était un ami perdu de vue depuis longtemps.

— Mon cher sir, quelle joie de vous voir ! Mrs Rose (Elle appuya sur ce nom avec un clin d'œil indiquant sans doute qu'elle avait gardé pour elle le secret de la véritable identité d'Elizabeth.) m'a dit que vous étiez retourné à Londres et j'ignorais que vous étiez à nouveau parmi nous. C'est une bonne surprise. Entrez, je vous en prie.

Elle s'apprêtait à monter l'escalier quand John dit :

— Je préférerais, si je le puis, rester un moment dans votre boutique.

Surprise au premier abord, elle prit un air charmé et flatté.

— Bien sûr, je me rappelle comme vous avez tout

admiré la dernière fois. Y a-t-il un produit que vous aimeriez revoir en particulier ?

— Mais oui, fit John d'un ton doucereux, si c'était possible, j'aimerais voir d'un peu plus près votre *Élixir de Jouvence*.

Nan eut un petit rire de jeune fille.

— Certainement pas pour votre usage personnel ?

— D'une certaine façon, si, dit John en fronçant les sourcils. (Il tira de sa poche le flacon qu'il y avait caché.) Ceci appartient à tante Elizabeth, je l'ai trouvé parmi ses produits de beauté. À mon avis elle en a pris un peu ce matin et il s'en est fallu de peu qu'elle n'en meure.

— Que me dites-vous là ? rétorqua Mrs Gironde furieuse.

— Que ce breuvage n'a pas été préparé selon les règles, non plus que celui que Mrs Finch acheta récemment, me semble-t-il. L'autre soir, elle ne put assister au dîner chez lady Ffloote parce qu'elle était souffrante. Je soutiens que vous empoisonnez petit à petit les dames d'un certain âge de Winchelsea avec cette maudite potion.

Le visage de Nan se durcit.

— Cette accusation est grave, sir.

— Elle l'est en effet. Dites-moi, Mrs Gironde, est-ce vous qui préparez cet élixir ? En prenez-vous la responsabilité alors que vous n'avez aucune formation médicale ?

— Euh... Je...

— Je vois. Il est préférable que ce ne soit pas votre époux qui en porte la responsabilité. Vous m'avez dit, je crois, que le principal ingrédient était du nombril de Vénus ?

— Oui.

— Et où cueillez-vous vos simples ?

— Dans les marais, cette plante prolifère dans les prés gorgés d'eau.

— Connaissez-vous l'autre nom du nombril de Vénus qui pousse dans l'eau ? coupa John d'un ton tranchant.

— Non.

— On l'appelle également du tue-mouton, vous savez pourquoi ?

Mrs Gironde fit non de la tête.

— Parce qu'elle tue les pauvres moutons qui en broutent. Le seul nombril de Vénus inoffensif est celui qui pousse sur les murs. À cause de votre propre ignorance et de la paresse de votre mari, vous vous êtes lancée dans une campagne de destruction progressive.

Nan le fixa avec une expression horrifiée.

— Est-ce vrai ?

— Évidemment. Si je faisais un compte rendu de cette affaire devant l'Honorable Société des Apothicaires, votre mari aurait à encourir une sévère sanction.

Elle s'accrocha à son bras l'air suppliant.

— Oh, je vous en prie, n'en faites rien, nous avons une affaire si prospère ! Je ne sais ce qu'il ferait si pareille chose nous arrivait !

John réfléchit un instant puis déclara :

— Si j'accepte de garder le silence, j'y mettrai mes conditions.

— Je m'y soumettrai, je ne puis supporter l'idée que notre gagne-pain nous soit enlevé.

— Fort bien. *Primo*, je veux que vous détruisiez tous les flacons d'élixir qui vous restent et que vous brûliez le nombril de Vénus que vous avez cueilli dans l'eau. Ensuite, dès demain matin, vous irez dire à vos clientes que vous ne vendrez plus d'élixir et tâchez de les persuader de se débarrasser de ce qui leur reste. Promettez-moi de ne plus jamais préparer de médicaments. Vous n'êtes pas apothicaire, Mrs Gironde, et vous ne devez pas faire comme si vous l'étiez. Enfin...

Il suspendit sa phrase pour faire plus d'effet.

— Oui ?

— Je veux que vous me disiez tout sur vos rapports avec le mystérieux Français qui vint ici l'été dernier. Je crois que vous m'avez menti quand vous avez affirmé que vous ne l'aviez pas revu depuis l'instant où il a quitté votre boutique. Votre hésitation vous a trahie. Je vous soupçonne de cacher des informations qui peuvent être vitales pour le pays.

Mrs Gironde se laissa choir brutalement sur le siège réservé aux clients invalides et elle se couvrit la face de ses mains. John l'observait sans être impressionné par ses simagrées.

— Alors ?

— Je ferai ce que vous m'avez ordonné, balbutia-t-elle, je détruirai tout ce soir et demain, j'irai à la recherche de tous les flacons d'élixir déjà vendus.

— Voici celui de Mrs Rose. (John posa avec bruit le flacon sur le comptoir, furieux à l'idée que par son ignorance insigne cette prétentieuse petite bonne femme eût mis en péril tant de ses clientes.) À présent parlez-moi du Français. Si vous omettez le moindre détail, j'irai raconter à votre mari toute l'histoire.

Elle leva sur lui un regard craintif.

— Oh non, non ! C'est un homme bon qui travaille dur, je ne peux pas supporter l'idée qu'il apprenne l'étendue de ma stupidité. Voici comment les choses se sont passées : le Français m'a glissé à l'oreille pendant que Marcel était dans le laboratoire qu'il me trouvait belle et *chic**. Il me demanda de le retrouver près du moulin.

— Et vous y êtes allée ? N'était-ce pas très imprudent avec un homme que vous ne connaissiez ni d'Adam ni d'Ève ?

— C'était un homme d'honneur, cela se voit tout de suite, affirma Mrs Gironde avec un petit rire.

— Si honorable en vérité qu'il eut aussi un rendez-vous secret avec miss Sarah Finch, qu'il l'embobelina avec de faux serments d'amour, tout cela pour s'introduire dans la bonne société de Winchelsea.

Nan avec son profil d'oiseau se métamorphosa en guêpe et dit d'un ton piquant :

— Je ne vous crois pas.

— Demandez-le-lui vous-même, répliqua John en haussant les épaules, vous allez certainement voir Mrs Finch demain matin.

— Je ne puis croire cela de Gerard.

— Gerard ? C'est son prénom ?

— C'est ce qu'il m'a dit.

John se rappela les initiales sur la longue-vue : G. D. L. T. Enfin l'Épouvantail avait un prénom.

— Vous a-t-il indiqué son nom ?

— Non.

— De quoi avez-vous parlé ?

Mrs Gironde eut la bonne grâce de rougir, elle devint cramoisie.

— Je vois, l'amoureuse petite bête n'a pas perdu de temps en conversation. Dites-moi ce qu'il voulait en plus de ce qui saute aux yeux ?

Il lui parlait sans aucun ménagement, il en avait bien conscience, mais son irritation contre elle était profonde et il ne regrettait pas sa brutalité.

— Il m'a interrogée sur les dames de la bonne société et m'a demandé si je pourrais l'introduire dans leur cercle.

— A-t-il mentionné certains noms en particulier ?

— Lady Ffloote, Mrs Tireman et ses filles, Mrs Rose.

— Ah vraiment ? Cela devient très intéressant.

La détresse de Nan Gironde était visible.

— Vous n'en soufflerez mot à Marcel, n'est-ce pas ?

— Non, fit John, à condition que vous observiez les termes de notre marché.

— Je vous le jure.

— Le dénommé Gerard a-t-il dit autre chose ?

— C'est étrange, il voulait savoir où habitait le marquis de Rye. Il semblait y attacher beaucoup d'importance, je me demande pourquoi.

— Ils ont peut-être une parenté, après tout le marquis n'a-t-il pas du sang français ?

« Il y a quelque part un lien, murmura-t-il pour lui-même, mais je ne sais diablement pas lequel. »

Il se tourna vers Mrs Gironde.

— Est-ce tout, ou vous reste-t-il quelque chose à me raconter ?

— Non. Après que nous nous sommes quittés ce jour-là je ne l'ai jamais revu.

— Et la dame pour qui il a acheté du parfum, vous ne voyez pas du tout qui cela peut être ?

— Non mais lui non plus.

— Ce qui signifie ?

— Il m'a dit qu'il l'achetait pour une dame qu'il n'avait jamais rencontrée mais à qui il désirait faire bonne impression. J'ai voulu savoir quel âge elle avait, mais il ne le savait pas non plus. Finalement nous nous sommes décidés pour *Soir d'Arabie* parce que c'est un parfum qui convient à tout âge.

— C'est curieux.

— Était-ce un espion ? demanda Nan timidement.

— Certainement, rétorqua John. (Et lui mettant sans vergogne du sel sur la plaie, il ajouta :) Vous avez fraternisé avec l'ennemi, Mrs Gironde, souvenez-vous-en.

Elle blêmit.

— Je m'en souviendrai, vous pouvez en être sûr.

— Il faut que je vous quitte, dit-il en consultant sa

montre, Mrs Rose est toujours fort souffrante et la fille qui la garde ne pourra rentrer chez elle qu'à mon retour.

Et il se dirigea vers la porte.

Nan murmura en le suivant :

— Je vais tâcher de réparer mes erreurs. Merci de m'avoir traitée équitablement.

John eût aimé lui répondre – il l'avait sur le bout de la langue – qu'il aurait préféré lui tordre le cou, mais il garda son air calme et sortit dignement.

Se sentant affreusement coupable de retenir si tard la pauvre Agnes, il courut tout le long du chemin jusqu'à Petronilla's Platt pour découvrir en arrivant qu'Elizabeth, plus pâle que jamais, dormait tandis qu'Agnes sommeillait sur la chaise à côté de son lit.

Il réveilla cette dernière avec douceur et descendit avec elle au rez-de-chaussée.

— Pardon d'avoir mis si longtemps.

Son pâle visage se tourna vers lui.

— J'aurai une correction, pour sûr.

— Non, je vais vous reconduire et j'expliquerai la situation à vos parents.

— Oh vraiment ? Vous feriez cela ?

— Bien sûr, je vais juste examiner Mrs Rose.

Mais celle-ci semblait dormir d'un sommeil paisible qui durerait jusqu'au matin. Sentant qu'Agnes avait plus besoin de lui que la malade, il l'escorta dans la nuit à la seule lumière de leurs deux lanternes.

Il n'avait pas fait cinq cents mètres qu'il se surprit à penser à l'extraordinaire message chiffré qu'il avait porté au Dr Willes. Quel en était le sens ? Le déchiffreur du roi était-il parvenu à le comprendre ? À ce moment précis, comme s'il les avait fait apparaître par magie, du cap de Pett jaillit une série de signaux lumineux.

— Qu'est-ce que c'est ? demanda Agnes en pointant le doigt.

— Probablement les contrebandiers, répondit brièvement John qui attrapa dans sa poche un crayon et un bout de papier.

Il observa les signaux et les mémorisa avant de les écrire.

— 1027, 1991, 1637, 1695, énuméra-t-il tout haut.

— Qu'est-ce que cela signifie ? s'enquit Agnes.

— Dieu seul le sait. Écoutez, ma fille, ne dites rien de ce que nous avons vu, même pas à votre maîtresse.

— Oh ! Je ne dirai rien, sir ! s'écria la servante très excitée.

À la lueur de la lanterne John s'aperçut qu'Agnes, au physique disgracieux, à l'expression habituellement morose, s'était animée ; il ne lui avait jamais vu tant d'allant.

21

L'apothicaire eut l'impression qu'il venait à peine de poser la tête sur l'oreiller et de fermer les paupières quand il fut réveillé par de forts coups contre sa porte. Saisi de frayeur, il se dressa sur son séant puis descendit en courant en chemise de nuit et tira avec peine les verrous. Le docteur Hayman, habillé comme en plein jour, se tenait sur le seuil ; à la lumière de la lune, John vit qu'il transpirait à grosses gouttes et semblait prodigieusement agité.

— Il y a un navire échoué à Pett Level, il a touché le banc de sable. Pour couronner le tout, c'est un navire français.

— Quoi ?

— Il y a des blessés. Quelqu'un est allé chercher les Riding Officers à Rye, il y a eu une bataille rangée sur la plage, la confusion est totale, Dieu seul sait ce qui se passe ! Nous avons besoin d'aide. Pouvez-vous venir soigner les blessés ?

— Donnez-moi un instant pour voir tante Elizabeth et m'habiller et je suis à vous.

— J'ai ma voiture avec moi, j'ai pensé que cela nous ferait gagner du temps.

Dix minutes après, ils étaient assis dans le cabriolet du docteur et se dirigeaient vers la côte aussi vite que le cheval le pouvait.

— Redites-moi comment c'est arrivé, demanda John qui n'avait pas très bien saisi ce dont il s'agissait.

— Je ne sais pas exactement. Du moins cela n'a rien à voir avec les contrebandiers. Une frégate avec à son bord des troupes françaises s'est approchée trop près de la côte et s'est échouée sur le banc de sable. Personne ne comprend ce qu'ils venaient faire.

Se souvenant des signaux lumineux, John murmura :

— Je me pose des questions.

— À propos de quoi ?

— Je me demande s'ils avaient rendez-vous avec un espion anglais...

— C'est possible.

— Qui a envoyé chercher les Riding Officers ?

— Un homme qui a des réactions vives et un cheval encore plus rapide. Il a dû voir des uniformes français sur le sol anglais et partir comme le vent.

— Avez-vous une idée de qui cela peut être ?

— Nous l'apprendrons par la suite.

Ils approchaient du rivage et John s'efforça de discerner dans le noir les signes du combat. Cette partie de la côte était appréciée des contrebandiers parce que les plages de Fairlight Glen et de Cove étaient accessibles aux charrettes. Ils fréquentaient également Pett Level car c'était une vaste étendue de prairies inondables, striées de fossés de drainage et la mer qui léchait la plage de galets juste en dessous les recouvrait fréquemment. C'est sur cette plage que l'apothicaire vit les premières traces de ce qui s'était passé : la frégate française était échouée sur un banc de sable, duquel elle se serait vraisemblablement dégagée avec la marée. Ses occupants, une troupe de soldats, s'étaient sottement aventurés sur la plage, peut-être tentés par ce débarquement téméraire. Plusieurs d'entre eux gisaient maintenant sur les galets, morts ou agonisants, victimes des agents des douanes, les Riding Officers qui, appelés à la rescousse, étaient venus de Rye.

Les Français aussi avaient atteint des Anglais, maintenant soignés par des curieux venus voir ce qui se passait. Tandis que le docteur Hayman et John quittaient leur véhicule, ce dernier regarda autour de lui et à sa grande surprise vit que le *beau monde** de Winchelsea, comme il aimait à l'appeler pour lui-même, avait accouru ; même la fragile Lady Ffloote tentait de bander un crâne à l'aide d'un chiffon de coton blanc. Il remarqua, accroupies parmi les jeunes Français, Mrs Finch et ses quatre boulottes de filles dont les tentatives maladroites apportaient plus de confusion que de soulagement. Mrs Tireman s'entretenait avec un officier français dans la langue de celui-ci, tenant sans doute lieu d'interprète. Son époux, pendant ce temps, essayait d'aider les mourants, sans tenir compte de nationalité ou de religion, et semblait bouleversé par cette expérience. Inutile de noter que pendant qu'Henrietta étanchait les plaies avec courage, la belle Rosalind assise sur un pliant paraissait sur le point de s'évanouir. Son futur époux, sombre et morose comme à l'accoutumée, portait les blessés qui ne pouvaient marcher jusqu'à l'endroit où officiaient les médecins, notamment Marcel Gironde, et, à la grande surprise de John, le docteur Hensey. Le squire se chargeait de donner des conseils et distribuait des instructions pas toujours compréhensibles d'une voix tonitruante. Pendant ce temps, Pup trébuchait sur les galets, le ventre traînant par terre et le souffle court. Mrs Gironde, qui donnait des soins à un blessé, prit un air contrit en sentant l'œil de John posé sur elle. Le capitaine Pegram, visiblement rattrapé par son passé militaire, prenait en charge les prisonniers, mettant en marche ceux qui étaient encore sous la garde des Dragons.

— Au travail ! déclara Richard, et il s'agenouilla parmi les blessés en ouvrant sa trousse médicale.

Il y avait quelque chose d'immensément satisfaisant dans l'accomplissement de cette tâche secourable et John avait conscience que ce sentiment était partagé par tous. Il y avait aussi de l'excitation dans l'air du fait que l'ennemi était venu tout près et se révélait n'être qu'une bande de jeunes gens effrayés. Les vieux officiers chevronnés qui les commandaient bavardaient, se souciant visiblement comme d'une guigne d'avoir été capturés pourvu qu'ils pussent fumer leur pipe et boire une gorgée de brandy.

— C'est la guerre, déclara John en riant cyniquement.

— Dites plutôt l'après-guerre, répliqua une voix près de lui.

John s'aperçut qu'Hensey travaillait à ses côtés ; il était en train de recoudre une blessure au bras d'un soldat français à l'aide d'un fil en boyau de mouton.

— Quel bon vent vous a poussé jusqu'ici, sir ? La dernière fois que je vous ai vu, c'était au cours de ce délicieux repas pris chez vous.

— Il se trouve que l'état de ma patiente d'Hastings a empiré et j'y suis venu peu après vous. Je devais passer la nuit à *La Salutation* après un long dîner en compagnie de Mrs Finch et de ses filles. Je m'étais attardé après ce dîner trop copieux quand la rumeur s'est répandue qu'une frégate française s'était échouée et qu'il y avait des morts et des blessés ; je suis arrivé ici en hâte dans la voiture de cette chère dame.

John fronça les sourcils sans rien dire.

— Quelle étrange affaire ! D'abord pourquoi ce navire est-il venu si près du bord ? Ensuite qui a prévenu les Riding Officers de ce débarquement inopiné ?

— Je n'en ai aucune idée, fit John en hochant la tête, c'est curieux.

Il regarda s'il y avait un nouveau patient mais il n'y avait plus personne. Les morts avaient été mis dans une charrette, les blessés dans une autre pour être emmenés soit en prison, soit à l'hôpital. Le Dr Hayman se lavait les mains dans la mer tandis que Gironde, l'apothicaire, rangeait ses potions et baumes dans sa trousse. Remarquant pour la première fois qu'il était couvert de sang, John s'approcha de la mer à son tour.

Une voix au loin se fit entendre :

— Bonnes gens, si vous pouvez franchir une distance d'environ huit kilomètres, je vous invite à un souper tardif chez moi. Il me semble que vous avez mérité une récompense après ces travaux nocturnes !

C'était le marquis de Rye, juché sur un petit rocher rond, les bras levés pour attirer l'attention. Sa sombre silhouette se détachait sur l'océan, on eût dit un oiseau ou même un insecte, sa cape voletant sur ses épaules comme des ailes.

Richard Hayman se tourna vers son collègue.

— Vous venez ?

— Oui, je crois, ce sera intéressant de voir le futur foyer de la belle Rosalind !

— C'est exactement mon point de vue.

Le docteur s'inclina, geste qui semblait peu approprié sur ce rivage où subsistaient des traces de la bataille.

— John, je ne vous remercierai jamais assez pour l'aide que vous m'avez apportée. Ce n'était pas une escarmouche de rien du tout.

— Un avant-goût de ce qui pourrait arriver si les Français tentaient une invasion sur notre sol. (L'apothicaire regarda le médecin droit dans les yeux.) Richard, à propos d'ennemis sur notre sol, quelque chose me tarabuste depuis quelque temps et il me faut vous en parler.

— Oui ?

— La nuit qui a suivi le malaise de ma tante...

— Eh bien ?

— Peu après votre départ de la maison, les contrebandiers ont distribué leurs marchandises à peu près dans toutes les maisons de Winchelsea. J'ai regardé par la fenêtre et je vous ai vu avec Mrs Tireman monter dans une charrette avec eux et depuis lors, cela m'intrigue.

— Oh, si ce n'est que cela ! Il y avait un matelot à bord d'un cotre français. Dick Jarvis avait demandé à la femme du recteur de traduire en anglais ses symptômes et je l'ai accompagnée pour le soigner.

— Ni elle ni vous n'avez eu de scrupules à venir en aide à un ennemi ?

— Un être qui souffre, pour moi peu importe qu'il soit français, anglais ou esquimau, je le soigne. Pas vous ?

— Si, si. J'étais curieux d'avoir votre point de vue, c'est tout.

— Je ne suis pas un traître si c'est ce que vous voulez savoir.

— Mais un traître, qu'est-ce que c'est ? fit pensivement John. Pour le parti qu'il sert, c'est un héros.

Il songea à Gerard, l'Épouvantail, qui était venu en Angleterre pour faire son devoir, agrémenté de quelques passades, et qui avait péri sous les coups d'un meurtrier.

— Venez donc, dit Marcel Gironde qui se dépêchait de les rejoindre au bord de l'eau, le marquis s'en va.

Avec le sentiment étrange que cette nuit allait révéler bien des choses jusque-là mystérieuses, John tourna le dos à la mer et suivit ses confrères.

La demeure du marquis de Rye, Ravenhurst [1] Park, avait été construite sous le règne de William et Mary. C'était une bâtisse de brique d'un ton chaud avec onze baies et trois étages, au milieu d'un magnifique parc. Des moutons paissaient dans les prairies entourant le jardin d'agrément. Disséminés entre les arbres, sous les rayons de lune, ils levèrent la tête quand la file de charrettes et de carrosses remonta l'allée. Tous apparemment avaient accepté l'invitation de Justin à souper. John compta jusqu'à une demi-douzaine de véhicules devant le cabriolet du Dr Hayman.

Pendant le voyage, il avait expliqué au médecin la raison des empoisonnements successifs d'Elizabeth Rose.

— Et vous dites que vous n'allez pas faire de rapport sur la pratique illégale de la médecine des Gironde ?

— Je préfère m'abstenir. « Les loups ne se mangent pas entre eux », vous comprenez ?

Richard Hayman éclata d'un gros rire qui ressemblait à un hennissement.

— Vous vous voyez mangeant cet affreux sir Ambrose ? L'avez-vous vu, son gros ventre rasant les galets, tout le temps fourré dans nos jambes ?

— Oui, dit John et au même instant une drôle d'idée lui passa par la tête.

Le médecin, sans remarquer le silence soudain de

---

1. La colline aux Corbeaux.

son compagnon, continua à rire puis reprit son sérieux pour demander :

— Vous êtes bien sûr d'avoir suffisamment effrayé Nan Gironde pour la dissuader de poursuivre ses préparations ô combien dangereuses ? Elle ne va pas s'y remettre une fois que vous aurez le dos tourné ?

— Pour en être encore plus sûr, je lui dirai que vous savez tout, cela devrait régler l'affaire une fois pour toutes.

— Et lui ?

— Il est innocent, au moins en ce qui concerne l'empoisonnement.

— Que voulez-vous dire ?

— Je ne suis pas tout à fait certain...

Le carrosse dans lequel s'étaient installées les cinq grosses personnes de la famille Finch – avec le Dr Hensey coincé entre deux de ces créatures – commença à ralentir et, jetant un coup d'œil par la vitre, John vit que la voiture de tête s'était arrêtée devant un portail imposant. Instantanément, malgré l'heure avancée, des serviteurs surgirent comme par magie, aidant les dames à descendre et conduisant les attelages aux écuries. L'apothicaire sauta de la haute marche du cabriolet et Richard en fit autant, tendant les rênes à un palefrenier. Les yeux écarquillés d'admiration, ils passèrent d'un vestibule sans prétention à un vaste hall où le style italien prédominait : le dallage était en marbre noir et blanc et devant eux, un large escalier aux marches également en marbre décrivait une courbe gracieuse. Face aux arrivants, Rosalind, qui avait retrouvé ses esprits, accueillait de façon charmante aux côtés de son fiancé les hôtes du marquis.

Il eut l'impression d'un carnaval étrange à la vue de tous ces gens rassemblés par un événement qui eût pu être désastreux et qui semblaient les personnages bouffons d'une arlequinade. La Grenouille et le Papillon de Nuit devaient très certainement se trouver là. Si Joe Jago avait vu juste et que les autres membres de la bonne société de Winchelsea ne pouvaient être suspectés pour une raison ou une autre, les deux espions français étaient certainement présents au beau milieu des invités. John regarda ces derniers gravir les marches pour se rendre dans le salon du premier étage.

Le capitaine Pegram montait en tête, escortant galamment miss Sophie et miss Sarah Finch ; derrière eux les deux cadettes riaient et jetaient des œillades à un très beau valet de pied de leur âge ; puis venait leur mère, le bras énergiquement passé sous celui du Dr Hensey.

Quelques marches au-dessous, c'était sir Ambrose soutenant Faith Ffloote qui traînait les pieds, fort lasse à la suite de ce qui s'était passé sur le rivage. Sir Ambrose, quant à lui, était navré que le marquis eût refusé l'entrée du château à Pup qui se trouvait relégué dans les communs.

— Tout cela parce que ce garçon a des chiens-loups ! murmurait le squire fort mécontent.

D'une contenance plus humble que de coutume, Mrs Gironde, évitant soigneusement de regarder John et le Dr Hayman, gravissait les marches en même temps que son époux Marcel qui, lui, irradiait de contentement. John devina qu'il n'avait jamais auparavant pénétré dans le château et qu'il n'en aurait sans doute jamais plus l'occasion. Il savourait donc chaque minute de ce plaisir inédit.

Le révérend Tireman et sa femme se comportaient avec le genre d'aisance désinvolte destinée à montrer qu'ils étaient des hôtes habituels de cette splendide demeure et que, de ce fait, elle ne leur faisait plus aucune impression. C'était surtout Mrs Tireman qui prenait un air blasé, lui était encore sous l'emprise de la mort à laquelle il avait préparé tant de malheureux soldats lors de cette funeste soirée.

John sentit quelqu'un s'approcher et vit Henrietta, plutôt pâle, le regard voilé de tristesse. Il s'inclina très bas.

— Madame, permettez-moi... et il lui offrit son bras.

— J'ai peine à comprendre cette invitation, murmura-t-elle tandis qu'ils montaient de concert l'escalier, suivis de près par Richard Hayman.

— Pourquoi ?

— Il me semble si peu approprié de donner un souper après un si terrible événement ! Je me demande si Justin n'a pas perdu la tête.

— J'en doute. Je pense qu'il a pris conscience de cet esprit de fraternité dont nous avons tous fait l'expérience en travaillant en équipe auprès des blessés. Savez-vous qui est allé prévenir les Riding Officers ? ajouta-t-il négligemment.

— Je n'en ai aucune idée.

— Comment le savoir ?

— En demandant au capitaine des Dragons, voyez, il arrive justement.

En effet John vit un homme de haute taille en uniforme militaire qui faisait son entrée. Le dernier salua avec élégance Henrietta.

— Bonsoir, miss Tireman.

Elle répondit par une révérence et John éprouva un pincement de jalousie.

Ils étaient arrivés au sommet de l'escalier et suivirent les autres dans un majestueux salon qu'éclairait comme en plein jour un lustre garni d'un millier de bougies qui se réfléchissaient dans d'immenses miroirs aux cadres dorés, accrochés aux murs tendus de tissu rouge, et dans les vitres des belles fenêtres donnant sur le parc endormi.

— Que c'est beau ! dit John.

— Je suis heureux que cela vous plaise, répondit une voix près de son oreille – et il vit le marquis vêtu de noir et d'écarlate qui posait sur ses hôtes son regard énigmatique.

Les domestiques avaient dû monter par un autre escalier invisible pendant que la compagnie prenait place, car d'élégantes carafes de vin à bouchons en argent et des verres en cristal scintillant avaient été disposés çà et là, tandis qu'on s'affairait dans la salle à manger communicante. Prenant un verre que lui tendait un valet de pied en livrée sur laquelle étaient brodées les armoiries de Rye, John but à grandes gorgées car il se disait qu'il l'avait bien mérité. Il vit le capitaine Pegram s'approcher, la mine penaude. L'apothicaire se souvint de la scène dans le campanile et se fit un masque impénétrable.

— Mr Rawlings, dit Nathaniel, sautillant d'un pied sur l'autre et visiblement embarrassé.

— Sir... et John salua fort civilement.

— Je suis désolé d'avoir dû vous quitter si vite quand vous êtes passé me voir l'autre jour, j'avais un rendez-vous urgent.

L'apothicaire prit un air intrigué comme s'il ne se souvenait pas très bien de l'incident.

— Voyons... Ah oui, je m'en souviens, nous étions en train de discuter des mérites du portrait de miss Rosalind, n'est-ce pas ?

— Oui je vous l'ai dit et je vous le répète, dit le capitaine en faisant la moue, je dessine en suivant mon imagination. Mais sacrebleu ! Cela ne vous regarde absolument pas, que diable ! Je puis avoir les portraits de qui je veux chez moi.

— À condition qu'ils ne vous exposent pas au chantage, répondit paisiblement John.

— Que voulez-vous dire par là, sir ?

— Simplement qu'une personne peu scrupuleuse sachant que vous avez pareil portrait en votre possession pourrait vous menacer de le révéler au marquis de Rye. Je vous conseille de le détruire.

Ces derniers mots faisaient écho à ceux qu'il avait entendus dans le campanile.

Mais qui les avait prononcés ? La redoutable Mrs Tireman, dans un effort désespéré pour protéger l'honneur de sa fille en vue du mariage, en serait-elle venue jusqu'à menacer le capitaine ? Ou bien Henrietta avait-elle menti en disant avoir égaré son chapeau ? Désireuse de protéger le marquis et non sa sœur, l'avait-elle supplié de déchirer le portrait ? Ou était-ce la belle fiancée, terrifiée à l'idée de compromettre cette magnifique union, qui était présente dans le campanile ? John songea aussi qu'une nouvelle et jalouse maîtresse avait très bien pu insister pour que Nathaniel se débarrassât de ce portrait révélateur.

L'apothicaire regarda autour de lui : Mrs Gironde, qui avait accepté si aisément un rendez-vous avec un parfait inconnu, l'Épouvantail, était tout à fait capable d'adultère. Il supposa mais sans grande conviction que Faith Ffloote aurait pu en faire autant. La seule personne qu'il jugeait entièrement disculpée, bien qu'il eût remarqué chez elle un certain penchant pour le capitaine, était Elizabeth Rose car cette nuit-là elle était profondément endormie dans sa maison. Était-ce certain ? Le fait qu'elle se fut retirée pour la nuit au moment où il revenait de *La Salutation* ne prouvait rien.

— Milords, ladies et gentlemen sont servis, dit une voix.

Le marquis donnant le bras à l'étincelante Rosalind entra le premier dans la salle à manger où une collation froide attendait les invités qui avaient leur place assignée.

Justin s'assit à un bout de la table avec Mrs Tireman à sa droite et Lady Ffloote à sa gauche, sans doute par respect pour leur âge. Rosalind fut placée à l'autre extrémité, entre son père et sir Ambrose. John se trouva placé en milieu de table, entre Mrs Finch et Henrietta, le capitaine des Dragons étant de l'autre côté d'Henrietta.

John se pencha sans façon devant celle qu'il aimait et tendit la main avec un petit salut en direction du capitaine des Dragons.

— Sir, permettez-moi de me présenter : John Rawlings, apothicaire à Londres. Je me trouvais sur la plage ce soir, que pensez-vous de cet extraordinaire événement ?

Le capitaine des Dragons salua et serra la main offerte en se présentant à son tour.

— Grant, sir, capitaine Matthew Grant. Oui c'est une histoire incroyable !

— Pensez-vous que la frégate française se soit échouée sur le banc de sable fortuitement ou bien qu'on lui ait envoyé des signaux pour qu'elle s'approche ?

L'officier hocha la tête.

— Cela me paraît improbable qu'un équipage de marins expérimentés s'échoue ainsi par hasard. Je crois plutôt qu'ils répondaient à un signal.

— Mais qui le leur aurait envoyé ?

— Un agent secret anglais désirant leur tendre un piège ou alors une personne bien stupide...

— Ah oui, je n'y avais pas pensé, déclara John avec franchise. (Il retourna ces deux possibilités dans sa tête puis ajouta :) Qui s'est rendu à cheval jusqu'à Rye pour alerter les Riding Officers ?

— Je ne l'ai pas vu personnellement mais on m'a dit que c'était un jeune homme brun avec un drôle d'accent.

L'apothicaire pensa aussitôt à Lucius.

— Comment cela s'est-il passé exactement ?

— Il est allé au bâtiment des douanes et leur a dit qu'il venait d'y avoir un débarquement français à Pett

Level. Heureusement on l'a cru. Les Riding Officers ont prévenu les Dragons et nous sommes venus en force.

— Et l'homme ?

— Il est parti sans donner son nom.

— Quelle attitude bizarre ! intervint Henrietta.

— Cela ne me surprendrait pas outre mesure qu'il ait quelque chose à cacher, répondit le capitaine Grant en la regardant d'une manière que John qualifia intérieurement d'osée.

— Que voulez-vous dire, sir ?

— Que ce doit être un agent secret anglais qui veut rester anonyme.

— C'est vraiment excitant ! déclara Henrietta en battant des mains.

L'apothicaire demeura silencieux. Il se disait que le capitaine avait sans doute raison, qu'aucun citoyen digne de ce nom ne se volatiliserait ainsi dans la nuit après s'être acquitté d'un message si important. Cela lui remit en mémoire le maître espion français supposé se cacher au milieu d'eux et la curieuse présence de Louis de Vignolles à Hastings. Il décida qu'après quelques heures de sommeil il retournerait à Hastings pour tenter de le retrouver. À présent il devait se montrer attentif pour empêcher le beau capitaine de monopoliser la conversation et il désirait profiter encore de miss Tireman et de ses magnifiques yeux.

La compagnie ne se sépara que bien après l'aube, les jeunes gens plus résistants restèrent pour le petit déjeuner, ce qui contraria un peu l'exquise Rosalind, du moins c'est ce que John crut deviner. Elle était aussi belle et fraîche que d'habitude après cette nuit sans sommeil mais on la sentait plutôt irritée, comme si elle en avait assez de recevoir ces membres de milieux moins élevés dans l'échelle sociale qui s'incrustaient dans le château de son futur époux. Comme beaucoup de ses pareils qui accèdent tout à coup à la sphère aristocratique, elle était devenue une vraie petite snob.

Les invités finalement se groupèrent dans la demi-lune que décrivait la grande allée en attendant que leurs équipages fussent amenés des écuries. Et ce fut au moment où John s'apprêtait à grimper dans le cabriolet qu'il vit une silhouette familière approcher à cheval.

— Bonjour lord Rye ! lança la voix avec entrain.

— Bonjour, répondit le marquis en haussant les sourcils de surprise.

Le jeune homme sauta de cheval, laissant chevalet et pinceau attachés à la sacoche de sa selle. Il s'inclina.

— Je suis peintre, milord, je fréquente les environs prêt à exécuter les commandes qu'on veut bien me faire. J'ai pensé que vous aimeriez peut-être un tableau de votre maison. (Il se tut soudain à l'approche de Rosalind qui vint prendre son fiancé par la main.) Ou un portrait de cette si belle dame que voilà. Sous les premiers rayons de l'aube, quelle perfection !

— Lucius, dit John qui remarqua la moue du marquis.

L'Irlandais pivota.

— Sainte Marie, vous voilà !

Son œil parcourut tout le cercle de gens qui le fixait telle une bête curieuse.

— Je me présente, ladies et gentlemen, Lucius Delahunty, artiste-peintre à la disposition de la *gentry* et de la noblesse. Qui d'entre vous souhaite poser pour que j'exécute son portrait ?

— Je crois, Mr Delahunty, fit Justin recouvrant sa bonne humeur, qu'il vous faut laisser ces bonnes gens en paix. Ils ont tous eu à endurer une nuit longue et pénible. Mais si vous voulez vous donner la peine d'entrer, je regarderai avec plaisir quelques-unes de vos œuvres.

— Bien volontiers, milord, déclara-t-il en s'inclinant profondément.

— Que diable avez-vous manigancé ? chuchota-t-il à John.

— Vous devriez le savoir...

Une expression d'angélique innocence apparut sur le visage du peintre.

— Et comment le pourrais-je, mon ami ? dit-il avec un clin d'œil.

Sur ce, avec un dernier profond salut et un geste de la main à l'intention de l'assistance, Lucius Delahunty suivit le marquis et Rosalind à l'intérieur du château de Ravenshurst Park.

22

John ne souhaitait qu'une chose, aller se coucher et effacer la fatigue de cette rude nuit grâce à quelques heures de sommeil. Mais cela ne lui fut pas possible. Juste au moment où Richard Hayman le déposait devant la porte de Petronilla's Platt, le garçon des postes arrivait au petit trot lui apporter une lettre où figurait le sceau du Public Office de Bow Street. John rompit le sceau, déroula la feuille de papier et lut ce qui suit :

« Sir,

Je vous écris au sujet d'une affaire urgente en réponse à l'instruction du déchiffreur du roi. Ce savant gentleman requiert votre présence à Londres dès que vous pourrez voyager. Dans le vif espoir qu'il vous sera possible de vous plier à ce désir,

Je demeure, sir, votre humble serviteur.

J. Fielding »

— Oh non ! gémit John tout haut.

Mais il n'y avait pas moyen de se dérober. Il était convoqué, voilà tout. Jugeant qu'il n'était guère présentable, il se glissa silencieusement dans la maison où il trouva Agnes très affairée et chantant d'une voix aiguë.

— Agnes ! fit-il d'un ton réprobateur.

— Oh, sir, vous m'avez fait peur, dit-elle en sursautant, n'ayez crainte, ma maîtresse est réveillée. Je viens de lui porter un plat d'œufs et une tasse de chocolat.

L'apothicaire se dit que la combinaison n'était pas des plus appétissantes, ce qui ne l'empêcha pas de gratifier cette âme simple d'un bon sourire.

— C'est une délicate attention. Peut-être pouvez-vous lui demander si je puis la voir avant mon départ ?

Sur le visage disgracieux se peignit la déception.

— Oh ! Vous nous quittez encore, sir ?

— Hélas oui !

— Quand partez-vous ?

— D'ici une demi-heure. Il y a une chaise de poste qui quitte Hastings à midi mais je tiens à y être plus tôt pour régler certaines choses.

Il compléta intérieurement : tâcher de trouver des traces de Louis de Vignolles.

— Je vais prévenir Mrs Rose, sir.

Autrefois lorsqu'elle était une actrice fameuse, elle avait dû recevoir maints admirateurs en *déshabillé**, mais cette fois elle mit un châle sur ses épaules quand John pénétra dans sa chambre à coucher.

— Eh bien, déclara-t-il sans ambages, j'ai découvert l'empoisonneuse !

Elle se redressa, les lèvres crispées.

— Qui est-ce ? Ce n'est pas le cap...

— Il ne s'agit pas du capitaine Pegram. Il a sûrement beaucoup de cordes à son arc, mais ce n'est pas un empoisonneur.

— Qui alors ?

— Pas qui mais plutôt *quoi*, ma chère.

— Expliquez-vous, fit Mrs Rose l'air perplexe.

— Le poison était contenu dans l'*Élixir de Jouvence*, la spécialité de Mrs Gironde. Elle n'est pas apothicaire et s'est servie d'une plante dangereuse. Aussi, Elizabeth, chaque fois que vous essayiez de vous rajeunir, vous ne parveniez qu'à vous rendre malade. Enfin, tout est bien qui finit bien. Cette sotte de Nan est éplorée et elle a juré ses grands dieux de se débarrasser de tous ses anciens flacons et de ne plus préparer de nouveaux élixirs. Je crois que je vais rendre service aux dames de Winchelsea en leur apportant de mes crèmes contre les rides, elles sont parfaitement inoffensives et peuvent même être efficaces !

— Alors, demanda Elizabeth en faisant la moue, qui m'a laissé des présents sur le seuil de ma porte ?

— Probablement des gens qui vous voulaient sincèrement du bien, notamment le capitaine Pegram. Nous avons été victimes d'une terrible coïncidence.

— Alors je vous ai fait venir de Londres pour rien ?

— Ne croyez pas cela. Si je n'étais pas venu, l'Épouvantail serait encore en train de monter la garde tout seul et les activités de la Grenouille et du Papillon de Nuit se poursuivraient dans le secret.

— Approchez-vous de la solution de l'énigme ?

— J'ai mon idée sur l'un d'eux mais l'autre demeure toujours aussi mystérieux.

— Allez-vous enfin me dire qui c'est ? demanda Elizabeth, l'œil brillant.

— Oh non, répondit John avec fermeté, certainement pas.

Une heure plus tard, il descendit au *Cygne*, le relais d'étape à Hastings d'où il retournerait en ville. Ayant du temps devant lui, il entra dans l'estaminet où il avait vu Louis mais cette fois l'endroit était désert ; seuls quelques voyageurs y étaient assis dans l'attente de leur chaise de poste comme lui. Il se commanda à boire et s'assit à la fois pour se désaltérer et pour réfléchir. Malgré son épuisement, son cerveau fonctionnait à vive allure. Si Louis avait élu domicile à Hastings, John l'ayant reconnu, il avait dû changer d'hôtellerie pour échapper à ses recherches. Il consulta la servante et apprit qu'il y avait deux autres relais qui desservaient différentes destinations.

— Si j'étais vous, j'essaierais *La Tête de jeune fille* et *L'Agneau et le Drapeau*, dit-elle en lui lançant un regard impudent.

— Je vous remercie.

Il lui donna un pourboire et lui laissa son sac à garder.

L'Agneau et le Drapeau était une auberge vaste et de belle apparence, mais elle était pleine d'enfants bruyants qui se rendaient tous à Deal. L'apothicaire nota qu'il ne fallait à aucun prix y descendre et continua sa route pour découvrir que *La Tête de jeune fille* se trouvait à distance de la ville et à proximité de la mer. Extrêmement las, il se rendit dans le salon réservé aux voyageurs et se laissa choir sur un siège.

Il ne s'attendait certes pas à trouver le comte assis sur le sofa juste en face de lui, plongé dans la lecture de son journal. Rassemblant ses esprits, John but une gorgée de brandy et dit d'une voix paisible :

— Surtout, Louis, ne vous enfuyez pas, je ne vous

veux aucun tort, je cherche uniquement à savoir ce qui se passe. Serafina pense que vous avez une liaison, est-ce vrai ?

Le comte de Vignolles abaissa son journal – ses mains tremblaient légèrement – pour voir qui lui adressait ainsi la parole. Il fronça les sourcils.

— Oh, John, la peste soit de vous ! Quel incroyable mêle-tout ! Je n'en croyais pas mes yeux quand je vous ai vu arriver au *Cygne* l'autre soir. Vous, entre tous, vous qui étiez aux pieds de Serafina autrefois !

— Je ne vois pas quelle différence cela fait.

— Mais si, voyons ! Si elle était en cause, vous feriez n'importe quoi pour découvrir le pot aux roses, il serait impossible de vous faire lâcher prise ; autant arracher son os à un chien. N'importe qui d'autre accepterait le fait que je passe quelques jours au bord de la mer mais pas vous, mon ami, pas vous.

— Si tel est le cas, vous feriez mieux de me dire ce que vous faites par ici. Je n'en soufflerai mot à personne, surtout pas à votre épouse. Je vous le garantis.

La mine de Louis s'assombrit.

— Il ne s'agit pas d'une femme, je puis vous le jurer.

— D'ailleurs je ne l'ai jamais cru, dit John. (Se penchant vers lui, à voix basse il ajouta :) Voulez-vous que je vous dise ce que je pense ?

— Je vous écoute.

— Je pense que vous êtes engagé dans un travail concernant la sécurité de la patrie à laquelle vous devez allégeance.

Le comte en demeura bouche bée et l'apothicaire sut qu'il avait visé juste.

— Vous êtes un petit bâtard sacrément malin, lança Louis décontenancé.

— Mon ami, je vous en prie, arrêtez ces folies.

Les autorités sont au courant. Elles ne tarderont pas à venir vous arrêter.

De Vignolles le regarda sans comprendre.

— Écoutez-moi, on pourrait me pendre comme traître pour vous avoir révélé ceci : mais je l'ai entendu de la bouche même de Mr Fielding. Pour l'amour du Ciel, cessez tout de suite vos activités ou je n'aurai pas d'autre choix que de vous dénoncer.

— Que vous a dit exactement le Blind Beak ? demanda le comte, le regard fixe.

— Qu'il y avait un espion français connu, quelqu'un qui était bien vu dans la bonne société londonienne et qui en profitait pour travailler secrètement au service de son pays et ce depuis un certain temps.

Le regard de Louis se mit à briller.

— Et ils reconnaissent qu'ils ne savent pas qui c'est ?

— Il leur faudra peu de temps pour le découvrir. Oh, Louis, de grâce, au nom de Serafina et de votre enfant, arrêtez avant qu'il ne soit trop tard !

— Si j'arrête, vous ne me trahirez pas ?

— Je me rends coupable de traîtrise mais nous nous connaissons depuis si longtemps...

Louis éclata de rire et, se penchant vers John, il lui ébouriffa les cheveux.

— Quel être bizarre vous êtes ! Écoutez-moi bien, petit apothicaire si finaud, vous avez bien découvert ce que je fais mais votre conclusion est fausse. Je suis de votre côté. Le secrétaire d'État m'a fait pressentir – Serafina l'avait connu autrefois à une table de jeu – et m'a fait demander si je pourrais aider à filer le fameux espion français dont vous venez de parler. Naturellement, j'ai dû jurer sur la Bible de garder le secret, serment que je viens de violer à cause de vous.

Et le comte se signa.

John le regardait, les yeux ronds. Il avala son brandy en une fois.

— Vous êtes... chuchota-t-il, un agent secret du côté des Britanniques ?

— Bien sûr ! Je vous rappelle que c'est ici que je suis né. J'adore aller en France mais je ne lui dois pas fidélité pour autant...

— Comment pouvons-nous rassurer votre femme pour qu'elle ne vous croie plus infidèle ?

— Vous n'avez pas prêté serment, que je sache ! s'écria Louis en continuant à rire.

— Non.

— Donc vous connaissez la réponse à votre question.

L'apothicaire retrouvait petit à petit sa présence d'esprit.

— Pourquoi êtes-vous à Hastings ?

— Parce qu'il se trouve dans cette région, dit le comte en se penchant vers son interlocuteur.

— Comment le savez-vous ?

— Parce qu'on lance des signaux du haut de la colline qui surplombe la ville. Une fois j'ai failli attraper cet homme en pleine action mais il m'a échappé.

— Quelqu'un en fait autant depuis Winchelsea en utilisant un code très étrange. Si étrange qu'une frégate française s'est échouée l'autre soir...

— Peut-être celui qui lance les signaux est-il un agent secret britannique déguisé ?

— Je ne le pense pas, fit John avec un sourire.

L'heure qui suivit se passa le mieux du monde grâce à une forte consommation de brandy. Si bien que John dut louer un cabriolet pour retourner au *Cygne*. Il retint une place dans la chaise de poste pour Londres, y monta, s'endormit aussitôt, se réveilla pour aller dîner, se rendormit jusqu'à l'arrivée dans la cité à minuit. Comme il n'y avait plus de voitures de louage sur place et qu'il était tard, il prit une chambre au *Cerf Blanc*, se coucha et dormit d'une traite jusqu'au matin où il se leva plein d'entrain et prêt à affronter la journée.

Sa première visite fut pour Mr Fielding qui s'apprêtait à gagner le tribunal. Il prit rendez-vous pour plus tard et se rendit chez le Dr Willes à Hill Street mais celui-ci était encore à Bath et ne reviendrait que dans la soirée. Il avait le choix entre trois possibilités : rentrer chez lui, aller à sa boutique ou encore chez Serafina. Il opta pour cette dernière destination, plus proche et plus urgente car il fallait la rassurer le plus tôt possible.

Il coupa par Berkeley Square, descendit Bruton Street, prit par Conduit Street, Great George Street et se trouva finalement au numéro 12 de Hanover Square, là où habitaient les Vignolles.

Jouant de malchance, il apprit que la comtesse et sa fille étaient parties se promener. Au moment où il allait repartir, il les vit sortir du jardin qui occupait le centre de la place et se dépêcha de les rejoindre. Encadrant Italia qu'ils tenaient chacun par une main, ils retournèrent au jardin s'asseoir sur un banc de pierre, sous un arbre couvert de bourgeons.

— Mon cher, quelle bonne surprise ! s'écria Serafina en souriant. Je ne savais pas que vous étiez revenu à Londres.

Tout en parlant, elle surveillait du coin de l'œil Italia qui jouait un peu plus loin au volant.

— J'ai quitté Hastings hier au soir. Savez-vous, mon amie, que j'y ai vu Louis ?

— Je me demandais où il était, dit la comtesse dont le sourire avait disparu. John, voici une semaine qu'il m'a quittée en racontant une ridicule histoire de visite à une tante. C'est trop dur, mon cœur est brisé.

— Il faut vite le raccommoder, il n'y a pas d'autre femme, je puis vous l'assurer.

— Vraiment ?

John fit oui de la tête.

Serafina sanglota mais c'était de soulagement. D'une voix assourdie elle demanda :

— Mais que diable fait-il ?

L'apothicaire lui essuya les yeux avec son propre mouchoir.

— Chère âme, calmez-vous, je vais vous révéler un grand secret dont il ne faudra souffler mot à quiconque.

— Il n'est pas espion, au moins ? chuchota-t-elle en le fixant de ses yeux humides.

— Si, il l'est, mais au service de l'Angleterre et non de la France. On l'a envoyé à Hastings à la recherche d'un maître espion français qui a infiltré la bonne société londonienne.

— C'est vrai ?

— Absolument, je vous le jure.

Serafina se jeta dans les bras de John en pleurant de plus belle.

— Oh Louis, Louis, comment ai-je pu vous retirer ma confiance ?

John sentait que sa patience s'amenuisait.

— Allons, Serafina, inutile de vous confondre en vaines récriminations contre vous-même. Mieux vaut m'inviter chez vous, je pourrai ainsi vous conter ma chasse aux espions, j'ai besoin que vous m'aidiez de votre belle intelligence. Je vous dis cela sans flatterie aucune.

Comme toujours quand on a affaire à une femme d'une si remarquable personnalité, la comtesse eut la réaction souhaitée : elle se redressa, essuya ses larmes.

— Bien sûr je ferai de mon mieux pour vous aider. Puisque Louis s'adonne avec tant de cœur à sa tâche, je l'imiterai. Venez, Italia, nous rentrons à la maison. Votre gouvernante vous emmènera promener tout à l'heure.

Ils retraversèrent la rue tous les trois et entrèrent au

numéro 12. John monta au salon tandis que Serafina s'occupait de sa fille. Il regardait par la fenêtre et quand elle entra dans la pièce, il se tourna vers elle en souriant.

— Savez-vous que vous êtes toujours aussi belle, même quand vous pleurez ?

— Ce n'est pas vrai. Vous n'êtes qu'un vil flatteur, répondit sévèrement Serafina. Dites-moi plutôt en quoi je puis vous être de quelque secours.

— Voilà, si je vous décris toutes les personnes qui peuvent être la Grenouille et le Papillon de Nuit, pourrez-vous discerner celles qui le sont vraiment ?

— Je ne sais si j'en suis capable, mais je peux essayer.

— Parfait.

Ils s'assirent en vis-à-vis et la comtesse sonna pour demander des rafraîchissements.

— Commencez.

— Bon. Pour citer le plus titré : il y a le marquis de Rye. Un étrange garçon brun qui a décidé d'épouser une femme au-dessous de sa condition. Il était fiancé avec le professeur de sa sœur, Henrietta, mais est tombé amoureux de la sœur cadette, Rosalind.

— C'est extrêmement cruel mais est-ce une raison pour qu'il soit un espion à la solde de la France ?

— Quand il était plus jeune, c'était un joueur invétéré et prodigue. Il pourrait s'être mis au service de l'ennemi pour l'argent et être à présent trop compromis pour se libérer. Sans compter qu'il a du sang français.

— Je vois.

— Passons maintenant au capitaine Pegram, un type d'homme très extraordinaire. Il est lui aussi amoureux de Rosalind qui, entre parenthèses, est une jeune personne ravissante mais je ne saurais dire s'il y a eu consommation. Pourtant il a eu récemment une maîtresse car, une nuit, j'ai surpris une querelle entre lui et une femme à propos d'un dessin qu'il fit de Rosalind toute nue.

— A-t-elle posé ?

— Je l'ignore, il affirme que non.

— Quel genre de fille est cette Rosalind ?

— Incroyablement vaniteuse et égoïste, je dirais un papillon ambitieux.

Serafina éclata d'un rire mélodieux.

— Magnifique description ! Et les autres ?

— En descendant l'échelle sociale : juste en dessous nous trouvons sir Ambrose Ffloote qui aime être appelé le squire.

Suivit un brillant portrait de l'homme qu'il acheva sur ces mots :

— Il est si détestable qu'on en vient presque à l'aimer, si vous voyez ce que je veux dire.

— J'ai entendu dire que les maîtres finissent par ressembler à leurs chiens. Le squire ressemble-t-il à Pup ?

— Oui d'une certaine façon, ils soufflent et ils rotent de la même façon.

Nouvel éclat de rire de Serafina.

— Sa pauvre épouse le supporte avec une infinie patience sans doute ?

— Oui, la pauvre créature, mais elle a laissé échapper qu'elle était sortie un soir quand les contrebandiers étaient à Winchelsea. Je n'ai jamais eu la chance de l'interroger à ce propos mais cela signifie qu'elle ne mène pas une vie aussi à l'abri du monde qu'elle aime à le faire croire et qu'elle n'est pas aussi fragile qu'elle le prétend.

— Je n'aime pas ce que vous me dites à son propos, ni à celui de son mari, ils me semblent des plus suspects l'un comme l'autre ; quant à Rosalind, il est clair qu'elle veut se hausser à tout prix dans l'échelle sociale. Parlez-moi des autres.

— Ils ont chacun une profession, le médecin, le recteur et l'apothicaire Gironde.

— Ils seraient au-dessus de tout reproche ?

— Certainement pas. Le Dr Hayman ne se défend pas d'être au mieux avec les contrebandiers, le recteur est le père de la belle Rosalind et pour un clergyman de campagne, lui et sa famille vivent dans une certaine opulence.

— Le marquis l'y aide peut-être.

— Ce n'est pas sûr. Je me demande si les fonds qui lui permettent d'offrir à son épouse et à ses filles des robes à la dernière mode de Paris ne viennent pas de France.

— Ensuite ? s'enquit Serafina en faisant de grands gestes.

— Mr Gironde est bizarre lui aussi. Il a menti à Joe Jago sur sa rencontre avec l'Épouvantail mais à moi, il en a parlé très ouvertement. Sa femme est une semeuse de troubles.

Et il raconta à la comtesse l'histoire du poison contenu dans l'*Élixir de Jouvence* et la conduite légère de Nan Gironde avec l'espion français.

— Sont-ils allés jusqu'au bout ? voulut savoir Serafina, les yeux écarquillés.

— Dieu seul le sait ! Cette espèce de porc débauché semble avoir joué au séducteur tout au long de son séjour à Winchelsea. Il a même fait une tentative avec la plus grasse jeune personne du cru pour pouvoir rencontrer sa mère.

— Sa mère, pourquoi donc ?

— Parce que Mrs Finch est fort riche et connaît tout le monde. On dit aussi qu'elle a un faible pour les jeunes gens. Pourrait-elle espionner au service de la France moyennant un contingent régulier ?

— De garçons vous voulez dire ? C'est bien possible, fit Serafina en opinant du chef. Toutes ces personnes dont vous venez de me parler ne me semblent pas très catholiques. Qui reste-t-il encore ?

— Les autres filles de Mrs Finch, deux d'entre elles sont bien jeunes mais très en avance pour leur âge.

— Et les autres ?

— Il y a la fille aînée, Sophie, une autre grosse qui voudrait bien attirer l'attention, et Sarah, celle que le Français a voulu séduire.

— Elles me semblent toutes extrêmement vulnérables et prêtes à n'importe quelle aventure, y compris l'espionnage. Y a-t-il quelqu'un d'autre encore ?

— Mrs Tireman, la femme du recteur. Une *femme formidable**. Très masculine d'une certaine façon. Elle a une mère française et est bilingue. Comment a-t-elle pu donner naissance à deux filles si exquises, c'est difficile à imaginer.

— Vous faites allusion à Henrietta et Rosalind ?

— Oui.

— Parlez-moi de celle qui a été abandonnée.

— Elle est très belle, elle aussi. Elle passe pour moins jolie que sa sœur mais moi je la préfère, répondit John galamment.

Serafina lui lança un regard aigu mais ne dit rien.

— Mais il y a aussi un mystère autour d'elle. Il s'est passé deux curieux incidents au cimetière et bien qu'elle le nie, j'ai l'impression qu'elle a été impliquée au moins dans l'un des deux.

Et il raconta la conversation dans le campanile et la discussion entre les membres d'un couple invisible qui s'était terminée par une claque et des pleurs.

Serafina se redressa sur son siège.

— L'homme a dit qu'il était prêt à tuer ?

— Oui.

— Et les mots « notre secret » ont bien été prononcés ?

— Oui.

— Alors vous pouvez être certain que ce sont les deux espions, déclara Serafina d'un ton définitif, faisant écho à Mr Fielding.

— Je n'en suis pas aussi certain, répondit John qui se répétait ces mots en les introduisant dans un autre contexte.

— Dites-moi, pourquoi avez-vous des soupçons concernant Henrietta ?

— À cause de son chapeau et de son parfum.

— Ah ! Ah ! vous avez senti son parfum, vous deviez être tout près d'elle, fit remarquer Serafina, ses beaux yeux brillant de malice.

— Oui, assez près, répondit John souriant à cette évocation.

Deux heures après, il était à Bow Street, installé dans le confortable salon du premier étage et il avait avec Mr Fielding le même genre de conversation qu'avec la comtesse de Vignolles.

— Donc, dit le Blind Beak, vous croyez connaître l'un des espions ?

— Oui.

John donna ses raisons sur le qui et le pourquoi.

— Je suis d'accord avec vous. C'est souvent le souvenir le plus anodin qui donne la clé. Mais si l'un est identifié, l'autre ne l'est pas. Qui est-ce ?

— Je n'ai pas de certitudes mais je crois que le choix se restreint à trois personnes.

Le magistrat acquiesça d'un signe de tête et se plongea dans une immobilité et un silence absolus – une vieille habitude. Finalement il déclara :

— Mr Rawlings, vous devez confronter Dick Jarvis et le *beau monde** de Winchelsea. Sans en avoir peut-être conscience, il doit connaître l'autre espion.

— Je pense que vous avez raison, mais comment faire ?

— Annoncez que vous devez quitter la ville et que

vous donnez une réception d'adieu ; invitez tout le monde et faites venir Dick.

— Mais la plupart d'entre eux le connaissent, ils sont tous ses clients !

Mr Fielding égrena son rire mélodieux.

— Les gens ne voient que ce qu'ils veulent bien voir. Je vais vous faire une suggestion.

John écouta attentivement et son sourire s'accentuait au fur et à mesure.

— Quelle excellente idée, je vais suivre aveuglément vos conseils.

— Splendide ! (Le magistrat haussa la voix pour se faire entendre au rez-de-chaussée :) Joe, voulez-vous avoir l'obligeance de monter ? Mr Rawlings est là et je pense que nous allons porter un toast à sa santé, si vous voulez bien apporter du champagne et des coupes.

— Tout de suite, sir.

Un moment après apparut le greffier apportant ce qu'on lui avait demandé.

— Buvons, annonça le magistrat, à la santé de celui qui va démasquer la Grenouille et le Papillon de Nuit.

— Buvons, buvons ! répondirent en chœur John et Joe en entrechoquant leurs coupes.

23

Après avoir dîné de bonne heure avec le Blind Beak et sa famille, John Rawlings gagna Hill Street en voiture de louage et cette fois-ci, il y trouva l'évêque de Bath et Wells qui avait réintégré sa résidence de Londres après son prêche dans l'abbaye de Bath. Il s'était remis à la tâche car lorsque John fut introduit dans le superbe cabinet de travail, il le vit assis à son bureau sur lequel étaient posées des rames de papier. À son arrivée, l'évêque leva la tête et regarda le visiteur par-dessus ses lunettes juchées sur le bout de son nez.

— Ah ! Mr Rawlings ! que je vous suis gré d'avoir répondu si vite à mon appel ! J'ai beaucoup de choses à vous dire.

Il se leva et alla s'asseoir près de l'âtre, désignant à John le fauteuil en face du sien.

— De grâce prenez place, ne faisons pas de cérémonies. (Il s'éclaircit la voix.) Ne vous offensez pas de ce que je vais vous dire.

— Soyez sans crainte, dit John qui se demandait ce qui allait suivre.

— Voyez vous, je me suis trouvé dans l'incapacité de déchiffrer le code, j'ai tout essayé mais la signification me demeure mystérieuse. Je suis obligé de vous demander si vous avez relevé correctement les chiffres. Peut-être auriez-vous pu faire une erreur ?

— Bon sang ! se dit John, doutant tout de suite de lui-même.

— Sur le moment j'étais sûr de mon fait, dit-il prudemment, mais bien sûr je ne suis pas infaillible, comme tout homme.

— Hé oui, renchérit le Dr Willes en joignant le bout de ses doigts, errer est le propre de l'homme.

— Mais, ajouta l'apothicaire, il y eut une seconde série de signaux l'autre nuit en présence d'un témoin et je suis certain de les avoir notés correctement.

Le visage chevalin de l'évêque s'allongea.

— Puis-je les voir ?

— Oui milord, j'avais l'intention de vous l'envoyer dans une lettre mais votre appel m'a devancé.

Il tendit une feuille un peu froissée au Dr Willes qui réajusta ses lunettes et étudia le contenu avec une grande attention. Il y eut un silence puis l'évêque laissa échapper un petit soupir.

— Un nouveau message incompréhensible ?

— Non, pas autant. Seul le dernier mot n'a pas de sens. Écoutez plutôt : « Frégate Approche Côte Danse. »

John lui lança un regard interrogateur.

— C'est bizarre car une frégate française s'est échouée sur un banc de sable à Pett Level la nuit où ces signaux ont été lancés. Avons-nous affaire à quelqu'un de si rusé qu'il attire l'ennemi dans un piège ?

L'évêque répondit par des paroles similaires à celles prononcées par le capitaine Grant.

— Ou bien quelqu'un de stupide qui n'a pas appris le code soigneusement.

— Que voulez-vous dire, milord ? Les agents secrets ne transportent-ils pas le code sur eux ?

Le Dr Willes éclata d'un rire qui ressemblait à un hennissement.

— Grands dieux, non ! Ce serait bien trop risqué. Le code pourrait tomber entre les mains de l'ennemi s'ils se faisaient arrêter. La règle pour les espions français et anglais est la même, et d'ailleurs pour les autres pays aussi : ils apprennent par cœur le langage chiffré.

— Ce doit être difficile.

— Évidemment, il ne faut pas être un imbécile. (L'évêque hésita :) Mon fils, êtes-vous prêt à jurer de garder le secret ?

— Oui, milord, je le suis.

— En ce cas je m'en vais vous montrer quelques-uns des codes. Ainsi en verrez-vous la complexité.

Il s'approcha d'un panneau de ces jolis murs incurvés et appuya sur un bouton invisible qui le fit basculer, révélant un placard avec des étagères. Sur l'une d'entre elles il prit un solide coffret en fer muni d'une splendide serrure. Détachant une clef de sa chaîne de montre, il l'ouvrit et, sous le regard étonné de John, apparut une liasse de parchemins.

— À présent, il vous faut jurer sur la Bible que vous ne direz à personne ce que vous avez vu ce soir ; cela inclut même Mr Fielding.

Il prit sur son bureau un exemplaire des Écritures magnifiquement relié en cuir rouge et, d'une voix qui eût réussi à calmer une communauté rétive dans l'abbaye de Bath, il fit jurer à John le secret. Puis il déroula les parchemins et laissa l'apothicaire les regarder, ce qu'il fit avec étonnement. Sous la rubrique « Code 1757 » figurait, dans l'orde alphabétique, chaque mot de la langue anglaise avec leurs terminaisons alternatives et tous les noms de contrées européennes avec les souverains et autres personnages d'importance. À côté de chaque mot, il y avait la transcription en langage codé avec l'explication pour pouvoir le transmettre ou l'écrire uniquement en chiffres. C'était le système le plus complet qu'on eût pu imaginer et même lui, habitué comme il l'était à étudier, pâlissait à l'idée de mémoriser l'ensemble.

— Pourquoi est-ce montré en anglais puisqu'il s'agit du code français ? demanda-t-il sans tourner la tête.

— Parce que, à l'instar de beaucoup d'Anglais paresseux, la majorité des agents secrets employés par la France ignorent le français.

— C'est vraiment typique !

Posant le parchemin sur le bureau et le regardant de près, il chercha le mot « frégate » et vit 1027. Suivant du bout du doigt la colonne il en vint au mot « approche », 1991. Tout près il y avait « informer ». Une idée lui vint subitement et il regarda « danse », 1695, puis s'aperçut que le mot « danger » n'était pas loin.

— Milord, déclara-t-il d'un air excité, il est possible que ce stupide espion dont nous parlions ait voulu dire : « Frégate Informe Côte Danger ».

L'évêque se pencha par-dessus son épaule.

— Hum... Oui c'est possible. S'il n'a appris qu'à moitié ce qu'il était censé savoir par cœur, il a pu envoyer des messages erronés.

— Nous pourrions peut-être le laisser continuer sur sa lancée, il est précieux pour notre pays.

— Savez-vous qui il est ? demanda le Dr Willes d'un ton tranchant.

— Oui, je crois mais on ne peut pas être sûr tant qu'on ne l'a pas défié.

— C'est ce que vous allez faire ?

— Oui.

— Soyez sur vos gardes, il – ou elle – est probablement armé.

— Je vais choisir le moment opportun, je vous le promets.

— Vous êtes un jeune homme très brillant, Mr Rawlings, déclara inopinément l'évêque. Ce fut un plaisir pour moi de faire votre connaissance.

Et il fit un petit salut un peu raide tout en conservant son allure très digne.

— Tout le plaisir fut pour moi, milord, répondit John qui s'en alla en ruminant le fait incroyable qu'un des plus hauts dignitaires de l'Église se crut élu pour ce poste si secret, celui de déchiffreur du roi.

Il ne fit qu'une très brève visite à sir Gabriel et à sa boutique et, encourant le risque d'une intense fatigue provoquée par de trop fréquents voyages, il retourna à Hastings cette nuit même, choisissant une chaise de poste rapide qui ne s'arrêtait que pour changer d'attelage et permettre aux voyageurs de se soulager, ce qu'ils étaient obligés de faire sur le bas-côté de la route, même les dames. Heureusement ses compagnons de voyage furent tous des hommes et comme lui, ils dormirent pendant la plus grande partie du trajet, donc il n'y eut pas matière à embarras. Il arriva à l'aube à Hastings et s'empressa de louer cocher et cabriolet. Il se présenta sur le seuil de Petronilla's Platt, pas rasé et les yeux rouges, juste au moment où Elizabeth Rose achevait son petit déjeuner.

Elle eut l'air estomaqué.

— Mon cher John, je ne m'attendais pas à vous voir revenir si vite.

— Ce ne fut qu'un très bref séjour à Londres mais très fructueux.

— Avez-vous vu Mr Fielding ?

— Oui et cela me rappelle que j'ai l'intention de donner une réception pour rendre toutes les politesses qu'on m'a faites à Winchelsea.

Elle eut l'air légèrement surpris.

— Auriez-vous le projet de nous quitter bientôt ?

— Oui, bientôt.

— Alors qu'en est-il de la Grenouille et du Papillon de Nuit ?

— J'espère en finir avec eux dans un bref délai.

Elle haussa les sourcils.

— Je ne pensais pas que vous aviez fait de si rapides progrès !

— Je ne suis pas encore au bout de mes peines, enfin pas tout à fait.

— Vous ne pouvez pas partir maintenant. Vous avez reçu une invitation aux noces du marquis.

— Tiens, c'est curieux...

— Pas du tout, il a joint votre nom au mien pensant que vous étiez mon neveu. Viendrez-vous ?

— Très certainement. Bon, en ce cas il est important de faire vite, il faut que je m'occupe de ma soirée.

Mrs Rose jeta un regard sceptique sur la pièce.

— Je pense que Petronilla's Platt sera trop exigu si vous avez beaucoup d'invités.

— Je louerai la salle du Town Hall, répondit l'apothicaire l'air important, et je retiendrai un *chef** pour préparer la collation.

— Eh bien, railla Elizabeth, inviterez-vous toutes les jeunes personnes de la ville ?

— Bien sûr, répondit John.

Il réalisa tout à coup comme il lui serait dur de quitter Winchelsea en laissant Henrietta Tireman derrière lui.

On entendait monter de la rue la voix de Lucius Delahunty qui clamait à l'intérieur de *La Salutation* :

— J'offre la tournée à tout le monde ! J'ai reçu une belle somme pour peindre le château de lord Rye et faire le portrait de sa charmante fiancée.

Il y eut une ovation et des cris un peu obscènes poussés par des ivrognes.

— Assez, un peu de silence ! ordonna Lucius, maintenant je propose de boire à sa santé, oui, gentlemen, buvons à la santé de cette grande beauté, miss Rosalind Tireman.

La même voix avinée cria :

— Une guinée, voilà ce que je donnerais pour passer rien qu'une heure dans son lit !

Cette déclaration provoqua une grande bagarre et John entendit distinctement Lucius hurler :

— Une bonne raclée parbleu ! C'est tout ce que j'aime, et allez donc !

L'apothicaire se précipita dans l'estaminet pour découvrir le capitaine Pegram étendu par terre et décochant coup de poing sur coup de poing à un paysan pendant que Lucius se battait contre un autre individu.

— Capitaine, s'il vous plaît ! cria John essayant d'arracher Nathaniel à son adversaire.

— Laissez-moi, dit le militaire d'une voix altérée.

John s'aperçut avec déception qu'il était ivre.

— Grands dieux ! rugit l'Irlandais à la vue de l'apothicaire. Est-ce vous John ? Vous choisissez bien votre moment pour venir à l'auberge, aimez-vous ces bonnes torgnoles ?

— Je n'aime pas qu'on s'entretue et c'est ce qui va arriver si on n'arrête pas ces individus. Aidez-moi, voulez-vous ?

Instantanément Lucius arrêta d'envoyer son poing dans la figure d'un homme qui paraissait un très innocent spectateur et se laissa tomber sur le capitaine qui gémit comme s'il lui avait coupé le souffle.

— Traînons-le dehors, ordonna John.

Les deux hommes le prirent par les poignets et les chevilles et le firent sortir dans le froid.

— Regardez-moi ça, fit Lucius en se tâtant le menton et en s'esclaffant. Ne dirait-on pas que le pauvre bonhomme est amoureux de cette femme ?

— Il l'est vraiment, rétorqua sèchement John.

— Eh bien, loué soit le Seigneur, je ne m'en doutais pas.

— Ni moi, répondit John avec un sourire mélancolique, mais je suis en train de le découvrir. Rentrez, moi je vais le ramener chez lui.

— Sa voiture est dans la cour. J'avais invité tous les gentlemen de la ville à fêter mon récent succès et vous auriez été le premier convié si je vous avais su de retour de Londres.

— Merci pour l'invitation, je vous rejoindrai tout à l'heure. (Il se tourna vers le capitaine qui venait de vomir abondamment derrière un arbre.) Venez sir, je vais vous reconduire chez vous, je ne veux pas que vous vous retrouviez dans de mauvais draps.

— Je ne supporterai pas qu'on l'insulte, affirma Nathaniel en s'essuyant la bouche.

— Vous l'avez suffisamment fait comprendre, rétorqua John d'un ton coupant. À présent asseyez-vous sur cette souche pendant que je vais chercher votre voiture.

Cinq minutes plus tard ils étaient en route. Avec l'aide du cocher, John avait pu installer le capitaine sur la banquette en laissant la fenêtre ouverte en cas de malaise.

— Je ne l'ai jamais vu aussi mal, dit le cocher en hochant la tête et en claquant la langue.

John se décida à tenter sa chance.

— Ah ! c'est que le mariage de miss Rosalind aura lieu dans quelques semaines, fit-il en soupirant.

Le cocher lui jeta un regard pénétrant.

— Je ne savais pas qu'il en avait parlé.

— J'appartiens à une profession médicale, dit John comme si cette explication était suffisante.

— Même les docteurs ne peuvent réparer les cœurs brisés, répliqua le cocher avec concision, avant de remonter sur son siège et de faire claquer son fouet.

Le capitaine Pegram en était au stade pleurnicheur et il sanglotait sans retenue.

— Je ne peux pas m'en empêcher, disait-il d'une voix entrecoupée, s'adressant à lui-même plutôt qu'à son compagnon. Je l'aime encore. Que Dieu me vienne en aide, je serais capable de tuer pour la protéger, vous savez ?

— Je ne pense pas que ce sera nécessaire, répondit John d'une voix tranchante. Il me semble que miss Tireman a un avenir très souriant devant elle.

Le capitaine, sans se soucier de ce que disait son compagnon, continua son monologue :

— Elle n'était encore qu'une enfant quand je suis tombé amoureux d'elle. Elle n'avait que 15 ans et était déjà si belle... on l'eût crue sortie d'une rose éclose au matin. Bien sûr je me suis comporté en homme d'honneur. Il n'y eut rien entre nous jusqu'à...

— Oui ? fit John grillant de curiosité.

— Jusqu'à... répéta le capitaine et sa tête retomba en avant tandis qu'un puissant ronflement faisait vibrer l'atmosphère.

— Ventrebleu de ventrebleu ! pesta l'apothicaire furieux d'être frustré de la révélation qui lui avait paru imminente. Jusqu'à quand, l'ami ?

Mais Nathaniel avait perdu conscience, plongé dans un sommeil d'ivrogne dont il ne sortirait pas avant des heures.

— Enfer et damnation ! jura John, comprenant trop bien qu'il risquait de n'avoir plus l'occasion de parler librement avec lui.

Quand il revint à *La Salutation*, la réception qui avait battu son plein plusieurs heures durant montrait des signes d'essoufflement. Beaucoup des invités étaient partis et seuls Lucius, Marcel Gironde et sir Ambrose étaient encore en train de boire leur ale assis sur un sofa.

— John ! lui lança avec joie l'Irlandais pour l'accueillir, venez vite nous rejoindre !

Ses yeux bleus brillaient et il arborait un grand sourire mais il ne semblait pas soûl ; comme ses compatriotes il tenait bien l'alcool.

— Heureux d'être des vôtres, dit John en saluant les deux autres avant de s'asseoir.

— Comment va le capitaine ? demanda l'Irlandais.

— Ivre mort, ses domestiques l'ont porté dans sa maison et son valet était en train de le déshabiller quand je l'ai quitté.

— Ô infortunés que nous sommes quand les femmes nous tiennent ! déclara Lucius avec un clin d'œil.

— Ah, les femmes ! répondit en écho John.

L'Irlandais reposa avec bruit sa chope sur la table.

— J'en ai assez de cette ale. Si nous passions à un vin d'une certaine qualité ?

Marcel se leva et hocha la tête négativement. D'une voix légèrement empâtée, il dit :

— Merci, je dois retourner auprès de ma femme bien aimée. Il y a beaucoup à faire aujourd'hui et l'heure du dîner approche, ajouta-t-il d'une façon énigmatique.

Le squire, lui, ne bougea pas.

— Pas de raison de m'en aller, Faith a une de ses migraines et elle ne mangera rien.

— Écoutez-moi ! clama Lucius, je m'en vais dîner ici. Pourquoi, bonnes gens, ne pas vous joindre à moi ?

Cette proposition était caractéristique de sa générosité foncière mais John rétorqua :

— À condition que chacun paie son écot, cela me paraît une très alléchante suggestion.

— Très bien, très bien ! gloussa le squire, visiblement ravi de prolonger ces instants festifs.

— J'accéderai à votre désir si c'est le seul moyen de m'assurer votre compagnie ! s'écria joyeusement Lucius.

Tous trois se dirigèrent vers la salle à manger.

Trois heures après, ils étaient toujours attablés, l'Irlandais et sir Ambrose avaient consommé une grande quantité de vin et de porto mais John avait très peu bu car il sentait que son séjour à Winchelsea touchait à sa fin et qu'il lui restait un ou deux jours seulement pour découvrir l'espion, sinon il – ou elle – serait perdu à jamais... Avec cette idée qui le hantait, il décida de chevaucher sa jument, Strawberry, à la nuit tombée et d'explorer les falaises, jusqu'à Hastings si nécessaire, pour tâcher de trouver celui qui avait attiré la frégate française sur le banc de sable.

— Vous ne buvez rien, fit observer Lucius qui se versait un grand verre d'Old Tawny.

— Je voudrais garder la tête claire cette nuit, répondit l'apothicaire.

— Pourquoi donc ? questionna sir Ambrose en roulant ses petits yeux.

— Des paperasses à étudier, répondit vaguement John.

— Inutile, commenta platement sir Ambrose, la vie est trop courte. Manger, boire, s'amuser, telle est ma devise.

— Je suis d'accord avec vous mais ce soir, je préfère m'abstenir.

— À votre guise.

Sir Ambrose se remplit à nouveau un verre en grommelant dans sa barbe.

John supposa que ses paroles inaudibles devaient être des imprécations contre les poules mouillées qui n'osaient pas se soûler franchement à 6 heures du soir par une journée de fin mars et se dit que ce bonhomme était stupide. Pourtant il fut dérouté le moment d'après par la réaction du squire.

— Faut que je m'en retourne, dit-il en vidant son verre d'un coup. J'ai séjourné à Rye depuis la dernière fois que je vous ai vu, Mr Rawlings, et j'ai dû beaucoup manquer à ce pauvre Pup. Vous voulez faire un bout de chemin avec moi ?

— Volontiers.

— Vous n'êtes tous les deux que des femmelettes ! Dire qu'il faut que je finisse cette bouteille tout seul ! dit Lucius en leur faisant adieu de la main.

— Je suis sûr que vous en viendrez à bout, répliqua John avec un clin d'œil complice avant d'emboîter le pas à sir Ambrose qui quittait la salle.

Ce soir-là l'air était frisquet et les deux hommes marchèrent d'un bon pas en direction de Paradise House.

— Vous ne rentrez pas encore chez vous ? s'enquit le squire étonné.

— Non, je me suis dit que j'allais louer un cheval à Truncheons pour faire un tour. J'ai besoin d'exercice après tant de trajets en chaise de poste.

— Voulez-vous entrer un instant ? Je suis sûr que

Faith serait contente de vous voir, si elle est encore debout.

— Juste un instant, dit John étrangement fasciné par Pup.

Le chien dormait et ne bougea pas d'un pouce quand ils entrèrent dans le salon où il était couché devant le feu.

— Je lui manque toujours terriblement, chuchota sir Ambrose. Il ne vit que pour moi, ce pauvre petit. Puppy ! Puppy ! papa est rentré !

Pup ouvrit lentement un œil chassieux, passa la langue sur ses babines purulentes et se rendormit aussitôt.

— Papa est rentré ! répéta le squire d'une voix tonitruante en le touchant du bout du pied. Lève-toi, que diable !

À contrecœur, Pup se mit tant bien que mal debout, agita faiblement la queue, retomba par terre et ferma les yeux.

— Il est mal en point, observa sir Ambrose, la mine morose.

— Oui, plutôt, remarqua John qui avait peine à ne pas éclater de rire.

— Bon, Faith n'a pas l'air d'être par là. Un brandy, cela vous dirait ? Ça protège du froid.

— Non merci, sir Ambrose, il vaut mieux que j'aille faire mon tour sinon après je n'en aurai plus le courage.

— Vous allez loin ? interrogea le squire tendant la main vers la carafe.

— Un simple aller-retour à Rye. Rien de très téméraire.

— C'est plus raisonnable. Bonsoir, jeune homme. Je penserai à vous en me chauffant les pieds.

Quelques mètres seulement séparaient Paradise House des écuries de louage et John put louer Strawberry dont il appréciait la bonne nature. Le propriétaire eut l'air surpris.

— Vous allez vous promener de nuit, sir ? Le vent est rude.

— Je veux simplement prendre un peu d'exercice après être resté longtemps assis dans une chaise de poste. Je la ramènerai d'ici deux heures.

— Entendu, Mr Rawlings.

C'était une idée un peu sotte, se dit John une fois juché sur sa monture. L'espion qui lançait des signaux était peut-être chez lui cette nuit. D'un autre côté, ses maîtres français cherchaient peut-être à le joindre après le fiasco de la frégate échouée, à présent confisquée par la marine britannique et perdue pour la lutte. Il ne se dirigea pas vers Hastings délibérément mais du côté opposé et trotta vers Pett Level et Fairlight. Le vent froid de mars s'engouffrait dans sa cape qui s'enflait derrière lui.

Il n'était pas encore allé bien loin quand il entendit un bruit de sabots de cheval derrière lui : était-ce une simple coïncidence ou le suivait-on ? Ne voulant prendre aucun risque, il arrêta la jument sous un abri de bois très fruste, sans doute destiné aux bergers, et là il regarda ce qui se passait. Un cavalier s'approcha sans chapeau ni perruque, les cheveux flottant derrière lui tel un écheveau noir. Quelques minutes après, ce fut un autre, coiffé d'un tricorne bien enfoncé. Avec un picotement au bout des doigts qui lui était familier, John fit sortir Strawberry de son refuge et se lança à leur poursuite en trottant le plus silencieusement possible. Ce fut à ce moment qu'il discerna à une certaine distance de la côte une série de signaux lumineux : 54 902 659. Immédiatement la mémoire visuelle de John lui remit sous les yeux les pages du parchemin que le Dr Willes lui avait montrées. Cinquante-quatre signifiait « venez » et 902 « ici » mais 659 ? Il fronça les sourcils, plissa le front dans un intense effort et cela lui revint. C'était un nombre qui pouvait signifier « de », « gelée » ou... « Grenouille [1] ». Voilà, cela signifiait : « Grenouille, viens ici ». Les Français voulaient s'entretenir avec l'agent secret qui, par sa maladresse, leur avait fait perdre un navire !

John descendit de cheval et conduisit la jument par la bride pour que son arrivée fît le moins de bruit possible. Mais tandis qu'il avançait, une lanterne-signal se mit à lancer des séries de messages lumineux à une centaine de mètres seulement... John les compta : il y en eut neuf et subitement cela s'arrêta.

— Sacré vieux crétin ! lança une voix en français, une voix qui parlait bas. À quoi jouez-vous, on peut savoir ?

— Comprends pas votre charabia.

La voix reprit, cette fois en anglais :

— Je vais vous en donner du charabia.

John chargea son pistolet et s'avança hors des ténèbres.

— Sir Ambrose Ffloote, je vous arrête en lieu et place du Public Office Bow Street pour haute trahison et peut-être meurtre.

— Mon Dieu ! s'exclama le Français.

Il enfourcha son cheval en une seconde et disparut dans la nuit avant que l'apothicaire eût pu apercevoir son visage.

Le squire pétrifié fixait John. Puis, lui aussi sauta en selle avec une agilité qu'il devait à des années de chasse à courre.

— Soyez maudit ! hurla-t-il, John Rawlings, soyez maudit ! Espion peut-être, mais meurtrier jamais !

Et braquant son pistolet sur John, il tira en visant avec soin.

---

1. *From* (de), *Frost* (gelée), *Frog* (grenouille) : tous proches par ordre alphabétique.

24

Les gens que John avait payés pour décorer le plus petit des deux salons du Town Hall avaient vraiment fait des merveilles. Ils avaient disposé des fleurs printanières et de la verdure çà et là avec beaucoup de naturel, comme s'il s'agissait d'une salle de bal de campagne. De multiples bougies dispensaient leur lumière, la fenêtre était encadrée de doubles rideaux rouges et le parquet fleurait bon la cire d'abeille. Une table avait été installée dans un angle et l'on y pouvait admirer des mets succulents : viandes, salades, sabayons transparents et tremblotantes gelées, sans oublier le punch destiné à réchauffer les invités en cette froide soirée de mars.

John avait revêtu pour la circonstance un justaucorps de satin cannelle sur un gilet vert foncé brodé de violettes et de pensées en fil d'argent, tenue digne d'une salle de bal londonienne. Elizabeth Rose, de son côté, portait une robe neuve couleur lilas, incrustée de perles. En attendant leurs invités, ils portèrent un toast pour lutter contre le froid.

— Je bois à votre retour sain et sauf parmi nous, dit Elizabeth.

— Et moi à votre gracieuse hospitalité et à la chance que j'ai d'être encore ici.

En effet il avait échappé à la balle de pistolet du squire – qui pourtant avait bien ajusté son tir – en se jetant à plat ventre sur le sol et avait laissé partir son ennemi. Sir Ambrose avait pris deux minutes d'avance. Si John avait disposé du cheval noir, il eût pu le rattraper mais avec la gentille Strawberry il n'avait aucune chance. Le plus stupide des espions s'était volatilisé dans la nuit et avait sans doute traversé la Manche dans une barque de pêcheur car, ni vu ni connu, on ne l'avait pas revu depuis. D'une certaine façon John en était heureux car cet archétype de gentilhomme campagnard avait quelque chose de plutôt sympathique, en dépit de plaisanteries douteuses et d'attitudes xénophobes. Mais, se dit John, il n'était pas du tout xénophobe en réalité. Bien que trop obtus pour apprendre le langage chiffré, il s'était montré très malin. Qui eût pu le soupçonner de s'être acoquiné avec la France ?

Devinant le cours des pensées de l'apothicaire, Elizabeth dit :

— Je me demande si la pauvre petite Faith osera faire une apparition.

— Je n'en serais pas étonné, je pense qu'elle doit faire montre d'une bien plus grande vitalité quand sir Ambrose n'est pas dans les parages.

— Espérons qu'il ne reviendra jamais.

— S'il revient il risque la corde, c'est le châtiment des traîtres.

Elizabeth frissonna.

— Comme ils l'ont fait avec Jasper Harcross.

John se mordit la langue. Heureusement une voix retentit qui lui enleva un grand poids et lui redonna sa gaieté.

— John, mon ami, comment allez-vous ? (Ces paroles furent prononcées avec un délicieux accent français.) Que c'est gentil à vous de nous convier ici. Je me permets de vous présenter mon jeune cousin Olivier.

— Comment donc ! répondit John en saluant le jeune homme. Ah ! Serafina ! Louis ! dit-il en serrant dans ses bras le couple qui venait d'entrer. Quel bonheur de vous voir ! (Se tournant vers ledit Olivier.) Je suis ravi de faire votre connaissance, mon cher sir.

— Et moi de même, sir, dit Dick Jarvis en faisant un salut digne d'un prince.

Il avait coupé ses cheveux si court qu'une perruque à la mode, blanche avec des boucles sur les oreilles, lui couvrait bien le crâne et il s'était rasé de près, si fait qu'aucun favori ne venait déparer son agréable visage. Son habit lui aussi était à la dernière mode, noir et écarlate. Ainsi vêtu, le bâtard d'un contrebandier avait tout du gentleman de qualité, et il en avait conscience.

— J'ai toujours pensé, dit John amusé, que votre père avait veillé à ce que vous receviez une excellente éducation.

Ce à quoi Dick répliqua, à la grande surprise de l'apothicaire :

— Ma mère était d'une bonne famille, Mr Rawlings, elle était la sœur de sir Percy Bellingham of Goudhurst.

— Peste ! Kit Jarvis évoluait dans les hautes sphères de la société !

— Eh bien Kit Jarvis a vécu et aimé d'une manière aventureuse et son rejeton fait de même. (Redevenu sérieux, il déclara :) Ne parlons plus de lui. Pour ce soir je suis Olivier de Vignolles, cousin du comte et de la délicieuse comtesse de Vignolles. Redites-moi ce que vous attendez de moi.

— Vous devez jouer le rôle du cousin avec tant de vraisemblance que même vos clients habituels penseront simplement que vous ressemblez de façon frappante à Dick le contrebandier, sans plus.

— Et alors ?

— Je veux que vous identifiez la femme qui a dérobé la carte du capitaine Pegram dans la poche de l'Épouvantail. Ensuite il m'appartiendra de décider si elle l'a fait pour se protéger, pour protéger le capitaine ou bien une tierce personne.

— Bien, mais à ce stade, vous ne voulez pas que cela s'ébruite ?

— Oh non, surtout pas, murmura John. (Toujours à voix basse bien que les Vignolles fussent engagés dans une conversation animée avec Elizabeth, il demanda :) Vous avez su que le squire avait disparu ?

— Oui, oui, bien que vous n'ayez rien dit, mes acolytes savaient tout dès le lendemain. En tout cas il a décampé, Petit Harry lui a fait faire la traversée jusqu'à la France.

— Comment monnaye-t-on le patriotisme à l'heure qu'il est ? s'enquit John avec un sourire cynique.

— Je vous ai dit que Petit Harry n'a aucun scrupule, la preuve en est, conclut Dick en souriant d'une façon désarmante.

On entendit des pas dans l'escalier et John mit un doigt sur ses lèvres.

— Soyez le bienvenu, sir, dit-il tout haut avant de se tourner vers les nouveaux arrivants.

Mrs Finch et ses filles vêtues de satin blanc, ce qui les grossissait encore plus, faisaient leur apparition en groupe. Elles avaient la mine réjouie et fixaient toutes trois leur attention sur le prétendu Olivier. Il y eut maints saluts, courbettes et révérences – Sarah en particulier eut grand peine à se relever. Pour faire encore plus authentique, Dick, prenant l'accent français, aida la jeune fille à se redresser avec moult exclamations. Les musiciens – trois seulement car John n'avait pu s'en offrir plus – se mirent à exécuter un air entraînant et l'atmosphère devint extrêmement festive.

Encadrée par les Gironde qui la soutenaient, Faith Ffloote entra dans la salle en reniflant un flacon de sels. Mais il y avait dans ses yeux une animation que John n'y avait jamais vue et qui révélait son état d'âme. John s'inclina et lui baisa la main.

— C'est vraiment très généreux de votre part de venir jusqu'ici, Lady Ffloote. Le départ soudain de votre époux a dû vous bouleverser.

— Il m'a abandonnée, Mr Rawlings, ne mâchons pas nos mots. Je pensais depuis longtemps qu'il avait une petite amie à Rye, me voilà convaincue maintenant, les événements l'ont prouvé.

John acquiesça d'un signe de tête. Il n'avait dit qu'à Elizabeth – et à Mr Fielding par lettre – la vraie raison de ce brusque départ. Ainsi la pauvre Faith pouvait se présenter tête haute en société, car, à part le Français présent cette nuit-là et quelle que fût son identité, il n'y avait pas eu d'autre témoin de ce qui s'était passé.

— Si tel est le cas, vous êtes mieux sans lui, madame, déclara John.

Lady Ffloote inclina la tête pour exprimer que tel était son avis.

Un éclat de rire énorme résonna dans l'escalier et Lucius Delahunty bondit dans la salle, les cheveux noués par un ruban, extrêmement élégant dans un habit vert émeraude. Richard Hayman l'accompagnait. L'Irlandais s'inclina devant la compagnie rassemblée puis il aperçut Dick.

— Comment, révérend !... s'exclama-t-il médusé.

John lui coupa la parole et s'empressa de faire les présentations :

— Lucius, permettez-moi de vous présenter Olivier de Vignolles, c'est le cousin d'un très vieil ami.

Les yeux bleus étincelants se braquèrent sur le visage de l'apothicaire et il y eut un imperceptible clin d'œil.

— Mon cher sir, fit-il sur-le-champ, c'est un grand plaisir pour moi.

— Pour moi de même, répondit Dick avec dignité.

John en se détournant sentit son cœur battre plus vite en reconnaissant la voix tonitruante de Mrs Tireman qui montait avec ses compagnons. À la seule pensée qu'il allait voir apparaître Henrietta, il se sentait envahi d'allégresse et il fut convaincu qu'il lui serait quasiment impossible de la quitter.

Avec ces derniers venus, la compagnie était presque au complet. Manquait seulement le mystérieux capitaine Pegram. L'apothicaire fit un petit discours pour ouvrir la soirée afin qu'on pût ensuite danser.

— Milord, ladies et gentlemen, cette soirée se veut simple et sans façon, c'est ma manière de vous manifester ma reconnaissance pour m'avoir témoigné tant de bonté durant mon séjour à Winchelsea. Aussi serai-je heureux de vous voir danser et prendre des rafraîchissements en toute liberté. Je vous remercie.

Sur ces mots les danseurs se répartirent en deux groupes d'un même nombre. Faith Ffloote se retrouva seule, mélancolique, n'ayant pas de partenaire. L'orchestre joua *The Dumps*.

— Alors c'est la cérémonie d'adieu ? demanda Henrietta, l'œil indubitablement embué.

— Non, rétorqua John en l'emmenant au milieu de la salle, quoi qu'il arrive, quel que soit le sort qui nous attend, je reviendrai pour vous.

— Vos paroles ont quelque chose d'inquiétant.

— Ah oui ? pardonnez-moi, je voulais simplement que vous sachiez que, même si mon séjour à Winchelsea touche à sa fin, il n'en est absolument pas de même pour nos relations. En d'autres termes, je suis sur le point de tomber amoureux de vous.

— Seulement sur le point.

Elle éclata de rire, retrouvant soudain son sens de l'humour.

La danse se poursuivait ; bien qu'un ou deux regards se fussent posés avec curiosité sur Dick, personne ne s'avisa que ce gracieux jeune homme à l'accent français pût être autre qu'il ne le prétendait.

Créateur d'illusions tel le prestidigitateur, se dit John, Mr Fielding avait raison de dire que les gens ne voient que ce qu'ils veulent bien voir.

Vers le milieu de la soirée, au moment où la plupart des invités avaient pris place pour souper, apparut le capitaine Pegram, très pâle mais pas éméché le moins du monde. Il chercha immédiatement des yeux Mrs Rose et alla s'asseoir à côté d'elle. Pendant qu'ils soupaient, il la fit rire et elle parut jeune et heureuse.

Qu'est-ce que cela veut dire ? se demandait John.

Il remarqua que Dick faisait le tour de la salle, bavardant avec chaque dame à tour de rôle, racontant la même histoire – qu'il était propriétaire et éleveur de chevaux –, leur demandant leur point de vue sur la race chevaline, si elles montaient et si oui, quelle distance elles parcouraient. Intrigué, John alla le trouver sous prétexte de remplir ses devoirs d'hôte.

— Non, disait Mrs Finch, je ne puis prétendre que je monte à cheval ; bien sûr je montais quand j'étais jeune, mais à présent je préfère le confort d'une voiture à cheval. Mes filles, en revanche, sont de remarquables cavalières, toutes sans exception. Sophie parcourt ainsi des kilomètres, n'est-ce pas Sophie ?

— Oui maman, répondit l'infortunée.

Jaugeant le tour de taille des quatre jeunes filles, John les imagina juchées sur des chevaux de trait qui seuls pouvaient supporter leur poids.

Tout bon acteur qu'il fût, Dick arborait un large sourire et John devina qu'il devait imaginer le même tableau.

— Merveilleux ! s'exclama-t-il avec un accent français encore plus prononcé. Il vous faudra un jour venir voir mes écuries, chères ladies.

— Oh oui ! firent-elles en chœur tandis que Mrs Finch faisait la moue à l'abri de son éventail.

Mrs Tireman, coiffée ce soir d'une immense perruque, vint se joindre au groupe et se mit à parler français à Dick. John eut un coup au cœur, il n'avait pas pressenti ce péril mais, soit que l'éducation du contrebandier eût été de première qualité, soit qu'il eût acquis ses connaissances linguistiques au gré de ses années de commerce avec la France, il répondit avec aisance et fit même une plaisanterie qui la fit rire.

— Diable, dit-elle dans sa langue maternelle, vous me rappelez quelqu'un.

— Et vous aussi, madame, je pense qu'il doit s'agir de cette fameuse actrice Peg Woffington.

Cette repartie amena un si grand sourire sur la physionomie de la dame que ses yeux en disparurent presque dans le plissement général qui s'ensuivit. D'un geste coquet de jouvencelle, elle lui tapota le bras de son éventail.

— Vous n'êtes qu'un vil flatteur !

— C'est de lui, du Diable, que je veux vous rappeler le souvenir, répliqua Dick avec un sourire enjôleur.

L'épouse du recteur rit de plus belle.

— Venez Olivier, intervint John, je dois vous présenter aux autres dames. (Il s'inclina devant Mrs Tireman et Mrs Finch.) Mesdames, veuillez nous excuser.

Prenant énergiquement Dick par le coude, il le propulsa devant Mrs Rose, rejointe par Faith Ffloote qui avait pris des couleurs depuis le début de la soirée et semblait s'amuser franchement.

— Lady Ffloote, Mrs Rose, capitaine Pegram, puis-je vous présenter le cousin de mon ami Louis, Olivier de Vignolles.

Mrs Rose tendit sa main à baiser.

— Nous nous sommes déjà rencontrés mais je suis charmée.

Lady Ffloote, après lui avoir jeté un regard assez méfiant, minauda quand Dick s'inclina devant elle. Le capitaine Pegram, sans doute le seul de Winchelsea à ne pas frayer avec les contrebandiers, accepta ce qu'on lui disait et fit le salut militaire.

— Olivier élève des centaines de chevaux, broda John.

— Il faut vraiment que je me remette à l'équitation, déclara Faith en soupirant. Dans ma jeunesse je faisais des randonnées où j'allais comme le vent, mais ces dernières années ma mauvaise santé a été un sérieux obstacle. Mon mari montait bien lui aussi mais il m'a abandonnée, il s'est enfui avec une petite garce de Rye.

Pas un muscle du visage de Dick ne bougea et c'était tout à son honneur.

— Ah vraiment ? se contenta-t-il de dire. Il se ridiculise.

Lady Ffloote était comme de la cire entre ses mains.

— Quel charmant jeune homme ! s'écria-t-elle à la cantonade, il faudra que vous veniez me voir !

— Hélas ! je dois rentrer à Londres dès demain, répondit le contrebandier avec un soupir.

— Quel dommage ! fit Faith qui, aux yeux de John, semblait de plus en plus s'humaniser.

— Et maintenant, coupa l'apothicaire, je tiens à vous présenter au marquis de Rye qui a condescendu à gratifier ma soirée de sa présence.

— Milord, dit Dick qui s'inclina si profondément que sa perruque toucha les souliers du marquis, Olivier de Vignolles, pour vous servir.

Justin eut un sourire indulgent et dit à sa belle fiancée qui était à son bras :

— Rosalind, ma chérie, voici le cousin de l'ami de Mr Rawlings, Olivier de Vignolles.

— Votre présence suffit à me combler, répliqua Dick en roulant les yeux à la française.

Elle lui tendit la main en riant.

— Et que faites-vous dans la vie, monsieur ?

— J'élève des chevaux dans mes propriétés du Warwickshire, expliqua Dick qui fit un geste pour montrer l'immensité de ses terres. Montez-vous à cheval ?

Le marquis répondit à sa place.

— Il n'y a qu'une meilleure cavalière dans le comté, la sœur de Rosalind, Henrietta.

— Notre mère aussi est bonne cavalière, précisa sa fiancée, nous tenons toutes de notre aïeule française qui, s'il faut en croire la légende, était la plus grande cavalière de Normandie.

— Et vous montez à cheval dans les marais ? demanda Dick.

— Comme tout le monde, répondit Justin, n'est-ce pas Mrs Gironde ?

— Il a bien fallu que j'apprenne, commenta-t-elle, je dois souvent porter les paquets de mon mari, voyez-vous. S'il prend lui-même la voiture je n'ai pas le choix, il faut que je me rende à cheval vers les maisons éloignées et les fermes.

— Mon épouse est une merveilleuse cavalière, dit son mari qui venait de les rejoindre.

— Il semble donc que toutes ces dames aient monté à cheval un jour ou l'autre, déclara Dick, c'est parfait, je m'en réjouis pour mes haras.

— Vous en possédez plus d'un ? s'enquit Rosalind.

— Oh oui, plusieurs ! répliqua Dick avec exubérance en ouvrant grand les bras.

Ils étaient tous repartis chez eux. Les musiciens avaient reçu leur argent et plié bagage, le chef et ses assistants avaient desservi les reliefs de la collation. Même Louis et Serafina, les invités priés tout spécialement par John, avaient regagné *La Salutation*. Seuls l'apothicaire et Dick Jarvis se dirigeaient à pied dans les rues silencieuses vers Petronilla's Platt

— Était-elle là ce soir ? demanda John, la femme qui a fouillé dans les poches de l'Épouvantail ?

— Oui, répondit Dick avec solennité.

— Était-ce...

Il mentionna un nom.

— Comment le saviez-vous ? demanda Dick éberlué. (Il vit alors combien son ami était pâle à la clarté de la lune.) Cela vous fait de la peine, n'est-ce pas ?

— Beaucoup.

— Je suis désolé. Comment vous en êtes-vous douté ?

— Il y eut plusieurs poteaux indicateurs sur le chemin.

— Tous menaient vers elle ?

Avec un énorme soupir John répondit :

— Oui, tous.

25

La journée des noces du marquis de Rye fut dès l'aurore joyeuse comme une volée de cloches un jour de fête. Mars avait eu la rudesse d'un lion mais avait cédé la place à un mois d'avril où de douces brises succédaient aux vents mordants, où l'air sentait bon la jonquille, où l'on voyait partout les jolies fleurs printanières encore en bouton.

John, qui était retourné à Londres pour consulter le Blind Beak, était revenu en compagnie de Joe Jago et séjournait comme de coutume à *La Salutation*. Il avait l'assurance, s'il en avait besoin, qu'on lui enverrait les Flying Runners, deux Brave Fellows pourvus d'une voiture qui, dans les plus brefs délais, pouvaient se rendre en n'importe quel point du royaume. Malgré la responsabilité qui lui pesait sur les épaules, il ne se leva pas aussi tôt qu'Elizabeth Rose, autrefois Egleton puis Harcross, qui fut debout à l'aube et revêtit une robe neuve en velours bleu et un chapeau orné de fleurs, spécialement réalisés pour l'occasion. Plus tard, pendant que John mettait la dernière touche à sa toilette, le capitaine Pegram vint la chercher dans sa voiture pour l'accompagner jusqu'à St-Thomas de Winchelsea où devait avoir lieu le mariage. Il lui déclara qu'elle était splendide, ce qui la rendit heureuse, un bonheur qu'elle n'avait pas connu depuis longtemps.

Le mariage du marquis était une occasion à ne pas manquer ; aussi tout le comté de Sussex s'était-il déplacé. Non seulement les membres de la *gentry* qui avaient eu la chance de figurer sur la liste des invités, mais également ceux qui avaient travaillé au service du marquis ou de son père et qui leur devaient leur gagne-pain. Ils vinrent de plusieurs lieues à la ronde, à pied ou à cheval, emplissant les rues de Winchelsea. Ils patientaient aux portes de l'église, dans une atmosphère de plus en plus enjouée, attendant le grand moment où ils verraient arriver le marquis et sa promise.

Celui-ci parut en premier, vêtu de bleu lavande et rose des pieds à la tête, avec comme témoin un vieux camarade d'école que personne ne connaissait et qui était assis à ses côtés dans le carrosse de la famille Rye, un équipage assez vétuste avec les armoiries sur la porte. Quand le marquis sauta du marchepied, il fut salué par une ovation de tous ses sujets ; ils lancèrent des pétales de roses conservés depuis l'année précédente qui jonchèrent le chemin qu'il devait suivre jusqu'au portail de l'église.

Les invités arrivaient en grappes à présent. Toutes ces personnes qui étaient devenues si familières à John hâtaient le pas pour pénétrer dans le sombre sanctuaire paré comme pour l'éternité.

Les Gironde étaient là avec leurs précieux flacons de sels en cas de pâmoisons ; lady Ffloote fit une entrée très digne au bras du Dr Hayman et ils furent applaudis par l'assistance ; les cinq Finch dont les robes à froufrous avaient toutes les couleurs de l'arc-en-ciel arrivèrent en carrosse et causèrent beaucoup d'embarras pour descendre de voiture et s'acheminer vers l'église. Le capitaine Pegram escortait Mrs Rose ; John, resplendissant dans un habit couleur prune sur un gilet argenté, s'avançait juste derrière eux ; Joe Jago, tout de noir vêtu, lui emboîtait le pas et alla s'asseoir tout au fond de l'église où pouvaient s'installer tous ceux, invités ou non, qui désiraient assister à la cérémonie. Un des derniers à pénétrer dans l'église avant l'entrée du cortège fut Lucius Delahunty qui prit place également à l'arrière, en tant que peintre du marquis mais pas encore assez connu de lui pour avoir été convié.

Puis ce fut le tour de Mrs Tireman, précédant de peu le cortège. Sa toilette alliait le puce, le rose et le doré ; quant au chapeau, il eût pu transformer l'imprudent qui le regarderait en statue de pierre. Quand elle prit place dans le premier banc, la communauté entière se fit silencieuse, silence qui annonçait l'arrivée prochaine de la mariée. Juste avant que Rosalind n'apparût, on entendit les vivats de ceux qui étaient restés à l'extérieur de l'église et les premiers accords des musiciens. Comme dans l'ancien temps il y aurait accompagnement de violons, trompettes et autres instruments.

Tous se levèrent et regardèrent vers la porte. Et toute l'assistance retint son souffle à l'apparition de la beauté blonde. Rosalind était en blanc ; ses manches, ornées de nœuds de rubans colorés (ce qu'on appelait des « lacs d'amour[1] »), sa magnifique chevelure répandue sur ses épaules, le front couronné de fleurs. À côté d'elle s'avançait son père en vêtements sacerdotaux ; derrière eux, toujours conformément à l'ancienne tradition, marchaient deux garçons tenant deux branchettes de romarin et sa sœur Henrietta en tenue

1. Rubans décoratifs entrelacés en huit couché.

couleur fauve, portant des guirlandes de fleurs et de feuillage.

Tandis que les cloches sonnaient à toute volée, Rosalind traversa la nef pour rejoindre le marquis de Rye qui la contemplait avec une telle expression d'adoration que les personnes sentimentales qui l'observaient en pleurèrent d'émotion.

Enfin ils se tinrent tous deux devant l'autel et le chapelain qui conduisait la cérémonie répéta les vieilles paroles familières :

« Mes bien chers frères, nous voici réunis aujourd'hui en la présence de Dieu... »

Sa voix s'écoulait, douce, harmonieuse, sans parole discordante jusqu'au moment le plus émouvant où, dans le silence du sanctuaire, un silence si profond que personne n'osait tousser, il prononça les mots suivants :

« Toute personne ayant connaissance d'une raison valable qui ferait obstacle à ce que notre frère et notre sœur ici présents soient unis par les liens sacrés du mariage est tenue de le dire maintenant ou de se taire à jamais. »

Il y eut l'attente habituelle pendant laquelle John sentit son sang se figer dans ses veines, puis avec une lenteur délibérée, Joe Jago se leva de sa place tout au fond de l'église.

— J'ai connaissance...

Le chapelain eut l'air profondément bouleversé et regarda fixement le greffier de Mr Fielding ; l'affolement lui coupait la parole. Il finit par balbutier :

— Quelle est la raison ?

— Sir, une personne de la noce est sur le point d'être placée en état d'arrestation sous l'inculpation de haute trahison et meurtre.

Le marquis pivota, livide de rage.

— Expliquez-vous, l'homme.

Joe Jago s'éclaircit la voix.

— Je suis désolé, milord, j'ai ici (Il tapa sur sa poche.) un ordre de comparution pour...

Mais il ne put achever sa phrase. Conscient qu'une autre personne venait de se lever également au fond de la nef, John, qui jusque-là n'avait pas eu la force de regarder, se tourna et eut le souffle coupé comme tout le reste de l'assistance.

— Vous n'aurez pas cette peine ! vociféra Lucius Delahunty dont l'accent irlandais se fit encore plus prononcé. Rosalind Tireman est une putain et une meurtrière.

Un murmure horrifié s'éleva au fur et à mesure que le sens de ces paroles pénétrait dans les esprits et tout de suite après, comme une vague suit l'autre, retentit un coup de feu. Un cri perçant se fit entendre dans le silence pétrifié qui s'ensuivit et John, comme tous les autres gens de la noce, vit avec terreur Rosalind, une tache rouge apparaissant sur le corsage de sa robe de mariée, s'effondrer sur les genoux puis de tout son long devant l'autel.

— C'est ainsi que mourront tous les traîtres et les ennemis de la France ! clama Lucius dans un français parfait et il s'enfuit en courant sans jeter un regard en arrière.

Tout se passa ensuite comme si un charme était rompu. John se leva, tiraillé entre le désir de venir en aide à la blessée et celui de poursuivre son assaillant ; il vit que le Dr Hayman avait bondi par-dessus plusieurs bancs et était agenouillé près de la blessée qu'il soignait, tandis qu'elle reposait entre les bras du marquis. Sans hésitation il courut après Lucius.

L'Irlandais était sur le point d'enfourcher le rapide cheval noir de Truncheons mais il s'arrêta, le pied dans l'étrier, en voyant accourir John. Il salua.

— Lucien de La Tour pour vous servir, sir. Père français. Mère irlandaise. L'Épouvantail, comme vous avez coutume de l'appeler, alias Gérard de La

Tour, était mon cousin et un brave homme, bien qu'un peu trop porté sur les dames. Il traversa la mer pour réveiller la Grenouille et le Papillon de Nuit qui avaient signé un contrat d'allégeance à la France moyennant finances il y a plusieurs années. Comme vous le savez à présent, la Grenouille fit de son mieux mais bêtement ; au contraire, le Papillon de Nuit, par amour de l'argent et d'un titre par-dessus le marché, assassina mon cousin plutôt que de respecter son engagement. C'est la raison pour laquelle cette maléfique catin devait mourir.

— Mais Lucius, dit John qui ne savait plus que dire.

— Désolé, mon ami, je vous aime beaucoup. Grand Dieu ! Un jour de mariage... Je devrais vous tuer, mais aussi sûr que le diable existe, je ne le ferai pas.

Il flanqua de son poing ganté un coup terrible sur le menton de John, un coup dur comme s'il était administré du plat de l'épée. Les ténèbres succédèrent au clair soleil d'avril.

Le brouillard s'éclaircit soudain, révélant deux visages anxieux penchés sur lui. L'un était le visage buriné et si familier de Joe Jago, la main droite de Mr Fielding, l'autre celui si net et soigné du Dr Hensey. Celui-ci lui appliquait des compresses froides et lui faisait respirer des sels comme si sa réputation professionnelle en dépendait.

— Mon cher Mr Rawlings, dit-il en voyant papilloter les paupières de l'apothicaire, grâce à Dieu, vous voici redevenu conscient. Cette brute vous a flanqué un très mauvais coup.

Malgré l'horrible spectacle qu'il lui avait été donné de voir et une mâchoire extrêmement douloureuse, John parvint à esquisser son sourire en coin.

— Lucius Delahunty, c'est un satané coquin, que lui est-il arrivé ?

Les yeux bleu clair de Joe brillèrent.

— Il s'est échappé. Les Flying Runners sont arrivés trop tard pour pincer le coupable car ils ont perdu une roue à Lamberhurst. Et il avait disparu à leur arrivée.

— Vous pensez qu'il va retourner en France ?

Joe se tapota l'aile du nez.

— Ne m'avez-vous pas dit qu'il était au mieux avec le révérend Tompkins ?

— Eh bien ! Si Dick a quelques scrupules patriotiques, je suis certain que Petit Harry, lui, n'aura aucun problème de conscience, déclara l'apothicaire en souriant.

Le greffier lui lança un regard perplexe.

— Vous n'en voulez absolument pas à Lucius, il me semble ?

— Non, il faisait ce qu'il considérait comme son devoir et, en même temps, il vengeait la mort de son cousin.

— Vous avez raison, assura le Dr Hensey, nous devons agir comme nous le dicte notre sens de l'honneur.

John à présent voyait nettement le médecin ; le voile noir s'estompait.

— Je n'avais pas eu conscience de votre présence à l'église, sir.

— Je n'avais pas reçu d'invitation mais me trouvant dans la région, j'étais bien décidé à assister à la cérémonie. Ma patiente était plus plaintive que jamais et je suis arrivé en retard. Je me suis glissé furtivement dans le fond de l'église, quasiment derrière Mr Delahunty.

— Que s'est-il passé exactement ?

— Il s'est simplement levé, a sorti son pistolet et a tiré sur la pauvre miss Tireman, la tuant sur le coup.

L'apothicaire pâlit.

— Ah, il l'a tuée ? Je n'en étais pas certain.

Florence Hensey n'avait pas l'air ému pour autant.

— En une seconde elle était morte, il l'a visée en plein cœur.

— Exactement comme elle avait frappé l'Épouvantail. Une sombre revanche, vraiment.

Joe changea de conversation.

— La plupart des invités sont allés aux Grey Friars où le capitaine Pegram fait office d'hôte. Avant de partir, Mrs Rose m'a recommandé de veiller sur vous. Puis-je vous chercher quelque chose, Mr Rawlings ?

— Du brandy pour le remettre du choc, suggéra le docteur. Je boirai volontiers un verre avec vous. La journée a été rude pour nous tous.

— Certes, fit Joe avec conviction.

— Mais qu'est devenue Henrietta ? s'enquit John qui reprenait ses esprits. Est-elle saine et sauve ? Où est-elle allée ?

Les deux hommes plus âgés se consultèrent du regard.

— Elle console le marquis, dit Joe tranquillement.

Et ce ne furent pas les mots mais la façon dont ils furent dits qui apprirent à John que la belle créature, dont il avait failli tomber amoureux, était bel et bien perdue pour lui.

26

Une semaine après la mort dramatique de la jolie fiancée tuée d'une balle en plein cœur devant l'autel alors qu'elle s'apprêtait à s'unir au marquis de Rye, sept personnes prenaient place pour dîner dans le ravissant salon du premier étage de sir Gabriel Kent. Parmi les convives, deux l'avaient bien connu, deux avaient passé une soirée en sa compagnie. Étaient présents l'hôte, son fils, le comte et la comtesse de Vignolles, Elizabeth et John Fielding, sans oublier Joe Jago. Le ton n'était pas aux propos frivoles et aux bonnes plaisanteries. Les convives s'entretinrent à voix basse pendant tout le repas. Quand ce fut fini, le Blind Beak qui occupait la place d'honneur en face de sir Gabriel s'éclaircit la voix.

— Je crois, déclara-t-il, que le moment est venu, Mr Rawlings, de nous faire un récit complet.

— Si tel est votre désir, sir, je m'y soumets volontiers mais j'appellerai Joe à l'aide à mi-chemin.

— Bien entendu, approuva le greffier, la mine mélancolique car il savait combien son jeune ami était triste de faire ses adieux à miss Tireman.

— Comme vous le savez tous, commença John, une femme mystérieuse me supplia de venir à son aide et me convoqua dans le marais de Romney. Très intrigué, j'arrivai à Winchelsea pour découvrir qu'elle n'était autre que l'ancienne Mrs Jasper Harcross qui se faisait appeler désormais Mrs Rose.

» Elle m'expliqua que quelqu'un en voulait à sa vie et qu'on cherchait à l'empoisonner en déposant sur le pas de sa porte des cadeaux sous forme de mets et de vin. C'est une habitude répandue dans les familles les plus prospères d'offrir des présents anonymes aux personnes dans le besoin.

— Quelle charmante idée ! s'écria Serafina.

— Quelle délicate charité ! renchérit Elizabeth.

— En effet. Mais cela m'a donné bien des tracas à l'époque. Cependant revenons un peu en arrière, lors de mon premier voyage jusqu'à Winchelsea, la tempête contraignit la chaise de poste à faire un détour par les marais. Nous passâmes près d'une minuscule église isolée à côté de laquelle se dressait la silhouette incongrue d'un épouvantail, un épouvantail très réaliste qui me fit peur la première fois que je l'aperçus. Finalement je m'en fus chercher pourquoi on avait placé un épouvantail là où il n'y avait pas de récoltes. C'est ainsi que je découvris le squelette qui repose maintenant au cimetière. À l'intérieur de son habit se trouvait cousu un message en langage codé qui, une fois déchiffré, révéla que le cadavre était celui d'un espion français venu en Angleterre réveiller deux espions endormis, la Grenouille et le Papillon de Nuit.

Mr Fielding choisit ce moment pour intervenir :

— Je demandai alors à Joe Jago d'aller officiellement à Winchelsea pour assister Mr Rawlings dans sa chasse aux espions français. En effet, il nous semblait certain, surtout quand nous sûmes par le Bureau des Affaires secrètes qu'aucun espion anglais n'était impliqué, que l'un d'entre eux était l'assassin. Continuez, Joe.

Ce fut au tour du greffier de parler.

— En me faisant passer pour un agent de ce Bureau des Affaires secrètes, j'obtins des déclarations des uns et des autres, ce qui me fit prendre conscience de la difficulté de la tâche de Mr Rawlings. Plusieurs des habitants mentirent, les uns brodant la réalité, d'autres affirmant qu'ils ne savaient rien. Pourtant, plusieurs faits intéressants finirent par émerger. D'abord et surtout que l'Épouvantail, sobriquet dont nous affublions le mort, avait été en contact avec le marquis de Rye et le *beau monde** de Winchelsea. J'en conclus que le marquis pouvait être personnellement impliqué, ainsi qu'une dame de qualité. De plus, Mr Rawlings découvrit que deux dames de la ville, une jeune et une autre moins fraîche, avaient ébauché une idylle avec notre espion libertin. Enfin pendant ma visite au capitaine Pegram, j'entrevis dans un tiroir entrouvert un dessin de Rosalind nue.

— Quelle conclusion en avez-vous tirée ? demanda sir Gabriel, qui, à chacun de ses mouvements, faisait flamboyer le saphir enchâssé dans sa bague.

— Soit qu'ils avaient une relation, soit simplement qu'il la désirait, répondit Joe.

John intervint.

— C'est cela qui m'a fait suspecter le capitaine dès le début. Sa conduite me paraissait extrêmement étrange, c'est le moins qu'on puisse dire. Cependant n'allons pas trop vite. D'autres faits émergèrent, bizarres, certains même tout à fait inexplicables.

— Par exemple ?

— Une personne dont j'ai fait la connaissance et qui circule dans le marais de Romney.

Mr Fielding égrena son rire mélodieux.

— Allons, Mr Rawlings, dites franchement de qui il s'agit, c'est à Dick Jarvis le contrebandier que vous faites allusion ?

— Hélas oui, je le crains. Il se dit patriote et je suppose que, de son point de vue, il l'est. En tout cas il m'a fourni une information très intéressante : il avait aperçu dans la nuit une femme qui s'était approchée du squelette et avait dérobé dans la poche de son habit la carte de visite du capitaine Pegram.

Il y eut un grand silence que rompit finalement Serafina.

— Pourquoi ?

— Pour effacer le lien entre le capitaine et le mort, ce qui pouvait subsidiairement révéler l'identité de cette femme.

— Mais comment ?

— Si on suspectait le capitaine d'espionnage, les autorités auraient toute liberté pour fouiller dans ses papiers afin d'y chercher des codes, etc. Je suppose que Rosalind craignait que le nu qui la représentait, celui qu'elle voulait absolument le voir détruire, serait découvert à cette occasion.

— Qui était cette femme ? demanda sir Gabriel.

— Je crus d'abord que c'était Henrietta Tireman, répondit John avec lenteur.

— Pour quelle raison ?

— Parce qu'elle était vigoureuse et m'avait dit qu'elle montait bien à cheval. De plus, j'avais découvert son chapeau dans le sentier qui traverse le cimetière menant à l'église, et après avoir surpris une conversation entre le capitaine et une femme inconnue. Mais surtout parce qu'elle avait été amoureuse et l'est encore, du marquis de Rye et je croyais ce dernier impliqué.

— Vous pensiez qu'elle était le Papillon de Nuit ? demanda Louis.

— Non, je pensais que c'était le marquis de Rye qui l'était.

— Pourquoi donc ?

— À cause de sa jeunesse dissipée. Je me demandais s'il n'était pas devenu espion pour pouvoir payer ses dettes et si, à présent, il ne l'était encore par peur du chantage, trop compromis pour se libérer. Il y avait autre chose encore : l'Épouvantail avait une idée fixe, le rencontrer. Maintenant nous savons que c'était Rosalind qu'il cherchait à atteindre, mais à l'époque je croyais que c'était le marquis. Par erreur, l'Épouvantail vint chez le capitaine ; sans doute sa demeure, par sa magnificence, lui paraissait-elle appartenir à un membre de l'aristocratie. Et effectivement Nathaniel admit avec plus de franchise que les autres qu'il avait eu la visite du Français. Ce fut à cette occasion sans doute que l'Épouvantail reçut ou se procura la carte de visite du capitaine Pegram.

» Je dois vous parler aussi d'un autre incident étrange qui survint à peu près au même moment ; je surpris dans le cimetière une âpre querelle entre un homme et une femme. La femme exhalait un parfum très fort mais que je ne pus identifier. L'homme semblait désespéré, j'ignorais également qui il était. Or il m'était venu aux oreilles que l'Épouvantail avait acheté un flacon de *Soir d'Arabie*, un parfum fabriqué par l'apothicaire Gironde, à l'intention d'une inconnue. Était-ce à cette femme qu'il était destiné ? Je me posais la question.

— Revenez un peu en arrière, dit sir Gabriel. Pensiez-vous que la femme du cimetière n'était autre que miss Tireman, miss Henrietta j'entends ?

— Pas à cette époque mais plus tard, quand j'entendis l'altercation dont je viens de vous parler, oui, je l'ai cru.

— Pour quelle raison ? voulut savoir Joe Jago.

— Comme je vous l'ai dit, j'avais trouvé le chapeau de miss Henrietta sur le sentier où avait eu lieu la querelle et, en une autre occasion, j'avais senti sur elle *Soir d'Arabie*.

— Je comprends, rétorqua le greffier.

Et John fut absolument convaincu que pour lui tout était clair comme de l'eau de roche.

— Ensuite j'eus une conversation avec Serafina durant laquelle nous nous entretînmes de tous les personnages impliqués dans cette affaire. Elle était certaine que le couple inconnu qui s'était si amèrement disputé était la Grenouille et le Papillon de Nuit mais elle se trompait. Pourtant c'est grâce à elle en quelque sorte que je pus progresser. Voyez-vous, je pense que le capitaine Pegram savait que l'Épouvantail avait pris contact avec le Papillon de Nuit. Je pense aussi qu'ayant absolument besoin d'aide, elle eut recours à son premier amant et que lui, toujours éperdument amoureux, l'assura qu'il tuerait lui-même le Français si nécessaire. Cependant elle lui épargna cette tâche, probablement dans un moment de rage.

— Comment avez-vous réussi à identifier la Grenouille ? s'enquit Louis en se penchant d'un air d'intense curiosité.

— Une fois découverte l'identité du Papillon de Nuit, ce fut très facile. Une nuit où je guettais un des espions qui lançait des signaux à un navire français

– à ce moment-là je ne savais pas qui c'était –, j'entendis un son qui me glaça de peur, une espèce de grattement, un bruit de griffes, comme si quelque horrible monstre abordait le rivage. Quand la frégate française, à la suite d'un message incorrect, échoua sur le banc de sable, j'entendis le même bruit.

— Qu'est-ce que c'était ? demanda Elizabeth intriguée.

— Un chien, répliqua John en riant. Sir Ambrose et lady Ffloote possédaient – je pense que cela est toujours vrai – un affreux vieux chien qu'ils tenaient à appeler Pup. La pauvre bête semblait toujours au dernier stade de l'épuisement et maintenant je comprends pourquoi. La Grenouille l'emmenait chaque fois qu'elle partait en mission. Elle devait prétexter de l'exercice pour le bien de l'animal. En tout cas c'est le bruit de ses griffes sur le schiste que j'ai entendu. Cela, ainsi que l'extrême stupidité que la Grenouille manifestait par chacun de ses actes, m'a convaincu qu'il ne pouvait s'agir que de sir Ambrose.

Des éclats de rire unanimes et des applaudissements saluèrent cette conclusion. John s'inclina et se tourna vers Louis de Vignolles.

— Il y a encore une chose à propos de cette nuit qui demeure inexpliquée. Un homme brun avec un fort accent informa les Riding Officers de Rye du débarquement français à Pett Level. J'avais pensé à ce moment-là que c'était Lucius, mais je comprends maintenant que ce ne pouvait être lui.

Le visage de Louis semblait dépourvu de toute expression.

— C'est curieux, déclara-t-il, quelqu'un devait faire le guet en longeant le bord de mer. Mais qui s'en serait chargé en pleine nuit ?

— C'est la question que je me pose ! s'écria John en haussant les sourcils d'un air ironique.

— Allons, John, cela suffit, dit Serafina en réprimant un sourire. Racontez-nous comment vous avez découvert qui était le Papillon de Nuit.

— Comme je vous l'ai confié, j'ai cru d'abord que c'était le marquis. Pourtant plus je ruminais mes différentes hypothèses, plus se formait dans mon esprit l'image d'une personne vaniteuse et cupide, une personne qui ne reculerait devant rien pour atteindre le sommet de l'échelle sociale et avoir de l'argent à dépenser à son gré. Même si les habitants de Winchelsea ont tous leurs bizarreries, une seule personne répondait à la description que je me faisais : la si belle Rosalind. Un jour où il était ivre, Pegram m'avait presque raconté son idylle avec elle quand elle était très jeune et lui très riche. Une fois, probablement deux, je l'avais entendu se quereller avec une femme non identifiée. Et la seconde fois, elle lui avait donné l'ordre exprès de détruire le fameux portrait. Cela me confirma dans l'assurance que le champ d'investigation se limitait à l'une des trois femmes Tireman ou bien à une nouvelle maîtresse jalouse ; qui d'autre se soucierait tant d'un portrait compromettant ?

» Le chapeau trouvé sur le sentier me donna du fil à retordre mais, après tout, quoi de plus courant pour une sœur que d'emprunter le couvre-chef de son aînée ? Il fallait résoudre aussi l'énigme du parfum, *Soir d'Arabie*, que l'apothicaire Gironde avait vendu à l'Épouvantail et qui était destiné à une femme inconnue. Rosalind en possédait un flacon mais Henrietta en avait mis. Les sœurs s'empruntent également leurs parfums et onguents de beauté.

Mr Fielding prit la parole.

— Vous n'aviez donc aucun indice concret, uniquement le portrait psychologique d'un être assez cruel pour tuer afin de n'avoir pas à obéir à un ordre antérieur prescrivant d'espionner au service de la France, ordre qui risquait d'entraîner une perte de position sociale et d'argent ?

— Je n'eus qu'un indice en ma possession, sir. Sur votre conseil, je présentai Dick Jarvis à la bonne société comme étant le cousin de Louis. Habillé comme un gentleman de qualité, il vint à ma soirée d'adieu et là il reconnut en Rosalind la femme qui avait dérobé la carte de visite dans la poche de l'Épouvantail.

» Toute la nuit qui suivit je m'interrogeai : désirait-elle protéger le capitaine Pegram ou agissait-elle pour son propre intérêt en ne voulant pas que le nom du capitaine fût associé à la victime ?

Mais finalement je conclus que seule Rosalind, créature perverse et jalouse, réunissait toutes les qualités, si je peux utiliser ce mot, de la meurtrière. Je compris alors que je l'avais décrite à Serafina comme un papillon et que cela correspondait au Papillon de Nuit. Mais je n'en étais pas tout à fait sûr, jusqu'au moment où le second espion français, Lucius Delahunty, alias Lucien de La Tour, un coquin qui m'a berné consciencieusement, l'a tuée comme elle avait tué le cousin de ce dernier.

— Mais qui cherchait à empoisonner Mrs Harcross ? demanda Mr Fielding.

— Personne. Elle s'empoisonnait elle-même, la pauvre femme, ainsi que beaucoup d'autres, ajouterai-je, en absorbant un élixir de jouvence préparé par Mrs Gironde sans la surveillance de son mari. Ignorante qu'elle était, elle cueillait de mauvaises plantes, si bien qu'elle empoisonnait toutes les femmes d'un certain âge de Winchelsea.

— Quelles mesures avez-vous prises ?

— Je lui ai enjoint d'arrêter sur-le-champ ses mixtures et elle m'a obéi.

— Quelle triste et étrange affaire ! s'écria sir Gabriel d'un air pensif.

— Profondément triste, renchérit John qui avait l'air très abattu.

Joe Jago se gratta bruyamment la gorge.

— Et la suite, Mr Rawlings ? Racontez-nous la suite.

L'apothicaire retrouva le sourire.

— Eh bien, un petit contrebandier de fâcheuse réputation nommé Petit Harry est venu à Petronilla's Platt juste avant que je m'en aille. Il m'a donné une bourse pleine d'argent et une lettre...

— Que dit cette lettre ? coupa Elizabeth.

— Je m'en vais vous la lire.

Il sortit de sa poche une feuille de papier où s'étalait une écriture exubérante.

« Mes compliments à mon vieux compagnon, John Rawlings. Je vous prie, mon ami, en souvenir des bons moments que nous avons passés ensemble, de faire ériger une pierre tombale pour mon cousin avec les guinées que vous trouverez dans la bourse. Qu'y soient gravés ces mots : Gérard de La Tour 1727-1757 qui mourut pour sa patrie. »

— L'épître est datée trois jours après la mort de Rosalind et l'adresse donnée, simplement, « en route pour Paris ».

— Il a donc pu s'échapper ?

— Oui.

— Et la pierre tombale ?

— L'ordre en est donné, dit sir Gabriel. J'ai pris la liberté d'y faire ajouter une fleur de lys, même si mon attitude peut être mal jugée.

— Il y a encore deux choses qui me tracassent, dit Serafina, la mine perplexe. Premièrement qui a poussé Rosalind à agir ainsi ? Comment la fille d'un recteur de campagne en est-elle venue à espionner pour la France ?

— Sa grand-mère était française et je suppose qu'elle parlait couramment la langue, comme Henrietta. Après tout, c'est ainsi que la famille Tireman s'est introduite dans la noblesse. Henrietta se rendait chez le marquis pour apprendre le français à sa jeune sœur et, très sottement, elle a fait entrer Rosalind dans la maisonnée pour prendre la place de la gouvernante qui partait. Je dis « très sottement » parce que le marquis avait auparavant demandé à Henrietta de l'épouser et qu'ensuite il l'a abandonnée en faveur de la sœur qu'il jugeait plus belle.

— Pauvre petite, fit Elizabeth pleine de compassion.

D'un air pincé John déclara :

— « Tout est bien qui finit bien », on m'a dit que lord Rye a vu son erreur et qu'Henrietta a retrouvé le chemin de son cœur.

Il paraissait très amer.

— John, fit sir Gabriel avec douceur, je ne vois pas encore très clair dans tout cela. Rosalind a-t-elle accepté d'espionner pour de l'argent ?

— Oui, je le pense. Par vanité aussi et peut-être pour s'assurer un mari fortuné. Je me suis beaucoup étonné de l'élégance des dames de la famille, toujours habillées à la dernière mode. J'ai même cru un moment que le recteur espionnait pour pouvoir assumer les frais vestimentaires. Mais il semble que les filles s'en chargeaient elles-mêmes. Henrietta gagnait son argent en donnant des leçons et sa sœur par des moyens moins honorables.

— Qui est cet espion français qui s'est infiltré dans la bonne société londonienne et que Lou... je veux dire le Bureau des Affaires secrètes cherche si désespérément ? Quel est celui de vos suspects qui y correspondrait, John ? demanda Serafina.

Il haussa les épaules tout à fait à la manière des Français.

— Ma chère, je n'ai pas encore été capable de le découvrir. Il nous faut patienter et observer.

Note historique

John Rawlings, apothicaire, naquit aux alentours de 1731 bien que l'on ne connaisse pas grand-chose de ses origines. Il devient membre de l'illustre Société des Apothicaires le 13 mars 1755. À cette occasion, il donne son adresse comme étant le 2, Nassau Street, fournissant ainsi la preuve irréfutable de son lien avec H. D. Rawlings Ltd, fabricant de soda, qui habita à la même adresse cent ans plus tard.

Certains lecteurs pourront être surpris de savoir qu'à l'époque de la guerre de Sept Ans les services secrets étaient si bien organisés au Royaume-Uni. Ils étaient *grosso modo* divisés en deux : le Bureau des Affaires secrètes et le Département secret. Le Bureau des Affaires secrètes dépendait directement du secrétaire d'État qui l'avait créé. Il était chargé de diriger l'espionnage au service du gouvernement. Il employait des espions en Grande-Bretagne pour découvrir les complots et à l'étranger pour s'informer des projets des puissances continentales.

Le Département secret, lui, faisait partie du service des Postes et date déjà de 1718, bien qu'il soit possible qu'il ait été créé auparavant sous une forme légèrement différente. Pendant la guerre de Sept Ans, le secrétaire d'État, le comte d'Holdernesse, donnait à Anthony Todd, chef du service des Postes, l'ordre de décacheter tout courrier qui pût lui paraître suspect. Tout message codé ou chiffré était immédiatement porté au Dr Edward Willes qui cumulait bizarrement les fonctions d'évêque de Bath et Wells et de déchiffreur du roi. Le chiffre est une invention vieille comme Hérode et est utilisé encore de nos jours. Il est intéressant de savoir que le Département secret ne fut dissous qu'au milieu du XIXe siècle. Le Bureau des Affaires secrètes existe encore sous le nom d'Intelligence Service.

Au cours de mes recherches, j'ai appris l'existence du Dr Willes et aussi d'un espion français qui vivait au sein de la bonne société de Londres et fut finalement arrêté par le Département secret. Pour le moment, je garde son identité secrète dans l'espoir qu'un de ces jours, il puisse revenir jouer son rôle !

Je me contenterai de dire : 2729 386 1285.

Du même auteur,
dans la même collection :

L'Apothicaire de Londres

L'Apothicaire et « L'Opéra des Gueux »

L'Apothicaire à la taverne du diable

Composition réalisée par NORD COMPO

IMPRIMÉ EN FRANCE PAR BRODARD ET TAUPIN
Usine de La Flèche (Sarthe).
Dépôt édit : 4527-06/1999
N° Impr. : 3527D-5
ISBN : 2 - 7024 - 9664 - 4
Édition 01

52/7165/5